취춘리 장편소설

小說 공자

2

봉황은 날아오지 않고

임홍빈 옮김

지성문화사

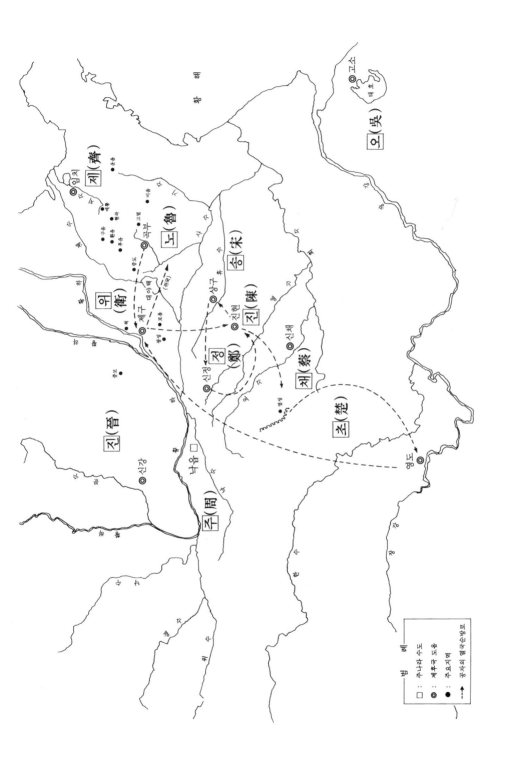

차 례

1
외교도 전쟁이다

노나라가 공구를 등용한 이래 매우 빠른 속도로 변화를 일으키자, 주변 각국은 모두 놀라운 눈으로 노나라를 다시 보게 되었다.

제후들의 패자로 군림하겠다는 야심을 불태우고 있던 제경공은 인접국인 노나라가 일취 월장으로 발전한다는 소식이 들어올 때마다 근심 걱정에 마음을 졸이며 가시 방석에 앉은 듯 불안감을 떨쳐버릴 수가 없었다. 그는 당초 고소자의 권유를 받아들이지 못했던 자신이 후회스럽기만 했다.

'그때 만약 그를 등용했더라면 지금 이토록 마음을 졸일 필요도 없을 테고 또 현재 노나라에서 누리고 있는 발전이 제나라에서 구현되었을 텐데.'

그 절호의 기회를 놓침으로써 이런 커다란 화근을 빚고 만 것이다.

화창한 봄볕은 사수 강변 나들이를 즐기는 사람에게만 비치는 것이 아니라 멀리 떨어진 제나라 임치성 궁궐 어화원(御花園)에도 깃들고 있었다. 거울처럼 맑고 고요한 연못가에 아담하게 꾸며진 정자 이신정(怡神亭) 안에는 제경공이 돌기둥에 기대어 선 채 망연자실한 눈빛으로 연못을 바라보고 있었다.

이따금씩 부는 바람결에 연잎이 너울거리고 새파란 물풀 사이사이로 붕어떼가 펄쩍 솟구쳤다 가라앉는가 하면 수면에는 왕잠자리가 물을 톡톡 찍어냈다. 연잎 위에는 언제부터인가 똑같은 빛깔의 청개구리 한 마리가 웅크리고 앉아서 먹이를 노리느라 움쭉달싹도 하지 않고 있었다. 하지만 제경공의 눈길에는 그 아무것도 들어오지 않았다. 우울하고도 답답한 심사로 얼굴 가득 서린 수심은 어화원 뜨락을 찬란하게 내리쪼이는 봄볕과 뚜렷한 대조를 이루고 있었다.

아까부터 황양목 높다랗게 치솟은 나뭇가지 위에서 까치 두 마리가 춤추듯 활개짓을 치면서 지저귀고 있었다. 심기가 울적한 제경공에게는 유쾌하게 들리기보다 오히려 초조와 불안감만 더해줄 따름이었다. 듣다 못해 짜증이 난 제경공은 계단 아래로 내려와 발밑에 깔린 자갈 한 개를 집어들었다.

이때 월동문(月洞門) 바깥에서 작달막한 그림자 하나가 몸에 걸맞지 않은 풍신한 관복자락을 펄럭거리면서 제경공 앞으로 살금살금 다가왔다. 조정의 중신 여서였다.

제경공은 까치에게 화풀이라도 하려는 듯 손에 들고 있던 돌멩이를 힘껏 내던졌다. 두 마리 까치가 놀라 퍼드득 날아오르자 그는 마음이 조금 풀려서 돌아서다가 여서를 발견했다.

"여경이 웬일이오?"

여서는 황공스레 굽신 읍례를 올리고 되물었다.

"주군께서 홀로 정자에 앉아 계시다니, 무슨 걱정거리라도 있으신지요?"

"노나라가 공구를 중용한 이래 빠른 속도로 발전하고 있으니 과인이 어찌 근심하지 않겠소. 소문을 듣자니, 공구는 중도(中都)를 다스린 지 불과 일년만에 길에 물건이 떨어져도 줍는 사람이 없고 밤중에 대문을 걸어닫는 집이 없을 만큼 태평한 고을로 만들었다 하오. 또 이웃한 여러 나라들도 그 소문을 전해 듣고 노나라의 정책을 본받고 있다 하니, 이대로 가면 앞으로 4, 5년이 못 되어서 노나라는 강대국으로 발전할 터이고, 주변 제후들도 노나라 군주를 달리 보게 되지 않겠소? 그때 가서 우리 제나라에 무슨 영향이 미칠지 과인은 생각만 해도 끔찍스럽소!"

"그러시다면 노나라를 견제할 방도를 강구하셔야 하지 않사옵니까?"

여서가 임금 앞으로 바짝 다가오더니 목소리를 억누르고 말했다. 제경공은 속수무책이라는 듯 두 손을 활짝 펼쳐 보이면서 물었다.

"이런 사세에 무슨 좋은 방법이 있단 말이오?"

"노나라에 국서(國書)를 한 장 띄워 보내면 어떻겠사옵니까?"

"국서를 보내다니, 무슨 용건으로?"

"노나라 군주더러 협곡(夾谷)에서 회맹(會盟)하자고 초청하십시오. 맹약할 용건은 양국간의 과거 원한을 씻어버리고 우호를 다짐하자는 것입니다. 하오나 이것은 표면적인 내용이고, 실상은 공구에게 우리 제나라의 위엄을 보여주어서 경거망동하지 못하도록 위협을 가하자는 데 있습니다."

"제·노 양국간에 원한이 얼마나 깊은데 우리가 우호를 내세운다고 저쪽에서 선뜻 응할 리 있겠소? 멀리 거슬러 올라갈 것도 없이 최근의 일만 해도 그렇소. 먼저 양호, 그 다음에는 공산불유가 잇따라서 우리 나라에 망명해 왔는데, 우리는 노나라측의 협조 요청을 묵살해 버리다시피 했소. 이런 판국에 무슨 낯으로 노나라 군주를 대하라는 거요?"

"양호가 비록 우리 나라에 도망쳐 왔다고는 하나, 그 놈은 다시 재빨리 진나라로 달아났습니다. 공산불유의 망명 사건은 우리측도 나중에야 겨우 탐문해서 알지 않았습니까? 그놈은 지금 우리 제나라 땅도 아니고 노나라의 영토도 아닌 국경지대에 걸터앉아 있습니다. 또 노나라측에서도 그놈의 세력을 뿌리뽑지 못하고 있는데 어찌 우리가 남의 나라 역신을 토벌하러 나선단 말입니까?"

"얘기야 그렇지만, 과인은 노나라 군주에게 반역자들의 망명을 받아들였다고 힐문을 당하기는 싫소. 적어도 모른 척 눈감아 준 것은 사실이니까."

"그러니까 더욱 회맹을 맺어야 할 필요가 있지 않습니까? 동맹이 성사되면 양국에서 동시에 토벌군을 일으켜 공산불유의 세력을 소탕할 수도 있다고 설득하면 노나라측도 구미가 당겨 반응을 보일 것입니다."

그 말에 제경공도 귀가 솔깃해 벌떡 일어섰다.

"흐흠, 일리 있는 이야기로군! 그럼 어서 준비를…… 아니 잠깐……!"

그는 여기서 말을 끊었다. 두 나라 군주 사이의 회맹이란 것이 얼마나 까다롭고 위태로운 일인지 퍼뜩 떠올랐기 때문이다.

"경의 말은 옳으나, 이건 보통 막중한 일이 아니니 아무래도 상국과 의논해 보고 결정해야겠소."

"지당하신 말씀입니다. 소신이 이 길로 상국 대감을 찾아뵙고 의견을 구할까 하는데, 어떠신지요?"

"으음, 그것도 좋겠소!"

여서는 퇴궐하는 즉시 상국 부중으로 안영을 찾아갔다.

제경공이나 마찬가지로 안영 역시 노나라의 변화에 대해 무척 번민하고 있었다. 그는 공구의 영향력이 국경선을 뚫고 제나라까지 파급되지 않을까 두려워했다. 그 무서운 영향력이 제나라뿐만 아니라 심지어 온 천하에 두루 미칠 가능성도 없지 않으리라 생각하니 안영은 고질병인 투기심이 다시 부풀어 오르기 시작했다.

흐트러지고 불안한 마음으로 정원을 거닐면서 어떻게 하면 공구를 견제할 수 있을까 하고 묘책을 짜내느라 골몰하던 안영은 여서가 찾아 왔다는 전갈을 받고 황급히 객청으로 들어갔다.

여서는 안영의 의기 소침한 낯빛을 보고 물었다.

"상국 대감, 기색이 썩 좋지 않으신데, 몸이 불편하신가요? 아니면 무슨 언짢은 일이라도 있어서 그러십니까?"

"에이, 말도 마시오! 울화병이 생겨서 그렇소."

안영이 탄식조로 대답하자, 여서는 생쥐 눈알을 굴리면서 웃는 듯 마 는 듯 농담 비슷하게 또 한마디 건넸다.

"울화병이시라……? 하오면 바깥에서 난 불이 안으로 치미는 모양 이로군요. 상국 대감, 안 그렇습니까?"

"노나라가 하루가 다르게 강성해지고 있다는데, 여 대감은 그 소문 도 못 들어보셨소? 천하는 강자만이 살아 남고 약자는 멸망하는 세상 이외다. 우리 이웃이 무섭게 강해지고 있는데, 내 어찌 근심 걱정이 안 된단 말이오?"

여서는 속으로 옳다구나 싶었다.

"상국 대감, 실은 그 일 때문에 뵈오러 왔습니다. 대감이나 저나 모 두 노나라의 세력이 우리 나라를 능가하지 않기를 바란다면, 걱정만 하 고 있을 것이 아니라 어떻게 해서든지 견제할 방도를 찾아내야 하지 않 습니까?"

그 말을 듣자마자 안영은 주름살이 활짝 펴지면서 시원스런 목소리 를 되찾았다.

"하하, 여 대감도 나하고 생각이 같은 모양이구려! 그래, 무슨 묘책 이라도 가지고 오셨소?"

"실은 지금 주군을 뵙고 이리로 곧장 오는 길입니다……."

여서는 제경공과 의논했던 얘기를 낱낱이 털어놓았다. 그리고 마지막으로 이렇게 덧붙였다.

"……양국이 회맹하는 자리에서 우리가 난처한 조건으로 노나라 군주를 위협하면 공구도 별 수 있겠습니까? 임금의 기만 꺾어 놓으면 그 사람도 뜻을 펼치지 못할 테고 노나라 역시 도로 주저앉고 말 것입니다."

"좋은 말씀이오! 내일 아침 일찍 주군께 아뢰어 노나라에 국서 한 통을 띄우기로 합시다."

다음날 아침 조회 때 상국 안영이 아뢸 겨를도 없이, 제경공이 먼저 그 안건을 꺼내자 문무 백관들은 한 목소리로 찬동했다. 여서는 군주의 명을 받아 노나라측에 보낼 국서 한 통을 작성했다.

노정공은 제나라의 국서를 받고 즉시 조정 백관을 급히 불러 모았다. 문무 대신들이 황급히 입궐하는데, 막상 회의를 시작하려다 보니 대사구 공구 한 사람만이 빠져 있었다. 사수 강변으로 나들이를 나가서 아직 돌아오지 않았다는 보고였다. 노정공은 급히 사수 강변으로 사람을 보냈다.

공구는 문하생들을 데리고 막 도성 북문으로 들어서려던 참에 급사가 탄 파발마와 맞닥뜨렸다.

"대사구 어른! 어서 속히 입궐하십시오. 주군께서 긴급히 상의하실 일이 있다 합니다."

급사가 마상에서 뛰어 내리기가 무섭게 아뢰자, 하루 봄나들이로 일껏 잔잔해진 공구의 마음 속에는 삽시간에 파란이 일었다.

궁궐의 분위기는 심상치 않게 엄숙했다. 노정공은 잔뜩 굳은 얼굴로 용상에 앉아 있었다. 상국 계손사를 비롯하여 숙손주구, 맹손하기, 신구수, 낙기 등 모든 문무 경대부들도 좌우 양편에 늘어선 채 말 한 마디

없이 침묵으로 대사구의 입궐을 맞아들였다.

공구가 대례를 올리고 문관의 반열 첫 자리에 서자, 노정공은 비로소 무겁게 입을 열었다.

"경들은 들으시오. 오늘 제나라 군주가 우리에게 특사를 보내 왔소. 사신이 가져온 국서를 보니, 과인더러 오는 6월 15일 협곡 땅에서 동맹 회담을 열자는 내용이오. 현 정세로 말하자면 제나라는 강하고 우리 노나라는 약하오. 제경공은 막강한 힘을 지니고 있으면서도 약소국인 우리와 동맹을 맺자고 정중하게 요청하다니, 이는 아무래도 사리에 맞지 않는 일이라 생각되오. 그래서 과인은 선뜻 응락을 못하고 경들을 급히 소집한 것이오."

문무 백관들의 반열이 술렁대기 시작했다.

상국 계손사가 먼저 나섰다.

"주군, 섣불리 회담에 나가셔서는 아니 되옵니다. 제나라 군주는 모략에도 능할 뿐만 아니라 여서와 같은 간교한 소인배가 중직에 있으니 회담 때에 무슨 올가미를 덮어씌울지 모릅니다."

숙손주구도 반열 앞으로 나섰다.

"주군, 이는 너무도 막중한 일이오니 오늘 이 자리에서 결정을 내릴 것이 아니옵니다. 시일을 길게 잡아 세밀히 그 이해를 저울질해 보고 두번 세번 거듭 심사 숙고한 다음에 결단을 내려야 할 것이라고 생각되옵니다."

"제나라는 우리측에 벌써 여러 차례나 무력을 행사한 적이 있습니다. 그런데 이제 와서 갑작스레 태도를 바꾸어 호의적으로 나오다니, 그 저의를 의심해 보지 않을 수 없습니다. 소신이 보건대, 제경공은 무력 침공에서 외교전으로 정책을 변경한 듯싶사오니 그 음모에 대해 방비책을 세우도록 하소서."

맹손하기의 말이 끝나자 무관 신구수가 썩 나서면서 반박을 했다.

"제 견해로는 꼭 그렇지만은 않다고 생각됩니다. 제나라가 비록 여러 차례 무력침공을 해온 것은 사실이나, 이는 모두 과거지사로 보아야 합니다. 이제 저쪽에서 우호 친선을 맺자고 문을 두드려 왔는데 우리가 어찌 빗장만 걸어 놓고 모른 척할 수 있단 말입니까? 문전 축객을 당한 사람이 얼마나 노염을 탈 것인지 생각해 보아야 할 게 아닙니까?"

그제서야 공구도 입을 열었다.

"신 장군의 말씀이 지당하오. 저쪽이 예로써 청했으면 우리도 마땅히 예로써 대응해야 옳습니다."

노정공은 잠시 망설이다가 공구에게 걱정스러운 어조로 물었다.

"대사구의 말씀은 옳다 치더라도, 과인이 나서는 길에 안전도 보장받을 수 없거니와 회담 결과에 대해서도 길흉을 알 수 없으니 어쩌면 좋겠소? 아무래도 문무 겸전한 사람이 대표로 나서서 절차를 주재해야 할 터인데 경들은 누구를 추천하겠소?"

노정공의 질문에 문무 반열은 물을 뿌린 듯 잠잠해졌다.

이윽고 공구가 노정공에게 물었다.

"제나라측에서는 누가 대표로 나와 회담을 주재한다 하옵니까?"

"상국 안영이오."

"그렇다면 더 생각할 것이 없겠습니다. 국가간의 교섭에는 엄연히 외교 절차가 있고 이에 따른 예법이 정해져 있습니다. 제나라측에서 상국 안영이 대표로 나온다면 우리측도 상국 계손 대감께서 대표가 되셔야 마땅합니다."

그 말을 듣자, 계손사는 놀라다 못해 안색이 흙빛으로 질리고 말았다. 그는 한참 동안 멍하니 서 있다가 겨우 두서없는 몇 마디로 발뺌을 하기 시작했다.

"아니, 안 되오! ······내가 대표로 나서다니 ······나는 재주도 없고 학식도 천박해서 그런 막중한 일을 감당할 수 없소! 주군의 안전을 위해서, 이 노나라의 이익을 위해 힘써 다툴 만한 인재를 추천해 주시오!"

공구가 엄숙하게 말했다.

"상국 대감, 국가간의 외교는 반드시 피차 동등한 자격의 대표가 마주 앉아서 대등한 조건을 놓고 협상하는 법입니다. 제나라측이 안 상국을 대표로 내세운 바에야, 우리 나라도 대감께서 주재자의 임무를 맡으셔야 하지 않습니까? 만약 사람을 바꾼다면 그게 바로 실례요, 세상 사람들에게 비웃음을 당할 일입니다. 양국간의 협상은 막중한 일이오니 상국 대감은 사양치 마십시오."

이 때서야 문무 관원들도 저마다 한 마디씩 동조하고 나섰다.

"상국 대감, 대사구의 말씀이 옳소이다!"

"이번 회담의 대표직은 상국 대감이 아니고는 맡을 사람이 없습니다."

노정공 역시 우려와 기대가 반반씩 섞인 눈길로 상국을 바라보다가, 공교롭게도 계손사의 얼굴과 마주쳤다. 애걸하는 눈빛을 막상 대하고 보니 노정공은 권유하려던 말이 목구멍 속으로 쑥 들어가고 말았다.

백관들의 여론은 분분했다. 그러나 좀처럼 결론이 나지 않았다. 공구는 목청을 가다듬어 소리쳤다.

"주군, 명분이 올바르지 않으면 피차 오가는 말도 순조롭지 못하다 했습니다. 이번 회담의 주재자는 반드시 상국 대감이 맡으셔야 합니다!"

노정공이 용기를 내어 계손사에게 물었다.

"계손 경, 그대는 대사구의 말씀을 어떻게 생각하시오?"

임금이 맞대놓고 물으니 대꾸를 안 할 도리가 없었다. 계손사는 우거지상을 짓고 착 까부러진 목소리로 대답했다.

"주군, 이번 회담은 보통 일이 아니올시다. 순풍에 돛단 듯이 순조롭게 나갈 수도 있지만, 경우에 따라서는 창칼이 날뛸 위험성도 없지 않습니다. 이런 막중한 일에 불초 소신은 대표자의 임무를 감당할 능력이 부족하오니 부디 딴 사람을 골라 주십시오!"

"그렇다면 누구에게 맡기는 것이 좋겠소?"

"소신이 보기에는 대사구가 담략도 있고 학식도 갖춘 데다 다재 다능하고 언변에도 뛰어나, 이번 회담의 대표자로서 더할 나위 없는 적임자라고 생각되옵니다."

"하지만 저쪽에서 상국이 나오는데 우리가 대사구를 내세우다니, 너무 어울리지 않는 듯싶소."

"그야 어렵지 않은 일입니다. 주군, 대사구에게 잠정적으로 상국의 직분을 맡기면 되지 않습니까?"

이번에는 공구가 펄쩍 뛰었다.

"안 됩니다, 주군! 안 됩니다, 상국 대감! 세상에 그런 일이 ……."

계손사가 능글맞게 설득하기 시작했다.

"대사구, 당신은 재능이 많은 분이 아니오? 문무 겸전하시고 임기응변에도 능숙한 분이라야 그 막중한 임무를 맡을 수 있는데, 이 조정 안에 대사구를 빼놓고 누가 또 있겠소? 나는 당신이 그 일을 훌륭하게 해내리라 믿고 있으니 부디 사양치 마시구려."

이때 노정공이 재빨리 말을 가로막았다.

"공경, 상국이 저토록 간절히 천거를 하니 사양치 말고 이번 대표 임무를 맡아 주시오. 임시나마 상국의 직분을 맡아 주재하면 피차 명분도 설 터인데 안 될 일이 무엇이겠소?"

노정공은 다시 문무 관원들을 둘러보고 물었다.

"경들은 어찌 생각하시오?"

문무 반열에서 이구동성으로 응답이 나왔다.

"주군의 말씀이 지당하옵니다!"

"공경, 보시오! 과인이나 모두들 그대에게 기대를 걸고 있지 않소? 그러니 더는 군이 사양하지 마시구려."

일이 이렇게 되자 그는 노정공과 문무 대신들에게 깊숙이 허리 굽혀 인사했다.

"주군, 그리고 대감 여러분, 불초한 공구를 이토록까지 신임해 주시다니 감사하옵니다!"

그는 잠시 입을 다물었다가 다시 말을 이었다.

"불초 공구가 보건대, 외교 교섭이란 언변으로만 성사되는 것이 아니라고 생각합니다. 외교도 전쟁인 만큼 무력으로 뒷받침을 해야 됩니다. 외교 교섭을 맡은 사람이라고 해서 군사적으로 대비를 포기해선 안 됩니다. 양국이 설사 우호 조약을 맺고 평화 협상을 추진하더라도 그 배경에는 반드시 군사적으로 안전성이 보장되어 있어야만 하는 것입니다. 50여 년 전, 송나라 양공이 초나라와 동맹을 맺기 위해 출국했을 때 군사를 거느리지 않고 나갔습니다. 그 결과 송양공은 강포한 초성왕에게 붙잡혀 이루 말할 수 없는 모욕을 당하고 초나라를 맹주로 추대한 다음에야 겨우 풀려난 적이 있습니다. 이런 사례를 거울삼아 우리도 매사에 신중을 기하고 불의의 사태에 대비해야만이 송양공의 전철을 밟지 않게 될 것입니다."

"옳은 말씀이오!"

노정공이 탄성을 지르면서 무릎을 쳤다.

"그럼 우리는 어떻게 대비해야 좋겠소?"

"주군께서는 신구수, 낙기 두 장군을 좌우 사마(左右司馬)로 임명하셔서 데려가도록 하십시오."

"모든 것을 경에게 맡길 터이니 소신껏 안배하시오!"

공구는 신구수와 낙기를 돌아보았다.

"두 분 장군의 의향은 어떠신지?"

"그저 대사구님의 분부대로 따르오리다!"

신구수와 낙기가 입을 모아 응답했다.

"두 분 장군께서는 내일부터 삼군을 훈련시키도록 하십시오. 아무조록 강한 군사, 튼튼한 전마를 키워서 언제든지 싸움터에 투입할 수 있게 양호한 상태를 유지해 주셔야 합니다."

"분부 받드오리다!"

노나라의 답신을 받아 본 제경공은 상국 안영과 대부 여서를 후궁에 불러들여 놓고 회맹 준비를 의논했다. 먼저 문제가 된 것은 양국 회담의 주체가 어느 쪽이 되느냐 하는 점이었다.

여서가 입을 열었다.

"주군, 이번 회맹은 비록 노나라 영토인 협곡 땅에서 열리지만 그 주체는 우리 나라가 되어야 마땅합니다."

"어째서 그렇소, 회담 장소는 저쪽인데?"

"세 가지 이유가 있습니다. 첫째, 이 회담을 제안한 것은 우리측이므로 우리가 맹주의 자리를 차지해야 마땅합니다. 둘째, 회담장소인 협곡이 노나라 영토에 속한 만큼 노나라가 주인이요 우리는 손님인 셈입니다. 그러니까 주인은 예의상 손님의 편의대로 따라야 옳습니다. 셋째, 우리 제나라는 강대국이요 노나라는 약소국입니다. 약자가 강자의 뜻에 따르는 것은 자고 이래로 당연한 이치입니다."

상국 안영이 고개를 갸우뚱했다.

"여 대감의 말씀은 타당성이 모자라오. 두 나라가 서로 회동할 때는 반드시 대등한 입장에 서서 공평하게 협상을 벌여야 옳은 법, 그런 지엽적인 조건을 내세워서 상하 고하를 따져서는 안 된다고 생각하오."

"아니올시다. 우리 제나라가 반드시 맹주의 입장에서 회담을 이끌어 나가야 옳습니다. 이번 기회에 노정공에게 제나라의 위엄을 보여주지 않고서야 어떻게 노나라를 견제할 수 있겠습니까?"

안영의 눈살이 찌푸려지더니 파르르 떨렸다. 나이 많고 잔병도 끊이지 않는데다 정력도 한참 뒤떨어지는 몸이라, 그는 이제 매사 시시콜콜 따지고 드는 것이 귀찮기만 했다. 안영은 눈시울을 비벼가며 조용히 말했다.

"여 대감, 이런 말을 들어 본 적이 있소? '남을 억누르기보다 자강(自强)이 으뜸'이란 격언 말이오. 현재 가장 긴요한 일은 노나라를 억누르기보다 무슨 방도를 써서라도 우리 제나라를 강성하게 만드는 일이 더 급하외다. 우리 나라만 강성해진다면 노나라가 제아무리 강대국이 될지언정 우리에게 감히 경거망동을 못하게 될 것이오. 우리가 만약 이번 회맹에서 양국간의 예의를 저버리고 무리한 요구를 제기한다면, 무엇보다 노나라가 응할 리 없을 테고 그 다음에는 세상 사람들의 비웃음만 당하게 될 거요. 천하 여론이 무섭기도 하려니와 아무리 작은 나라일지언정 그 노염을 타서는 안 된단 말이오."

"그렇다면 노나라와 우리가 대등한 지위로 협상해야 한단 말입니까?"

"생각해 보시오. 공구가 어떤 사람이오? 모르는 일도 없고 못하는 일도 없는 유능한 인재요. 또 예의 범절에 누구보다 정통한 인물 아니오? 그런 사람 앞에서 시시껄렁하게 지엽적인 조건을 내세우고 다툰다면 공연히 우리 제나라의 체통만 잃어버릴 거요."

그래도 여서는 승복할 수 없다는 듯이 다그쳐 물었다.

"하면 도대체 무슨 재주로 노나라를 견제하시겠다는 말씀입니까?"

"중대한 일이니만큼 좀 더 시간을 두고 생각해 봅시다. 지금은 노나라와 우호적으로 친선을 도모해야 하오."

이때껏 두 신하의 대화를 가만 듣고 있던 제경공이 결단을 내렸다.

"여경, 상국의 말씀이 매우 옳소. 이제 회담할 날짜도 멀지 않았으니, 그대들은 각자 회맹 의례에 따라 행사 절차를 원만하게 준비하도록 하시오. 쓸데없는 트집이나 난처한 조건을 만들어서 남의 웃음거리가 되지 않아야 하오!"

"분부대로 하오리다!"

두 사람은 한 목소리로 응답하고 나서 궁궐을 물러나왔다.

여서는 자신이 구상하고 있던 계획대로 일을 추진하기 시작했다. 그가 추진하는 협곡 회맹의 의도는 단 한가지였다. 양국 군신들이 보는 앞에서 노정공에게 모욕을 주고 공구로 하여금 추태를 부리게 만들어, 제나라의 위엄을 보이고 노나라의 기를 꺾자는 데 있을 따름이었다.

간교한 소인배는 누구나 그렇듯이, 여서도 염치라는 것을 전혀 모르는 위인이었다. 그는 중신의 지위에 오르기까지 많은 좌절과 낭패스런 꼴을 당해왔다. 하지만 그는 예나 지금이나 조금도 부끄러워하지 않고 자기 뜻대로 일을 꾸며나갈 만큼 낯이 두꺼운 인물이었다. 그는 제경공이 평소 거동할 때 정예 호위대를 얼마나 이끌고 다니는지 뻔히 아는 만큼 이번 협곡 회담 석상에서 무력으로 노정공을 해칠 수 없으리라는 점도 깊이 알고 있었다. 따라서 무력이 아닌 다른 꼼수를 짜내야 할 필요가 있었다.

그는 부중에서 요염한 무희(舞姬) 10여 명을 가려뽑아 춤과 노래를 가르치기 시작했다. 그 노랫가락은 《시경》 중에서도 음탕하기로 이름난 제풍(齊風), 2백여 년 전 노나라 환공에게 시집간 문강(文姜)이 오빠 제양공과 간통한 내용을 그린 '재구(載駒)'를 편곡하여 협곡 회맹 석상에서 연출함으로써 그 자손인 노정공에게 죽음보다 더 큰 모욕을 안겨주겠다는 속셈이었다.

공구 역시 협곡 회맹을 준비하느라 바쁜 나날을 보내고 있었다. 그는 신구수와 낙기 두 장수에게 밤낮으로 전투 훈련을 시키는 한편, 옛 법제에 따라 회담 장소의 제단을 그려놓고 절차와 예법을 하나하나씩 다져 초(抄)를 잡아나갔다.

전적(典籍)을 들춰보면 여러 제후국의 회맹 사례는 어지간히 많았다. 그는 거추장스런 허례 허식을 모두 잘라내고 요체만을 가려뽑아 처음부터 끝까지 세밀하면서도 합리적인 의식 절차를 만들었다. 군주를 호위할 병력도 착착 정예부대로 양성되고 준비 물품과 수행원의 안배가 완벽하게 끝나자 그는 출발할 날짜만 손꼽아 기다리게 되었다.

세월은 살같이 빨라 어느덧 5월 말이 되었다. 기약한 날짜가 임박하자 공구는 훈련장에 나가 삼군의 훈련 상태를 점검한 다음, 두 장수에게 치하의 말과 아울러 출발 기일까지 병기 장비를 완벽하게 수리해 놓도록 당부하는 것도 잊지 않았다.

"수고들 하셨소. 오늘로 훈련을 마치고 장병들에게 며칠 동안 휴식을 취하게 하시오. 그리고 검열관을 시켜 전투용 수레와 병기를 검사하여 고칠 것은 고치고 바꿀 것은 바꾸어 언제든지 실전에 투입할 수 있도록 만반의 태세를 유지해 놓으시오."

"알겠습니다!"

"장교와 병사들을 정예로 엄선하되, 나이 많거나 체력이 약한 자, 병이 든 사람은 하나도 데려가서는 안되오."

"알겠습니다!"

모든 안배를 마치고 난 공구는 문득 피곤한 느낌이 들어 민손과 자공 두 제자만 데리고 성 밖으로 바람을 쐬러 나갔다.

기수(沂水) 강변에는 여전히 교제(郊祭)를 올리던 제단이 자리잡고 있었다. 감회 서린 공구의 눈에는 형님 맹피의 모습, 어머니 안징재의 자상스런 얼굴이 새록새록 떠올랐다.

"스승님, 저 앞쪽의 둔덕은 무얼 하던 곳입니까?"

자공의 물음이 공구를 추억 밖으로 끌어냈다.

"저것 말이냐? 우리 군주께서 하늘에 제사를 올리던 제단이다."

자공은 다시 그 동쪽 멀지 않은 둔덕을 가리키면서 또 물었다.

"저 단은 무엇에 쓰는 겁니까?"

"그것은 무우대(舞雩臺)라고 부른다. 기우제를 지내는 제단이지."

"옛 전적을 보면, 제사에는 하늘에 올리는 교제와 땅에 올리는 사제 (社祭)가 있다고 했습니다. 교제나 기우제나 모두 하늘에 올리는 제사 인데 따로 제단을 설치할 필요가 어디 있습니까?"

"옛사람들은 제사를 각별히 중요시했다. 제사를 지내는 의식도 유별 나게 엄격하고 신중했지. 네 말대로 교제와 기우제가 모두 하늘에 올리 는 제사이기는 하다만 거기에 담긴 의미는 서로 다르다. 교제는 일년에 한 차례씩 정기적으로 올리는 제사요, 기우제는 비가 내리지 않고 가뭄 이 들었을 때만 거행하는 제사인 것이다."

자공은 다시 조심스레 물었다.

"스승님, 하늘에는 정말 신령이 존재한다고 보십니까?"

공구의 눈길이 푸른 하늘을 우러른 채 한참 동안 아무 말이 없었다. 그러다가 혼잣말하듯 대꾸가 흘러나왔다.

"하늘이라……하늘……! 내가 보기에 저 하늘이란 해와 달, 별만 빼놓고 그 아무 것도 없는 텅 빈 공간뿐이라고 생각되는구나."

"그렇다면 사람이 어째서 하늘과 땅에 경건히 제사를 드리는 겁니 까?"

"사람은 누구나 정신적으로 의지해야 할 무엇이 필요한 법이다. 하 늘과 땅에 제사를 드리는 것도 그런 이유에서일 따름이지. 예를 들어 볼까? 만약 가뭄이 크게 든 흉년을 만났다고 치자. 사람들은 이것을 하 느님이 인간에게 징벌을 내리는 것으로 여겨서 비를 내려 주십사고 기 우제를 지낸다. 하지만 기우제를 지낸다고 해서 꼭 비가 내리는 법은 없다. 내 기억으로는 그런 기우제가 여러 차례 있었지만 날씨가 더욱 가물었던 것으로 알고 있다. 어느 해에는 날마다 기우제를 올렸는데도 묘목이 말라죽고 낟알을 거두지 못한 적도 있었으니까 말이다."

"사람이 죽은 후에도 영혼이 존재합니까?"

"인간의 죽음이란 등잔불이 꺼지는 것과 같다. 등잔불이 꺼지면 심지만 남듯, 사람도 죽어서 시체만 남길 뿐 그 밖에 존재하는 것은 하나도 없다."

자공은 놀라다 못해 두 눈이 휘둥그레졌다.

"사람이 죽어서 영혼이 존재하지 않는다면 스승님은 무엇 때문에 조상님들께 제사를 올리십니까?"

"내 제사는 조상들의 영혼에 올리는 것이 아니라 그분들의 공덕을 찬양하는 의미에서 바치는 것이다. 제사를 지낼 때마다 나는 조상님들이 내 앞에 서 계셔서 내게 인간 세상을 살아가는 도리와 사람된 도리를 가르쳐 주시는 것처럼 느껴지곤 한다. 그렇기 때문에 나는 남에게 내 대신 조상님께 제사를 올려 달라고 청해 본 적이 없다."

"대사구님! 대사구님!"

어디선가 고함치는 소리가 들려왔다. 눈을 들어 바라보니 병사 한 명이 헐레벌떡 뛰어오면서 숨이 턱에 닿도록 외쳐대고 있었다.

"대사구님, 큰일 났습니다! 신 장군께서 대감님을 성으로 속히 모셔 오라고 저를 보내셨습니다."

2
협곡의 맹약

"무슨 일인데 그렇게 허둥대느냐?"

공구도 놀라 황급히 물었다.

"진중에 큰 병이 나돌고 있습니다. 낙 장군을 비롯해서, 많은 군사들이 기침을 하고 두통에 열이 심하게 나고 있습니다."

"이런 변이 있나! 어서 날 인도해라."

삼군 진영은 온통 기침 소리로 가득 차 있었다. 공구는 우선 부장의 영채에 들어가 보았다. 낙기는 얼굴빛이 누렇게 들뜨고 이마에는 콩알만한 땀방울이 돋아났는데, 손을 대어보니 숯불에 덴 것처럼 뜨거웠다. 그는 다시 병사들의 막사를 찾았다. 장병들도 모두 낙기의 증세와 똑같은 병을 앓고 있었다.

"삼복 더위에 학질이 나돌다니? 이것 참 괴이한 일이로군."

공구는 막사를 나오면서 중얼거렸다. 한데 가만 생각해보니 그럴 듯도 싶었다. 신구수와 낙기 두 장군이 출동을 앞두고 삼군 장병들에게 너무 급박하게 훈련을 독려한 나머지 모두 체력이 지나치게 소모되고 기가 허약해져서 독한 감기와 몸살이 겹쳐 일어난 것이었다.

공구는 급히 도성 안의 의원들을 불러다가 중환자에게 진맥을 시키고 약방문을 짓게 했다. 그리고 장터에 사람을 보내 생강을 대량으로 사들인 다음 이것을 잘게 썰어 물을 넣고 푹 끓이게 했다. 생강탕이 준비되자 그는 증세가 좀 덜한 장병들에게 하루에 세 사발씩 마시게 했다. 평소에 생강을 즐겨 먹던 그는 경험으로 보아서 이것이 식욕을 돋우고 몸살 때문에 일어나는 신경통이나 관절염에 효능이 있다는 사실을 알고 있었던 것이다.

회담 날짜를 얼마 안 남기고 이런 일이 벌어지니 공구의 마음은 이루 말할 수 없이 무거웠다. 그는 의원들을 재촉하여 온갖 방도를 다 써서 삼군 장병들을 돌보게 했다. 하루에도 서너 차례씩 진중을 방문하여 이들의 병세를 살피고 위로했다. 그 정성이 통했는지 아니면 제때에 치료한 것이 들어맞았는지, 닷새가 지나면서 낙기와 장병들은 하나 둘씩 자리를 털고 일어나기 시작했다.

열흘이 되자 생강탕을 마시는 사람은 더 이상 없었다. 보름 후, 공구는 신구수와 낙기 두 장수를 관아에 불러들여 출동 병력을 절반으로 줄여 소수 정예로 재편시키고 군주를 호위할 부서를 다시 짜게 했다.

노정공 10년 음력 6월 13일, 신구수와 낙기는 전투용 수레 5백 승과 약 3만에 달하는 정예부대를 거느리고 노정공을 호위하면서 목적지인 협곡을 향해 출동했다.

성문으로부터 10여 리에 달하는 북상로를 가득 메우고 행군하는 전차대와 보병들의 장관은 흡사 거대한 용을 방불하게 하였다.

당일 저녁 황혼이 질 무렵, 노정공의 행렬은 태산 앞에 당도했다. 공구는 수레에서 뛰어내려 노정공이 탄 용련(龍輦)으로 다가갔다.

"주군, 태산 아래 도착했습니다."

"오오, 벌써 태산에 왔단 말이오?"

노정공은 하루 길 내내 마음이 한갓지게 풀려 있었다. 공구가 임시로 상국의 직분을 맡아 이번 회담에 만반의 준비를 끝낸 것이 안심도 되거니와, 전차 수백 대와 수만 군사의 호위를 받고 있다는 사실이 여간 믿음직스럽지 않았던 것이다.

"과인을 부축해 주시오. 내려서 태산 구경을 좀 해야겠소."

노정공이 호위병의 부축을 받고 내려서서 앞뒤 좌우를 두리번거렸다. 등 뒤에 끝도 모르게 늘어서 있는 전차대를 돌아보자니, 콧대가 더욱 높아지고 마음이 든든해졌다. 그는 돌아서서 태산을 우러러 보았다. 줄기줄기 뻗은 산맥, 까마득히 솟은 봉우리들은 오르고 싶은 마음보다 두려움을 먼저 안겨 주었다. 노정공은 경외심이 우러나 저도 모르게 숙연한 자세로 태산을 향해 읍례를 올리면서 속으로 기원했다.

"태산이여, 태산이여! 신령이 있거든 과인의 이번 여행길이 순조롭도록 보우해 주소서. 모든 일이 뜻한 대로 이루어지면 과인이 해마다 오늘 되는 날 제관을 보내어 산신령께 제사를 드리오리다."

곁에서 지켜 보고 있던 공구는 임금이 하는 짓이 답답하기만 했다. 그래서 관심을 딴 데로 바꾸어 물었다.

"주군, 날도 저물었으니, 여기서 숙영을 하는 것이 어떻겠습니까?"

"좋소, 경의 뜻대로 하구료!"

공구는 즉시 명령을 내렸다.

"행군을 멈추고 현지에서 야영한다!"

명령은 메아리치듯 후미로 전달되었다. 하루 행군에 지친 병사들이 환호성을 지르고 전차를 끌던 짐승들도 흥겹게 투레질을 했다.

다음날 아침 동녘이 훤히 밝아오자, 병사들은 숙영지에서 천막을 거두어 치중대 수레에 옮겨 실었다. 산마루에 붉은 해가 둥실 떠오르면서 아침 노을이 천만 가닥 눈부신 광채를 쏟아내어 하늘 절반을 불그레하게 물들였다. 이윽고 밥짓는 연기가 모락모락 피어오르기 시작했다.

조반을 마치자 노정공은 또 한 차례 태산의 신령에게 기원한 다음, 수레를 타고 여로에 올랐다. 태산에서 협곡까지는 모두 노나라의 국경 지대로 거리도 가깝고 길도 험하지 않아 오후가 넘었을 때는 전부대 병력이 협곡에 무사히 다다를 수 있었다.

공구는 눈을 들어 주변 경관을 바라보다가 은근히 경탄했다.

"참말 이름 그대로 협곡이로구나!"

구불구불 뻗어내린 산줄기 아래에는 의자 형태로 생긴 자그만 벌판이 서북방에서 동남쪽으로 비스듬히 펼쳐 있고, 두 산줄기는 그 의자의 팔걸이처럼 자리잡고 있었다. 두 능선 아래에는 각각 한결로 큰 강물이 흐르는데 때마침 물이 불어나는 계절이라 파도가 넘실대며 사납게 흘러내렸다. 강물과 강물 사이에 끼어 있는 평탄한 언덕은 위쪽은 너르고 아래쪽으로 내려올수록 면적이 좁아졌다. 강물 두 줄기는 바로 그 언덕 양끝에 높다란 물보라를 일으키며 합류하고 있었다.

양국이 맹약 의식을 거행할 제단은 이미 그 언덕 위에 세워져 있었다. 며칠 전에 선발대로 도착한 노나라 병사들이 공구가 그려 준 도면에 따라 모든 안배를 끝내놓고 있었던 것이다. 맹약의 제단은 흙으로 쌓았는데, 정면 전방에는 바윗돌을 다듬어 만든 계단이 3층으로 놓였고 그 아래에는 평탄한 공터가 널찍하게 닦여 있었다.

준비상태를 둘러본 공구의 얼굴에도 흡족한 기색이 떠올랐다. 맞은편 산등성이에 채색 깃발이 나부끼는 것을 보건대, 제나라 군사들도 이미 도착하여 영채를 세운 것이 분명했다.

공구는 장병들에게 명령을 내려 전투 대형으로 포진하게 한 다음 산을 등지고 강변에 바짝 붙여 영채를 세우도록 했다.

시간이 바뀌고 밤의 장막이 드리워졌다. 달은 음력 보름 전날 밤에

늘 그렇듯이 둥글면서도 어딘지 모르게 흠집이 난 것처럼 유별난 얼굴을 구름 사이로 내밀었다. 차가운 달무리의 한광(寒光)이 제 · 노 양공 진영의 천막 위에 쏟아져 내렸으나, 그것도 잠시뿐 돌연 광풍이 크게 일더니 하늘가에서 먹구름장이 밀려와 달빛을 가리웠다. 대지는 삽시간에 거대한 항아리를 덮어씌운 듯 암흑세계로 바뀌어 코 앞에 다섯 손가락을 내밀어도 보이지 않았다. 이윽고 양군 진영에서 횃불이 연달아 밝혀지기 시작했다.

천막 안에서 공구는 비상하리만치 엄숙한 어조로 신구수, 낙기 두 장수에게 명령을 내리고 있었다.

"속히 정찰병을 내보내 진영 안팎을 순찰 돌게 하시오. 추호도 방심하면 안 된다는 점을 단단히 일러주어야 하오."

"알겠습니다!"

"내일 아침 주군이 제경공과 회맹 의식을 거행할 때, 두 분은 내 눈짓 신호를 보고 움직이도록 하시오."

"알아 모시겠습니다!"

두 장수는 못을 때려박듯 응답했다.

신구수와 낙기를 내보내고 나서 공구는 장막 안에 홀로 앉아 내일 회맹 때에 일어날지도 모를 모든 상황을 예측했다. 그리고 지금 이 시각에 제경공과 안영, 여서가 무슨 책략을 꾸미고 있을런지 추리해 보았다. 그러나 그는 정신을 집중시키기가 어려웠다. 잠시 생각에 잠겨 있는 동안에도 모기떼가 그 주변을 앵앵거리면서 쉴새없이 얼굴이며 목덜미 손등을 가릴 것 없이 마구잡이로 물어댔기 때문이다. 모기란 놈한테 물린 자국은 금방 벌겋게 부르트면서 가려워 견딜 수 없었다. 그는 손바닥으로 모기를 쳐서 떨어뜨리기도 하고 소맷자락을 휘둘러 쫓아버리곤 했으나, 악착스런 모기떼는 좀처럼 물러날 기미를 보이지 않았다.

제나라 진영에서는 대부 여서가 남의 눈에 뜨이지 않게 살그머니 장막을 나와서 제경공의 천막으로 쑤시고 들어갔다.

　아닌 밤중에 갑작스레 뛰어드는 사람을 보고 제경공은 펄쩍 뛰다시 피 놀랐다. 희미한 등잔 불빛을 빌려 가까스로 방문객의 신원을 알아본 그는 역정이 나서 버럭 고함을 쳤다.

　"여경! 이 밤중에 웬일이오? 무슨 급한 일이 있길래……."

　"주군, 쉬잇……!"

　여서는 입에 손가락을 갖다대면서 장막 안을 쓸어보았다. 그리고 제 경공 곁에 아무도 없다는 것을 확인하자 냉큼 다가서서 속삭였다.

　"주군, 내일 노나라 군후와 회맹하실 때 말입니다."

　"그래, 그게 어떻다는 거요?"

　"소신은 이런 계획을 준비해 두었습니다……."

　여서는 제경공의 귀에 입술을 바짝 대고 귓속말로 무엇인가 속삭였 다.

　제경공의 이맛살이 조금씩 찌푸려졌다.

　"이것은 아주 중대한 일이오. 섣불리 경거 망동할 것이 아니라 상국 과 의논해서 진행하도록 하시오!"

　"아니올시다, 주군. 안 상국은 전부터 공구와 교분을 나눈 사이요, 또 지금은 늙고 기력이 쇠약해져서 일을 벌이기를 두려워하고 있는 형 편입니다. 만약 그가 알아차리면 이 일은 성공할 수 없습니다. 주군, 마 음 푹 놓고 구경만 하십시오. 소신이 장담하건대 만에 하나라도 실패할 일은 없을 것입니다."

　제경공은 반신반의하는 눈초리로 여서를 바라보더니, 한참만에 보일 듯 말 듯 고개를 끄덕였다.

　차고 상쾌한 새벽 바람이 불어왔다. 온 산 벌판에 들과 나무숲이 기 지개를 켜더니, 미풍에 쓸려 가볍게 흔들리기 시작했다.

　어렴풋이 마주 바라보이는 산등성이에서 양측 기수가 황색 깃발을 한 폭 쥐고 좌로 세번, 우로 세번 휘둘러 신호를 보낸 다음 그 자리에 우뚝 세웠다.

"둥, 둥! 둥, 둥……!"

고수들이 구리북을 힘차게 울리기 시작했다. 북소리는 골짜기를 쩌렁쩌렁 뒤흔들면서 마치 수천 틀이나 되는 북을 한꺼번에 두드리듯 무수한 메아리를 이루고 되돌아와, 어느 것이 진짜 북소리고 어느 것이 산울림인지 알아듣기 힘들었다.

스물한 차례의 북소리가 울리고 나자 양측 기수들이 채색 깃발을 높이 쳐들고 천천히 제단 쪽을 향해 내려오기 시작했다. 양국 군주를 태운 수레가 기수의 인도를 받아가며 강물에 가로걸친 돌다리를 건너 작은 들판 앞에 다가왔다. 수레가 멈추고 제경공과 노정공이 내려서서 아무 말 없이 정중하게 상견례를 올렸다. 그리고 어깨를 나란히 하고 단상을 향해 비탈진 언덕길을 오르기 시작했다. 제단 아래 평지에 다다라서 잠시 숨을 고르는 동안 공구와 안영은 각자 취악대에게 귀빈을 영접하는 예악을 울리게 했다. 풍악 소리가 구성지게 울리는 가운데, 공구와 안영은 제각기 군주를 제단으로 오르는 돌층계 아래까지 인도했다. 그리고 공구는 좌측에, 안영은 우측에 나누어 서서 노정공과 제경공에게 어서 오르라는 손짓을 지어보였다.

두 나라 군주는 동시에 왼발을 첫 계단에 내딛었다. 이어서 오른발 한 쌍이 둘째 계단을 딛었다. 단상에 오른 두 임금은 북쪽을 등지고 남면(南面)하여 자리를 잡아 앉았다. 협곡이 본디 노나라 영토에 속하므로 제경공은 예법에 따라 좌측의 객석을 차지했다. 단상에서 국기와 일산(日傘)을 떠받든 병사를 빼놓고 잡인이라고는 하나도 없었다. 공구와 안영은 악공(樂公), 무희(舞姬) 그리고 양국 군주를 경호하는 장병들과 함께 단 아래 늘어섰다.

풍악 소리가 멎었다. 노정공과 제경공은 동시에 일어났다. 그리고 제단 앞에 준비된 향을 세 자루씩 살라 쥐고 하늘을 향해 꿇어 엎드렸다.

"이제 노와 제 두 나라가 우호조약을 맺고 영세토록 화평을 도모하고자 오늘 이 협곡에 회동하였사오니 창천이시여 보우하소서! 이제부터 두 나라는 형제지국이 되어 제나라의 어려움은 노나라가 구원하고 노나라의 어려움은 제나라가 구원할 것인즉, 양국 군후는 이제 하늘과 땅을 증거삼아 이 맹약을 결코 깨뜨리지 않으오리다!"

대례를 마치자, 양국 시위(侍衛)가 제주(祭酒)를 바쳤다. 노정공과 제경공은 술잔을 공손히 받들어 천지(天地) 삼계(三界)에 고루 뿌린 다음 서로 마주 보고 축배를 들었다.

주악이 다시 울리기 시작했다. 제례를 올릴 때의 정중한 가락 대신에 이번에는 은은하면서도 듣기 좋은 풍악으로 바뀌었다. 노정공은 사뭇 한갓진 표정을 지었다. 이제는 나라 안팎의 근심 걱정이 모두 사라진 듯한 표정이었다.

제경공이 비로소 첫 말문을 열었다.

"제 · 노 양국이 여기서 동맹을 맺은 것은 참으로 기쁘고 유쾌한 일이외다. 이제 축하하는 의미로 우리측에서 준비한 가무를 즐기심이 어떠하리까?"

"좋은 말씀이외다."

노정공도 춤과 노래라면 사양하지 않았다. 제경공이 고개를 끄덕여 보이자 진작부터 손바닥을 비벼가며 조바심나게 기다리던 여서가 손짓을 휘둘렀다. 그것을 신호로 제단 아래에서 북소리가 요란하게 울리더니 춤꾼들이 와르르 몰려 나왔다. 한데 이들의 차림새가 뜻밖이었다. 허리에는 짐승 가죽을 두르고 웃통을 벗어붙인 알몸뚱이로 장창(長槍)을 걸머진 자가 있는가 하면 방패와 도검을 잡은 사람도 있었다. 한 마디로 이 춤꾼들은 중국 사람이 아니라 모두가 북방의 야만족들이었다. 북소리가 자지러지게 울리는 동안 무장한 야만인들은 벌떼같이 단상으로 뛰어 올라갔다. 그리고 창검을 번뜩번뜩 휘둘러가며 온갖 괴상 야릇한 춤을 추기 시작하는데, 가락도 맞지 않고 대오도 헝클어진 것이 그저 살벌하기만 할 뿐 이것은 숫제 난장판이었다.

제경공은 오만 무례하게 상대방을 억누르는 말투로 설명했다.

"노군(魯君), 잘 보시오. 이 춤은 예전에 우리 제나라에게 멸망당한 북방 내이족(萊夷族)의 전통 무용이외다."

그 말을 듣는 순간 노정공은 깜짝 놀라 가슴이 덜컥 내려앉고 안색이 흙빛으로 변했다.

공구 역시 대경 실색하여 예복 앞자락을 여며들기가 무섭게 한 걸음에 단상으로 뛰어 올라갔다. 그의 안중에는 등단 규칙이고 뭐고 아무 것도 보이지 않았다.

제경공 앞에 들이닥친 그는 목청을 돋우어 힐문했다.

"군후 전하! 우리 노나라는 제나라와 영세토록 화평하고자 이 자리에 와서 회맹하였소이다. 하온데 이 경사스런 자리에 무슨 까닭으로 야만족의 전쟁놀이 춤으로 소동을 벌이십니까?"

안영은 내막도 모른채 덩달아 단상으로 뛰어 올랐다.

"주군, 이렇듯 정중하고 성대한 예식 행사에 어찌하여 이런 무지막지한 야만족의 춤과 노래를 쓰십니까?"

제경공은 속으로 켕기는 바가 있는 터라 얼굴이 확 붉어졌다. 상대국의 대표에게 힐문을 당한 데다 제나라 상국마저 항의를 해온 판국이니 더는 버틸 재간이 없었다. 그는 손을 내저으며 버럭 소리쳤다.

"춤을 물려라! 모두 내려가거라!"

명령 한 마디에 난장판을 벌이던 춤꾼들이 와르르 쫓겨 내려갔다. 그 광경을 본 여서는 얼굴빛이 헬쑥하게 질렸다. 살벌한 야만족의 춤으로 노정공을 위협하여 겁을 주려던 계획이 물거품으로 돌아간 것이다. 하지만 그는 이 정도로 물러서지 않았다.

여서는 한 곁에 대기하고 있던 무희(舞姬)들에게 다가가서 뭐라고 몇 마디 소근대더니, 곧바로 단상 위에 올라가 노정공과 제경공 앞에 굽신 절을 드렸다.

"군후께서 토인의 가무를 즐기지 않으신다니 이번에는 궁중의 춤과 노래로 경축의 흥을 돋우고자 하옵는데 어떠하오리까?"

노정공은 얼굴이 굳어진 채 아무 대꾸도 하지 않았다. 노염도 풀리지 않았거니와 두근거리는 가슴 또한 진정되지 않았다.

제경공은 연신 고개를 끄덕여 동의를 표했다.

여서가 손을 휘두르자, 화려한 의상을 걸친 무희 스물넷이 분바르고 입술 연지 곱게 바른 얼굴에 웃음꽃을 활짝 머금고 날씬한 자태를 자랑해가며 단상에 올랐다. 이윽고 풍악이 울리면서 무희들의 춤이 벌어졌다. 앞서 보여준 토인들의 무용과는 전혀 다른 춤이었다.

하늘하늘 감돌아 움직이는 모습은 마치 수선화가 바람결에 나부끼듯 가녀리면서도 날렵했다. 휘적휘적 긴 소맷자락을 내두를 때마다 향그러운 지분 내음이 흩뿌려지고 허공에는 채색 구름이 걸린 듯 눈이 부실 정도였다.

무희들의 춤사위는 우아하면서도 아리땁기 이를 데 없었다. 장단 맞추는 노랫가락도 유서 깊은 《소악(韶樂)》, 마침내 잔뜩 굳어져 있던 공구의 얼굴에도 싱그러운 미소가 피어나기 시작했다.

그런데 또 다시 뜻밖의 일이 벌어졌다. 풍악의 가락이 급작스레 바뀌면서 무녀들의 입에서 엉뚱한 노래가 쏟아져 나오는 것이 아닌가!

달리는 수레 급하기는 쏜살같고,
삿자리 휘장에 붉은 칠 가죽.
노나라 국경 길이 탄탄 대로이니,
제나라 아씨는 밤 도와 길 떠나네.

그것은 《시경》 가운데 '재구편(載驅篇)'이었다. 한창 우아한 노랫가락에 젖어 있던 공구는 일순 멍청해졌다. 어리둥절하는 사이에도 무희들의 노랫소리는 다음 가락으로 옮겨가고 있었다.

네 마리 검정 말은 몸집도 훤칠하고,
부드러운 고삐가 치렁치렁 늘어졌네.
노나라 국경 길은 탄탄 대로이니,
제나라 아씨가 좋아란다.

공구는 고개를 번쩍 들고 제경공을 바라보았다. 제경공은 두 눈을 스르르 감은 채 한가롭게 노래를 듣고 있었다. 다시 안영 쪽을 바라보니 안영은 그저 무표정한 기색으로 시침을 뚝 떼고 서 있었다.

문수(汶水)의 물결은 출렁출렁,
길에 오가는 행인이 득실득실.
노나라 국경 길은 탄탄 대로이니,
제나라 아씨가 휘달린다.

문수의 흐름이 도도하니,
오가는 사람이 들끓는다.
노나라 국경 길이 탄탄 대로이니,
제나라 아씨가 놀아나네.

공구는 얼굴에 숯불이라도 끼얹은 듯 화끈화끈 달아올랐다. 이 노래는 바로 문강(文姜)이 오빠 제양공과 근친상간을 저지른 사실을 빗대

어 풍자한 노래였다. 문강은 정략적으로 노나라 환공에게 시집갔으면
서도 고국의 오빠를 잊지 못해 늘 그리워하다가 노환공이 제나라를 친
선 방문하는 기회에 함께 따라가서 또다시 제양공과 밀회를 즐긴 끝에,
일이 탄로나자 제양공은 매부인 노환공을 귀국길에 암살하고, 문강은
노나라에 돌아가지 못한 채 국경 부근에 거처를 잡고 들어앉아 죽을 때
까지 오빠와 밀통했던 것이다.

이 사실은 노나라에게 있어서 치욕일 뿐만 아니라 제나라측에서도
불명예스러운 일이었다. 그런데 여서는 도대체 무슨 속셈으로 무희들
을 시켜서 이 남부끄러운 노래를 굳이 부르게 하는지 알 수 없는 것이
었다.

무희들의 노랫가락은 갈수록 노골적이었다. 이제 아예 없는 내용조
차 덧붙여 부르고 있었다.

부인이 친오빠를 사랑하니,
남편도 어쩔 도리가 없네.
………….

공구의 얼굴 근육이 팽팽하게 당겨졌다. 그가 벌떡 일어났을 때 손아
귀에는 보검이 뽑혀 있었다. 공구는 고리눈을 부릅뜨고 사나운 몸짓으
로 제경공 앞에 다가서서 버럭 호통을 쳤다.

"이 장엄한 시간에 천한 것들을 시켜 일국의 군주를 희롱하다니, 그
죄는 죽어 마땅하오! 군후께서는 속히 귀국의 사마(司馬)에게 명하시
어 저 계집들의 목을 베소서!"

노정공도 노래에 실린 뜻을 알아차리고 얼굴색이 바뀌었다.

"이런 괘씸한 일이 다 있나, 에잇……!"

제경공이 미처 대꾸를 하기도 전에 무희들은 남의 속도 모른 채 여전

히 다음 가락을 신나게 읊어 내렸다.

효성스런 아들은 아무 말도 못하고,
국경 땅에 집 지어 어머니를 모셨네.

이쯤 되자 단상 단하는 온통 웃음바다를 이루고 말았다. 제나라 사람들이 한꺼번에 폭소를 터뜨린 것이었다. 그중에서도 여서의 웃음소리가 유별나게 후련히 울렸다.

공구는 평소 그 점잖고 대범하던 태도를 어디에 내던졌는지 전혀 찾아볼 길이 없었다. 그는 목청껏 고함을 질렀다.

"오늘 노나라와 제나라 양국은 평화의 맹약을 체결하고 형제가 되었다! 그런데 이 무희들이 겁도 없이 대담하게 양국의 임금을 노골적으로 모욕하였으니 절대로 용서할 수 없구나. 제나라 사마는 어디 있는가? 어서 이 계집들은 끌어내려 목을 베도록 하라!"

제나라 좌사마 우사마는 말문이 막힌 채 대꾸도 못하고 제단 아래 옹색하게 서 있기만 할 따름이었다.

공구는 노발대발 벼락치듯 호통을 질렀다.

"제나라 좌우 사마는 단상으로 올라오라!"

두 사람은 제경공을 바라보았다. 어떻게 해야 좋을지 묻는 눈초리였다. 그러나 제경공은 못 들은 척 못 본 척, 꿀먹은 벙어리였다.

공구는 노기가 치밀어 더 이상 참을 수가 없었다. 그는 제경공을 향해 딱 부러지게 선언했다.

"노나라가 기왕에 제나라와 형제의 교분을 맺었은즉, 노나라의 사마는 곧 제나라의 사마와 다를 바 없습니다!"

그리고 단 아래를 향해 손짓을 보냈다.

"좌사마 신구수, 우사마 낙기, 두 장군은 속히 단상으로 오르라!"

"예엣!"

신구수와 낙기 두 장군은 명령 한 마디에 벌써 단상으로 뛰어 오르고 있었다. 그리고 칼을 뽑아들기가 무섭게 노래를 선창하던 무희 두 명의 목을 단칼에 베어 버렸다. 불쌍하게도 무희 두 명은 까닭도 모른 채 피바닥에 거꾸러져서 원통한 귀신이 되고 말았다. 끔찍스런 참상에 나머지 무희들은 혼비백산을 해서 그 자리에 까무라쳐 쓰러지거나 머리통을 감싸안고 제단 아래로 뛰어 내려 뿔뿔이 도망쳐 갔다.

제경공 역시 기절초풍하여 말 한 마디도 못하고 부들부들 떨기만 했다. 화근의 장본인 여서는 재빨리 임금의 등 뒤로 돌아가 엎드린 채 숨 한 모금 크게 내쉬지 못하고 와들와들 떨었다.

이 때가 되어서야 제나라 상국 안영도 대부 여서가 이번 회맹을 꾸미게 되었던 진정한 의도를 알아챌 수가 있었다. 그는 수치스러움과 괴로운 마음에 얼굴을 쳐들 수가 없었다. 하지만 그는 역시 큰일을 여러 차례 겪어 본 사람이요, 과거 오랜 세월 능숙하게 수완을 발휘하여 명성을 떨쳐온 외교가답게 처신할 줄도 아는 인물이었다. 그는 당황한 기색을 보이지 않고 침착하게 입을 열었다.

"주군, 두려워 마십시오. 공부자는 예의 범절을 극히 소중히 여기는 사람이니 절대로 무례한 행동을 저지르지는 않을 것입니다."

그리고 다시 노정공을 향해 돌아섰다.

"오늘 이 사태는 온전히 저희들의 준비가 치밀하지 못해 벌어진 일입니다. 무희들이 차마 듣지 못할 음탕한 노래를 불러 군후의 귀를 더럽힌 죄, 부디 용서해 주시기 바랍니다!"

그는 공구에게도 깊이 허리를 구부려 사죄했다.

"대사구님, 부디 노염을 풀어 주시오! 오늘 일은 이 안영도 미리 알지 못하고 있었소이다. 여러 모로 귀국의 위엄을 범한 점, 이 늙은이가 대사구님께 진정으로 사죄를 드리는 바이오!"

공구도 답례를 건넸으나 노염은 쉽사리 가시지 않았다.

"상국 대감, 불초 공구가 모를 일이 한가지 있소이다! 제나라와 같은 당당한 대국이 어째서 주공(周公)의 법제를 준수하여 화하(華夏)의 위엄과 덕을 널리 베풀지 않고 오늘 이 장엄한 동맹의 제단 위에 오랑캐의 음악, 야인의 춤, 요사스럽고 더러운 가무를 내세우신 것입니까? 이 공구도 낯이 뜨거운데 상국 대감이야 오죽하시겠소?"

제아무리 말솜씨 좋기로 이름난 안영이라 할지라도 공구가 날카로운 언사로 조리 정연하게 맞대놓고 질책하는 데야 입만 딱 벌린 채 혓바닥이 굳어져서 대꾸할 말이 없었다.

그날 밤, 제나라측 군신(君臣) 세 사람은 장막 안에 마주 앉아서 잔뜩 찌푸려진 주름살을 펴지 못하고 있었다.

한참만에 제경공이 천천히 고개를 쳐들었다. 그리고 원망과 회한이 섞인 목소리로 말문을 열었다.

"여경, 그대를 탓할 생각은 없소만 과인은 아무리 생각해도 모를 일이 있소. 공부자는 옛 성현의 예법을 지켜가며 군주를 이끌어 주는데 그대는 어째서 북방 오랑캐의 악습으로 과인을 이끌어 준단 말이오?"

여서는 입을 꼭 다물고 생쥐 눈알만 데룩데룩 굴릴 뿐 아무 대꾸도 하지 못했다. 어쩌면 임금의 힐책하는 소리가 귀에 들리지 않는 듯했다. 사실 그는 속이 부글부글 끓어 견딜 수 없는 지경에 다다라 있었다. 몇날 며칠 밤을 꼬박 지새워가며 머리통을 쥐어 짜내 궁리한 모략이 삽시간에 물거품으로 돌아갔으니 속이 상할 밖에 더 있으랴? 그의 꿈은 동맹의 단상에서 노나라 군신에게 한차례 호된 모욕을 안겨주고 쾌씸한 공구의 명성과 위신에 흠뻑 먹칠을 해주어 노나라를 부흥시키려는 그의 소망을 물거품으로 만들려던 것이었다.

그런데 목적을 달성하기는커녕 오히려 공구의 단 한 차례 반격을 받고 모든 계략이 허망하게 수포로 돌아갈 줄이야…… 이야말로 재주를 부린다는 게 반대로 추태를 연출한 꼴이 되었다.

장막 안의 공기는 착 가라앉다 못해 얼음덩어리처럼 굳어져 있었다. 이때껏 말 한 마디 없던 상국 안영이 제경공을 돌아보았다.

"주군, 아무리 화평을 맹세하는 단상이라 할지라도 그 자리는 전쟁터와 다를 바 없습니다. 첫번째 싸움에서는 우리가 비록 승리를 거두지 못했으나 그렇다고 철저히 패배한 것도 아닙니다. 내일 동맹 조약을 체결하는 자리에서 우리측이 계략만 잘 쓰면 오늘 잃어버린 체면을 되찾아 올 수 있습니다!"

그 말을 듣고 여서가 제 넙적다리를 철썩 치면서 벌떡 일어났다.

"옳습니다! 상국 대감의 말씀이 지당합니다. 소신의 의견으로는 이렇게 하면 어떨까요……?"

제나라 군신 세 사람은 머리를 맞대고 쑥덕공론을 하기 시작했다.

이튿날 동맹 조약을 체결하는 자리에서 제나라측은 갑작스레 조항 하나를 덧붙이자고 제의해 왔다. 추가 조항이란 바로 제나라가 국경을 벗어나 전쟁할 경우에 노나라측에서 전투용 수레 3백 승(乘)에 해당하는 병력을 의무적으로 지원할 것이며 만약 이 의무를 이행치 않을 때는 동맹 조약을 파기하는 것으로 간주하겠다는 내용이었다.

생각지도 않았던 돌발 제안에 노정공은 어찌 할 바를 모르고 당황했다. 이 조건은 한 마디로 노나라를 제나라의 부용국(附庸國)으로 삼겠다는 의미였다.

그는 공구에게 눈길을 돌렸다.

공구는 수행원 가운데 노나라의 대부요 맹장인 자무(玆無)를 가까이 불러들였다. 그리고 귓속말로 몇 마디 속삭였다.

자무가 여서에게 다가갔다.

"노와 제, 두 나라가 이제 동맹을 맺고 형제지국이 된 이상, 어느 한 나라가 출병하면 다른 한 나라에서도 군사를 파견하여 돕는 것이 마땅하다고 생각하오. 다만 우리 노나라측도 귀국에 대해 한 가지 조건을 덧붙이고자 하오. 양국이 형제가 되었으니, 지난 날 귀국이 점령한 문양(汶陽) 일대의 우리 영토, 환읍과 운읍, 구음의 세 지역을 마땅히 돌려주어야 한다고 생각하오. 만약 귀측에서 이 조건을 수락하지 않는다면 동맹을 파기하는 것으로 간주하겠소!"

그 제의를 받고서 제나라 군신은 입이 딱 벌어졌다. 공구가 마지막에 가서 이런 수를 내놓으리라고는 정말 꿈에도 생각지 못했던 것이다. 하지만 그 요구를 거절할 만한 구실도 없으므로, 제나라측은 어쩌지 못하고 문양에 귀속시켰던 과거 노나라의 영토 환읍과 운읍, 구음 세 지역을 떼어 반환하기로 수락하고 말았다. 이리하여 조약 문서에는 상호 병력 지원 조항과 영토 반환의 조건이 덧붙여져서 조인되었다.

기대 이상의 성과를 얻게 되자 노정공은 춤이라도 덩실덩실 추고 싶을 정도로 매우 기뻤다. 그는 공구가 보여준 임기응변의 지혜와 기백에 탄복해 마지않았다. 온 세상의 주목을 받던 제·노 양국의 협곡 동맹은 이렇게 매듭지어졌다.

노나라 군은 의기양양하게 도성으로 귀환했다. 그러나 제나라 군의 형편은 그렇지 못했다. 임치성으로 돌아가는 도중, 제경공은 수레에 홀로 앉아서 내내 고독과 울분을 씹어야 했다. 안영도 마음이 무겁기는 누구 못지 않았다. 여서 또한 후회 막급이었다. 이제 두려운 것은 제경공이 언제 어느 때 자기가 저지른 실수를 문책할지 모른다는 점이었다.

제나라의 중망(衆望)을 한몸에 받아온 어진 재상이었던 상국 안영은 결국 자신의 뜻을 이루지 못하고 병석에 누워 생을 마감했다.

안영은 임치성 밖 거대한 무덤 속에 묻다. 장례가 끝난 후에도 며칠 동안 무덤 앞에는 향을 사르고 술을 붓는 백성들의 행렬이 끊이지 않았다.

안영을 잃어버린 제경공은 대부 여서를 상국으로 임명했다. 이 조치를 놓고 제나라 조정 안팎에서는 여론이 물끓듯 일었다. 고소자(高召子)를 우두머리로 하는 어진 대부들은 군주의 이런 인사 조치에 반대하고 나섰다. 제나라가 협곡 회맹에서 실착(失着)을 하고 남에게 주도권을 빼앗긴 근본 원인은 순전히 여서가 못된 책략을 꾸며낸 데 있었고, 심지어 상국 안영이 죽게 된 것도 직접적으로 그것과 관련이 있다고 주장했다. 그러나 대장군 전상(田常)을 우두머리로 하는 일파는 여서를 지지하고 나섰다.

회맹의 결과야 어찌 되었든간에 여서는 모략에 정통할 뿐만 아니라, 국가를 위해서 한마음 한뜻으로 노심초사 일해 온 충신이요, 나라를 위해서 그만큼 분주 다사하게 뛴 사람이 없으니, 마땅히 그가 상국의 자리를 이어 받아야 한다고 주장한 것이다.

제경공은 또 그 나름대로 말못할 고충이 있었다. 협곡에서 무희들이 큰 결례를 범한 일은 비록 여서의 계획에 따른 것이라고 해도 그가 허락하지 않았으면 없었을 실책이었다. 그런만큼, 여서의 죄를 추궁할 건덕지가 그에게는 없었다. 또 천자나 제후 군주들이 일단 입밖에 낸 말 한마디는 금과 옥조(金科玉條)였기 때문에 함부로 취소하거나 뒤집기 어려운 것이었다. 따라서 제경공도 여서를 상국으로 삼겠다고 선포한 이상, 이를 쉽사리 바꿀 수가 없었다.

협곡 회맹에서 외교적으로 중대한 승리를 거둔 이후 공구는 임시로 맡았던 상국의 직분을 계손씨에게 반환하였으나, 그의 명성과 위엄은 이미 노나라 전역에 걸쳐 크게 떨쳐졌다. 대사구 공구에 대한 노정공의 기대와 신망이 더욱 두터워진 것은 말할 나위도 없었다.

어느 날 공구는 미복으로 갈아입고 도성 길거리 순시에 나섰다. 그 뒤에는 역시 편복 차림의 측근 아전 두 명이 한 걸음도 떨어지지 않고 따라붙었다.

노나라 도성 번화가의 한낮은 장돌뱅이와 노전 상인들이 손님 부르는 소리, 흥정꾼들이 다투는 소리로 물끓듯 소란스러웠다.

어느 푸줏간 앞에서 공구는 문득 발걸음을 멈추고 미심쩍은 눈길로 점포안을 들여다 보았다.

"자아, 닷근이오! 안녕히 가십쇼."

손님은 환갑 나이를 넘긴 늙은이였다. 노인이 고기를 받아들려는데, 공구가 대끔 손을 내밀어 가로막았다.

"잠깐만……! 주인장, 그 고기를 다시 달아보구료. 정말 닷근인지 아닌지 보아야겠소."

"어이구, 손님이 또 오셨군! 이리 들어 오시지요."

주인은 황급히 너스레를 떨어가며 딴전을 부렸다.

그러나 새로운 손님은 얼굴 표정을 굳히고 다시 따져 물었다.

"그게 닷근 맞소? 저울에 다시 달아보란 말이오!"

"아니, 손님! 방금 저울질하는 걸 보셨지 않습니까?"

"근량이 넉넉하오?"

"그야 물론…… 근량이 …… 근량이 ……."

푸줏간 주인의 말문이 막혔다.

공구는 두말 없이 저울대를 집어들고 도마 위에 놓인 고깃덩어리를 달아 본 다음 저울 눈을 가리켰다.

"보구료, 이게 몇 근 나가오? 네근 반이 분명하지 않소? 그런데 어째서 닷근 값을 받는 거요?"

그러자 주인은 재빨리 변명을 했다.

"아이쿠, 내 정신 봤나? 덤벙대다가 잘못 달았군요. 좋습니다. 네 근 반 값만 받기로 합죠!"

하지만 공구의 얼굴에는 감서리가 맺혔다.

"안 되오! 당신 속임수가 전문이로구먼. 아무래도 돈 대신에 벌을 좀 받아야겠소. 이 돼지고기는 공짜로 드리시오!"

"안 됩니다요! 그럴 수는 없습니다!"

다급해진 주인이 아우성을 쳤다.

"한 가지 묻겠소. 이 노인장은 오늘 처음 고기를 사러 온 분이오?"

주인이 대답하기 전에, 손님이 먼저 말했다.

"아니우, 나는 이 푸줏간에 단골로 오곤 했소이다."

공구는 노인을 가리키면서 주인에게 물었다.

"이분 말씀이 사실인가요?"

"그, 그렇습니다만……."

"이 손님은 닷근 값을 냈는데, 당신은 반 근 모자라게 달았소. 단골 손님이 올 때마다 반근씩 저울눈을 속였을 테니, 오늘은 그 배상으로 네근 반을 공짜로 주셔야겠소. 이만해도 너무 크게 덕을 본 셈인 줄 아시오!"

푸줏간 주인은 대꾸 한 마디 못한 채 고개만 툭 떨구었다.

이때 갑자기 등 뒤에서 비명 소리가 들려왔다.

"아이구머니, 사람살려요!"

공구는 고개를 돌리고 비명 소리가 난 곳을 바라보았다. 가뜩이나 성이 난 판에 또 불길이 확 솟구쳤다.

3
석문산에서

비명은 어느 여염댁 여인이, 장터에 떠돌아 다니며 행패를 부리는 건
달 녀석에게, 팔목을 붙잡혀 회롱을 당하고 빠져 나오지 못해 구원을
청하는 소리였다. 그 광경을 본 공구는 분기 탱천하여 두 눈에 쌍심지
를 돋우었다. 그는 손에 들고 있던 돼지고기를 노인장에게 얼른 건네주
었다.

"어서 가지고 가시오!"

"어이구, 고맙습니다!"

노인의 인사 말을 듣는 둥 마는 둥, 공구는 벌써 돌아서서 건달 녀석
앞으로 다가가고 있었다.

"그 손 놓지 못할까! 어디서 굴러 먹던 무뢰배 녀석이 대명천지 밝은
대낮에 양가댁 여인을 회롱하는 거냐?"

벼락치듯 엄한 호통 소리에, 건달 녀석은 여인의 팔목을 놓더니 뱀눈
을 부릅뜨고 흉악스런 기세로 공구를 향해 달려들었다.

"헷헷, 요놈은 또 어떤 샌님이신가? 호랑이 간을 삶아 잡수셨는지 겁도 없이 이 어르신 앞에서 호걸 노릇을 하려 들다니!"

건달은 이죽거리면서 주먹을 번쩍 들어 공구를 후려 갈기려 했다.

공구가 한 곁으로 슬쩍 몸을 피하자, 건달 녀석은 공교롭게도 뒤따르던 아전 두 사람 중간에 끼어든 꼴이 되어 버렸다.

"잡아 꿇려라!"

공구의 호통 한 마디에, 수행 아전 두 사람은 쇠집게보다 더 단단한 양 손아귀로 솔개 병아리 나꿔채듯 건달 녀석의 덜미를 움켜가지고 그 자리에 태질을 치더니, 어깻죽지를 눌러 꿇어 앉혔다.

이어서 건달 녀석의 귓결에 엄한 분부가 떨어졌다.

"이런 못된 무뢰배 녀석은 아무래도 엄벌에 처해야겠다. 냉큼 끌어다가 감옥에 처넣어라!"

"예엣!"

아전들이 건달을 끌어간 후에야 비로소 구경꾼 가운데 공구의 신분을 알아본 사람이 있었다.

"아이구, 대사구 대감이시다!"

"저런, 대사구 어른이 미행(微行)을 나오셨어! 그놈 이제 죽었다."

"아무렴! 공평 무사하게 법을 집행하시는 대감님 손에 걸렸으니 빠져나오기는 다 틀린 노릇 아닌가?"

"고마우셔라, 이런 장터에까지 납시어 백성들의 고충을 헤아리시다니!"

왈패에게 시달림을 당하던 양가댁 여인은 공구 앞에 무릎 꿇고 사례를 표했다. 푸줏간 주인 영감은 얼굴빛이 하얗게 질려 부들부들 떨고 있었다.

공구는 군중들에게 따사로운 미소를 건네면서 그 자리를 떠났다. 그리고 곧장 궁궐로 향했다.

노정공은 어화원(御花園)에서 꽃놀이를 하고 있었다.

"주군, 여기 계셨사옵니까?"

"오오, 대사구께서 웬일이오?"

"주군, 지금 외우 내환이 없는 상황이기는 하오나……."

"그렇소. 나라가 태평하고 비바람도 순조로워 백성들이 평안하게 살고 있으니, 이 화원의 장미꽃들도 예년보다 더욱 흐드러지게 피었구료. 대사구, 이리 와서 나하고 꽃놀이나 함께 즐깁시다."

"그 말씀 옳지 않습니다, 주군."

"어엉……? 옳지 않다니?"

노정공이 뜨악해서 물었다. 공구는 새삼스럽게 허리 굽혀 읍례를 올리고 정중히 대답했다.

"지금 이 나라에 비록 외우 내환이 없다고는 하오나 사회의 폐단은 아직도 많이 남아 있습니다."

"무슨 폐단?"

"예를 들자면, 장사꾼이 어수룩한 손님에게 터무니 없이 바가지를 씌우고 근량을 속이고 있습니다. 뿐만 아니라 무뢰배 건달들이 장터에 횡행하면서 왕법을 무시한 채 노약자와 부녀자를 업신여기고 능욕하는 등 못하는 짓이 없사옵니다."

그 말을 듣자 노정공은 찌푸렸던 이맛살을 활짝 펴면서 껄껄 웃었다.

"그야 뭐 어려운 일이겠소? 경은 대사구이니만큼 법규를 제정하여 못된 장사치와 무뢰배들의 범죄를 엄중히 다스리면 될 것 아니오?"

"분부 받드오리다!"

군주의 허락이 떨어지자, 공구는 속시원하게 응답하고 나서 어화원을 물러나왔다. 그리고 아문에 돌아가자 즉시 문하 제자들을 불러모았다.

"너희들도 아다시피, 이제 우리 나라와 제나라는 동맹을 맺어 수족과 같은 형제지국이 되었다. 또 제나라는 과거에 점령했던 우리 영토 환읍과 운읍, 구음 세 지역을 모두 우리에게 돌려주었다. 그 결과로 주군께서는 외우 내환이 없다고 생각하신 나머지 정사를 게을리하시고 날이면 날마다 주색가무에 파묻혀 즐기고만 계시다."

공구는 여기서 잠시 뜸을 들였다가 다시 말을 이었다.

"그러나 실상을 들여다보면 우리 나라 전역에는 아직 큰 위기가 사면에 잠복해 있다. 첫째는 사회 질서가 어지러워 못된 사람들이 향리에서 날뛰고 있다는 점이다. 둘째는 '삼환(三桓)'의 개인 세력이 날로 늘어나서 병력을 갈수록 증강시키고 영지(領地) 안의 성곽도 갈수록 높여 쌓고 있는 실정이다. 셋째는, 공산불유가 비록 제나라로 망명했다고는 하나, 역심을 버리지 못하고 국경 일대에서 반란군 세력을 크게 모집하여, 일단 기회만 있으면 다시 쳐들어올 야심에 불타고 있다. 이런 화근을 제거하지 않고서는 온 나라에 평안할 날이 없을 것이다.

나는 이제 법규를 제정하여 강력히 집행하기로 마음을 굳혔다. 그리하여 민심을 순화시키는 선정을 베풀어 태평한 나라를 만들 것이다. 내 뜻은 이러한데, 너희들에게 무슨 좋은 계책이 없는지 생각한 바를 말해보아라."

스승의 말씀이 떨어지기가 무섭게 자로가 벌떡 일어섰다.

"스승님, 그게 뭐 그리 어려운 일입니까! 사회 질서가 혼란하면 중도읍에서 다스리던 방법대로 집행하면 될 것이고, '삼환'의 성곽이 예법 제도에 어긋나서 지나치게 높으면 군대를 보내 강제로 헐어 내리면 될 것입니다. 공산불유의 반란군 세력은, 불초 제자에게 전투용 수레 5백 승만 주신다면 놈들의 소굴로 쳐들어가서 단숨에 깨끗이 소탕해 버릴 수도 있습니다."

공구가 자로를 바라보고 미소를 지었다.

"중유야, 네 말이 일리가 있기는 하다만 너는 일을 너무 간단하게 생각하는구나. 세 척 두께의 얼음이 하루아침에 언 것이 아니고 천 길 높은 나무가 한두 해 공력으로 자란 것이 아니듯, 사회 질서에 혼란상도 오랜 세월에 걸쳐 은연중에 폐단이 쌓인 것이어서, 단시일 안에 제거할 수는 없다. 또 '삼환'의 세력으로 말하자면, 그들이 이 나라를 보호할 경우 나라가 강성해질 것이고 이 나라에 반기를 들면 나라를 망칠 수도 있는 지경에 이르고 있다. 이런 실상을 보고도 네가 어떻게 적대시할 수 있단 말이냐? 더구나 너는 지금 상국 대감 부중의 총관 직을 맡고 있는 몸인데, 그런 망령된 언행을 함부로 해서 되겠느냐? 공산불유만 해도 그렇다. 그자는 무예도 뛰어날 뿐 아니라 용병술과 기만 술책에도 능통한 위인이라, 신구수와 낙기 같은 장군들도 제압하지 못하는 실정인데 네가 어디 적수나 되겠단 말이냐?"

자로는 고개를 외로 꼬고 한 곁으로 물러났다. 그는 가만히 앉아서 사형 사제들이 하는 말을 잠자코 듣기 시작했다.

염구는 허여멀쑥한 얼굴에 풍채도 당당해 보이는 것이 자로보다 훨씬 점잖아 보이고 목소리도 차분한데다 조리있게 말을 했다. 그는 조용히 일어나 스승을 정면으로 바라보면서 자신의 의견을 차근차근 피력했다.

"사부님, 현재 우리 나라와 제나라는 우호동맹조약을 맺었습니다. 그러므로 제나라 군주에게 토벌군을 출동시켜 국경지대에 웅거한 공산불유의 세력을 몰아내도록 요구하시고 우리쪽에서도 관군을 출동시켜 동시에 협공한다면 그 망명 도배들의 세력을 깨끗이 소탕할 수 있을 것입니다. 일단 그 심복지환(心腹之患)부터 제거해 버린 다음에야 비로소 국내 문제도 다스려 바로잡을 수 있다고 생각되옵니다."

복불제는 그 짙은 눈썹에 부리부리한 눈망울을 지닌 만큼, 자기 뜻을 표현하는 데도 유별나게 재치가 있었다. 그는 스승 앞에 일어나서 두 주먹을 맞잡아 공손히 예를 올렸다.

"스승님, 그리고 여러 사형님들. 이 자천도 불초하나마 생각한 바를 말씀드리게 해주십시오. 일국을 강성하게 만들려면 모름지기 인화(人和)를 먼저 추구해야 합니다. 현재 노나라가 표면적으로 평온 상태를 이루고는 있다고 하나, 오늘날과 같이 제후들끼리 패권을 다투고 열강이 경쟁적으로 무력을 양성하는 형세 속에서는 언제 어느 때 생각지 못할 재앙이 떨어질지 모릅니다. 우리 노나라 자체로 말하자면, 조정에는 삼대 가문이 각각 자기네 세력을 심어 놓고 피차간에 명쟁 암투(明爭暗鬪)를 벌일 뿐 아니라 공실(公室)에 대해서도 정면으로 맞서고 있는 실정입니다. 백성들의 형편은 또 어떠합니까? 지방에는 못된 토호 향신(土豪鄕紳), 악당 불량배들이 제 멋대로 날뛰면서 못하는 짓거리가 없는 실정입니다. 이렇게 나가다가는 노나라 강산이 어찌 안정될 것이며 또 설혹 안정되었다 치더라도 어떻게 부강해질 수 있겠습니까? 그렇기 때문에 저는 반드시 정령(政令)을 반포하고 법규를 제정하여 못된 토호 향신을 징치(懲治)하고 악당 불량배들부터 제압해야 된다고 생각합니다. 그렇게 사회 질서를 바로잡아 놓고 나서, 남자는 농사를 짓고 여자는 옷감 짜는 일에 힘쓰도록 고무 격려하고, 상인과 손님간에 합법적으로 공정한 거래가 이루어질 수 있게 보호해야 합니다. 그 다음에는 수리 사업(水利事業)을 일으키고 공장을 세우며 교육 사업을 장려하고 상업을 발전시킵니다. 이렇게 해서 백성들이 부유해지면 나라도 강성해질 터이고, 나라가 부강해지면 외부의 적들이 멀리 피할 것이며, 내부의 환란도 일어나지 못할 것입니다. 공실이 백성들의 옹호를 받아 강성해지면 '삼환'의 세력은 굳이 손대지 않더라도 저절로 약해지고 줄어들게 되리라 생각됩니다."

공구의 얼굴에 차츰 흐뭇한 기색이 떠오르기 시작했다.

이번에는 안회가 일어났다.

"사부님께서는 중도읍을 다스리신 지 1년만에 큰 치적을 세우셨습니다. 이제 그 법규를 조금 고쳐서 쓰신다면 전국에 통용할 수 있을 것입니다. 풀잎이 바람결에 따르듯 백성은 왕법을 따르게 마련이오니, 그 법규를 적용하신다면 우리 노나라는 필경 1년도 못 되어서 크게 다스려질 것입니다."

"그럼 네가 그 법규들을 손질해 보면 어떻겠느냐?"

"제자, 힘닿는껏 고쳐보겠습니다."

안회는 스승의 부탁을 흔쾌히 받아들였다.

공구가 문하생들과 치국의 도리를 놓고 담론하는 동안, 대문 밖에서는 엉뚱한 일이 벌어지고 있었다. 나이 열두어 살쯤 들어보이는 꼬마 손님이 찾아와서 문지기에게 공부자님을 뵙게 해달라고 떼를 쓰기 시작한 것이다. 문지기는 하도 어이가 없어 앞을 가로막고 들여보내지 않았다.

"웬 꼬마 녀석이 대사구 어르신을 만나겠다는 거냐? 무슨 일인지 나한테 말해 봐라. 혹 내가 들어 줄 수 있는지도 모르니까."

"아저씨가 뭘 안다고 그래요? 난 공부자님을 꼭 만나 뵈어야 해요!"

"도대체 네 집이 어디냐? 뭐하러 왔어?"

"나는 호향(互鄕)에서 왔어요. 아버님이 날더러 공부자님을 찾아 뵙고 제자가 되어서 학문을 배우라고 하셨단 말이에요!"

"뭐라고, 호향에서 왔어? 예끼, 요 더러운 거지 녀석 같으니!"

호향 지방은 노나라 영토 안에서도 한참 외딴 시골이었다. 또 그곳은 옛날부터 풍기가 문란하기로 소문이 자자하게 난 곳이었다. 문지기도 그 평판을 익히 아는 터라 코방귀를 뀌어가며 꼬마 녀석의 등을 밀어붙였다.

"저리 썩 가지 못해? 그런 땅에서 뒹굴던 녀석이 무슨 낯으로 공부자님을 뵙겠다는 거야? 어서 꺼지라구!"

꼬마 녀석은 큼지막한 눈으로 문지기의 위아래를 훑어보면서 앙탈을 했다.

"이 양반, 정말 몰상식한 분일세그려! 우리 호향 땅의 소문이 좀 나쁘기로서니 사람마다 다 나쁜 것은 아닌데, 그걸 도매금으로 나쁜 사람 취급을 할 수 있단 말이에요? 아저씨는 어떻게 그리도 흑백을 가릴 줄도 모르세요?"

문지기는 무식꾼 취급을 당하자 역정이 나서 꼬마 녀석을 걷어챘다.

"어서 가지 못해? 요놈아, 나는 네 따위하고 한가롭게 노닥거릴 시간이 없단 말이다!"

어른이 주먹을 번쩍 치켜드니, 꼬마는 분을 못 참아 씨근대면서도 발길을 돌릴 밖에 어쩔 도리가 없었다.

이윽고 문하생들과 얘기를 끝낸 공구가 외출 차비를 차렸다. 그는 대문 밖을 나서면서 문지기에게 지나는 말로 한 마디 물었다.

"내 잠시 나갔다 오마, 그래 무슨 일은 없었겠지?"

고지식한 문지기는 앞서 꼬마 녀석이 찾아와서 실랑이를 벌였던 경위를 자랑스럽게 이야기했다. 하지만 공구의 반응은 뜻밖이었다.

공구는 얼굴 표정을 굳히고 문지기를 엄하게 꾸짖었다.

"어째서 나한테 한 마디 연통도 않았느냐? 그 소년이 비록 나이는 어리나 부친의 말씀을 지킬 줄 알고 내게 가르침을 구하러 왔다면, 이는 곧 효자라고 할 수 있다. 또 풍기가 문란한 호향 땅에 살면서도 학문을 배우러 찾아왔다면 이는 총명한 사람이라 할 수 있다. 이렇듯 효성스럽고 총명한 인물이라면 내 제자감으로서 더 이상 바랄 수 없을 것이다. 그런데 어쩌자고 그런 소년을 문전에서 쫓아냈단 말이냐?"

문지기는 눈물이 쿨쩍 나도록 꾸지람을 듣고 말없이 고개만 떨어뜨렸다.

"앞으로는 매사 덤벙대지 말고 신중히 처리해야 하느니라, 알겠는가?"

"예에, 소인 명심하오리다!"

"그래, 그 소년이 떠난 지 얼마나 되었느냐?"

"얼마 안 되었습니다요."

"옳거니! 냉큼 달려가서 그 소년을 도로 데려오너라."

문지기는 응답 한 마디 남겨놓고 댓바람에 달려가더니 어디서 붙잡았는지 꼬마 녀석을 금방 데리고 돌아왔다.

소년은 공구를 보고 그 자리에 엎드려 절을 올렸다.

"덕망 높으신 공부자님, 가친께서 절더러 공부자님을 스승으로 모시고 학문과 예의 범절을 배우라 명하셨습니다."

"오오, 그래? 어서 일어나거라!"

소년은 일어나서 한 곁에 공손히 시립했다.

"네 이름이 뭐냐?"

"향신(向新)이라 하옵니다. 자는 자구(子求)이옵니다."

공구는 학문의 기초 지식을 몇 가지 물어보았다. 향신은 물 흐르듯 막힘없이 대답했다. 공구는 기꺼운 나머지 안으로 데려다가 앉혀놓고 한 시진이나 대화를 나누었다.

향신을 돌려보낸 후 공구는 그 뒷모습을 바라보면서 감탄해 마지않았다.

"너희들도 보려무나, 호향 사람들이 거칠고 예모를 모른다고 하지만 저 향신이란 아이는 얼마나 훌륭하더냐?"

자로는 이해할 수 없다는 듯 스승에게 여쭈었다.

"사부님, 호향 땅은 자고로 수치심도 모르고 나쁜 짓을 하는 사람들이 사는 더러운 고장입니다. 그래서 모든 백성들이 물들지 않으려고 피해 다니는 곳인데, 그런 출신의 아이 녀석을 어째서 그토록 친숙하게 대하십니까?"

공구가 말했다.

"저 소년은 스스로 더러운 때를 벗고 깨끗해지려고 하고 있다. 그렇다면 우리도 마땅히 저 아이가 착한 길을 걷도록 도와주어야 하지 않겠느냐? 너는 '군자된 사람은 남의 아름다움을 이루어준다(君子成人之美)' 하는 말을 들어보지 못했느냐?"

"들어 보았습니다."

"너희들은 저 강물 속의 맑은 물처럼 깨끗한 품덕을 배워야 한다. 그럼으로써 자신을 깨끗이 보전하여 자중 자애할 수도 있거니와 남의 더러움을 씻어 줄 수도 있는 것이다."

제자들은 그 말씀의 뜻을 음미하면서 흩어져 돌아갔다.

안회는 그날 밤중으로 법령의 초안을 잡아, 다음 날 이른 아침 스승에게 가져다 바쳤다. 공구는 몇 군데 손질을 보태고 나서 문하생들을 시켜 흰 비단폭에 나누어 베껴쓰게 하여 도성 각 대문에 내다 붙이도록 했다. 그리고 파발마를 각 지방 읍재들에게 달려보내 이 법령을 전국적으로 실시하게 하였다.

이로부터 반 년이 지난 뒤, 노나라 사회 기풍은 크게 변하여 백성들 가운데 어른을 존경하고 어린이를 사랑하는 풍조, 남녀가 서로 길을 달리하여 걷고 길바닥에 물건이 떨어져도 주워가는 이가 없으며, 밤중에도 대문을 걸어닫지 않고도 마음 놓고 잠잘 수 있는 사회 분위기가 나타나기 시작했다.

겨울철이 가고 대지가 다시 움트는 봄이 찾아왔다. 공구는 노나라가 크게 다스려져서 날로 강성해지는 것을 보고 마음 속으로 이루 형언할 수 없는 기쁨을 느꼈다.

따사로운 봄빛이 감도는 어느 날, 그는 자로와 안회, 자공 세 사람만 데리고 성 밖으로 봄나들이를 나갔다. 한 30여 리쯤 나가서 일행은 어느 산 밑에 다다라 발길을 멈추었다.

공구가 눈을 들어 바라보니 암벽 둘이 마주보는 자세로 우뚝 서 있었다. 마치 도끼로 장작을 찍어 세운 듯 가파른 수직 형태였다. 동쪽을 향해 나란히 뻗은 두 봉우리 사이에 큰 강물이 흘렀다. 때마침 갈수기를 맞아서 홍수가 터진 듯한 장관은 볼 수 없었으나, 상류 원천에서부터 물보라를 일으키며 두 산 줄기 사이의 깊숙한 골짜기를 따라 힘차게 흘러 내리는 물줄기를 볼 수 있었다. 흘러내리면서 층층 겹겹으로 작은 폭포들을 이룬 것이 흡사 은하수의 찬란한 줄기가 땅에 떨어진 듯, 용궁을 바다 위로 끌어올린 듯 아름답기 짝이 없었다.

네 사람은 강변을 거닐었다. 물속의 자갈은 항아리만한 것에서부터 살구나 복숭아만큼 작은 것도 있었는데, 하나같이 옥돌처럼 희고 진주처럼 반짝였다.

"여기 이토록 아름다운 경치가 있을 줄이야 정말 생각도 못했구나!"

공구의 입에서 천만 감회가 서린 탄식이 흘러나왔다.

"얘들아, 수신 양성을 하려면 이보다 더 좋은 곳이 없겠다."

스승이 제자들을 불렀다.

"중유야, 단목사야, 우리 등산이나 하자꾸나!"

눈앞에 펼쳐지는 모든 것이 자욱한 아지랑이 속에 활기차 보였다. 해 묵은 소나무 잣나무 숲이 발산하는 송진 내음도 숨이 막힐 정도로 짙거니와, 한겨울철을 보내고 움튼 씀바귀꽃도 강인한 생명력으로 피어 있었다. 산새들은 풀잎 잔가지를 물어다가 둥지를 엮고 저들 나름대로 행복한 작은 가정을 꾸미느라 바쁘게 날아다녔다. 이 모든 자연의 아름다운 조화는 공구의 심경과 그대로 걸맞아 떨어진다해도 지나친 말은 아니었다.

정상에 오르니, 눈 아래 드는 것은 온통 초록빛 일색이었다. 공구는 산 밑을 굽어보았다. 작은 강물이 마치 은빛 허리띠를 두른 듯 산줄기 사이로 한 가닥 산길처럼 굽이쳐 흐르고 있었다. 절벽 위에 올라서서 내려다보니 바위 문 두 짝을 마주세워 놓은 듯한 것이, 하늘의 신장 역사(神將力士)가 심술궂게 두 봉우리 사이를 관문으로 막아서 온 산 전체 골짜기 통로를 봉쇄해 버린 것 같았다.

"이 산 이름이 뭐라더냐?"

스승의 물음에 입빠른 자로가 대답했다.

"세상에 이름 없는 산이 수두룩하다구요. 혹시 압니까? 이 산도 그저 이름없는 무명산일 겁니다."

"그런 대답이 어디 있느냐? 이토록 아름답고 이처럼 빼어난 봉우리에 이름 한 자도 없다니 말도 안 되는구나. 내 생각에 석문산(石門山)이라고 부르면 꼭 알맞겠다."

"좋은 이름입니다, 사부님!"

제자 셋이 손뼉을 쳐가며 좋아 했다.

공구는 기분이 좋아서 아예 돌바닥 위에 걸터앉았다. 그리고 제자들에게 이런 말을 했다.

"나는 산에 오를 때마다 마음이 몹시 격동되곤 한다. 높은 곳에 오르면 사람의 마음이 활짝 열리고 시야도 환히 트이게 된다. 또 등산은 사람으로 하여금 미래를 생각하게 만든다. 이 아름다운 풍경을 눈앞에 두고 너희들이 품은 뜻을 얘기해 보지 않으련? 어디 각자 무슨 지향(志向)을 지녔는지 나도 한번 들어보기로 하자꾸나."

이번에도 선수 친 사람은 역시 자로였다.

"제 소원은 군대를 이끌고 전쟁터에 나아가 싸우는 장수가 되고 싶습니다. 용호(龍虎)를 수놓은 깃발을 휘날리면서 천지가 진동하도록 북을 울리며 적지(敵地)의 성채를 공격하고 영토를 빼앗으며 적군을 죽이고 포로를 잡고, 공격하여 무너뜨리지 못하는 곳이 없으며 싸워서 이기지 못하는 싸움이 없도록 하는 것은 오로지 저만이 해낼 수 있을 것입니다. 자연(子淵)과 자공(子貢)은 그저 한낱 교위(校尉)나 되어서 내 지휘를 받아야 할 겁니다."

공구는 얼굴에 아무런 감정도 나타내지 않고 이렇게 말했다.

"중유야, 너는 진정 용감한 무부로구나!"

다음은 자공 차례였다.

"사부님, 저는 제나라와 초나라 사이에 전쟁이 벌어졌을 때를 가정해 보겠습니다. 양국 군대가 너른 벌판에서 접전을 벌이되, 피차 밀리지 않고 격돌하여 사상자가 참담할 정도로 많이 났습니다. 이때 저는 남의 눈에 돋보이는 의복을 입고 양군 진영을 오락가락 다니면서 쌍방의 주장(主將)들을 이해 득실로 깨우쳐서 전쟁을 멈추게 하고 화평하게 만들겠습니다. 이런 일은 오직 저만이 해낼 수 있을 뿐이고, 그런 마당에서 자로나 자연은 그저 제 수행원 노릇이나 하게 될 것입니다."

공구는 여전히 아무 내색도 않고 이렇게 대답했다.

"응구첩대(應口輒對)의 재간을 지녔으니 외교를 잘하는 인재로구나."

그 다음은 안회 차례인데, 빙그레 웃기만 할 뿐 입을 열지 않았다.

스승이 물었다.

"안회야, 너는 어째서 아무 말이 없느냐? 설마 네게 아무런 뜻이 없다는 것은 아니렷다?"

그러자 안회는 그 왜소한 몸집을 꼿꼿이 세우더니 사뭇 장중한 기백이 서린 말투로 조리 정연하게 자기 뜻을 밝혔다.

"제가 듣건대, 향그러운 난초와 악취나는 풀을 한 그릇에 담아선 안 된다고 했습니다. 이와 마찬가지로, 거룩하옵신 명군 요(堯) 임금과 잔혹한 폭군 걸(桀)이 같은 나라를 다스릴 수 없습니다. 왜냐하면 그 본질이 서로 다르기 때문입니다. 제가 지향하는 뜻이 있다면, 그것은 명왕 성주(明王聖主)를 만나 보필하면서 오상(五常)의 교(敎)를 사방 천하에 널리 베풀어, 아버지는 의롭게, 어머니는 자애롭게, 형은 우애 있고 아우는 공손하며 자식은 효도하게 만든 다음, 다시 예악(禮樂)으로 모든 백성들을 계도(啓導)하는 것입니다. 이렇게 하면 서민 백성들은 피차 예로써 대할 것이며 손님을 대하듯 서로 공경하게 될 것입니다. 그때에는 성곽을 높이 쌓지 않더라도 서로 치고 죽이지 않을 것이요, 성벽 아래 방어용 해자(垓子)를 깊이 파지 않더라도 무례하게 넘어 들어갈 사람이 없을 것입니다. 천하가 이렇게 되면 도창 검극(刀槍劍戟)을 부수어 농기구를 만들어 쓰고, 벌판에 마소 양 떼를 놓아 먹이더라도 건드리는 사람이 없을 것이며, 온 나라 백성들이 이별의 고통과 슬픔을 벗어나 천만 년을 두고 서로 치고 죽이는 전쟁의 환란이 없게 될 것입니다. 그날이 오면, 중유의 용맹성이나 단목사의 언변술 같은 것을 어디다 쓰겠습니까?"

그 말을 듣고 공구는 숙연히 탄성을 토해냈다.

"으음, 안회는 도덕을 숭상하는 데 뜻을 두었구나. 정말 좋은 일이다!"

자로가 두 손 모으고 스승에게 물었다.

"사부님, 저희 셋 중 어느 지향을 택하시겠습니까?"

스승이 대답했다.

"안회의 뜻은 재물을 다치지 않고 백성에게 해를 끼치지 않으며 무력을 동원하지도 않고 언변을 쓸 필요도 없이 단 한번 수고로움으로 영원한 안일을 누리게 만든다. 그러니 나도 자연 이 아름다운 지향을 택할 수밖에 없구나."

자로는 승복할 수 없다는 듯 다시 말했다.

"옛사람들이 전란을 종식시키고 나라를 세울 때 무력을 동원하지 않은 적이 없었습니다. 문무의 도리는 바로 나라를 세우는 데 없어서는 안 될 것인데 군대를 동원하고 전쟁하는 것이 어째서 나쁘다는 말씀입니까?"

"무력을 동원하는 경우는 이치로써 타이르지 못할 무리에게만 적용되는 것이다. 좋은 말로 악한 사람을 권면하여 착하게 변화시킬 수만 있다면 굳이 무력을 써야 할 필요가 없지 않느냐? 또 어진 덕으로써 악한 사람을 착하게 변화시킬 수만 있다면 날카로운 직언으로 권면할 필요가 없을 것이요, 또 그래서도 안 되는 것이다. 만백성을 마음 속 깊이 깨닫고 이해시킬 수 있으려면 교육보다 더 좋은 방법이 없을 것이다."

"참으로 학문의 바다는 끝이 없군요. 학문이란 것이 그토록이나 헤아릴 수 없이 심오할 줄이야……!"

자로는 감탄해 마지않았다. 그리고 한 동안 고개를 숙이고 무엇인가 생각하더니, 다시 스승에게 물었다.

"사부님은 어떤 지향을 품고 계십니까?"

공구는 자로의 입에서 그런 질문이 나올 줄 미리 알고 있었던 듯 지체없이 대답했다.

"늙은 사람으로 하여금 모두 쾌적하고 평안한 환경을 누리게 하는 일, 벗으로 하여금 모두 나를 신임하게 하는 일, 후배들로 하여금 모두 나를 기억하게 하는 일이 그것이다."

자로가 다시 물었다.

"어진 덕과 학문은 어떤 관계로 맺어져 있습니까?"

스승은 잠시 생각하더니 이내 제자에게 되물었다.

"중유야, 너는 여섯 가지 인덕(仁德)이 있으면 여섯 가지 병폐도 있다는 말을 들어본 적이 없느냐?"

좀 뜻밖의 물음이었는지, 자로는 막연하게 대꾸했다.

"못 들어 보았습니다."

"내 자세히 일러줄 테니 이리 와서 앉거라."

공구는 곁의 돌바닥을 가리켰다.

"여섯 가지 인덕과 여섯 가지 병폐란 이런 것이다. 사람이 만약 어진

덕을 사랑하기만 하고 학문을 사랑하지 않으면, 남에게 쉽사리 우롱을 당하는 병폐가 생긴다. 사람이 만약 총기(聰氣)만을 좋아하고 학문을 즐기지 않으면 경망스럽고 방탕해지는 병폐가 생긴다. 사람이 성실함만 추구하고 학문을 익히지 않으면 남의 속임수에 쉽사리 넘어가는 병폐가 생긴다. 사람이 솔직함만 좋아하고 학문을 사랑하지 않는다면, 그 입에서 나오는 말이 모두 날카롭고 각박해지는 병폐가 생긴다. 사람이 용맹심만 숭상하고 학문을 좋아하지 않는다면, 아무 까닭없이 사단(事端)을 야기시키는 병폐가 생긴다. 사람이 만약 강인함과 과단성을 즐기고 학문을 사랑하지 않는다면, 담보만 커져서 망령된 행동을 저지르는 병폐가 생긴다."

안회가 여쭈었다.

"스승님, 무엇을 가리켜 인(仁)이라 합니까?"

"'극기 복례(克己復禮)', 다시 말해서 자기 자신을 극복하고 예의를 회복시키는 것이 곧 인이다."

"어찌하면 인에 도달할 수 있겠습니까?"

"자기 자신의 언어와 행동을 주나라 예법에 부합시킨다면 인에 도달했다고 말할 수 있다. 일단 그렇게만 한다면 온 천하 사람들이 모두 너를 어진 사람[仁人]이라고 칭송할 것이다. 인덕의 실현은 온전히 자신에게 달렸을 뿐이니, 남에게 도움을 받을 필요가 어디 있겠느냐?"

안회는 알 듯 모를 듯 아리송한 표정을 짓고 다시 여쭈었다.

"스승님, 그 인덕을 실현하는 요체를 말씀해 주시지 않겠습니까?"

공구가 일어났다. 그리고 여느 때와 달리 엄숙한 기색으로 이렇게 말했다.

"예에 부합되지 않은 일이라면 보지 말 것이며, 예에 부합되지 않는 말은 듣지 말 것이며, 예에 부합되지 않는 말은 하지 말 것이며, 예에 부합되지 않는 일은 행하지 말 것이다."

여기까지 듣고 나자 안회는 지극히 소중한 보배라도 얻은 듯 격동된 어조로 대답했다.

"불초 안회가 비록 아둔하고 어리석사오나, 사부님의 그 말씀대로 따르기에 온갖 노력을 다하오리다!"

이때 자로가 스승에게 물었다.

"사부님, 사부님께선 그렇게 많은 것을 알고 계시는데, 그것은 태어나실 때부터 아시는 것입니까, 아니면 배워서 아시는 것입니까?"

공구는 빙그레 미소를 지었다.

"물론 나도 배워서 알게 되었지!"

"그러시다면 어떻게 해야만이 배움을 좋아할 수 있겠습니까?"

"누구든지 밥을 먹을 때 과식을 하면 안 되며 거처할 때 지나치게 평안함을 추구하면 아니 되듯, 자기 자신에게 지워진 일을 근면 성실하게 완수할 수 있어야 하되, 말할 때에는 오히려 삼가고 겸허한 자세로 말해야 한다. 그리고 나서 다시 도덕 있고 수양을 갖춘 사람에게 가서 자신을 바로잡을 수만 있다면 학문을 좋아하는 군자라 일컬을 수가 있다."

이윽고 사도(師徒) 네 사람은 온 길을 따라 하산했다.

스승과 제자 네 사람이 치국지도(治國之道)를 화제삼아 담론하면서 도성에 돌아와 보니, 때마침 성문 밖에 나와 연날리기 구경을 하고 있던 노정공과 마주쳤다. 노정공은 공구 일행을 발견하고 급히 손짓해 불렀다.

"대사구, 어딜 다녀오시오? 이리 와서 나하고 연날리기 구경을 합시다!"

"주군, 어인 일로 성 밖으로 거동하셨습니까?"

공구가 황망히 수레에서 내려 예를 올리며 물었다.

"일어나시구료. 봄 날씨가 하도 좋길래 과인도 바람을 쐬러 나왔소."

노정공은 연날리기에만 한눈을 팔면서 아무렇게나 대꾸했다. 얼굴빛이 석양에 비쳐 술 취한 사람처럼 불콰해진 모습을 보노라니, 공구는 속으로 언짢은 생각이 들었다. 협곡 회맹 이래 노정공은 정사를 다스릴 생각을 눈꼽만큼도 보이지 않고 날이면 날마다 주색잡기 놀음에만 정신이 팔려 있는 것이 여간 걱정스럽지 않았던 것이다.

그 동안 공구도 임금에게 몇 마디 권유할 기회를 찾고 있던 참이라, 그는 때를 놓치지 않고 노정공 곁에 가까이 다가갔다.

"주군, 오늘 주군께서 연날리기 구경을 나오신다는 말씀을 들어본 적이 없는데 어떻게 나오셨습니까?"

"그야 생각난 김에 불쑥 나와 본 거요."

노정공은 아무 뜻없이 대꾸했다.

"주군, 일국의 군주가 하는 말 한 마디, 행동 하나가 모두 나라의 흥망성쇠에 관련된다는 사실을 모르십니까?"

"그게 무슨 말이오……?"

깜짝 놀란 노정공이 그제서야 공구를 똑바로 쳐다보았다.

"내 말 한마디로 나라가 흥성해진다니, 그런 일이 어디 있단 말이오?"

"말로 간단히 설명될 일은 아닙니다만, 세상 사람들이 말하기를 '임금 노릇하기도 어렵지만, 신하 노릇 하기도 쉽지 않다.' 하였습니다. 가령 임금 노릇 하기가 어려운 줄 알되 군주가 이를 성실하게 해나갈 줄만 안다면 말 한 마디로도 나라를 흥성하게 만들 수 있지 않겠습니까?"

노정공은 더 이상 연날리기를 구경하지 않았다. 그는 공구를 뚫어져라 쳐다보면서 다시 물었다.

"그렇다면 말 한 마디로 나라를 잃어버릴 수도 있다는 얘기는 또 뭐요?"

"그 역시 간단히 설명될 일은 아닙니다만, 누군가 이런 말을 한 적이 있습니다. '내가 임금 노릇을 하는 동안 달리 즐거움은 없다. 그저 내가 무슨 말을 하든, 사람들이 내 뜻을 어기지 않는 것이 유일한 즐거움이다.' 이럴 경우, 임금의 말씀이 올바르지 않는데도 항변하거나 충고하는 사람이 하나도 없다면, 그것은 군주의 말 한 마디로 나라를 잃어버리는 일이 아니겠습니까?"

노정공은 대답하지 않았다. 그저 고개를 떨어뜨린 채 방금 들은 말을 곰곰이 새겨보고만 있었다. 한참만에 그는 다시 고개를 쳐들고 빙긋 웃었다.

"경은 참말 성인이시오!"

이때, 궁정 시위 한 사람이 허겁지겁 달려와서 노정공 앞에 무릎을 꿇었다.

"아뢰오! 역신 공산불유가 노나라로 쳐들어와서 지금 비읍성으로 갔다 하옵니다."

"아니, 뭣이! 그놈이 귀국했단 말이냐?"

노정공은 두 눈에 불을 켜고 버럭 고함 치더니 한참 동안 말을 잊었다.

4
반군을 토벌하라

노정공이 어쩔 바를 모르고 깎아놓은 말뚝처럼 서 있기만 하자 공구는 보다 못해 재촉을 했다.

"주군, 이러고 계실 것이 아니라 속히 궁궐로 돌아가십시오! 문무 백관들을 불러들여 한시 바삐 그 대책을 상의하셔야 합니다."

"허어, 그래야겠소…… 여봐라, 궁궐로 돌아가겠다!"

시위들이 황급히 노정공을 부축하여 마차에 올려 태웠다. 공구 일행도 시위들과 함께 임금의 거동을 호위하면서 그 뒤를 따랐다.

석양빛에 노정공의 얼굴이 참담하게 일그러졌다. 마음도 적지않게 무거운 듯 입에서 한숨이 배어나왔다.

"대사구, 이 노릇을 어쩌면 좋소? 공산불유란 놈이 다시 제 소굴로 기어 들어갈 줄이야……! 속담에 '기다리는 님은 안 오고, 빚쟁이만 찾아온다'고 하더니, 정말 딱 들어맞는 얘기요."

"주군, 비읍성으로 말하자면 상국 대감의 영지에 속해 있는 땅입니다. 공산불유가 제나라로 망명한 이후, 상국 대감은 다시 숙손첩(叔孫輒)을 비읍의 읍재로 임명해 보냈습니다. 한데 숙손첩은 평소에도 공산불유와 의기투합하여 손발처럼 움직이던 인물이었습니다. 이제 공산불유가 거칠 것 없이 쉽사리 다시 제 소굴로 찾아들게 된 것도 아마 숙손첩이 내부에서 호응했기 때문이 아닌가 싶습니다. 이제 그 두 사람은 서로 결탁하여 엄청난 세력으로 반란을 일으킬 것이 분명합니다."

"그럼 이 일을 어떻게 처리하면 좋겠소? 한시 바삐 토벌군을 출동시켜 섬멸해 버려야 할 텐데……."

"그대로 내버려 두어서도 안 되지만 성급하게 목을 조여서도 안 됩니다. 반드시 주도 면밀한 계획을 세워 만에 하나라도 실수가 없도록 안배하고 나서야 행동에 옮길 수 있습니다."

"나는 공산불유란 놈이 산 속 깊숙이 숨어 들어가 두 번 다시 나타나지 않기만을 바랐소. 그런데 이토록 빠르게 비읍으로 돌아올 줄이야 누가 알았소? 대사구의 말씀이 옳소. 그놈은 필경 숙손첩과 안팎으로 호응해서 반란 거점을 다시 차지했을 게요. 만반의 계획을 세워야 한다면 대사구에게 무슨 묘책이라도 있으시오?"

"소신의 생각으로는……."

궁궐 앞에 거의 다다랐을 때였다. 공구의 말이 시작되기도 전에, 또 한 사람의 시위가 헐레벌떡 달려 나오더니 노정공 앞에 털썩 무릎을 꿇었다.

"주군께 아뢰오! 숙손주구 대부의 가신 후범(候犯)이 후읍 땅에서 반란을 일으켰다 하옵니다."

"뭣이, 또 반란……?"

엄청난 소식에 노정공은 혼비백산을 한 나머지 그만 수레에 탄 채 까무러치고 말았다. 시위들이 와르르 달려들어 가슴을 밀어주랴 등을 쳐주랴 한 바탕 소동을 겪고 나서야 노정공은 다시 깨어났다. 그는 애걸하는 눈빛으로 공구를 바라보았다.

"대사구, 이를 어쩌면 좋소? 이쪽 풍파가 잠잠해지기도 전에 또 다른 풍파가 일었으니……."

공구는 아무 말없이 노정공을 부축하여 후궁으로 모셔 들었다. 그리고 임금 측근에 둘러선 궁녀들과 시위들을 쏠어보았다. 노정공도 그 뜻을 눈치채고 시녀와 측근들에게 소맷자락을 휘둘러 보였다.

"너희들은 다 물러가거라!"

측근이 물러가 주위가 텅 비고나자 공구는 목소리를 낮추어 임금에게 속삭였다.

"주군, 상국 계손씨나 숙손, 맹손 대부는 저마다 가신들의 세력에 힘입어 각각 노나라 영토를 한 군데씩 차지하고 있습니다. 뿐만 아니라, 영지 안의 성곽을 점점 더 높이 쌓고 병력도 갈수록 늘려놓고 있습니다. 이런 행위는 주례에 어긋나기도 하려니와 주군의 안위에도 커다란 영향을 끼치는 일입니다. 따라서 이들의 세력을……."

노정공은 급작스레 말끝을 채뜨렸다.

"옳은 말이오! 과인도 그 골칫거리를 제거해야겠다는 생각을 오래 전부터 하고 있었소. 대사구, 어떻게 하면 이들 세력을 꺾어놓을 수 있겠소?"

"될 수 있는 대로 속히 세 가문의 성벽의 높이를 예법 제도에 맞추어 깎아 내려야 합니다."

그야말로 못을 때려박듯 단호한 말투였다. 다음 순간 노정공의 얼굴에는 두려운 기색이 감돌았다.

"계손씨, 숙손씨, 맹손씨들이 찬동하지 않으면 어쩌겠소?"

"소신은 내일 조회 석상에서 그들 세 가문의 성곽이 지나치게 높아 예법 제도에 어긋나고 있다는 사실을 문무백관들이 알아듣도록 이해득실을 따져 설득할 작정입니다. 상국 대감이나 숙손, 맹손 대부는 모두 대대로 벼슬을 세습해 온 만큼 역사서도 많이 읽었을 테고 국가의 예법이 어떻다는 것쯤은 잘 알고 있을 것입니다. 따라서 마음 속으로는 불쾌하게 여길 테지만, 문무백관들이 보는 앞에서 무리하게 억지 떼를 쓰지는 못할 것입니다. 그들이 허락만 해준다면, 영지에 병력을 파견하여 일거에 성곽을 허물어 내릴 수 있으리라 생각됩니다."

그래도 노정공은 마음이 놓이지 않았다.

"만약 세 사람이 그 뜻을 따르지 않을 때는 어쩌시겠소?"

"따르지 않는다면 강제로 헐어 내겠습니다. 현재 숙손 대부의 가신 후범이 후읍 땅에서 반란을 일으켰고, 또 공산불유와 숙손첩은 상국 대감의 영지 비읍 땅에 웅거하여 반란을 일으킨 이상, 이것은 하늘이 우리 노나라에게 좋은 기회를 내린 셈이나 같습니다."

"관군 병력은 그리 많지 못하오. 일거에 세 가문의 성곽을 헐어내려면 아마 어려운 점이 적지 않을 거요."

노정공은 미심쩍게 말했으나 공구는 자신 만만하게 응답했다.

"주군, 너무 걱정하지 않으셔도 되옵니다. 세 가문은 현재 자신들의 세력을 키우느라 서로 반목과 시기를 일삼아 피차간에 깊은 골이 패여 있는 실정입니다. 우리는 그들 사이에 맺힌 갈등과 견제 심리를 적절히 이용만 하면 되겠습니다."

이어서 그는 자신의 구상을 노정공이 알아듣도록 자세히 일러주었다.

설명을 듣는 동안, 노정공은 쉴새없이 고개를 끄덕이더니 나중에 가서는 흡족한 웃음까지 띠었다.

"경의 말대로만 된다면 오죽 좋겠소? 여하튼 과인이 허락할 테니, 경은 속히 그 계획대로 일을 처리하시오!"

"분부 받드오리다!"

"대사구, 이 일은 중대하니 신중하게 처리하도록 하시오."

"안심하소서 불초 공구, 전심전력을 다하오리다."

공구를 내보낸 후 노정공은 심란한 나머지 저녁 식사도 하지 않은 채 침전으로 들어갔다. 침상에 누워서 가만 생각해 보니 그저 지난 날의 부끄러움만이 떠올랐다.

군주의 자리에 오른 이래 자신이 도대체 무슨 일을 해왔던가? 날이 면 날마다 아침부터 밤이 이슥하도록 먹고 마시고 놀음에 푹 젖은 생 활, 꿀처럼 달콤한 희첩들의 아양 떠는 소리, 태평성대를 찬양하는 노 랫가락에 귀가 먹었고, 아리따운 자태로 너울너울 춤추는 무희들의 요 염한 춤사위에 눈이 짓무를 정도가 되었다.

'이 모든 것이 화근일 줄을 내 어찌 생각조차 못했던가?'

그는 자문 자답해 보았다.

'그렇다, 나는 역시 늙은 철부지였어……!'

그는 애당초 나라를 다스릴 생각 따위는 마음조차 먹지 않았었다. 그러나 이러한 반성의 시간조차 가슴을 뭉클하게 만드는 궁녀들의 노 랫소리가 귓결에 감돌고, 널을 잡아뽑는 무희들의 자태가 눈앞에 어른 거렸다. 그는 다급히 엄지와 식지로 왼손바닥을 힘껏 꼬집었다.

'아무렴, 나는 지금 세 가문의 성벽을 헐어내려고 하고 있지 않는 가?'

그는 다음 날 아침 조회 석상에서 벌어질 격렬한 언쟁을 상상해 보았 다.

'공부자의 말을 들으면 모두들 어떤 반응을 보일까? 아마 계손사란 놈은 발을 동동 굴려가며 펄펄 뛰겠고, 맹손하기란 녀석은 겉으로 받아 들이는 척하면서 내심 반발할 테고, 숙손주구란 녀석은 엉큼하게 이래 도 좋고 저래도 좋다는 애매모호한 태도를 보일 것이다.

그는 공구에게 새삼스레 고마운 마음이 들었다. 제나라 경공을 맞대 놓고 자신에게 치욕을 안겨주려던 여서의 음모를 여보라는 듯이 좌절

시킨 사람은 바로 대사구 공부자였다.

법을 제정하고 힘차게 밀어붙여, 이 노나라를 하루가 다르게 강성한 국가로 만든 사람도 바로 공부자였다. 이제 그 공부자가 자신과 더불어 합심 동덕(合心同德)하여 계획을 짜내어서 과거에는 손대 볼 엄두도 내지 못했던 세 가문의 세력을 꺾으려 하고 있는 것이다.

그 엄청난 일이 바로 다음 날 아침에 벌어질 판이었다. 어서 빨리 그 통쾌한 광경을 보고 싶었다. 노정공은 포근한 봄날 밤이 유난히 지루하게 느껴졌다.

노정공과 마찬가지로 공구 역시 밤이 지새도록 불면증에 시달리고 있었다. 다른 점이 있다면 그는 잠을 청하느라 애쓰는 것이 아니라, 어떻게 하면 부족한 관군 병력과 장수들을 지혜롭게 이용하여 난신 적자(亂臣賊子)의 무리들을 일거에 휩쓸어 버릴 수 있는지 그 계획을 짜내느라 밤을 꼬박 지새우고 있었던 것이다.

다음 날 노정공은 오랫동안 조회에 참석하지 않았던 자신에 대해 가책을 느끼면서 일찍부터 전상에 올라 문무백관들의 하례를 받았다.

"경들은 조회에 상주할 일이 있으면 속히 아뢰시오!"

평소 때와는 전혀 다르게 크고 위엄이 서린 목소리였다. 문무 백관들은 서로 눈치만 살필 뿐, 반열 앞에 선뜻 나서는 이가 없었다. 후범이 반란을 일으키고 공산불유가 비읍 성으로 돌아갔다는 사실을 전해 들었으면서도, 그들을 굴복시킬 묘책이 없는 터라 하나같이 꿀먹은 벙어리처럼 묵묵부답이었다.

대전(大殿) 안의 분위기는 비상할 정도로 엄숙했다. 애당초 사람이라곤 하나도 없는 듯 무거운 정적만이 답답하게 흐르고 있었다.

임금의 눈길이 문관 반열의 대사구에게 쏠렸다. 이윽고 대사구가 힘찬 걸음걸이로 반열 앞에 나서더니 두 손에 잡은 옥규(玉圭)를 높이 쳐들고 임금에게 몸을 굽혀 예를 올렸다.

"주군께 아뢰오. 후읍의 읍재 후범이 반란을 일으키고 숙손첩 또한 비읍에서 반란군을 일으켰사오며, 공산불유 일당이 다시 입국하여 이미 숙손첩의 반란군과 합류했다 하옵니다."

"그 일은 과인도 다 들어서 알고 있소만, 당장 시급한 것은 어떻게 하면 이 반란을 평정할 것이며 난신 적자들을 소탕할 수 있겠는지, 과인은 그 대책을 알고 싶소."

공구는 경전(經典)을 인용하여 대답했다.

"주례 규정에 보면, '가신들은 부중에 사사로이 무장병을 양성할 수 없으며, 각 고을의 성곽을 높여 쌓을 수 없다.' 하였습니다. 그런데 지금 노나라의 실정은 이와 정반대에 처해 있습니다. 전국 각 지방에는 사병(私兵) 조직이 공공연하게 훈련을 실시하고, 성곽을 공개적으로 높이 쌓아 천자께서 거주하시는 경성(京城)과 다를 바 없는 실정입니다. 신은 상국 대감과 숙손, 맹손 대부께 바라옵건대 세 분이 솔선하여 영지 안의 성곽을 헐어내고 사사로이 보유한 무장 병력을 국가에 귀속시켜 주셨으면 합니다. 이렇게 해야만이 첫째로 국법에도 합치될 것이요 국법에 부합되면 민심을 크게 얻을 수 있사오며, 둘째로는 공실(公室)을 강화시킬 수 있고 또 공실이 강화되면 나라와 백성이 모두 부강해질 수 있을 것입니다."

그야말로 마른 하늘에 날벼락 치는 소리였다. 제일 먼저 반응을 보인 것은 맹손하기였다. 그는 입이 딱 벌어진 채 동료들의 눈치를 살폈다. 한데 뜻밖에도 상국 계손사와 동료 대부 숙손주구는 전혀 놀라는 빛이 없이 시침을 뚝 떼고 천연덕스레 서 있기만 했다.

문무 백관들의 눈길이 세 사람에게 쏠렸다.

계손사는 자기 수하의 가신 두 놈이 잇따라 반란을 일으킨 터라, 지금 당장으로서는 어떻게 항변해 볼 여지가 없었다. 이런 판국에 공구가 한 말을 듣고보니 자기 마음에 꼭 들기까지 했다. 그는 관군 병력을 이

용해서 우선 공산불유와 숙손첩의 반란군부터 눌러놓은 다음, 다시 재기할 기회를 잡기로 결심하고 노정공을 향해 이렇게 아뢰었다.

"예법에 어긋나게 성곽을 높여 쌓은 것은 모두 제 부하 가신들이 저지른 일입니다. 대사구의 말씀은 바로 제 생각과 부합되는 것이므로, 그 제의에 따라 우선 제 영지 내의 성곽부터 헐어내리고 그 다음에 무장 병력을 거두어 들이도록 하소서."

숙손주구도 가신 후범이 반란을 일으킨 만큼 계손사와 똑같은 심정이었다. 그는 반열 앞으로 나서서 정중히 아뢰었다.

"주군, 대사구의 말씀대로 시행하소서!"

두 사람의 태도는 맹손하기에게 있어서 기괴한 느낌을 안겨주었다. 그는 이 동료들의 응락이 진심에서 나온 것인지, 아니면 거짓으로 한번 해보는 소리였는지 그 의도를 가늠해 보았으나 좀처럼 종잡을 수가 없었다.

노정공은 그에게 오래 생각할 여유도 주지 않았다.

"맹손 경, 그대는 어떻게 할 작정이오?"

임금이 다그쳐 묻자, 맹손하기는 일순 멍청해졌다. 하지만 이내 정신을 가다듬고 어물어물 주워섬겼다.

"저, 저어…… 제 생각은…… 대사구님의 주장대로 하는 것이 좋겠습니다."

노정공이 자리를 박차고 벌떡 일어났다. 이 골치 아픈 사안이 이토록 순조롭게 즉석에서 결정되리라고는 꿈에도 생각지 않았던 터라, 그는 기쁨에 겨워서 그냥 앉아 있을 수 없었기 때문이었다. 그는 내친 김에 한 마디 더 물으려고 입을 열었다. 토벌군을 거느릴 장수로 누구를 지명할 것인지, 상국과 두 대부의 의견을 묻고 싶었던 것이다. 그러나 전날 공구가 한 말이 퍼뜩 떠올랐으므로 그는 충동을 억누르고 딴 말을 해버렸다.

"조회를 끝마치겠소! 퇴궐하시오."

궁궐을 물러나와서 공구는 신구수와 낙기 두 장군을 은밀히 대사구 아문으로 불러들였다. 그리고 자신의 계획을 낱낱이 일러 준 다음 마지막으로 이렇게 물었다.

"두 분 장군께서 달리 고견이 있으시면 직접 말씀해 주셔도 좋습니다."

신구수는 두 말할 것 없이 찬동했다.

"대사구 어른의 작전계획은 빈틈이 없습니다. 그 말씀대로 밀어붙이기만 한다면 완승을 거둘 수 있겠습니다."

하지만 낙기의 생각은 좀 달랐다.

"맹손 대부의 영지인 성읍(成邑) 땅은 이 곡부성에서 아주 가깝습니다. 소관이 듣건대, 성읍 읍재 공렴처보도 바야흐로 성곽을 높이고 있다 하는데, 우리가 병력을 나누어 후읍과 비읍을 공격할 때, 혹시 공렴처보가 빈 틈을 노려 도성으로 쳐들어오지는 않을까요?"

공구는 낙기를 바라보면서 그 충직스러움에 미소를 건넸다.

"낙 장군께서 그토록 세심한 점까지 생각하고 계시다니, 정말 갸륵한 일이외다! 하지만 내 견해로는, 공렴처보가 성곽을 높여 쌓고 있는 것은 단지 방어적인 의도에 불과할 뿐, 지금 그는 대국을 휘저을 만한 실력을 보유하고 있지 못하다고 생각되오."

낙기는 그래도 마음이 안 놓이는 듯 한 마디를 더 보탰다.

"하오나 대사구님, 여러 방면으로 방비는 강화시키도록 하십쇼!"

"일깨워 주셔서 고맙소, 낙 장군!"

신구수와 낙기는 그 길로 진중으로 돌아가서 무기 장비와 병력을 점검했다. 그리고 공구가 안배한 부서에 따라 은밀히 출동 준비를 갖추기 시작했다.

한편 공구는 단신으로 맹손하기의 부중을 찾아갔다.

대사구 대감이 방문했다는 연통을 받고 맹손기기는 황급히 마중을 나왔다. 공구는 그의 스승이기도 했으므로 맹손기기는 그 앞에 대례를 올리려 했다.

공구는 재빨리 그를 부축해 앉히고 이렇게 말했다.

"맹손 대부, 인사치레는 할 것 없소. 내가 찾아온 용건은 공적으로 부탁할 것이 하나 있어서요."

"부탁 말씀이라니요! 사부님, 무엇이든지 분부만 내리십시오."

"대부도 아시다시피 현재 후읍 땅에서는 후범이 모반했고, 비읍에서는 또 숙손첩이 공산불유 일당과 결탁해서 반란을 일으켰소. 이렇듯 나라 사방에서 위기가 속출하는 때에, 또 다른 풍파를 의식하지 않을 수 없구료. 맹손 대부께 부탁하겠소. 그대의 가신 공렴처보에게 아무쪼록 냉정을 유지하고 분수 넘치는 일을 저지르지 않도록 잘 설득해 주실 수 없겠소? 또 한가지, 성읍 고을의 성곽을 예법에 맞게 자진해서 낮추어 놓도록 권유해 주셨으면 고맙겠소. 이렇게 된다면 수고롭게 관군이 동원될 필요도 없고 옥신각신 따질 것도 없을 뿐더러, 또 대부께서는 조야의 칭송을 한몸에 받게 될 터이니 일거양득으로 아름다운 일이 아니겠소?"

맹손기기는 금방 대답하지 않았다. 당시 상황으로 본다면, 삼대 가문 중에서 맹손씨의 세력이 가장 약세였다. 그렇기 때문에 그는 경쟁자들 틈바구니에서 영지를 보전하려면 성채의 방어력을 높이지 않을 수가 없었다. 그런데 이 알량한 장벽마저 허물라니, 이야말로 벌거숭이가 되라는 요구였다. 맹손기기는 울상을 지은 채 두 번 세 번 거듭 생각했다. 그리고 마지막에 가서 이렇게 항변했다.

"이 모든 화근은 상국 대감과 숙손 대부가 개인적으로 세력을 심어 놓았기 때문에 빚어진 것입니다. 사실 저희는 군대라고 할 것도 없고 그저 경호 병력이나 영지를 지킬 몇 명 군사밖에 없는 실정입니다."

공구는 조용히 제자를 타일렀다.

"오늘 내가 일부러 그대를 찾아온 것은 대국을 깨우쳐 주기 위해서였소. 그러니 일찌감치 공렴처보를 납득시켜 예법에 따르게 하고 엉뚱한 사단이 벌어지지 않도록 해주시오."

"알겠습니다. 제가 경숙(敬叔)을 성읍에 보내 잘 타이르도록 하겠습니다. 걸핏하면 문제를 일으키다니, 그 가신 놈들이 정말 밉살스럽기만 합니다."

"부탁을 들어주어 고맙소. 이만 가리다."

다음날, 도성 안에 북소리가 요란하게 울리는 가운데 중무장한 대부대가 깃발을 휘날리며 후읍 방향으로 진발했다. 새벽 바람을 잔뜩 받아 펄럭이는 군기에는 신구수, 낙기 두 장수의 성씨가 큼지막하게 수놓여 있었다. 전투용 수레 위에 우뚝 선 두 장군의 모습도 위풍 당당하고 늠름해 보였다.

며칠 후, 후읍 성에서는 일대 소동이 벌어졌다. 관군 토벌대가 어마어마한 기세로 성벽 아래 밀어닥쳐 포위망을 구축한 다음, 영채를 수십 군데나 세우고 동서남북 사대문에 날마다 전초부대를 출동시켜 욕설을 마구 퍼붓고 도전했다. 그러나 무슨 의도에서인지 급박하게 공격할 기미는 보이지 않았다.

반란을 일으킨 후범은 평소 신구수와 낙기 두 장수의 용맹성을 깊이 알고 있는 터라 섣불리 성 밖으로 나가서 싸울 엄두가 나지 않았다. 그래서 사흘 낮밤 동안 줄곧 성문을 굳게 닫아 걸고 문루 위 한 귀퉁이에 처박혀 공격군의 동태만 살폈다. 농성하는 반란군과 주민들은 공포에 질려 싸움이 시작되지도 않았는데 불안에 떨고 몸을 도사렸다.

후범은 야음을 틈타 두 명의 밀사를 성벽 아래로 내려보냈다. 밀사들은 성읍과 비읍으로 달려가 구원병을 청해 온다는 임무를 띠고 있었다. 성을 포위한 관군 장병들은 이를 보고도 모른 척 그냥 탈출하게 내버려 두었다.

한편 비읍성의 공산불유와 숙손첩은 온갖 수단 방법을 가리지 않고 군사를 모집하고 전마(戰馬)를 사들여 반란군의 전투력을 빠른 속도로 증강시키고 있었다. 이들이 부족한 전투용 수레를 만들기 위해 비읍 일대의 목재를 모조리 징발하고 그것도 모자라서 민가에 관목(棺木)으로 준비해 놓은 널판을 약탈했을 뿐만 아니라, 장사를 지낸 지 얼마 안 되는 무덤까지 파헤쳐 관을 꺼내 가기도 했다.

비읍 성내는 온통 뒤죽박죽 난장판이 되고 강아지 한 마리 닭 한 마리조차 성하지 않을 정도로 인심이 흉흉해졌다. 주민들의 원성도 이루 형언할 길 없이 높아져갔다. 마음 같아서는 반란군의 괴수들을 죽여버리고 싶었지만 나약한 백성들의 힘으로 어찌할 수 없어 분노만 삼킬 따름이었다.

공산불유의 꿈은 노나라 군주가 되는 것이었다. 숙손첩은 노나라 상국이 될 꿈을 꾸고 있었다. 이들은 자기네 무예가 뛰어나다는 것을 잔뜩 믿었다. 그렇기 때문에 전투용 수레 1백 승만 준비되면, 언제든지 노나라 도성으로 쳐들어 가서 일거에 함락시킬 수 있으리라고 자신 만만하게 별렀다.

노정공과 문무 대신들을 깡그리 죽여 없애고 나면 공산불유는 임금 자리에 앉고, 숙손첩은 상국의 부중을 차지하여 인간 세상 온갖 부귀영화를 마음껏 누릴 수 있는 것이다. 그 야심을 빠른 시일 안에 실현하려고 이들은 쉴새없이 군사 훈련을 강화시켰다.

비읍성 연무장에는 밤낮을 가리지 않고 군사들이 공방전 훈련을 하느라 외쳐대는 살기찬 함성이 울려퍼지고, 길거리에는 수레바퀴 구르는 소리와 먼지 구름이 하늘을 뒤덮었다.

이 날, 정찰병 한 명이 반란군 본영에 뛰어들었다.

"대감께 아뢰오! 신구수와 낙기가 관군 토벌부대를 이끌고 후읍을 공격하러 출동했습니다."

"무슨 소리야?"

한창 군사훈련 지휘에 몰두하던 공산불유가 전차에서 훌쩍 뛰어 내리더니 정찰병의 팔뚝을 움켜쥐고 사납게 노려보았다.

"그 말 진짜냐?"

정찰병이 대답했다.

"소인이 두 눈으로 똑똑히 보았습니다. 지휘용 전차 위에 신구수와 낙기 두 장수의 이름을 수놓은 깃발이 분명히 꽂혀 있었습니다!"

숙손첩도 이내 달려왔다. 너무나 기쁜 소식에 그는 가슴이 두근거려 어쩔 바를 몰랐다.

"형님, 우리 즉각 출동합시다!"

공산불유는 하늘을 우러러 통쾌하게 웃음을 터뜨렸다.

"하하, 이러고 보니 하늘도 사람 보는 눈이 있군그래! 우리한테 이런 좋은 기회를 내려주시다니. 애들아, 전군에 명령을 전달하라! 훈련을 중단하고 출동할 준비 태세를 갖추도록……아니, 잠깐만……!"

그는 갑작스레 얼굴 표정을 굳히고 제자리에서 두어 바퀴 맴돌았다. 무엇인가 석연치 않은 듯 의혹에 찬 눈망울을 껌벅거리면서, 그는 혼잣말로 중얼거렸다.

"그것 참 이상야릇하구먼. 아무리 멍청한 임금이라도 이 비읍에서 우리가 반란을 일으킨 줄 뻔히 알 텐데, 어째서 관군의 총병력을 출동시켜 후읍성 따위를 토벌하러 보냈단 말인가? 이거 혹시 속임수를 쓰는 게 아냐?"

숙손첩이 피식 웃었다.

"원, 의심도 많으시우! 그런 멍텅구리 임금이 주색잡기나 할 줄 알았지 전쟁이나 군사에 대해서 무얼 알겠소?"

"아닐세! 임금은 바보라서 모른다 치더라도, 공구 같은 위인이 얼마나 눈치 빠르고 똑똑한데 이렇듯 어수룩한 일을 벌이겠나? 아무래도 그 속셈이 수상쩍네. 자칫 잘못했다가는 저쪽 놈들의 꼼수에 넘어갈지 모르니까, 절대로 경거망동해선 안 되겠어!"

말끝이 떨어지자마자 또 한 명의 정찰병이 헐레벌떡 달려왔다.

"아뢰오! 신구수와 낙기의 토벌군이 지금 후읍을 포위해 놓고 공격할 준비를 갖추고 있습니다."

"그거 정말이냐?"

공산불유는 마치 굶주린 늑대처럼 으르렁대면서 고함쳐 물었다.

"소인이 직접 목격했사옵니다."

"뭘 봤다는 거야? 후읍에서 신구수, 낙기란 놈을 보았단 말이냐?"

"그렇습니다. 대감님이 분부하신 대로 소인은 장돌뱅이로 변장하고 뒤쫓아가 보았습니다. 그래서 관군 진영에 앉아 있는 신구수와 낙기를 이 두 눈으로 똑똑히 보았습지요. 그것 참말 으리으리한 기세였습니다."

"뭐라구?"

공산불유가 눈을 부릅뜨고 소리쳤다.

정찰병은 실언을 한 줄 알고 얼굴이 하얗게 질린 채 벙어리가 되었다.

"꺼져라, 임마!"

두 정찰병이 꽁지가 빠져라고 내빼자, 숙손첩은 주먹을 쓰다듬어가며 공산불유에게 보챘다.

"형님, 두 녀석 말이 꼭 들어맞지 않습니까? 어서 군대를 출동시킵시다. 시간은 한번 흘러 다시 돌아오지 않는 법 이 기회를 놓치면 안 됩니다!"

공산불유도 '쿵!' 하고 발을 굴렀다. 마지막으로 단판 승부를 걸어볼 결심이 선 것이었다.

"여보게 아우, 속히 대소 관원을 집합시키게. 아문에 들어가서 우리 계획을 짜보기로 하세."

"알았습니다!"

잠시 후, 읍재 아문에 살기가 등등해졌다. 공산불유는 대소 우두머리들을 모아놓고 일장 연설을 늘어놓았다.

"여러 아우들, 우리는 몇 년 몇 해씩이나 궁벽한 산구석으로 쫓겨 들어가 움막에서 짚더미를 뒤집어쓰고 잠자며 죽지 못해 살아왔다. 어째서 그런 시달림을 받아야 했는가? 남보다 앞서 출세 한번 해보기 위해서였다! 우리도 저 곡부성 안에 있는 놈들처럼 떳떳한 남아 대장부가 왜 죽을 때까지 남의 가랑이 밑에 엎드려 살아야 한단 말인가?"

숙손첩이 그 뒷말을 이어받았다.

"형제들, 이제부터 공산 형님을 따라서 노나라의 무도한 혼군을 토벌하러 나섭시다! 일단 성공하는 날에는 공산 형님이 노나라 임금이 될 것이요, 여러 형제들도 모두 벼슬아치가 될 수 있소. 지금 노나라 관군은 총병력을 톡톡 털어 이끌고 후읍을 공격하러 떠났소. 도성은 이제 텅 빈 알껍질에 불과할 터 이 기회를 놓치지 말고 쳐들어갑시다!"

"옳소! 우리 모두 따르겠소!"

"공산 형님이 죽으라면 죽고 살라면 살겠소!"

대소 우두머리라고 해보았자 역시 망명객들이라 때가 왔다는 말 한마디에 팔뚝을 걷어붙이고 왁자지껄 떠들어대기 시작했다.

한 바탕의 소동이 가라앉은 후 공산불유는 의자에서 일어났다.

"우리 이 비읍은 도성 곡부에서 겨우 1백여 리 길밖에 안 된다. 오늘 오후 출동하면 내일 새벽녘에 당도할 수 있을 것이다. 이번 거사가 성공하면 나는 여러 아우들에게 그 공로에 따라 푸짐한 상을 주겠다. 부디 아우님들도 마음과 힘을 합쳐 공격해 주기를 바란다. 혼군을 잡아 죽이기 전까지 우리 맹세코 손을 멈추지 않으리라!"

"형님, 나머지 관원들을 잡으면 어떻게 요리하실 거요?"

숙손첩이 묻자, 공산불유는 어금니를 으드득 소리가 나도록 깨물었다.

"몽땅 죽여 없애야지! 그래야만이 노나라에 천지가 홀러덩 뒤집히도록 변할 게 아닌가?"

그는 갑자기 무슨 생각이 들었는지 두 손을 홰홰 내저었다.

"아냐, 아냐! 공구 하나만큼은 살려 둬야겠어."

"아니, 형님, 공구가 누굽니까? 지난 날 형님을 농락하던 못된 녀석이 아닙니까? 그런데 앙심을 품기는커녕 오히려 너그럽게 그 목숨을 붙여 주시다니 어째서 그래야 하는 거요?"

"모르는 소리! 노나라 조정 문무백관 중에서 공구 한 사람만이 내 초빙을 거절하고 농락한 것은 사실이네만, 그 인물은 지혜가 누구보다 뛰어나고 세상에 모르는 일이라곤 하나도 없는 천재일세. 만약 그가 우리에게 힘을 보태주기만 한다면 노나라 임금의 보좌쯤 빼앗기는 누워서 떡먹기요, 주나라 천자의 보좌에라도 어렵지 않게 앉을 수 있단 말이네. 그런 사람을 내가 왜 죽여 없앤단 말인가?"

"그렇다면 형님은 배알도 빼놓겠단 말씀이오?"

"바로 그걸세. 그 사람은 나를 무시했지만, 나는 이번에 관대한 도량을 베풀어서 원수를 포용하겠다, 이걸세! 그런 인물을 곁에 두고 있으면 내 아량이 한결 돋보일 테고 후세 사람의 비웃음도 모면할 수 있지 않겠는가."

"언제 출동할 겁니까?"

"병력 점검을 끝마치는대로 즉시 출발하기로 하세. 여러 아우님들, 각자 행동을 취하라!"

우두머리들이 굶주린 이리떼처럼 와르르 몰려나갔다. 얼마 안 있어 병사들이 시끌벅적 내뛰는 소리, 수레바퀴 구르는 소리가 비읍성 전역에 요란하게 울렸다. 출동 준비를 마친 반란군 부대가 둥지를 벗어나는 소동이었다.

반란군의 목표는 노나라 도읍 곡부성이었다. 불의의 기습 효과를 노리기 위해서, 공산불유는 모든 마필에 재갈을 물리고 방울을 떼어내도록 엄명을 내려두었다. 그리고 귀신도 눈치 못 채게 일제히 강행군으로 진격해 가기로 했다.

동녘이 밝을 무렵, 반란군은 예정한 대로 방산(防山) 아래 당도했다. 그곳은 곡부성까지 불과 10여 리 정도 남겨둔 지점이었다. 공산불유는 행군을 멈추게 한 다음 부근에 있는 토산에 올라가 주변 상황을 관찰했다. 새벽 안개가 자욱하게 덮여 아무것도 보이지 않았고, 이따금씩 수탉이 홰를 치는 소리만 여기저기서 들려올 뿐, 대지는 무서울 정도로 고요했다.

차가운 바람 탓인지 아니면 뒤가 켕기고 겁이 난 탓인지 그는 으시시한 느낌이 들었다. 하지만 공산불유는 평생토록 싸움터에서 뒹굴고 살아온 몸이라, 위축된 마음을 돌려 재빨리 안정을 되찾을 수 있었다. 하기야 이런 천재일우의 호기를 놓고 허튼 망상에 결심이 흔들릴 수는 없었다.

숙손첩이 가까이 다가왔다.

"형님, 반 시진만 더 나가면 이내 곡부성에 다다를 수 있는데, 어째서 행군을 멈추게 하셨소?"

"여보게, 우리는 저 성 안에 무엇이 있는지 모르고 있지 않나? 병법에도 '적의 허실을 모르면 공격하지 말라' 했으니 나도 미리 만반의 대비책을 세워놓고 진격할 작정이네."

"아니 형님, 관군 주력이 몽땅 후읍성을 치러 가고 없는데 저런 달걀 껍질 같은 도성 안에 뭐가 또 있다고 그러십니까? 단 한 번의 공격으로 흙담 무너지듯 와르르 함락될 거요!"

"공구의 계략으로 본다면 저 도성을 그냥 빈 채로 내버려 두었을 리 없을 거야. 내 걱정은 후읍 공격에 얼마나 많은 병력을 내보냈느냐 하는 걸세."

"형님, 그런 말씀 마시우! 원숭이도 나무에서 떨어질 때가 있다 하지 않았소? 더구나 오늘 우리가 귀신도 모르게 도성을 습격해 올 줄 공구란 놈이 어떻게 안단 말이오?"

바로 이때, 등 뒤 멀리서 말발굽 소리가 촉박하게 울리더니 정찰병 한 명이 쏜살같이 달려왔다.

"아뢰오! 후읍 읍재 후대감께서 비읍에 긴급 전령을 보내 왔습니다. 말인즉, 신구수와 낙기가 이끄는 토벌군이 며칠 전부터 후읍 성을 포위해 놓고 맹렬한 공격을 퍼붓고 있다 하옵는데, 후 대감께서는 병력이 모자라 관군을 맞아 싸우지 못하고 농성중이라고 합니다. 그래서 대감께 구원병을 속히 보내 달라고 요구해 왔답니다."

보고를 듣고 나자, 안절부절 불안해 하던 공산불유의 심기가 빠른 속도로 안정을 되찾았다. 관군 주력이 과연 후읍성에 집중되었다는 사실을 확인했기 때문이었다. 그렇다면 이 도성은 진짜 텅 빈 달걀 껍질이란 얘기 아닌가? 공산불유는 목젖이 드러나도록 고개를 젖히고 통쾌한 웃음을 터뜨렸다.

"으하하하! 혼군, 내년 오늘이 네 제삿날인 줄 알아라!"

그는 숙손첩을 돌아보고 명령을 내렸다.

"여보게 진격하세! 장병들더러 마음 푹 놓고 힘껏 공격하라 이르게. 누구든지 임금의 목을 베기만 하면 천금으로 포상하겠다고 전하게!"

숙손첩이 냉큼 전차 위에 뛰어 오르더니 목청을 돋우어 고함쳤다.

"장병들은 들으라! 날이 밝기 전에 속히 도성을 공격한다. 누구든지 임금의 목을 베어 오는 자에게 천금을 내릴 것이다!"

그리고 보검을 뽑아 힘차게 휘둘렀다.

"돌격하라!"

"으와아 ——! 돌격이다!"

말발굽 소리, 수레바퀴 소리, 병사들의 살기찬 함성이 뒤죽박죽 어우러져 멀리 노나라 도성까지 울려퍼졌다.

방산의 지세는 동쪽이 높고 서쪽이 낮았다. 전투용 수레는 가파른 내리막길을 치닫는 동안, 점점 가속도가 붙으면서 급기야는 마치 사리 때 조수가 밀어닥치듯 걷잡을 수 없이 쏟아져 내려갔다.

공산불유와 숙손첩은 그저 이길 욕심에 급급한 나머지 행렬이고 전투 대형이고 돌아볼 겨를도 없이 공격군의 최선두에 나서서 단숨에 언덕 비탈 아래까지 치달려 내려갔다.

바로 그 때였다. 도성 앞 울창한 숲 속에서 느닷없이 고막을 찢는 듯한 북소리가 요란하게 울리더니 숲 양면으로부터 전차대가 벌떼처럼 쏟아져 나왔다. 산비탈 아래까지 쇄도한 반란군의 선봉대가 미처 영문을 알아보기도 전에 이들 전차대는 쇠집게 조이듯 공산불유와 숙손첩을 목표삼아 양면으로 에워싸기 시작했다.

"앗, 이게 웬일이냐!"

공산불유는 너무 놀란 나머지 입을 딱 벌린 채 더 이상 말을 잇지 못하고 혓바닥이 굳어졌다. 숙손첩도 혼비백산, 기세 좋게 휘두르던 지휘도(指揮刀)를 딱 멈추고 말았다. 꿈이라면 좋으련만 눈 앞에 펼쳐지고 있는 것은 엄연한 현실이었다.

아직 태양이 떠오르지 않은 희뿌연 아침 노을빛 아래, 정체불명의 전차대는 숲 뒤편으로부터 샘솟듯 꾸역꾸역 달려 나오고 있다. 당당한 함성과 수레바퀴 소리가 천지를 뒤흔드는 가운데, 이윽고 지휘용 전차 위에 푸른 깃발이 나타났다. 그 깃폭에는 주장의 이름 첫 자 '신(申)'이란 글자가 또렷하게 수놓여 있었다. 뒤이어 '낙(樂)'이란 글자가 큼지막하게 새겨진 깃발 한 폭도 눈에 들어왔다. 그것을 확인하는 순간 공산불유는 영락없이 도깨비에 홀린 기분이었다. 노나라 맹장 신구수와 낙기! 이 엄청난 매복 병력은 둘째로 치더라도 지금 멀리 떨어진 후성에서 공격군을 지휘하고 있어야 할 두 장군이 어떻게 여기 나타났단 말이냐……?

"아앗, 복병이다!"

"이크 신장군이 여기 있었어! 낙 장군도……."

"아이구머니, 큰일났다!"

사세가 이렇게 되자, 반란군의 대열 여기저기서 비명과 아우성이 자지러지게 터져나왔다. 반란군 장병들은 귀신이라도 만난 듯 공포에 질려 떨었다.

하지만 이들은 도깨비도 귀신도 아니었다. 이 모든 것은 대사구 공구가 미리 꾸며놓은 이른바 '조호이산지계(調虎離山之計)', 즉 호랑이를 산 속에서 평지로 끌어내어 잡는다는 유인전술이었다. 그는 먼저 신구수와 낙기 두 장군의 생김새와 닮은 병사들을 뽑아서 장군의 갑옷과 투구를 입히고 지휘용 수레에 태워 후읍성을 공략하러 출동한 토벌군 앞에 여보란 듯이 내세웠다. 그렇다고 이들 가짜가 전투를 직접 지휘한 것은 아니었다. 또다른 대장군 자무(玆無)가 은밀히 따라붙어 실제 후읍 공략작전을 주도하고 있었던 것이다.

신구수와 낙기는 공구의 계획대로 도성 안에 주력부대를 집결시켜놓고 은신한 채 암암리에 첩자와 정찰대를 풀어 비읍 움직임을 정탐하고 있었다. 그리고 공산불유와 숙손첩이 반란군을 이끌고 도성으로 쳐들어온다는 급보가 전해지자, 이들은 황급히 병력을 도성 밖 숲속에 이동 매복시켰다가, 내리막 길에서 반란군이 밀어닥치는 순간을 포착하여 눈깜짝할 사이에 달려나와 포위해 버린 것이었다. 그야말로 나무 등걸에 토끼란 놈이 걸려들기를 느긋하게 기다린 셈이나 마찬가지였다.

공구의 절묘한 계략에 빠진 공산불유와 숙손첩은 매우 당황했다. 그렇다고 강공으로 맞붙어 보았자 승산이라고는 눈꼽만큼도 없을 터, 이럴 때는 그저 삼십육계 줄행랑을 치는 게 상책이었다. 두 사람은 급히 말머리를 돌렸다. 관군 포위망이 바짝바짝 조여들자, 이들은 죽기살기로 싸워가며 슬금슬금 뒤로 물러나기 시작했다.

하지만 혼전의 와중에서 후퇴라는 것이 어디 마음대로 되는 일인가. 조금 전에 곤두박질치듯 힘 안 들이고 신바람 나게 치달려 온 길은 이제 내리막이 아니라 오르막길로 바뀌었다. 그것도 후속 부대가 뒤따라 밀려 내리는 바람에 길이 꽉 막혀서 퇴각해 오르려는 인마와 뒤죽박죽으로 엉켜버리고 말았다. 이리하여, 방산 고갯길은 삼시간에 아수라장으로 바뀌고 반란군 장병들은 서로 짓밟고 짓밟혀가며 한 가닥 살 길을 뚫고 나가려고 인정 사정없이 전우들을 도륙했다.

관군 추격대는 좌우 양면에서 밀어닥쳤다. 신구수가 이끄는 좌익군이 장창을 겨누고 패잔병들의 발꿈치를 물어뜯을 듯 바짝 따라붙는 동안, 창칼 대신 활을 잡은 우익군이 낙기의 명령 한 마디에 일제사격을 퍼붓기 시작했다.

공산불유와 숙손첩은 부하 장병들을 헌신짝처럼 내버리고 도망쳤다. 불쌍한 병사들은 억수같이 쏟아지는 화살비에 맞아 푹푹 거꾸러졌다. 전투용 수레가 여기저기서 뒤집히고 함께 쓰러진 짐승들이 고삐와 멍에를 끊으려고 미쳐 날뛰었다.

길바닥은 물론 수레 위아래가 온통 죽어 넘어진 시체와 부상자들로 뒤덮였다. 상처가 좀 가벼운 자들은 재빨리 수레의 멍에를 벗기고 마상에 올라 도망쳤다. 중상자들도 그 흉내를 내려다가 수레와 함께 뒤집혀 몸통 바퀴 밑에 깔리거나 미쳐 날뛰는 말발굽에 짓밟혀 대다수가 아까운 목숨을 잃고 말았다.

공산불유는 요행 샛길을 찾아 달아났다. 그 뒤에 숙손첩이 따라붙었다. 반란군의 퇴각로는 엉망진창이었고 그나마 눈치 빠른 장병들은 수레를 몰아 사면 팔방으로 흩어져 도망쳤다. 그중 몇몇은 샛길 따라 비읍 쪽으로 달아나고 일부는 산중 밀림 속으로 뚫고 들어갔다.

고개 아래 오르막길 앞에 다다르자 관군 추격대도 마침내 합류했다. 신구수는 부장 낙기를 본진으로 불러들였다.

"낙 장군, 나는 여기서 계속 뒤쫓아 갈 테니까 그대는 경무장한 전차 50승을 이끌고 길을 돌아 비읍까지 곧바로 나가시오. 놈들의 소굴을 깡그리 두들겨 부순 다음, 재빨리 반대편으로 진격하여 놈들이 돌아갈 퇴로부터 미리 끊어 놓으시오. 그렇게 되면 비읍까지 가는 도중에 나와 합류해서 협공을 가할 수 있을 거요. 그 동안에 연락을 계속 보낼 테니 기다리시오."

"알겠습니다!"

시원스런 응답 한 마디 남겨놓고, 낙기는 즉시 전투용 수레 50대를 경무장으로 바꾸어 이끌고 비읍을 향해 달려갔다.

산과 들판, 대로상에는 어디를 보나 온통 전복된 수레와 시체투성이였다. 기세 등등하던 반란군의 대열은 지리멸렬되었고 패잔병들은 산지 사방으로 흩어져 필사적으로 내뛰고 있었다. 어느 결에 마부를 잃은 공산불유도 자신이 직접 수레를 휘몰아 단숨에 고멸(姑蔑)까지 내뛰었다. 흘끗 뒤돌아보니 따라오는 전차라곤 겨우 20여 대, 나머지는 뿔뿔이 흩어지고 엎어져 낙오한 모양이었다. 고멸까지 왔으면 일단 안심은 되겠지 싶어 한숨 돌리려는데 후미 쪽에서 또다시 추격대의 함성이 들려왔다.

"찰거머리 같은 놈들, 끈덕지게 따라붙는구나!"

공산불유는 어금니를 갈아붙였다. 그는 뒤따라 온 부하들을 쳐다보았다. 너나 할것없이 피투성이가 된 것을 보니, 몸 성한 데 하나없이 모두가 부상이었다. 사람은 그저 견딜 만하다고 치더라도 수레를 끄는 마필이 문제였다. 짐승들의 몸뚱이는 먹이라도 감은 듯 온통 후줄그레한 땀투성이였다. 저마다 입에 게거품을 물고 기진맥진하다 못해 휘청거리며 쓰러지기 일보 직전이었다.

이윽고 그리 멀지 않은 배후에 신구수의 깃발이 펄럭펄럭 다가오고 있었다. 공산불유는 더 이상 달아날 길이 없음을 직감했다. 그렇다면 이제는 목숨 걸고 싸우는 수밖에 없었다. 그는 두 주먹을 부르르 떨면서 뒤따라온 패잔병들에게 고함쳐 알렸다.

"장병들아, 이제 우리 앞에는 두 갈래 길밖에 없다! 하나는 두 손 묶고 앉아서 고스란히 잡혀 죽는 길이요, 또 하나는 필사의 각오로 창 끝을 되돌려 저 관군 추격대와 결전을 벌이는 길이다. 그물이 찢어지지 않으면 물고기가 죽는 법, 여기서 승부를 겨뤄 볼 테냐 아니면 놈들에게 투항해서 잡혀 죽을 테냐? 어느 쪽이든 너희들 마음대로 선택하라!"

"우리는 대감님의 결정에 따르겠소!"

6,70명이 한 목소리로 외쳤다.

"좋다! 수레를 돌려라! 곧바로 돌격이다!"

언덕 위의 펑퍼짐한 들판, 초록빛이 융단처럼 깔린 보리밭에서 말머리를 돌린 패잔부대와 신구수의 추격대가 맞부딪쳤다. 또다시 격렬한 혈전이 벌어졌다. 그러나 10여 합쯤 지났을 때 반란군측 수레는 또 대여섯 대가 바퀴살이 부러져서 주저앉거나 훌러덩 뒤집혀 움직일 수 없게 되었다. 나머지 10여 대는 관군의 공세에 밀려 주춤주춤 뒷걸음질 치기 시작했다. 쌍방의 간격이 벌어지자 추격대 후미에서 일제 사격이 날아들었다.

시간이 지날수록 공산불유는 자꾸만 뒤끝이 켕겼다. 필사의 각오도 어디로 사라졌는지, 그저 눈망울만 불안하게 두리번거릴 뿐 이제는 어쩔 바를 모르고 허둥거리기만 했다. 바로 그때 등 뒤에서 외마디 비명이 길게 울렸다.

"으악!"

화들짝 놀라 뒤돌아보니, 숙손첩이 어깻죽지에 화살을 맞은 채 수레 밑으로 굴러 떨어지고 있었다. 그것을 본 순간, 공산불유는 두 눈을 질끈 감고 말궁둥이에 채찍질을 퍼부었다. 수레가 우지끈 소리를 내면서 이탈하는 동안, 그 자리에는 화살이 우박처럼 쏟아져 내렸다. 잠시 꿈틀대던 숙손첩의 몸뚱이는 활터 과녁이라도 된 듯 순식간에 고슴도치가 되고 말았다.

"공산불유, 어디로 갈 테냐!"

신구수의 고함 소리가 물어 뜯을 듯 등 뒤에 바짝 따라붙었다. 공산불유는 흠칫 놀라 그 자리에 멈춰섰다.

"도망칠 데는 없다. 어서 썩 내려와 결박을 받아라! 버텨봤자, 저기 쓰러진 숙손첩의 말로가 널 기다릴 뿐이다!"

공산불유는 측근에 있던 병사에게 귓속말로 지시했다.

"굴대 바깥 말의 멍에를 몰래 풀어라. 어서!"

그리고 병사의 손길이 꼼지락거리는 동안 그는 천연덕스럽게 이마에 손을 얹고 무엇인가 발견한 듯 신구수의 배후 하늘 쪽을 바라보았다.

과연 기막힌 속임수였다. 추격대 장병들은 저마다 무의식적으로 고개를 돌려 등 뒤편을 쳐다보았다. 주장 신구수도 예외는 아니었다.

그 틈을 놓칠세라 절반쯤 기울어진 수레 위에서 공산불유의 몸뚱이가 솟구치더니 안장도 없는 마상에 털썩 내려앉았다.

"이랴, 뛰어랏!"

수중의 보검으로 말 궁둥이를 힘껏 쑤셔대니 짐승은 아픔을 견디지 못하고 쏜살같이 내뛰기 시작했다.

"앗, 저놈이……! 활을 쏴라!"

신구수가 깜짝 놀라 고함을 질렀으나 이미 때는 늦었다. 성급하게 쏘아 날린 화살은 목표에 가서 닿지도 못한 채 중도에 후두둑후두둑 떨어지고 말았다.

괴수를 놓쳐버리자 신구수는 온몸까지 부들부들 떨어가며 부하 장병들에게 꾸짖듯이 명령을 내렸다.

"좋다, 이 나머지 놈들은 깡그리 죽여 없애라!"

탈출에 성공한 것은 공산불유 하나뿐 미처 달아나지 못한 패잔병들은 칼을 내던지고 그 자리에 꿇어 엎드려 투항했으나 분노에 미쳐버린 관군의 칼날 아래 모조리 원통한 귀신이 되고 말았다.

신구수는 전차를 몰아 단신으로 추격에 나섰다. 공산불유는 사수(泗水) 강변 울창한 숲 속으로 뛰어들고 있었다.

"내 저놈을 잡아 죽이지 못한다면 장군이고 뭐고 다 때려치우고 농사꾼이나 되고 말테다!"

얄팍한 속임수에 넘어갔다는 부끄러움과 반역의 괴수를 놓쳤다는 안타까움에 그는 이를 갈아붙이면서 속으로 다짐을 두었다.

맹세야 어떻게 했든 숲가에 당도하고 보니 전차를 타고서는 들어갈 방법이 없었다. 그는 황급히 원마(轅馬)에 메운 멍에를 끌러내고 혼자서 재추격에 나섰다. 사수를 건너 맞은편 기슭에 올랐을 때, 공산불유의 뒷모습은 이미 또 다른 고개 마루턱에서 가물가물 사라지고 있었다.

"틀렸구나……!"

신구수는 추격을 단념했다. 이제 기대할 것이라곤 낙기밖에 없는데, 그것도 희망 사항일 뿐, 공산불유란 놈이 꼭 비읍으로 달아나리라는 보장이 어디 있단 말인가? 그는 풀이 죽은 채 말머리를 돌렸다.

한편, 길을 돌아 비읍으로 진격한 낙기는 단숨에 비읍성을 점령할 수 있었다. 성을 지키고 있던 반란군 수비대 병력이 워낙 소수여서 낙기군의 일격을 당해내지 못하고 즉각 항복해 버렸던 것이다.

낙기는 일부 병력을 들여보내 성문을 닫아 걸게 한 다음, 자신은 50대의 전차를 성 밖에 포진시켜 놓고 일단 장병들에게 휴식 시간을 주었다. 피로가 풀리면 즉시 대로상을 따라 나가면서 이제 퇴각해 오는 공산불유의 패잔부대를 요격할 작정이었다.

한데 신구수가 계속 띄워 보냈다던 연락은 좀처럼 오지 않았다. 오후가 지나고 저녁이 되도록 전령이 나타날 기미는 전혀 없었다. 낙기는 답답하다 못해 초조해지기 시작했다.

이때 망루에서 파수꾼의 외침이 들려왔다.

"장군님, 옵니다! 쾌마(快馬) 한 필이 달려오고 있습니다."

5
80명의 무희

쾌마를 타고 온 사람은 낙기가 그토록 학수 고대하던 신구수의 전령이었다. 그는 안장에서 굴러 떨어지듯 뛰어내리더니, 숨가쁘게 보고를 올렸다.

"장군께 아뢰오! 역적 숙손첩은 고멸에서 집중사격을 받아 죽었사옵고 반란군도 완전 섬멸되었습니다."

"공산불유란 놈은?"

낙기가 다급하게 물었다.

"공산불유는 단신으로 탈출하여 제나라로 다시 망명한 듯하옵니다."

"신 장군은 지금 어디 계시냐?"

"고멸에 병력을 재집결하여 이제 후읍으로 진격하실 준비중에 있습니다."

"그렇다면 내게 무슨 분부를 내리셨는가?"

"비읍 성곽을 법도에 맞추어 허물어내시고 뒤따라오라 하셨습니다."

"오냐, 알겠다!"

낙기는 전 병력을 투입하여 일단 성벽을 무너뜨리는 일에 착수했다. 작업은 불과 이틀만에 끝이 났다. 그는 병력 일부를 수비대로 남겨 둔 다음, 나머지 군사를 이끌고 지름길을 택하여 일로 후읍성을 향해 진군했다.

두 장군의 부대는 후읍으로 통하는 갈래 길에서 합류했다. 그리고 토벌군은 후범측이 눈치 채지 못하게 지휘관의 깃발과 군기를 모두 말아 감추고 행군해 나아갔다.

관군의 공세가 시원치 않은 만큼 농성중인 후범 일당도 지겨운 하루하루를 초조하게 보내야만 했다. 이날 오후, 망루에서 외곽 순찰을 돌던 파수꾼이 지평선 끝에 자욱하게 이는 먼지 구름을 발견하고 급히 상관에게 알렸다. 후범이 문루에 뛰어올라 내다보니 일군의 전투용 수레가 깃발도 날리지 않고 호호탕탕 밀어닥치고 있었다. 후범은 비읍에서 공산불유의 구원병이 온 줄 알고 미칠 정도로 반가워했다.

"얘들아, 구원병이 왔다. 군사를 집결시켜라! 한꺼번에 나가서 관군을 앞 뒤로 협공하겠다."

부하 장병들을 모은 후범이 이제 막 성문을 열고 달려나가려 했을 때 엉뚱한 보고가 들어왔다.

"대감, 구원병이 아닙니다! 저놈들이 포위군과 합류하고 있습니다."

그 한 마디는 후범을 절망의 나락으로 떨어뜨리기에 충분했다.

"맙소사. 또 관군이로구나!"

신구수와 낙기는 당초 후읍성을 포위하고 있던 토벌군과 합류했다. 대장 자무에게서 상황 보고를 받고 나자 이들은 성 주위를 한 바퀴 돌아본 다음 본영으로 돌아갔다.

문루 위에서 그 광경을 바라본 후범은 가슴살이 떨리고 두 다리에 맥이 풀려 도저히 서 있을 수가 없었다. 그는 애당초 자신의 역량을 과대

평가한 것이 후회스럽기만 했다. 읍재 아문으로 돌아와서 곰곰이 생각해 보았으나, 아무리 머리를 쥐어 짜내도 좀처럼 뾰죽한 수가 떠오르지 않았다.

죽기살기로 맞서 싸워보았자 불나방이 화톳불 덮치듯 제 몸뚱이만 불살라 버릴 뿐 아무 승산도 없을 것이었다. 무장을 풀고 투항할 생각을 해보았으나 영락없이 사형수의 감방에 갇혀 두번 다시 햇볕을 보지 못하게 될 것이었다.

'성을 버리고 도망치면 어떨까? 하지만 이중 삼중 겹겹이 에워싼 포위망을 무슨 수로 돌파한단 말인가?'

저녁 해가 뉘엇뉘엿 서녘으로 기울고 후범의 얼굴에는 황금색 휘황찬란한 태양빛이 수만 가닥으로 비껴 어렸다. 그는 실눈을 가늘게 뜨고 저녁 햇빛을 외면했다. 가뜩이나 깡마른 얼굴이 더욱 초췌해 보이고 부황에 들뜬 사람처럼 핏기라곤 한 점도 비치지 않는 것이 한 마디로 병자의 모습 그대로였다. 하릴없이 돌아서려다가 그는 고개를 번쩍 쳐들었다. 한 가닥 서광이 퍼뜩 뇌리를 스치고 지나갔다.

'그렇다 야음을 이용하자꾸나! 칠흑같이 어두운 밤중이라면 탈출이 가능할지도 모른다.'

그는 앞서 구원병을 청하느라 두세 차례 연달아 밀사를 성 바깥으로 내보낸 경험이 있었다. 멍청한 관군 경계 초소는 단 한 번도 밀사를 적발하지 못했었다. 그것은 포위망이 느슨하게 풀려 있다는 증거라고 생각했다. 이러한 생각에 그는 다소나마 안도감이 들었다. 어쩌면 그것은 급류에 휩쓸린 사람이 지푸라기를 잡고 대안까지 헤엄쳐 가려는 심정이나 다를 바 없었다. 하지만 그에게 있어서 희망이라곤 오직 이것뿐이었다.

그는 마음을 다잡고 수중의 보검을 으스러져라 부여잡은 채, 이제 죽음이 임박한 늑대처럼 두 눈에 차가운 불길을 뿜어내면서 성벽 아래를 굽어보았다.

관군 진영은 마지막 공격 준비를 마친 듯 잠잠했다. 횃불이 하나둘씩 밝혀지는 가운데, 오늘도 어제와 다를바 없이 주장 신구수와 낙기가 영문 앞으로 어슬렁어슬렁 걸어나왔다.

"반적 후범, 무얼 망설이는 거냐? 이리 썩 나와서 결박을 받지 못할까!"

여느 때와는 달리 신구수의 목소리가 한결 우렁찼다. 후범은 일그러진 미소를 띠어가며 응수했다.

"오늘도 그냥 넘어가지 않는 모양이구려, 신 장군. 날마다 악담을 퍼붓지 않으면 소화가 되지 않는 거요? 벌써 여러 날째 포위만 해놓고 공격을 않으니 이건 아무래도 신장군답지 않소이다."

"하하, 네 놈이 속아 넘어간 줄도 모르는구나! 나는 오늘에야 왔고, 어제까지 보이던 신구수는 가짜였어. 내 대신에 가짜를 내세운 걸 까맣게 모르고 있었다니 자네도 참말 어수룩한 녀석일세!"

신구수는 등 뒤를 향해 손짓을 보냈다. 가짜 신구수와 낙기가 변장한 차림 그대로 두 장군 곁에 나란히 나와 섰다.

"자, 어디 분간해 보려무나. 어느 쪽이 진짜고 어느 쪽이 가짜냐?"

후범은 도깨비에 홀리지 않았는가 싶었다. 믿을 수가 없어 손등으로 두 눈을 비비고 다시 바라보았으나 좀처럼 진짜 가짜를 가려낼 수가 없었다. 그는 부끄러움에 겨워 가슴을 치고 발을 동동 굴러댔다.

"당당한 일국의 대장군으로서 그런 비열한 수작을 부리다니! 신구수, 낙기야, 이래가지고 네놈들이 무슨 군자 행세를 할 테냐?"

"하하하! 너희 같은 난신 적자들이 무슨 낯짝으로 '군자'를 따지는 게냐? 네가 병법책을 한 구절도 안 읽어 본 모양이로구나. '군사 작전에는 기만 술책도 마다 않는다'는 진리도 모르는 것이 감히 반역을 도모하다니, 그야말로 왕개미가 고목을 붙잡고 씨름하는 격이 아니고 뭐냐?"

"뭣이, 날더러 왕개미라고! 이 불구대천지 원수놈……."

후범의 말이 끝나지도 않았는데 한 곁에 서 있던 낙기가 두 손을 번쩍 치켜들더니 벼락치듯 고함을 질렀다.

"잔소리 집어치우고 이거나 받아봐랏!"

다음 순간, '씨잉!' 하고 파공음이 울리더니 성벽 위로 화살 한 대가 쏘아져 올라갔다. 후범은 잽싸게 피했으나 살촉은 바른쪽 뺨의 살갗을 훑고 지나쳐 뒤편 기둥에 박혔다.

날이 저물고 어둠이 찾아왔다. 신구수는 고수(敲手)에게 명령을 내려 일제히 북을 울리게 하는 한편, 전장병들을 시켜 야간 공격이라도 하는 것처럼 함성을 지르게 했다.

후범은 관군의 공세가 발동된 줄 알고 넋이 빠진 나머지 허겁지겁 궁노대(弓弩隊)에 무차별 사격 명령을 내렸다.

"쏘아라, 쏘아! 마구 쏘란 말이다!"

날카로운 화살이 소나기 퍼붓듯 성벽 아래로 쏟아져 내려갔다. 그러나 관군은 어둠 속에서 사정권 바깥으로 물러나간 뒤라, 그 화살에 다친 사람은 하나도 없었다. 몇 차례 연속 사격을 퍼붓고 나서야 후범도 속아 넘어간 줄 깨닫고 악을 고래고래 써가며 사격을 중지시켰다.

"쏘지 마! 쏘지 말라구! 별도 명령이 있기까지는 절대로 쏘면 안 된다."

신구수는 계략이 효과를 나타내자 고수와 장병들에게 더욱 힘차게 북을 두드리고 함성을 지르라고 명령을 내렸다. 그것이 후범의 판단을 마비시켰다. 농성군측에서 반응을 보이지 않는 동안 관군 정예부대가 조용히 출동했다. 선봉대는 어느덧 성벽 이곳저곳에 공격용 사다리를 걸쳐놓고 개미떼처럼 올라붙기 시작했다. 후읍 성벽은 자연석을 다듬어 쌓은 석벽이기는 하지만 그 속에는 황토를 다져넣었기 때문에 벽면의 틈서리가 이곳저곳 벌어져서 사다리를 이용하지 않더라도 조금만 신경을 쓰면 좋은 발디딤판을 찾을 수 있었다.

이윽고 성벽에 소리없이 올라붙은 선봉 기습대가 반란군 병사들과 육박전을 벌이기 시작했다. 농성군 진영에서도 이내 비상경보를 알리는 뿔나팔이 울렸다. 눈치 빠르고 솜씨 좋은 반란군 병사들이 도끼로 사다리를 찍어 넘겼으나, 대세는 이미 기울대로 기울었다. 공격 제1파가 무너지면 숨 한 모금 돌릴 틈도 주지 않고 제2파, 제3파가 밀어닥쳤다. 약 한 시각 남짓 전개된 교두보 쟁탈전 과정에서 관군 공격부대는 차츰 우세를 차지하고 있었다.

후범은 중과부적임을 깨달았다. 이제 대세는 물 건너간 셈, 더는 버텨봐야 죽음만 있을 뿐 아무 짝에도 소용이 없었다. 그는 곁에 있던 호위병을 한 사람 끌어당겨 강제로 옷을 바꾸어 입었다. 그리고 성내 으슥한 골목 아무도 알지 못하는 은신처에 숨어들어가 탈출할 준비를 갖추기 시작했다.

드디어 남대문이 깨졌다. 미리 기다리고 있던 공격군 주력부대가 함성을 지르며 밀물처럼 쏟아져 들어갔다. 곧 성을 점령한 장병들의 환호성이 후읍 전역에 쩌렁쩌렁 메아리쳐 울렸다.

문루 위의 깃발이 바뀌었다. 반란군 주모자 후범의 탈출을 막기 위해 점령군이 밝혀놓은 횃불이 어둠을 대낮으로 바꾸어 놓았다. 신구수는 그래도 마음이 놓이지 않아 낙기에게 동문을, 자무에게 북문 경계를 각각 나누어 맡기고 철저히 수색 통제하도록 엄명을 내려두었다.

이날 밤 낙기의 부하 병사 한 명이 성벽을 순찰하던 중, 웬 그림자 하나가 성벽 아래로 밧줄을 늘어뜨리고 주르르 미끌어져 내려가는 것을 발견했다. 병사는 다급한 김에 활을 꺼내들고 힘껏 당겨 쏘았다. 화살은 보기 좋게 가슴을 꿰뚫었다. 성곽 밑에 추락한 시체를 조사해 보니 반란군의 일개 졸병 차림새라 그 병사는 상부에 보고조차 하지 않고 넘겨버렸다.

후읍의 성문은 모조리 파괴되고, 벌떼같이 입성한 관군 장병들 앞에 투항자들이 내던진 무기가 산더미처럼 쌓이고, 반란군 포로가 생선꿰미 엮이듯 줄줄이 붙잡혀 빈 터에 꿇려 앉혀졌다.

신구수와 낙기, 자무 세 장군은 입성 직후 곧바로 후범의 소굴을 수색했으나 아무리 뒤져보아도 후범의 모습은 찾아낼 수가 없었다. 이들은 후범의 목에 상금을 내걸고 사면 팔방으로 수색대를 풀어보냈다. 그결과, 후읍 읍재의 관복을 입고 죽은 시체를 찾아냈으나 신원을 확인해 보는 과정에서 장본인이 아님을 발견했다.

그렇다면 후범은 '금선탈각지계(金蟬脫殼之計)'를 써서 매미 껍질 벗듯이 평범한 옷차림으로 바꿔입고 탈출했을 가능성이 많았다. 세 장군은 군졸들에게 탐문 수색을 계속하라는 명령을 내려두었다. 이때서야, 낙기의 부하 병사는 퍼뜩 떠오르는 것이 있어 조금 전에 사살한 적병의 시체를 찾아다가 상관에게 보였다. 낙기는 횃불에 시체의 얼굴을 비쳐보고 펄쩍 뛸 듯이 기뻐했다. 그것이 바로 후범일 줄이야……!

이튿날, 신구수는 공구의 지시대로 전 장병을 동원하여 후읍의 성곽 높이를 절반 남짓 깎아내렸다. 그리고 삼군에게 노고를 위로하는 잔치와 아울러 사흘동안 휴식을 준 다음, 다시 병력을 정돈하여 성읍을 향해 출발했다.

성읍의 읍재 공렴처보는 미리 연통을 받고 있던 참이라, 관군 대부대가 도착하자 성루 위에 올라 사세를 관망했다. 그는 무력으로 성곽을 파괴당하고 싶지는 않았다. 저항해 봤자 죽는 길밖에 없다는 사실을 뻔히 알기 때문이었다. 또 공들여 쌓은 성곽을 자진해서 허물겠다는 생각도 없었다. 곰곰이 생각을 거듭한 끝에 그는 혓바닥 하나로 잘 설득하여 신구수와 낙기의 마음을 바꾸어 보기로 작정했다. 이해 득실을 따져 납득만 시킨다면 성곽을 허물지 않고 관군을 그냥 돌려보낼 수도 있을 듯싶었던 것이다.

이윽고 신구수의 본대가 성 아래 당도했다. 공렴처보는 부하들에게 명하여 성문을 활짝 열어놓고 적교를 내리게 했다. 그리고 단신으로 성 밖에 영접을 나갔다. 그는 나이 50여 세, 도성에서도 명망이 자못 높은 선비로 말끔한 얼굴 모습, 초롱초롱 빛나는 눈매와 수염이 가슴까지 내려와 기품이 돋보였다. 신구수와 낙기, 자무 세 장군이 전투용 수레에서 내려서자 그는 얼굴에 함박 웃음꽃을 가득 머금고 당당한 걸음걸이로 마주 나가더니 사뭇 의젓한 태도로 겸손하게 첫 인사를 건넸다.

"어서들 오십시오! 세 분 장군께서 이 누추한 성엘 다 오시다니, 이거 미리 알고 영접 못한 점을 용서하십시오."

신구수도 답례를 올렸다.

"무슨 말씀을! 불청객들이 연통도 없이 찾아뵙게 되어 오히려 저희가 송구스럽습니다."

공렴처보는 내막을 뻔히 알면서도 짐짓 관군 대부대를 바라보면서 깜짝 놀라는 시늉을 했다.

"아니, 장군님들! 무슨 일로 이렇게 많은 군사를 데리고 나오셨습니까? 훈련을 하시는 중입니까, 아니면 누구를 진짜 토벌하러 오신 겁니까?"

상대방이 너무 점잖게 나오니 고지식한 장군들은 그만 말문이 막히고 말았다. 평소 하는 일이라곤 싸움질밖에 없는 터라, 이런 경우에 어떻게 대꾸해야 좋을지 좀처럼 두뇌 회전이 되지 않았다.

"저어……그건……."

신구수는 떠듬거리면서 동료 장군들을 돌아보았다. 하지만 낙기와 자무 역시 두꺼비 눈을 멀뚱멀뚱 뜨고 이쪽 눈치만 살폈다.

"세 분 장군께서 말씀을 않으시니. 무슨 피치 못할 사정이라도 있으신 모양이로군요. 어쨌든 소관(小官)에게 죄를 묻기 위해서 이 먼 길을 오신 것은 아닐 터이고……."

공렴처보의 얼굴에는 더욱 허물어질 듯한 웃음이 배어나왔다.

"이런, 내 정신 좀 봤나! 이러고 있을 게 아니라 어서 성 안으로 들어가시지요. 먼 길을 행군해 오시느라 피곤하실 텐데."

세 장군은 그만 우거지상이 되고 말았다. 이들은 모두 강철 같은 몸뚱이에 불덩이 같은 성미를 지닌 무부(武夫)들이라, 공산불유나 숙손첩, 후범 같이 완악한 무리에게는 가차없이 폭력을 휘둘러 제압하는 비정함을 보일 수 있었으나, 이제 이 공렴처보와 같이 나약하고도 점잖은 선비를 막상 눈 앞에 대하고보니, 말재간으로도 당해낼 수 없고 왁살스럽게 폭력을 쓸 수도 없는 터라, 그저 가슴만 답답할 뿐 한 마디로 속수무책이 되고 말았다.

낙기는 눈앞에 우뚝 치솟은 성벽을 바라보면서 다 기어들어가는 목소리로 우물쭈물 용건을 끄집어냈다.

"사실 대감께 말씀드리자면……저희들은 주군의 어명을 받고 왔는데……."

"하하! 무얼 그리 망설이시는 겁니까? 세 분으로 말할 것 같으면 우리 노나라의 대들보요, 당금 천하에 위엄을 떨치시는 영웅으로서 천군만마를 질타하는 맹장들이 아니오이까? 그런데 아녀자들처럼 수줍음을 타시다니 이토록 숫기가 많으신 줄은 정말 몰랐소이다."

낙기는 가슴을 불쑥 내밀고 용기를 내어 말했다.

"저희가 온 것은 이 성읍의 성곽이 너무 높아 주나라 예법에 어긋나므로 주군의 특명을 받고 성곽 높이를 깎아내기 위해서입니다."

공렴처보가 빙그레 미소를 지었다.

"낙 장군, 그 말씀 틀렸소이다. 주나라 예법은 벌써 오래 전부터 현실에 부합되지 않는 점이 많은 줄로 알고 있습니다. 성곽을 수축하는 문제도 그렇지요. 성곽이란 방어용 건축입니다. 모든 성곽은 실제 처한 상황에 맞추어서 지리적인 문제를 고려하여 규모도 정하고 높이도 조절하는 법입니다."

"그야 옳은 말씀입니다만, 이 성읍은……."

"이 성읍은 제나라 국경에 근접해 있소이다. 그러니까 우리 노나라의 대문이라고 해도 지나친 말은 아닐 것입니다. 성읍이 안전하면 노나라의 안전도 보장될 것이요, 성읍이 위태로우면 곧바로 노나라의 안전이 위태롭게 됩니다. 오늘날 이 세상은 강자만이 번창하고 약자는 멸망하는 실정입니다. 우리 주변의 현실이 어떻습니까? 제나라는 강대국이요, 노나라는 약소국입니다. 이제 성읍의 성곽을 허물어 낮추었다가, 하루아침에 제나라가 침범해 오기라도 한다면 그야말로 평지를 달리듯 거칠 것 없이 도성까지 쳐들어갈 것입니다. 그러니 세 분께서는 거듭 생각해 보시고 결행하시기 바랍니다."

신구수가 입을 열었다.

"대감의 말씀도 일리는 있습니다만, 저희들은 주군의 어명을 받들고 왔습니다. 이제 저희가 성곽을 허물지 못하면 돌아가서 무슨 낯으로 어떻게 주군 앞에 복명하란 말씀입니까?"

"그건 어렵지 않습니다. 소관이 장군님들을 따라서 도성에 들어가 주군을 뵙기로 하겠습니다. 그래서 사리를 따져 성곽을 허물 때 생길 폐단을 충분히 아뢴 다음 주군께서 결단을 내리시도록 하면 될 게 아닙니까?"

신구수와 낙기, 자무 세 사람은 이러지도 못하고 저러지도 못하고 머뭇거리기만 했다.

공렴처보가 다시 말했다.

"우선 장병들을 입성시켜 쉬도록 하시지요. 입에 발린 말이 아니라, 소관이 직접 상경하여 주군을 뵙고 아뢰기로 하겠습니다. 그 결과가 좋든 나쁘든 저 혼자서 그 화복(禍福)을 책임지고, 여러분께는 전혀 문책이 내리지 않도록 하겠습니다. 자, 여러분 의향은 어떻습니까?"

세 사람은 드디어 마음이 움직였다. 성읍과 같은 고을의 읍제도 이렇듯 담략 있고 원대한 식견을 지녔는데, 일국의 대장군들이 대의를 밝히지 않을 수 없었다.

주장 격인 신구수가 먼저 자기 뜻을 밝혔다.

"공렴 대감, 저희는 이대로 돌아가겠습니다. 도성에 귀환하는 길로 주군께 모든 실정을 아뢰겠습니다."

그 다음에는 낙기가 선심을 베풀 차례였다.

"그렇습니다. 대감께서 상경하실 것도 없습니다. 방금 말씀하신 것을 저희가 대신 아뢰어도 충분히 납득하실 테니까요. 안녕히 계십시오."

이리하여, 세 장군은 삼군을 이끌고 도성으로 귀환길에 올랐다.

공구는 진작에 보고를 받고 이 모든 경위를 낱낱이 파악하고 있었다. 마지막 소식이 들어왔을 때 그는 마음이 착잡해졌다. 비읍과 후읍의 성곽을 무너뜨리고 반란의 괴수 숙손첩과 후범을 잡아 죽인 일은 정말 희소식이었다. 공산불유가 비록 제나라로 탈출했다고는 하나, 이제 그는 살아 생전에 두번 다시는 귀국할 엄두를 내지 못할 것이다. 다만 아쉬운 점이 하나 있다면 그것은 성읍에 관한 문제였다.

자신이 맹손하기에게 단단히 부탁해 놓은 만큼 신구수와 낙기가 그 성곽을 힘 안 들이고 쉽사리 무너뜨릴 수 있는데도 공렴처보의 교묘한 농간에 설복당하여 빈 손으로 돌아서고 말았으니, 이런 안타까운 노릇이 어디 있겠는가? 하지만 이미 끝난 일, 피땀 흘려 반란군을 소탕한 세 장군들의 노고를 위로할망정 사소한 일로 문책할 입장이 아니었다. 성읍 문제는 또 나중에 기회를 보아 처리할 수도 있지 않는가?

공구는 이 일을 덮어두기로 작정했다. 그래서 신구수와 낙기가 경과를 보고하려고 찾아왔을 때도 전혀 내색을 않고 너그러이 맞아들였다.

신구수는 비읍과 후읍 공략전 상황을 낱낱이 보고한 다음 마지막으로 이렇게 덧붙여 사과했다.

"성읍의 일을 마무리짓지 못한 점 대사구 어른께 죄를 청합니다."

"하하! 세 분 장군께서 역신 숙손첩과 후범을 잡아 죽이고 공산불유를 쫓아내신 데다 그 소굴의 성곽마저 무너뜨렸으니, 이 공로만으로도 문책은커녕 오히려 큰 포상을 받아 마땅할거요."

"감사합니다, 대사구 어른!"

"한데 성읍 일은 어떻게 해서 손을 못 대고 돌아오셨소?"

신구수는 공렴처보가 성벽을 허물지 못하도록 만류한 경위를 자세히 설명하고, 자기가 현지 실정을 보건대 옳은 것으로 판단했노라고 솔직히 시인했다. 공구도 듣고 보니 사뭇 일리가 있다고 느껴졌다. 더구나 사전에 맹손하기를 시켜 공렴처보에게 움쭉달싹도 말라는 경고를 발했고, 또 공렴처보 역시 그 약속을 이행했기 때문에 비읍과 후읍의 토벌 작전도 순조롭게 진행될 수 있었던 것이다. 공구는 비로소 한갓진 마음으로 두 장군을 위로하여 돌려보냈다.

이리하여 노나라 전국을 뒤흔들던 세 가지 대사건이 마무리 되었다. 하지만 불화의 싹은 엉뚱한 데서 다시 트고 있었다.

맹손하기는 공구와의 사제지간 정분을 생각해서 일부러 성읍의 성곽을 헐지 않았다고 오인했다. 따라서 공구의 은덕에 깊은 감동을 느꼈다. 반면 계손사는 비록 공구의 계책을 빌려 역신 숙손첩을 잡아 죽이고 공산불유를 쫓아내기는 했으나, 비읍의 성곽을 무너뜨린 데 대해 깊은 불만을 품었다. 계손사와 똑같은 입장이 된 숙손주구 역시 같은 심정으로 차츰 공구와의 사이가 멀어졌다. 공구도 이런 낌새를 모두 알아차리고는 있었다. 하지만 그는 아예 모른척 무시해 버렸다. 지금 그에게 있어서 무엇보다 중요한 것은 온갖 수단 방법을 다 써서 노나라를 하루 속히 부강하게 만드는 일이었다. 또 그가 제정한 국법은 과연 탁월한 효과를 보여 노나라를 날로 번창하게 만들고 있었다.

노나라의 형세가 눈부시게 발전해 나가자, 제후들의 패자로 군림할 야망을 꿈꾸어 온 제경공은 바늘 방석에라도 앉은 듯 자나깨나 불안에 떨어야 했다.

상국 여서는 제경공의 그러한 심사를 꿰뚫어보고 한 가지 계략을 올렸다.

"주군, 무얼 그리 걱정하십니까? 두 사람 사이를 떼어 놓으면 제 아무리 날고 긴다는 공구라 할지라도 별수 있겠습니까?"

제경공은 어쩔 수 없다는 듯 어깨를 으쓱해 보였다.

"어디 말처럼 그리 쉬운 일인가! 날더러 무슨 재주로 그 두 사람을 갈라놓으란 말이오? 지금 노나라 군주는 공구를 요직에 쓴 이래 단시일에 두드러진 성과를 보았는데 이제 막 꿀맛을 본 사람들을 어떻게 이간질시키겠소?"

여서의 얼굴에 교활한 미소가 떠올랐다.

"주군, 모르시는 말씀 마십시오. 공구로 말하자면 원대한 식견을 지니고 포부도 큰 인물입니다. 그러나 노정공은 어떻습니까? 주색잡기라면 사족을 못 쓰는 용렬한 군주입니다. 이들 사이에 이간질을 붙이는 것쯤이야 누워서 떡먹기로 쉬운 일입지요!"

"어떻게 말이오?"

"우리가 전국에서 고르고 고른 일등급 미녀들로 무용단을 만들어 노나라에 보내면 어떨까요? 기막힌 여색을 보면 자다가도 벌떡 깨어 일어난다는 노정공이 아닙니까? 그가 무용단을 받아들이기만 한다면, 밤낮없이 노랫가락이나 듣고 춤사위를 즐기느라 정사에는 마음을 두지 않을 것입니다. 그럼 공구도 자기 포부를 실현할 방도가 없게 될 테고,

가망이 없다고 생각하면 반드시 노나라를 떠나 타국으로 가버릴 게 아닙니까? 그때 가서는 주군께서도 근심 걱정없이 베개 높이고 편안히 주무실 수 있게 됩지요."

한바탕 얘기를 듣고 나니 제경공은 가슴을 짓누르던 바윗덩어리라도 내려 놓은 듯 마음이 홀가분해졌다.

"좋은 생각이오, 좋은 꾀야! 하하하. 어디 그럼 여경이 그 계획을 직접 추진해 보시겠소?"

"분부대로 하오리다!"

여서는 퇴궐한 즉시 전국 각처에 관원을 파견하여 미녀들을 가려 뽑아 올리게 했다. 미녀 선발은 꼬박 1개월이 걸려 최종적으로 80명을 뽑았다. 여서는 이들을 도성에 불러올려 은밀한 거처를 마련해 준 다음, 궁중 악사를 시켜 춤과 노래를 가르치게 했다. 이들은 하나같이 꽃처럼 아리따울 뿐더러 눈치도 빠르고 영리한 처녀들이라 짧은 시일 안에 가무를 훌륭히 터득했다.

노정공 13년 3월, 제나라 대부 공손운언(公孫雲言)은 칙명 사신의 임무를 띠고 80명의 미녀와 준마 120필을 이끌고 엿새에 걸친 지루한 여행 끝에 마침내 노나라 도성 남문 밖에 다다랐다.

공손운언은 감히 일행을 데리고 입성할 엄두가 나지 않아 이들을 성문 밖 숙영지에 남겨둔 채 홑몸으로 궁궐을 찾아 들어갔다.

궁정 시위 한 명이 총총 걸음으로 임금 앞에 나가서 아뢰었다.

"주군, 제나라에서 사신이 왔나이다. 뿐만 아니라, 춤과 노래를 잘하는 미녀 80명과 준마 120필을 예물로 이끌고 왔다 하옵니다."

노정공은 눈이 확 뜨였다. 그는 재빨리 소맷자락을 휘둘러 가무를 물리친 다음 숨 돌릴 겨를도 없이 물었다.

"그래, 사절이 어디 있느냐?"

"궁궐 밖에서 알현해 주시기를 기다리고 있사옵니다."

"어서, 어서 썩 들라일러라!"

시위가 물러난 지 얼마 안 되어 제나라의 사신 공손운언이 의관을 가다듬고 궁전으로 들어왔다.

"외신(外臣) 공손운언이 노나라 군후께 문안 인사를 올리나이다!"

사신은 무릎 꿇고 소맷춤에서 제경공의 국서를 꺼내더니 쌍수로 높이 떠받들어 노정공에게 바쳤다.

"저희 군주의 국서이오니 받아 보옵소서."

"이리 올려라!"

진작 기다리고 있던 내시가 국서를 받아 임금의 손에 건네주었다.

국서를 펼쳐 본 노정공은 무슨 내용이 그리도 좋은지 입이 함박만하게 벌어지고 두 눈썹까지 씰룩거렸다.

"흠흠, 좋구료! 제나라 사신은 객관에 물러가 편히 쉬도록 하시오."

"우악하신 말씀, 감사하나이다!"

공손운언이 물러나기를 기다려서 노정공은 두 번 생각해 볼 것도 없이 당장 명령을 내렸다.

"성문을 활짝 열고 제나라에서 보내온 예물을 들여보내라!"

"예엣!"

내시가 응답하고 돌아서려는데 노정공은 뭔가 퍼뜩 짚이는 것이 있는지 얼른 제지했다.

"잠깐! 이건 아무래도 상국이나 대사구와 의논을 좀 해봐야겠다."

그날 저녁, 노정공은 진수성찬이 차려진 식탁 앞에 앉아서 입맛을 잃었는지 요리를 뒤적뒤적, 젓가락 방아만 찧고 있었다.

"여봐라, 게 누구 없느냐?"

"예이 ——! 소인 대령이오!"

"냉큼 상국 부중에 가서 긴급히 의논할 일이 있으니 대감더러 입궁하라고 일러라!"

"예에!"

내시를 보낸 후 노정공은 좀이 쑤시고 몸살이 났다. 제나라에서 보냈다는 미녀 80명의 자태가 자꾸만 눈앞에 어른거려 견딜 수가 없었다. 마음 같아서는 당장 데려다가 보아야 직성이 풀리련만, 지엄하신 일국의 임금의 체통으로 그럴 수도 없고 마냥 참자니 궁금해서 미칠 지경이었다.

"아뢰오! 상국 대감께서 당도하셨나이다."

"속히 들라 이르라!"

상국 계손사는 벌써 보고 왔는지 입을 열기가 무섭게 첫마디부터 노정공의 마음을 뒤흔들어 놓았다.

"주군, 도성 안팎에 난리가 났습니다. 제나라 사절단이 남문 밖에 천막을 세우고 무희와 악공들이 바깥으로 몰려 나와 연주를 하는데, 구경하러 성벽에 올라붙은 백성들이 인산 인해를 이루고 있다 하옵니다."

"아니, 그게 정말이오?"

"사실대로 말씀 드리자면 소신도 이미 나가서 보고 왔사옵니다."

"어엉? 상국도 벌써 구경을 하고 왔단 말이오?"

"황공하옵니다. 그 젊고 어여쁜 무희들이 노랫가락에 맞추어 너울너울 춤을 추는데, 정말 하늘의 선녀들이 속세에 강림한 듯싶었습니다. 소신도 그 아리따운 댓거리에 넋을 잃고 한참 동안 멍하니 보고만 있었으니까요."

노정공은 그만 눈을 감아버렸다. 듣기만 해도 홀딱 빠져 들 것만 같았다.

상국이 임금의 멍청한 모습을 바라보니 그 속마음을 꿰뚫어 알 만했다. 계손사는 입빠르게 물었다.

"주군, 왜 그 미녀들을 성 안에 들이지 않으십니까?"

노정공은 한숨을 내쉬었다.

"과인도 그럴 생각이 어찌 없겠소만 아무래도 대사구와 의논하고 나서 결정할 일이라……."

"하하, 그건 잘못 생각이십니다! 제경공은 호의적으로 이런 예물을 보냈는데 받지 않을 수 있겠습니까? 속담에도 '남의 호의를 거절하면 공연히 원망을 산다' 했습니다. 신의 생각으로는 일단 받아놓고 나중에 기회를 보아 제나라측에 보답하는 것이 옳은 듯합니다. 그럼 양국간에 예의도 차리고 우호적인 교류가 원만하게 이루어질 것이 아닙니까?"

노정공의 얼굴에 비로소 웃음꽃이 피어났다.

"받아들여도 되겠소?"

"그렇게 하십시오."

계손사가 딱 부러지게 대답했다. 물음도 빠르지만 대꾸도 빨랐다. 이어서 두 사람은 통쾌한 웃음을 터뜨렸다. 피차간에 배짱이 딱 들어맞았던 것이다.

"그래, 그 무희들이 어디 있소? 계손 경, 날 좀 그리로 데려가 주시오!"

노정공은 좀이 쑤셔서 견딜 수가 없었다. 그는 상국의 옷자락을 잡아당겨가며 보챘다.

"지금 도성 남문 밖에 있습니다. 제가 모시고 갈 터이니 미복으로 갈아 입으시고 떠날 차비를 하십시오."

"아니, 미복으로 변장하라고?"

"그렇습니다. 문무 백관들이 알면 시끄럽게 잔소리나 듣게 되고, 또 거동하시지 못하게 막는 자가 있을지도 모르니까요."

이리하여 군신 두 사람은 편복으로 갈아입은 다음 작은 마차 두 대에 나누어 타고 조용히 궁궐 뒷문을 빠져나왔다. 남대문 쪽으로 가까이 나아가자 어느덧 바람결에 구성진 풍악 소리가 바람결에 실려 왔다. 노정공은 다급한 마음에 마부를 재촉했다.

"좀 더 빨리 달려라! 좀 더 빨리!"

마부의 손에서 채찍이 연달아 날았다. 마차는 부서질 듯 삐거덕거리면서 쏜살같이 치달았다. 성문 아래 이르러 바퀴가 멎기도 전에 노정공과 계손사는 훌쩍 뛰어내리더니, 경주라도 하듯 재빨리 문루(門樓) 위로 올랐다.

문루 위 두 사람의 모습은 이내 성 밖 제나라 무희들의 눈에 띄었다. 우두머리는 동료들에게 속삭였다.

"노나라 임금이 구경을 나오셨다. 어서 풍악을 울리고 시작하자!"

무희 80명이 일제히 빈 터로 나와 옷매무새를 가다듬고 풍악 소리에 맞추어 덩실덩실 춤을 추기 시작했다. 대낮처럼 밝혀진 횃불 아래, 유장하게 울려 퍼지는 노랫가락, 속살결이 훤히 내비칠 만큼 얇은 옷을 입고 매혹적인 동작으로 너울너울 돌아가는 미녀들의 군무는 노정공과 계손사의 넋을 몽땅 뽑아내고도 남음이 있었다.

"히야……!"

탄성과 함께 군신 두 사람은 냉큼 누각 아래로 뛰어 내려갔다.

"성문을 열어라! 다리도 내리고!"

상국 대감이 수문장에게 다가가더니 그 옆구리를 쿡 찌르면서 낮은 목소리로 명령을 내렸다. 수문장은 일순 깜짝 놀랐으나 이내 상국의 얼굴을 알아보고 눈치 빠르게 행동했다. 성문이 열리자, 목빠지게 기다리고 있던 백성들이 홍수처럼 밀려 나갔고 노정공과 계손사도 인파에 휩쓸려 성문 밖으로 나갈 수 있었다. 두 사람은 북적대는 구경꾼들의 틈서리에 섞여 한참 동안 넋을 잃고 춤과 노래를 들었다.

어느 정도의 시간이 지나자, 계손사가 임금의 소맷자락을 툭툭 잡아당겨 군중들 틈에서 끌어냈다.

"주군, 저 동쪽 울타리로 가보실까요. 준마가 1백여 마리나 있답니다!"

어둠 속에서 노정공의 눈빛이 욕심 사납게 번쩍 트였다.

"어디? 그래, 가봅시다!"

두 사람은 말들을 가두어놓은 목책에 접근했다. 희미하게 비치는 달빛 아래, 덩치 큰 짐승들이 우글우글 맴돌고 있는 장관이 눈길에 가득 들어왔다.

"허어, 이것 대단한 놈들이구료! 하나같이 몸통도 다부지고 키도 크고 투실투실 살찐 것이 모두 이름난 명마야! 저놈 좀 보구료. 넓적다리가 얼마나 굵고 실팍하오? 어디 가까이 가서 볼까?"

낯선 사람이 다가가니 말들은 돌연 '히히히힝!' 하고 길게 투레질을 했다.

"거 참, 대단한 놈들이로군!"

노정공이 탄성을 지르자 계손사가 얼른 입술에 손가락을 대고 말렸다.

"쉬잇, 조용하십시오! 사람들 눈이 많습니다."

노정공은 비로소 자기네들의 경솔한 행동을 깨달았는지 멋쩍은 기색으로 얼굴을 붉히면서 고개를 툭 떨구었다.

이때, 무희들의 노랫가락이 또다시 들려왔다.

문간에서 날 기다리셨네
귀에는 하얀 귀고리,
거기에 하얀 옥돌이 곱데.

노정공은 귀신에게 홀린 듯 멍청하게 귀를 기울였다. 두 다리는 저도 모르는 사이에 구경꾼 쪽을 향해 움직여 가고 있었다. 그는 제정신을 차릴 수 없었다. 넋놓고 춤과 노래의 황홀경에 빠져드는 동안, 그는 부끄러움도 모르고 염치도 잊었다. 인파에 이리저리 밀리고 휩쓸리다 보니 동서 남북 방향도 분간할 수 없었다. 어느덧 바지 저고리가 땀에 후줄근히 젖었는데도 그는 전혀 느끼지도 못했다. 시간이 얼마나 지났을까, 그는 마침내 기진 맥진해졌다. 입이 메마르고 혓바닥이 타들어가는 갈증을 느꼈다. 그는 견딜 수 없는 피로감과 더불어 조금이나마 이성을 되찾기 시작했다.

달빛이 엷은 구름장에 가리워지고 대지는 이내 암흑의 농도를 더해 갔다. 신선의 경지를 헤매던 노정공은 뜻밖의 살풍경한 느낌에 노한 눈을 부릅뜨고 하늘의 구름장을 노려보았다. 마음 같아서는 이 괘씸한 구름장을 단숨에 불어 흐트려 놓지 못하는 게 원망스러웠다.

노랫소리가 또 울리기 시작한다.

뜰에서 날 기다리셨네
귀에는 파란 귀고리,
거기에 매단 옥돌이 예쁘데.

방에서 날 기다리셨네
귀에는 노란 귀고리,
거기에 매단 옥돌이 예쁘데.

노정공은 더 이상 자신을 억누를 길이 없었다.
"상국, 안 되겠소! 이 여자들을 모두 들여보내시오!"
임금의 분부를 듣고 마침내 계손사의 입에서도 엄한 호통이 나왔다.
"수문장, 어디 있느냐? 성문을 활짝 열어라!"
상국의 명령이 갓 떨어졌을 때였다. 마치 맞은편 골짜기에서 산울림이 메아리치듯 또 다른 고함 소리가 들려왔다.

"적교를 올리고, 성문을 폐쇄하라!"

　노정공과 상국 대감이 흠칫 놀라 서로 얼굴을 바라보았다. 귀에 익은 음성, 이게 도대체 뉘 목소리인가? 다음 순간, 두 사람은 얼음물을 뒤집어쓴 듯 정수리 꼭대기에서부터 발치 끝까지 소름이 쭉 끼쳐 내렸다.

6
노나라를 떠나다

　노정공과 계손사가 아연 실색을 한 것도 무리는 아니었다. 어렴풋이
들려온 목소리의 주인공은 바로 공구였던 것이다.
　제나라 사신이 무희와 준마를 한떼거리 이끌고 노나라 도성에 당도
하던 그 날, 공구는 모처럼 여가를 내어 이른 아침 나절부터 제자들과
함께 도성 서문 밖 사수 강변에 소풍을 나가 있었다.
　공구는 사수의 흐름이 구비쳐 남쪽으로 흘러가는 강기슭 둔덕 위에
자리잡고 앉아서, 현금(弦琴)을 꺼내 무릎에 놓고 차분하게 줄을 골랐
다. 이제부터 문하 제자들의 정서를 함양시키기 위한 음악 공부를 시작
할 참이었다.
　그런데 이쪽을 향해 미친듯이 달려오는 쾌마 한 필이 공구의 눈을 끌
었다. 마상의 기수는 갈기털에 상체를 파묻다시피 엎드린 채로 말궁둥
이에 쉴새없이 채찍질을 퍼붓고 있었다. 마상에서 곤두박질치듯 뛰어
내린 기수는 뜻밖에도 자로였다. 평소 경험으로 보아, 비록 덜렁대는

맛은 좀 있으나 성격이 남달리 침착한 자로가 이토록 허둥지둥 정신없이 달려왔다는 것은 필시 무슨 중대한 급변이 발생했다는 증거였다.

"중유야, 이게 웬 소동이냐? 도대체 무슨 일이 났길래……."

"말씀 마십쇼! 스승님의 행방을 찾아 다니느라 혼이 났습니다."

"어서 말해라, 무슨 일이 터진 거냐?"

자로는 턱까지 찬 숨을 가쁘게 몰아 쉬면서 대답했다.

"사부님, 큰일 났습니다. 제나라 군후가 사신 공손운언을 보내 왔는데, 예물로 춤 잘 추는 절색 미녀 80명과 명마를 120필이나 끌고 왔습니다."

"아니, 뭐라구! 그래 주군께서 그걸 받아들이셨느냐?"

"그건 아직 모르겠습니다."

"속히 도성으로 돌아가자!"

곡부성에 돌아온 공구는 즉시 대장군 신구수를 찾았다.

"신 장군, 방금 소식을 들으니 제경공이 미녀와 준마를 보내왔다고 했소. 이것은 우리 노나라 군신간의 화목을 무너뜨리고 나라를 망칠 계략에서 나온 일이오. 그러니 신 장군은 속히 병력을 풀어 성문을 단단히 지키고 제나라 사람은 남녀 불문하고 한 명도 입성시키지 마시오!"

"알겠습니다. 소장이 직접 가서 감독하겠습니다."

이윽고 영내의 관군 장병들이 출동했다. 공구 역시 뒤따라 나서서 도성 일대의 성문이 모조리 봉쇄된 것을 확인하고서야 겨우 마음이 놓였다.

그는 다시 상국 부중을 찾아갔다. 계손사와 함께 입궐하여 노정공에게 제나라측의 뇌물을 거절하도록 설득할 작정이었다.

한데 문지기의 대답이 뜻밖이었다.

"상국 대감님은 벌써 오래 전에 입궐하셨습니다."

"그래? 벌써 입궐하셨단 말이지……?"

발길을 돌리면서 공구는 곤혹스러운 감을 금치 못했다. 다 늦은 저녁에 입궐했다는 상국의 거동이 그로서는 자못 이해하기 어려운 것이었다.

'도대체 주군을 만나서 무슨 얘기를 했을까? 타는 불에 기름을 끼얹으려고? 아니면 아궁이에서 불붙은 장작을 꺼내기 위해서……?'

아무리 생각해도 상국의 의중은 요령부득이었다.

그는 곧바로 궁궐로 향했다. 하지만 그는 여기서 당직 시위의 말을 듣고 또 한 차례 좌절을 겪었다.

"지금 주군께선 궁에 계시지 않습니다."

"어딜 거동하셨는지 아는가?"

"모릅니다. 상국 대감과 함께 미복 차림으로 나가셨습니다."

공구는 눈앞이 캄캄해졌다.

"설마……"

그는 그만 입을 다물고 말았다. 더 이상 아무것도 상상하고 싶지 않았다. 하지만 생각을 안 해 볼 수도 없는 일이었다.

"설마……이 양반들이 정말로 제나라 무희들의 춤과 노래를 들으러 나갔다는 말인가……?"

그는 속에서 불길이 확 솟구치는 것을 느끼고 황급히 수레를 되돌려 남문 쪽으로 달려갔다.

성문 앞에는 평범한 마차 두 대가 덩그라니 세워져 있을 뿐, 노정공과 상국 대감의 모습은 어디에도 보이지 않았다. 마차가 화려한 용련이 아님을 확인하고 나서야 공구는 마구 뛰던 가슴 고동이 조금 진정되었다.

이때 성문이 활짝 열리더니, 수직으로 세운 적교(吊橋)가 쇠사슬 구르는 소리를 내면서 천천히 땅에 내려앉기 시작했다.

공구는 화가 솟구쳐 버럭 고함을 질러댔다.

"누가 성문을 열라 했느냐? 어서 썩 다리를 올려라! 성문을 단단히 봉쇄하란 말이다!"

날벼락 같은 공구의 호통 소리에 성문을 지키던 군사들의 손길이 다급하게 움직였다. 적교 한끝이 다시 올라가고 육중한 대문이 삐거덕삐거덕 소리를 내면서 다시 닫혔다.

때마침 신구수가 달려왔다. 공구는 질책 섞인 목소리로 물었다.

"신 장군, 방금 왜 성문을 열게 하셨소?"

"그건…… 그건…… 소장도 모르는 일이라……"

신구수 역시 영문을 모르겠다는 듯 도리질을 하면서 좌우를 둘러보았다. 그러자 수문 장교 한 명이 눈치 빠르게 다가와서 아뢰었다.

"대사구 대감께 아뢰오. 아까 상국 대감이 주군을 모시고 바깥에 나가셨사온데 이제 들어오신다고 성문을 열게 하셨습니다."

그 말을 듣는 순간 공구는 온몸이 써늘해지고 말았다. 노정공과 계손사가 보여준 이 행동은 이제 갓 눈앞에 나타나던 한 가닥 서광을 가린 행동이었다. 그는 땅바닥에 뿌리 박힌 말뚝이 되어 그 자리에 선 채 움직일 줄 몰랐다. 바람결에 들려오는 구성진 풍악 소리가 한 자루 비수로 변해 그의 가슴을 참을 수 없이 아프게 만들었다. 그는 마치 까마득히 높은 산꼭대기에서 천만 길 깊은 심연으로 굴러 떨어지듯 어쩔어쩔한 현기증을 느꼈다.

'아아, 이런 일이 벌어지다니, 이 노릇을 어쩌면 좋으랴……'

한편, 성 밖에서 발이 묶인 노정공과 계손사는 속으로 비명을 지르면서 안절부절 발만 동동 굴러대었다. 선녀들의 춤사위와 아름다운 노랫가락도 천만리 머나먼 하늘 바깥에 날려 보낸 채, 이들은 그저 어떻게 하면 체통을 유지하며 성 안으로 들어갈 수 있겠는지, 그 방도를 찾아내느라 정신이 하나도 없었다. 군신 두 사람은 똥 마려운 강아지처럼 그 자리에서 뱅뱅 맴을 돌았다.

잔혹한 현실에 한바탕 몸살을 앓고 나서 공구는 매우 빠른 속도로 이성을 회복했다. 이윽고 그의 입에서 침착한 분부가 한마디 떨어졌다.

"신 장군, 어서 성문을 열고 주군과 상국 대감을 모셔 들이시오."

성문 빗장을 뽑는 소리가 '쿵!' 하고 울렸다. 뒤따라 참호 물이 넘실대는 해자를 가로질러 적교의 널판이 슬금슬금 내려앉기 시작했다. 그 광경을 바라보면서, 노정공과 계손사는 마치 죽음의 문턱에서 신령님이라도 만난 듯, 허겁지겁 걸음을 옮겨 다리 끄트머리로 달려갔다.

성 문턱을 넘어서자, 문루 아래 우두커니 서 있는 대사구 공구의 모습이 눈에 들어왔다. 그러나 이들은 마음에 찔리는 바가 있는 터라 공구를 똑바로 쳐다보지 못하고 눈길을 마차 바퀴에 떨어뜨렸다.

"주군, 상국 대감, 어서 마차에 오르십시오. 회궁하셔야지요."

공구가 꾸뻑 절을 올리면서 아뢰었다. 말투는 부드러웠으나 철부지 어린아이를 꾸짖는 어른의 역정과 질책이 다분히 섞여 있었다.

"어어…… 대사구…… 대사구도 함께 들어갑시다."

노정공은 어물어물 멋쩍게 대꾸할 따름이었다.

궁궐로 돌아와서도 노정공은 얼굴빛이 울그락푸르락 바늘 방석에라도 앉은 듯 안정을 찾지 못하고 허둥거렸다. 계손사는 뭐 그럴 필요가 있느냐는 듯 거드름을 피워가며 노정공 곁에 자리잡고 앉았다.

공구는 가슴이 아팠다. 임금과 상국이 저지른 행동은 일국의 통치자로서 위신을 잃어버렸을 뿐만 아니라 이 나라의 체통에도 적지 않은 상처를 입힌 것이었다. 그렇기 때문에 공구 역시 이들을 정면으로 바라보지 않았다. 만민 앞에 떳떳해야 할 임금과 상국이 부끄러움을 견디지 못하고 몸 둘 바를 모를까보아 걱정스러웠기 때문이었다.

궁전 안의 공기는 숨이 막히도록 무겁게 가라앉았다.

이윽고 노정공이 심경의 평정을 되찾기 시작했다. 그는 우선 가벼운 헛기침으로 정적을 깨뜨린 다음 조용히 입을 열었다.

"대사구, 그대도 아다시피 제나라 군주가 예물로 미녀들과 준마를 보내왔는데 이걸 어떻게 처리하면 좋겠소?"

"주군, 절대로 받아들여서는 아니 되옵니다!"

"왜 안 된다는 거요?"

"현실적으로 생각해 보옵소서 제나라는 강대국이요, 이 노나라는 약소국이 아니옵니까? 강대한 제나라가 비굴하게 머리를 숙이고 약소국인 우리측에 미녀와 준마를 바치다니, 이는 분명코 흑심을 품고 하는 짓일 뿐 호의적으로 받아들일 일은 아니라고 생각됩니다."

이 때서야 상국 계손사도 말문이 트였다.

"그건 대사구가 모르고 하는 소리요. 양국이 협곡에서 회맹한 이래 제나라 군주는 우리 나라를 성심으로 대해 왔소. 그렇기 때문에 환읍, 운읍, 구음의 세 지역을 돌려주지 않았소? 여기에는 아무런 조건도 붙인 것이 없소. 따라서 이번에 보낸 예물도 제나라측에서 흑심을 품거나 딴 의도가 있어서 그런 것은 아니라고 생각되오."

계손사의 견해에 공구는 정면으로 반박했다.

"상국 대감, 차일시 피일시(此一時 彼一時)란 말씀을 듣지 못하셨습니까? 그 때는 그 때고 지금은 지금, 피차 경우가 다르단 말입니다. 협곡에서 동맹을 맺었을 때, 제나라 군주는 여서의 간계를 받아들여 처음에는 야만족의 춤판을 구실로 삼아 우리 주군께 위해를 가하려 했고, 또 나중에는 음탕한 가무를 연출시켜 우리 노나라측에 수모를 안겨 주었습니다. 그 모략이 실패로 돌아갔어도 그들은 단념치 않고 다시 동맹 조약 문서에 '제나라 측이 원정을 나갈 때 우리 노나라더러 전차 3백 승의 지원군을 의무적으로 출동시켜야 한다'는 강제 조항을 내걸어, 우리 나라를 자기네 부용국으로 만들려고 획책했습니다."

"하지만, 우리에게 영토를 돌려주지 않았소?"

"말씀 잘 하셨습니다. 그러나 만약 그때 우리가 잃어버린 영토의 반환을 요구하면서 이에 응하지 않으면 동맹을 파기하겠다고 위협하지 않았던들 제나라가 순순히 그 세 지역을 반환했을 리 있겠습니까? 저들은 궁지에 몰려 마지못해 영토를 되돌려 준 것에 불과합니다."

"그렇다면, 이번 예물 건을 어떻게 보시오?"

"제나라의 이런 행동은, 우리가 깊이 생각해 볼 필요가 있습니다. 첫째 제나라 측은 우리에게 아무런 요구도 해오지 않았다는 사실입니다. 병법에 '상대방이 자세를 낮추고 까닭없이 비굴하게 나올 경우, 여기에는 반드시 무엇인가 노리는 것이 잠재해 있다(低下必有所求)'라고 했습니다. 제나라가 우리측에 요구하는 것도 없으면서 무엇 때문에 이렇듯 저자세로 나올 필요가 있겠습니까? 둘째, 우리 나라는 제나라에 아무런 은혜도 베푼 적이 없습니다. 또 위해를 가하려는 아무런 의도도 보인 적이 없습니다. 그런데 저들이 어째서 우리에게 후한 뇌물을 써야 한단 말입니까? 이런 모든 상황을 보았기 때문에 저는 그들에게 또다른 속셈이 있다고 판단한 것입니다. 상국 대감, 부디 세심하게 헤아려 보시고 좀 더 신중하게 대비하시기 바랍니다!"

그러자 이번에는 노정공이 불쑥 끼어들었다.

"대사구, 동맹국 간에 예물을 주고받는 것은 옛날부터 늘 있어 온 관습이 아니겠소?"

공구는 임금을 향해 돌아섰다.

"우리 노나라는 주공(周公)의 영지요 또 예의의 나라인 만큼, 옛 예법에 따른 관습을 숭상하는 것도 자연스런 일입니다. 하오나 이번에 제나라가 미녀와 준마를 선사한 일은 달리 보아야 합니다. 자고로 여자와 소인배는 함께 어울리기 어렵다 했습니다. 그들을 친근하게 대해 주면 그들은 이내 무례한 행동으로 나오고, 그들과 소원(疏遠)하게 지내면 그들은 곧바로 원한을 품습니다. 이제 미녀를 80명씩이나 보낸 제경공의 마음 씀씀이가 얼마나 지독스러운지 생각만 해보서도 알 수 있을 것입니다."

노정공이 피식 웃었다.

"대사구, 경의 말씀이 너무 과장되었구료. 설마하니, 저토록 연약한 계집들이 홍수나 야수떼보다 더 무섭다는 말씀은 아니렸다?"

"홍수가 나면 제압할 수도 있고, 아무리 사나운 야수라도 굴복시킬 방법은 있게 마련입니다. 강산은 쉽게 바꿀 수 있으나 인간의 본성은 바뀌기 어렵습니다. 불초 공구의 생각으로 보건대 제나라 군주가 이렇 듯 많은 미녀를 보내온 의도는……."

그는 여기서 입을 다물었다. 임금을 맞대놓고 그 다음 말을 차마 직 설적으로 할 수 없었다.

일순, 노정공의 얼굴이 화끈 달아올랐다. 그 역시 공구가 무슨 말을 하려다 그만 두었는지 뻔히 짐작할 수 있었다. 하지만 일부러 모른 척 하고 아무 내색도 않은 채 다그쳐 물었다.

"그래 무슨 의도란 말이오? 솔직히 말해도 좋소."

공구는 잠시 망설이던 끝에 말투를 바꾸었다.

"주군, 제나라측에서 보내 온 예물 가운데 준마 120필은 받아 들이 시고 그 답례로 금은 보화를 후하게 보내 주십시오. 그렇게 하면 예법 에도 어긋나지 않을 것입니다. 다만 그 미녀 80명일랑 제나라에 돌려 보내시는 것이 좋을 듯합니다. 그럼 장차 일어날 여러 가지 문제점도 피할 수 있겠고 또 그 여인들이 고국에 돌아가서 가족들과 단란하게 살 수도 있지 않습니까? 사람은 누구나 부모가 있습니다. 저렇게 나이 어 린 여인들이 고향을 등지고 타국 땅에 와서 생이별의 고통을 겪어야 하 다니, 이 얼마나 불쌍한 일입니까? 어진 분은 사람을 사랑하는 법(仁者 愛人), 주군께서도 그녀들과 처지를 바꾸어 생각하시기를 바라옵니 다."

노정공이 듣고 보니 참으로 맹랑하기 짝이 없는 말이라, 부끄러움에 앞서 은근히 부아가 치밀었다. 만약 자신이 미녀들을 받아들인다면 어질지 못한 사람이란 얘기가 아니고 뭐란 말인가? 하지만 그는 역시 울화통을 억눌렀다.

계손사가 수염을 쓰다듬으면서 일부러 점잖을 빼어 말했다.

"대사구의 그 말씀, 틀렸소이다. 저 무희들은 제나라 군주가 어명으로 전국에서 뽑아들였다 하오. 따라서 그녀들이 가족과 생이별을 하고 고향을 등지게 된 책임은 모두 제나라 군주에게 있을 뿐 우리하고야 무슨 상관이 있단 말이오? 더구나 주군께서 받아들여 궁중에 머물게 한다면 모진 비바람 맞지 않고 날마다 풍악을 즐기면서 인간 세상의 부귀영화를 마음껏 누릴 수 있을 터인데, 어째서 불쌍하다는 거요?"

"상국 대감, 내 걱정은······."

이때, 노정공이 얼른 손을 내밀어 그 말을 막았다.

"됐소, 그만 하시오!"

공구가 일어나 거듭 예를 올렸다.

"주군, 이제 노나라는 천신 만고 끝에 겨우 빛을 보기 시작했습니다······."

그러나 말도 끝나기 전에 노정공이 버럭 노성을 질러댔다.

"내 마음은 결정되었으니까 모두들 돌아가서 편히 쉬기나 하시오!"

그리고 소매를 떨치고 뒷짐진 채 훌쩍 내실로 들어가 버렸다.

계손사도 일어났다. 얼굴에는 의기양양한 빛이 가득 떠오르고 승리자의 미소가 여보란 듯이 배어나왔다.

공구는 울분을 가득 품은 채로 궁궐을 나섰다.

이튿날 아침, 노정공은 제나라 사신을 궁궐로 불러들였다. 안내역을 맡은 사람은 상국 계손 대감이었다. 계손사는 임금의 명에 따라 공손운언을 국빈으로 상석에 앉혀 놓고 푸짐한 잔치를 베풀어 대접했다. 미녀 80명과 준마 120필은 모조리 궁궐로 들였다. 그 대신 노정공은 제나라 군주에게 황금 2천 냥을 답례로 보내는 한편 사신에게도 따로 후한 사례금을 얹어 주었다.

제나라 사신이 귀국한 뒤 노정공의 후궁에서는 날마다 풍악 소리가 질탕하게 울리기 시작했다. 노정공은 애당초 80명이나 되는 미녀들을 모조리 독식하고 싶었으나, 상국 대감의 심통이 두려워 그중에서 20명을 따로 뽑아 상국 부중으로 보냈다. 이 때부터 임금과 상국은 생선 바구니를 통째로 차지한 고양이처럼 해가 뜨면 춤과 노래판에 빠져들고, 해가 지면 미녀들의 몸뚱이를 번갈아가며 주무르느라 그 밤이 지새는 줄도 몰랐다.

공구는 가슴이 터져나갈 지경이었다. 울분과 번민 속에, 그는 연 사흘째 잠을 이루지 못하고 뜬 눈으로 밤을 지새웠다. 꿈에도 잊지 못하던 그의 이상은 끝내 파멸을 맞았다. 그는 노정공이 두번 다시 자기 말을 들어주지 않으리라는 사실, 또 앞으로 자신에게 조정의 중책을 맡기지 않으리라는 사실도 뼈저리게 깨닫고 있었다. 그는 어찌할 바를 모른 채 하루 온종일 집에서 벽을 마주하고 앉아 깊은 사념에 빠졌다.

스승이 이러니 문하 제자들도 하릴없이 노정공과 계손씨의 잘잘못을 놓고 입방아나 찧는 게 일과였다.

자로는 불끈하는 성미를 참지 못하고 펄펄 뛰었다.

"사부님, 이젠 틀렸습니다! 임금이나 상국이나 모두들 여색에 홀딱 빠져 정신을 못 차리니 이 나라도 부강해질 가망성은 없어진 셈입니다. 사부님, 우리 이 지겨운 나라를 떠나면 안 됩니까? 다른 나라로 가봅시다!"

공구는 넋을 잃은 눈빛으로 제자를 바라보았다.

"중유야, 그 성미 좀 눌러라. 어쩌면 그분들이 마음을 돌릴지도 모르는 일 아니냐? 우리 사나흘만 더 기다려 보자꾸나. 내일은 바로 나라에서 교제(郊祭)를 올리는 날이다. 제사가 끝난 후 만약 주군이 우리에게 제물을 주신다면 우리에게도 아직은 다시 등용될 가망성이 있다. 아무 소식도 없다면 이것은 주군께서 우리를 저버리겠다는 뜻이니, 그때 가서 어쩌겠느냐? 나도 이 나라를 떠날 수밖에……"

노나라의 교제 행사는 천자국인 주나라의 법제를 본뜬 것으로 유사 이래 끊긴 적이 없었다. 관습대로라면, 제사를 마친 후에는 돼지고기나 양고기 따위의 제물을 임금이 조정 문무 백관에게 나누어 주는 것이 상례였다. 그것은 임금이 신하들에 대한 관심을 보이는 의미도 있으려니와 또 하늘이 그 제물을 통해 인간에 대한 가호를 나타내는 것이기도 했다.

공구의 희망은 오직 하나, 노정공이 나라를 잘 다스리도록 자신의 온갖 재능을 다 바쳐 보필하겠다는 일념뿐이었다. 그렇기 때문에 그는 궁궐에서 재물을 떠받든 사신이 찾아오기를 눈이 빠지도록 기다렸다. 그는 줄곧 사흘을 기다렸다. 하지만 아무도 제물을 가져오지 않았다. 마침내 그는 노나라를 떠나기로 결단을 내렸다.

밤이 깊었으나 공구는 여전히 잠을 이루지 못했다. 장탄식 섞인 한숨이 절로 나왔다. 현금을 끌어당겨 무릎에 올려놓고 줄을 퉁기자니 노랫가락도 시름시름 맥을 잃어갔다.

수양산 마루턱에서 감초를 따다니,
사람의 거짓말일랑 절대로 믿지 말아라.
어서어서 충언을 듣고 권유를 받아들이렴,
입빠르게 꾸며낸 말을 어이 참말로 여기리!

아내 기관씨는 줄곧 그의 곁에 앉아 있었다. 남편은 나라의 흥망 성쇠에 노심초사를 하고 있지만, 그녀는 남편의 몸을 걱정하고 있었다. 눈에 띄도록 하루가 다르게 수척해지는 얼굴, 퀭하니 들어간 두 눈망울, 그녀는 남편의 건강이 더는 버티지 못할까봐 마음을 졸여야 했다.

가슴 아픈 대목을 읊자니 그는 저도 모르게 눈시울이 뜨거워지면서 눈물이 왈칵 쏟아졌다. 아내도 옷자락으로 살며시 눈물을 찍어냈다.

공구는 현금을 내려놓고 일어섰다.

"여보, 나는 아무래도 이 나라를 떠나야 할까보오."

아내는 공구보다 더 노쇠해 보였다. 머리터럭도 희끄무레 세었고 그 곱던 얼굴도 이제는 주름살투성이였다. 기관씨는 갈라진 목소리로 대답했다.

"당신은 반평생을 동분서주, 단 하루도 편히 쉬어 보신 적이 없었죠. 그런데도 당신은 원대한 포부를 끝내 실현시키지 못하셨어요."

"다른 나라에선 희망이 있을 거요."

"제 걱정이 바로 그거예요. 타국에 가서도 좋은 결과가 꼭 있으라는 보장이 없으니까요."

아내의 말에 그는 더욱 무거운 심경이 되었다. 하기야 열국 제후들이 천하를 찢어발겨 차지한 채 무력만을 지상(至上)으로 떠받드는 냉혹한 현실 앞에서, 오직 그 혼자만이 기를 쓰고 주례(周禮)를 고집한다는 것은 어떻게 보면 황하의 흐름을 거꾸로 돌려놓는 것이나 다를 바없이 무모한 일인지도 몰랐다. 하지만 그의 신념은 비상할 정도로 굳세고 결연했다. 그는 자신이 선택한 길을 따라 끝까지 걸어 나갈 작정이었다. 그는 아내에게 이렇게 말했다.

"내 평생 역정(歷程)이 지금보다 더 어렵고 힘들더라도, 그 길이 어느 때보다 더 고르지 못하더라도, 나는 반드시 주공께서 세우신 예법 제도에 따라 헤쳐 나가고야 말 거요!"

기관씨는 남편의 이 고집스런 기질을 너무 잘 이해하는 만큼, 권유해 보았자 아무 짝에도 소용없다는 것을 익히 알고 있었다. 남편이 벽을 쳐다보고 있는 동안 그녀는 조용히 옷가지를 챙겨 꾸리기 시작했다.

아내가 방을 나간 후, 그는 벽 한 구석에 치쌓인 죽백(竹帛) 뭉치 가운데 몇 묶음을 골라 놓았다. 그리고 옷을 입은 채로 침대에 누웠는데 제자들이 또 찾아왔다.

자로는 스승의 방에 들어서기가 무섭게 여쭈었다.

"사부님, 결단을 내리신 겁니까? 우리 언제 떠납니까?"

염구도 지푸라기 끄트머리로 등잔불 심지를 훑어내면서 스승의 얼굴 표정을 살폈다.

"사부님, 이 너르디너른 천하를 어떻게 갈고 닦으실 작정입니까? 어디로 가야만이 종착지를 만날 수 있겠습니까?"

공구는 자신만만하게 대꾸했다.

"주공께서 제창하신 예악은 영원히 민멸(泯滅)되지 않는 것, 만대를 두고두고 적용할 수 있는 진리였다. 오늘날 사람들에게 버림받고 가리워진 까닭은 열국 제후들이 무력을 떠받드는 풍조에서 비롯된 것이다. 알겠느냐? 나는 온 천하 그 숱한 제후들 가운데 단 한 사람도 알아주는 이가 없다고 믿지 않는다."

민손이 여쭈었다.

"스승님, 사람이 한 평생 살다 보면 호의를 제대로 인정받지 못하는 경우가 많이 있습니다. 이번 여행길에서는 어진 정치를 시행할 임금을 꼭 선택하셔야만 합니다."

"얘들아, 지금 내 심사는 혼란스럽기만 하구나. 그저 이 나라를 떠나고 싶은 생각뿐 어느 곳이 내 종착지가 될 것인지는 두고두고 찾아봐야 겠다."

안로가 송구스런 표정으로 입을 열었다.

"스승님, 저희 집은 가난한지라 식구들의 목구멍에 풀칠이나마 해 줄 사람이 있어야겠습니다. 가족의 생계 때문에 저는 사부님을 따라 나설 수 없으니 제 아들 안회를 데리고 떠나십시오. 이 녀석이 비록 아둔

하지만 학문을 매우 즐겨하니 학업에 게으르지 않도록 보살펴 주시기 바랍니다."

공구는 문하생들을 돌아보았다.

"너희들 중에 누가 날 따르겠느냐?"

"제가 가겠습니다."

자로가 먼저 나섰다. 이어서 다른 제자들도 따라 가겠노라고 외쳤다.

공구는 격한 마음을 이기지 못했다. 그는 뿌옇게 흐려진 눈으로 제자들의 얼굴을 하나하나씩 둘러보았다.

"내일 새벽에 출발하겠다. 모두 집에 돌아가서 식구들과 작별 인사를 나누고 행장을 꾸리도록 해라."

문하생들이 떠날 무렵, 공구는 두 사람에게 손짓을 보내 남아 있게 했다.

"중유야, 그리고 염구야. 너희들은 상국 대감댁의 가신이 아니냐? 굳이 날 따라 나설 것까지는 없다."

자로가 듣더니, 큰일났다 싶어 다급하게 항변을 했다.

"사부님, 그게 무슨 말씀입니까? 언젠가 저희들더러 '가는 길이 다르면 서로 도모하지 말라' 하지 않으셨습니까? 여태껏 말씀 드리지 않았지만, 저는 계손씨와 배짱도 안 맞고 그 하는 짓거리도 마음에 들지 않습니다. 그래서 저는 이번 기회에 상국 부중을 떠날 참이었습니다."

공구 역시 깊은 동정을 느끼고 두어 번 고개를 끄덕였다. 사실 그는 자로를 몹시 좋아했다. 성격이 거칠고 무뚝뚝하고 유치한 면도 있어서 이따금씩 철부지 같다고 생각되었으나, 자로는 역시 성실하고 호방한 인물이었다.

올곧으면서도 선량한 그 마음은 마치 갈고 닦이지 않은 아름다운 옥돌처럼 번뜩번뜩 소박한 광채를 발하고 있었다. 자로를 문하에 거두어 들인 이후 공구는 그를 줄곧 지기(知己)로 보아 왔었다. 더구나 그는 공구의 미세한 일상생활까지 두루 관심을 쏟았을 뿐더러, 공구의 신변에서 잠시도 떨어지지 않고 돌보아 주었다. 그렇기 때문에 공구는 그와 함께 있는 동안 언제나 푸근함과 마음 든든한 감을 느끼곤 했었다.

염구도 떨어질세라 냉큼 앞으로 나섰다.

"사부님, 저도 따라가겠습니다! 상국 대감이란 작자는 하루 진종일 사치 방탕한 생활에 푹 빠져서 취생몽사(醉生夢死)만 하고 있을 뿐, 나랏일 따위는 전혀 염두에도 두고 있지 않습니다. 저 역시 상국 부중을 떠나려고 마음 먹은 지 오래 되었으니 꼭 데려가 주십시오!"

공구는 또 아무 말없이 고개를 끄덕였다.

그들이 앞마당으로 나가는 뒷모습을 바라보면서 용기를 얻은 공구는 피로한 느낌이 싹 가셔버렸다. 그는 어둠 속에서 주공 희단이 손짓하며 부르는 환영을 보았다. 난관에 부닥칠 때마다 주공은 언제나 자애로운 어버이처럼 일깨워 주고 용기를 북돋워주었다.

깊은 밤, 온 세상은 정적에 싸여 있었다. 그는 혼자서 대문을 나섰다. 마음은 어쩔 수 없이 태묘(太廟) 쪽으로 기울었다. 캄캄한 어둠 속, 태묘는 어렴풋이 건물의 윤곽을 드러내 보이고 있었다. 윤곽만 보더라도 웅장한 규모, 우아한 건축미, 숙연할 정도로 장엄한 맛을 여실히 느낄 수 있었다.

까마득히 치솟은 측백나무, 전나무 줄기는 위엄을 갖춘 무사들처럼 태묘 주위에 둘러서서 사당을 지키고 주공의 조각상을 수호해 주고 있는 것 같았다.

이른 봄날 밤이 이슥해지면서 날씨는 변덕스럽게 뒤바뀌었다. 따사로운 바람결이 스치는가 하면, 간간이 싸늘한 냉기가 사람의 몸뚱이를 오슬오슬 떨게 만들었다. 여느 때 같았으면 공구는 이 자연계의 오묘한 도리를 두고두고 곱씹어 보았겠으나, 지금의 심경은 아무 것도 생각나지 않고 그저 태묘 안에 들어가 주공의 조각상을 참배하고 싶은 다급한 마음뿐이었다.

　사당 문짝은 굳게 닫혀 있었다. 그는 사당지기를 번거롭게 깨우고 싶지 않았다. 그렇다고 주공 어른의 모습을 보지 않고는 그냥 발길이 돌아서지지 않을 것 같았다. 그는 사당 문 앞에 서성거리면서 지난 날 호경 태묘에서 보았던 형상을 묵묵히 떠올리는 것으로 마음의 위안을 삼았다.

　돌연 밤까마귀 한 마리가 '까욱, 까욱!' 우짖었다. 측백나무 전나무에 둥지를 틀고 단꿈에 취했던 새떼가 그 소리에 놀라 푸드득거리면서 한꺼번에 어두운 하늘로 날아 올라갔다. 그 바람에 공구 역시 솜털이 곤두서도록 놀라고 말았다.

　놀란 가슴을 쓸어 내리면서 그는 생각했다.

　'자연계란 것도 단 한 순간의 안녕조차 얻지 못하는구나. 저마다 가지 하나씩 차지하고 평화롭게 살면 그 얼마나 좋으련만, 아무 까닭없이 생트집을 잡고 시비를 벌이고 서로 침범하다니, 인간이나 짐승이나 탐욕심과 증오는 똑같이 있는 모양이다.'

　이때, 정문 서쪽 담모퉁이에서 호롱불 빛이 하나 천천히 다가왔다. 가만 서서 지켜보니 바로 사당지기 영감이었다.

　영감은 공구를 발견하고 깜짝 놀라 저도 모르게 실성을 터뜨렸다.

　"아니, 공부자님 아니십니까! 이렇게 늦은 밤중에 주무시지도 않고 어인일로 여기까지 나오셨습니까? 혹시 무슨 변고라도……?"

　"노인장, 미안하구료. 잠이 오지 않아서 뒤척거리다가 문득 주공 어른 생각이 나길래 여기 와 본 거요. 깨우고 싶은 생각이 없었는데, 노인장도 아직껏 주무시지 않고 계셨구려."

　"늙으면 아무 짝에도 소용 없습지요. 허허허! 어젯밤에 등잔 기름이 다 된 것을 보고도 낮에 그만 깜빡 잊었지 뭡니까. 그래서 이제야 딸네 집에 가서 기름을 얻어가지고 돌아오는 길입니다. 딸도 그렇고 사위도 그렇고 워낙 효성이 지극한 녀석이라 술상을 차려놓고 대접하길래 여태껏 마시고 이제 겨우 돌아왔습죠."

"노년에 평안을 얻으시고 천륜의 낙을 누릴 수 있으시다니 노인장은 참말 후복도 많은 분이외다."

사당지기는 공구의 심사를 꿰뚫어 본 듯 호롱불 빛에 그의 얼굴을 자세히 비쳐보면서 감탄했다.

"분수를 지켜 만족할 줄 아는 사람이 낙을 누리는 게 아니옵니까?"

영감의 말을 듣는 순간 공구는 또다시 번민에 사로잡혔다. 그에게도 후사를 이어야 하는 문제가 매우 심각한 지경에 있었다. 아들 공리는 벌써 여러해 전에 아내를 맞아들였으나 이날 이때껏 자식을 두지 못했다. 내색은 하지 않았으나 공구에게 이것은 커다란 부담이 아닐 수 없었다. 하지만 그는 재빨리 번뇌를 떨쳐버렸다. 지금과 같은 상황에서 대를 잇는다는 문제를 생각해 보고 싶지 않았던 것이다. 그는 쓸쓰레하니 미소를 띠었다.

"노인장, 기분이 아주 좋으신 모양인데 우리 함께 주공 어른을 참배하는 것이 어떻겠소?"

"아니, 지금이요? 이 밤중에 말씀입니까?"

영감은 어리둥절해서 반문했다.

"이 늙은이가 태묘를 지켜온 지 수십 년이 지나도록 밤중에 참배하러 온 분은 한 사람도 없었습니다요. 그런데 공부자님께서 참배를 하시겠다니……."

그는 여기서 말을 끊고 한참 동안 생각하더니 불쑥 물었다.

"공부자님, 혹시…… 혹시 멀리…… 여행을 떠나시려고……?"

공구는 참담하게 웃기만 할 뿐 대답은 하지 않았다.

영감이 열쇠 꾸러미를 꺼내들고 말했다.

"절 따라 오시지요!"

두 사람은 정전(正殿)에 들어섰다. 그리고 주공 희단의 조각상 앞에 서서 한참 동안 묵묵히 우러러 보았다. 공구의 이때 심정은 친근감과 흥분, 포근한 위안감, 부끄러움과 절망감, 좌절당한 이의 비탄과 쓰라림 등 온갖 감정의 응어리가 뒤얽혀 착잡하기 이를 데 없었다.

그는 주공 희단이 남긴 전례 장전(典禮章典)에서 인간의 도리를 깨달았고 나라를 다스리는 재능과 기량을 배울 수가 있었으면서도 그 모든 본령(本領)을 한껏 펼쳐보일 수는 없었다. 개성이 굳세고 완강한 사람에게 있어서 자기 자신의 웅대한 재능과 지략을 마음껏 펼치지 못하는 것보다 더 큰 고뇌는 없을 터였다.

주공 희단의 자비로운 모습을 우러르면서 공구는 말로 다 못할 고충을 느꼈다. 그는 새삼 무릎을 꿇고 엎드려 장중한 대례를 올린 다음, 또 한 차례 조각상을 우러러보았다. 산산이 부서진 마음의 파편이 온 몸 구석구석을 찌르고 베어내는 것 같은 극심한 아픔을 느꼈다. 너무도 아픈 나머지, 뜨거운 눈물이 왈칵 쏟아져 나왔다.

곁에서 지켜 보던 사당지기 영감님도 이심전심으로 어느덧 소매춤으로 눈물 방울을 찍어내고 있었다.

전당을 걸어 나와서도 공구는 피붙이 어른과 생이별을 하는 아픔으로 쉴새없이 뒤돌아보았다. 사당지기 영감에게 고맙다는 인사를 건넨 다음 그는 큰 길거리로 나섰다. 초승달이 산마루 위에 불쑥 떠오르더니 지붕의 용마루로 기어올랐다. 어두컴컴한 대지에 또다시 은빛 광채가 덮였다.

어디선가 질탕한 음악 소리가 바람결에 실려와서 귓전에 끈적끈적하게 달라붙었다. 이게 웬일인가 싶어 정신을 가다듬고 둘러보니 어느덧 궁궐 부근에 와 있었다. 두 다리에게 분명히 집으로 돌아가자고 명령을 내렸을 텐데, 어쩌자고 길을 잘못 들었는지 모를 일이었다. 후궁 담장 안에서 울려 나오는 《강락(康樂)》의 풍악 소리는 갈수록 높은 음조를 띠었다. 공구는 속이 메스꺼운 느낌을 받으면서 가차없이 발길을 돌렸다. 그리고 걸음걸이를 큼지막하게 떼어가며 휘적휘적 집으로 돌아갔다.

기관씨는 등잔불 곁에 앉아서 남편이 돌아오기를 기다리고 있었다. 그가 방 안에 들어서자 아내는 초점없는 눈빛으로 남편을 맞아들였다. 그녀는 무슨 말로 남편의 마음을 위로해야 좋을지 몰랐다. 남편이 옷을 입은 채로 침상에 벌렁 눕자 그녀는 탐색이라도 하듯 조심스레 물었다.

"꼭 떠나셔야 하나요?"

공구는 사랑스런 아내의 얼굴을 물끄러미 바라보았다.

"방금 태묘에 다녀오는 길이오. 오는 도중 대궐 근처를 지나려니 안에서 풍악을 잡히고 춤판이 질탕하게 벌어진 소리가 들려 나옵디다. 인간이 사악한 길을 걷다보면 진수렁에 빠져 자신의 힘으로 빠져나올 수 없는 법이오. 그 미녀들이 장차 이 노나라를 멸망시키고 말 것이오. 내가 그 광경을 지켜보아야 하다니 심장이 터져 죽을 것만 같소."

이튿날 아침, 함께 떠나지 못하는 문하생들이 배웅하러 찾아왔다. 집 안팎은 물론이고 대문 밖에까지 전송 나온 인파로 득시글거렸다.

공구는 문하생들을 돌아보고 당부했다.

"이번 여행길은 적어도 4,5년은 족히 걸릴 것이다. 그 동안에 너희들도 각고 분발(刻苦奮發)하여 학문에 힘써라. 절대로 학업을 폐하여서는 안 된다."

그리고 돌아서서 아들 공리와 조카 공충에게도 신신 당부를 했다.

"내가 떠나거든, 어머님을 잘 돌보아 드려야 한다. 알겠느냐?"

"안심하고 떠나십시오, 아버님. 무슨 일이 있더라도 저희들이 어머님을 공경히 섬기겠습니다."

해묵은 느티나무 가지 위에서 참새떼가 시끄럽게 우짖어, 가뜩이나 산란한 공구의 마음을 초조하게 만들었다. 그는 수레에 실린 행장을 점검해 본 다음 제자들에게 작별을 고했다.

"이만 떠나겠다. 잘들 있거라."

"사부님, 어디로 방향을 정할까요?"

자로가 고삐를 쥐고서 물었다. 공구는 숨김없이 털어놓았다.

"네 마음대로 하려무나. 내 종지(宗旨)는 '극기 복례(克己復禮)', 이 세상 천하 모든 사람들을 인(仁)에 귀의시키는 것이 목표이다. 어디를 가든 지기를 찾아내어 주례의 이상을 실천에 옮길 수만 있다면 좋다. 나를 알아주는 사람이 있는 곳이라면 내 곧장 그리로 갈 테니까."

그 말 한 마디에 배웅 나온 사람이나 수행하는 제자들은 모두 망연 자실하고 말았다. 머나먼 여행길에 오르는 사람이 목적지도 정해 놓지 않고 무작정 길을 떠나다니……?

자로가 다시 물었다.

"제 처형이 위(衛) 나라 조정에서 임금의 측근으로 있답니다. 우선 그리로 가셔서 잠시나마 거처를 마련하시는 것이 어떻겠습니까?"

"위나라? 그것도 좋겠지! 고국에서 가까운 곳이니까 우선 그리로 가 보기로 하자꾸나."

공구가 위나라로 행선지를 결정한 데는 여러 가지 이유가 있었다. 그 중 하나는 위령공(衛靈公)이 재위한 지 38년이나 되었으므로 나라 형 세가 비교적 안정되었으리라는 점이었다. 둘째 이유는 위나라의 특출 한 인재, 예를 들자면 사어(史魚)는 이미 세상을 떠났고 거백옥(遽伯 玉) 같은 인물도 늙어 은퇴했기 때문에 자신이 위령공에게 발탁될 가능 성이 많다는 점이었다.

"알겠습니다. 그럼 떠나실까요?"

자로가 채찍을 꼬나 잡고서 뒤따르는 동료들에게 한 마디 던졌다.

"이번 길은 장거리이니까 내가 아니면 말몰이꾼 노릇을 못할 거야!"

그러자 염구도 지지 않고 수레 위에 훌쩍 올라탔다.

"사형, 나한테 양보하시구료! 예, 악, 사, 서, 어, 수 이 여섯 과목 중에서 기마술 하나만큼은 이 염구의 장기라는 걸 모르시우!"

어인 일인지, 이번에는 자로도 당나귀 고집을 부릴 생각을 않고 선선히 채찍을 건네주었다. 그리고 스승을 부축하여 수레에 모셨다.

수레가 움직이자 제자들이 머리 숙여 작별 인사를 올렸다. 어느덧 흐느끼는 소리가 여기저기서 들리기 시작했다.

일행은 도성 서문을 빠져 곧바로 위나라 쪽을 향해 나아갔다. '가난뱅이 집안 살림일수록 내버리기 아깝고, 고향 땅은 떠나기 어렵다' 했듯이 공구는 느림보 말발굽이 한 걸음씩 내딛을 때마다 아쉬운 눈길로 도성 쪽을 뒤돌아 보았다. 이제 머지 않아 쇠락할 노나라의 운명을 그는 돌이킬 능력이 있으면서도 어쩌지 못하고 떠나게 된 것이 원망스럽고 가슴이 마냥 쓰라렸다.

공구를 수행한 제자들은 자로와 염구 이외에도 민손, 염경, 염옹, 안회, 자공, 재여, 복불제 등 30여 명이나 되었다. 일행이 탈 것이라고는 스승을 태운 수레 한 대를 제외하면 자공의 소유인 마차 한 대뿐이었다. 그래서 제자들은 패를 나누어 교대로 타고 나머지는 걸어서 뒤따르기로 했다.

일행이 한창 길재촉을 하고 있을 때 갑자기 뒤편에서 누군가 숨이 턱에 닿도록 바삐 쫓아왔다. 돌아보니 생각지도 않았던 노나라의 궁정 악관(樂官) 사기(師己)였다.

공구는 수레를 멈추게 하고 기다렸다. 허겁지겁 공구 앞에 다다른 사기는 공손히 예를 올리더니 두 눈 가득 눈물을 머금고서 이렇게 말했다.

"대사구 어른, 못 떠나십니다! 무슨 수를 써서라도 이 나라를 강성하게 만들기로 약속하지 않으셨습니까?"

공구는 그의 얼굴을 물끄러미 바라보았다. 하지만 이미 떠나기로 맹세한 터였다.

"미안하구려…… 주군은 제나라의 뇌물을 받으신 이래 놀음에 빠져서 국사를 돌보지 않으셨소. 이렇듯 길게 나가다가 노나라는 필경 쇠망해 버리고 말거요. 난들 부모의 나라를 왜 생각하지 않겠소만 주군과 상국 대감이 나를 용납치 않으니, 어쩌겠소?"

"그렇습니다. 대감께 잘못이 없으신 줄을, 또 이렇게 떠나시는 것을 탓할 수도 없는 줄 저도 잘 압니다. 저는 다만 이 나라를 위해서 말씀드릴 따름입니다. 어디로 가시든 어디 머무시든, 한때라도 이 고국을 잊지 말아 줍시사고 부탁 한 마디 올리려고 달려 왔습니다."

말을 마치자 사기는 목놓아 통곡하기 시작했다.

공구도 뜨거운 눈물을 삼키지 않을 수 없었다.

"선생의 그 말씀, 뼈에 새겨 두리다. 부디 보중하시기를……!"

"대사구 어른, 평안히 가십시오!"

차마 떠나지 못하고 머뭇거리는 사기를 그 자리에 남겨 둔 채, 일행은 다시 여로에 올랐다.

"사부님, 노나라 국경에 당도했습니다."

자로의 말을 듣고, 공구는 황급히 소리쳤다.

"수레를 멈춰라!"

그는 내려서서 눈앞에 울창하게 펼쳐진 산맥을 바라보았다. 그 동안 여행도 많이 다녔고 등산도 숱하게 해보았으나, 그럴 때마다 받은 느낌은 모두 달랐다. 처음 역산(嶧山)에 올랐을 때는 상쾌한 심정으로 만족감을 느꼈고, 태산에 올랐을 때는 혼자서 온 세상을 굽어보듯 의기양양했었다. 이제 그는 주례(周禮)가 실현될 탄탄대로로 곧장 통하는 방법을 찾아낼 생각만 하고 있었다.

들닭 한떼가 '꺼억, 꺽!' 우짖으면서 무성한 밀림 위로 날아 오르더니 푸른 암벽에 내려 앉아 서로 쫓고 쫓기며 한바탕 호들갑스럽게 뛰다가는 숲속으로 파고들었다. 공구의 눈에는 이 무심한 들짐승떼가 무척이나 부럽게 보였다.

어느 때에야 저토록 근심 걱정 하나없이 마음 놓고 살 수 있을 것인가? 그러나 누가 뭐래도, 또 아무리 평안한 생활이 보장된다 하더라도 그것 때문에 자신이 추구하는 목표를 포기할 수야 없는 것이었다.

고개를 돌려 동쪽을 바라보니 노나라 도성은 이미 뭇산 봉우리에 가려져 보이지 않았다. 그는 비분이 엇갈렸다.

"중유야, 이제는 고국 땅이 안 보이겠구나."

"예, 사부님!"

"언제 다시 돌아오려는지…….."

"예, 사부님!"

그는 동편 하늘을 바라고 깊숙이 허리 굽혀 절했다.

"그만 가자꾸나!"

"예, 사부님!"

스승이 올라타자 염구는 말궁둥이에 채찍질을 먹였다. 수레 뒤에서 제자들이 고개를 떨군 채 묵묵히 따라붙었다. 훌쩍이는 소리가 들리는 것을 보니 몇몇이서 울고 있는 모양이었다.

국경을 넘어 위나라 영토로 들어서는 동안 일행은 줄곧 의기소침하여 말 한 마디 나누지 않았다.

공구 일행은 타국 땅 안에서 첫번째로 작은 마을을 발견했다. 스승의 얼굴빛이 환하게 밝아지는 것을 보고 제자들도 덩달아 기분이 풀려 와 자지껄 동료들끼리 수다를 떨기 시작했다.

7
어화원의 요부

마을에 들어서니 길거리가 온통 인파로 득시글거렸다. 오는 길 내
내 침울해 있던 공구의 입에서도 마음 들뜬 탄성이 흘러나왔다.

"와아, 이 사람들 좀 봐라! 작은 마을도 이처럼 번화하다니, 위나
라 역시 대단한 발전을 이루었구나!"

여행을 떠난 이래 제자들은 스승이 웃는 얼굴을 처음 보았다.

염구가 스승의 눈치를 살피면서 조심스레 여쭈었다.

"이 나라엔 인구가 많은데 그 다음에는 어떻게 해야 합니까?"

공구는 생각해 볼 것도 없이 대답했다.

"부유하게 만들어야겠지!"

"일단 부유해진 다음에는 또 어떻게 해야 합니까?"

"학당을 열어서 이들에게 좋은 교육을 받게 해야지!"

당시 위나라는 열국 제후들 가운데서 노나라처럼 약소국의 하나였
다. 위나라에 대한 공구의 선입관은 위나라가 비록 문공의 훌륭한 치

적으로 점차 강성해지기 시작했다고는 하나, 열국이 패권을 다투는 당시 상황에서는 역시 남에게 연민의 대상이 되는 불쌍한 약소국에 지나지 않으리라고 생각해 왔었다. 그렇기 때문에 이처럼 작은 마을에 이토록 많은 인구가 있는 것을 보고 속으로 깜짝 놀랐을 뿐 아니라 지금까지 지녔던 인식도 바뀌기 시작했다.

묵묵히 길을 가면서, 그는 제자들이 피로해진 것을 깨닫고 무슨 방법으로든지 이들과 어울려 대화를 나누어야겠다고 생각했다. 그래서 백성들을 부유하게 만드는 일에서부터 교육시키는 방법에 이르기까지 얘기를 발전시켰던 것이었다.

대화를 나누는 동안 그는 염구가 총명한 두뇌, 차분하고도 의젓한 태도, 여기에 정치적인 재능까지 지녔음을 알아차렸다. 다만 학문을 익히는데 각고 노력하는 성실성이 모자란 것이 아쉬웠다. 그는 내친 김에 염구를 분발시켜야겠다고 생각했다.

"염구야, 네가 나를 어떻게 보는지 모르지만, 나는 절대로 태어나면서부터 모든 것을 아는 사람이 아니다. 나도 학문을 배우고 익혀서야 비로소 지식을 얻을 수 있었다."

염구는 확실히 똑똑했다. 이 말을 듣는 순간 그는 스승이 하릴없이 함부로 칭찬하지 않고 바로 자신의 약점을 정확히 간파하고 있다는 사실을 깨닫고 정신이 번쩍 들었다. 그래서 스승을 똑바른 눈으로 바라보면서 이렇게 변명을 했다.

"사부님, 제가 학문을 싫어하는 것이 아니오라, 너무 어리석고 우둔해서 배울 능력과 기량이 없는 탓입니다."

"참으로 능력이 모자란 사람이라면 길을 떠나 절반쯤 가서 더는 움직일 수 없는 상태가 될 것이다. 하지만 내가 보기에 너는 아직 길 떠날 차비도 안 된 사람 같구나."

그 말은 염구의 학문적인 태도에 가장 아픈 점을 정면으로 찌른 것이었다. 염구는 더 이상 변명할 말을 잃고 묵묵히 뒤따라 걷기만 했다. 얼마쯤 가다가 염구는 스승에게 물었다.

"사부님, 고국에서 이렇게 쫓겨나다시피 나오셨는데 아무런 원망도 없으십니까? 아니면……."

공구는 앞쪽 푸른 하늘을 바라보면서 한숨을 내쉬었다.

"이 여행은 내 뜻대로 떠난 것이다. 나는 하늘을 원망하지도 않거니와 사람을 탓하지도 않는다. 모든 일은 자기 탓을 할 것이지 남을 탓해서는 안 된다. 그렇게 하면 원한도 없어질 것이다. 그렇지 못할 경우 원수로 원수를 갚게 되어 미움과 원한이 갈수록 쌓이고 깊어질 것이다. 나는 어느 누구도 원망하지 않는다!"

입에서 말은 이렇게 나왔으나 가슴 속 가득 담긴 서글픔과 쓸쓸함은 무슨 말로도 형언할 길이 없어 대답하는 목소리에조차 비감이 서렸다.

일행의 분위기가 다시 침울하게 바뀌자 자공은 기분을 전환시킬 요량으로 얼른 스승의 수레 곁으로 다가갔다.

"사부님, 우리 여기서 잠시 쉬었다 가시지요!"

공구는 아무 말없이 고개만 끄덕였다.

스승을 부축해 내리면서 자공이 물었다.

"사부님께서 이번에 고국을 떠나신 목적이 무엇입니까? 앞으로 어떻게 하실 작정입니까?"

"군자가 되었으면 마땅히 해야 할 일이 있다. 그 나라에 도(道)가 있으면 힘써 보필할 것이며, 그 나라에 도가 없으면 멀리 타향으로 피해야 하는 법이다. 사람은 한평생을 살아 가면서 반드시 추구하는 바가 있어야지, 어물어물 세월만 보내면서 누구를 따라야 좋을지 모르고 막연히 살아서는 절대로 안 된다. 내가 추구하는 최고 목표는, 간사한 아첨배를 제거하고 사악을 물리치며, 속임수를 없애고 전쟁을 종식시키며, 주공께서 제정하신 예법 제도를 회복하여 '천하 위공(天下爲公)'의 아름다운 이상을 실현하는 것이다. 내가 이번에 고국을 떠난 목적은 바로 그 이상을 실현할 지름길을 찾기 위해서다. 추구하는 것이 하나도 없고 자기 자신이 어떻게 해야 할지조차 모르는 사람에 대해서는, 나도 어떻게 해주어야 할지 모르겠다."

염경은 워낙 과묵한 성격이라 평소에도 말수가 적었다. 그런 그가 스승의 말을 듣고 이번만큼은 신통하게 입을 열었다.

"군자는 소인배와 어떻게 다릅니까?"

공구도 그 점을 깨달았는지 빙그레 웃었다.

"군자는 자기 자신에게 엄격하고 남에게는 너그러이 대한다. 그러나 소인배는 자신에게 너그럽고 남에게는 엄격하게 대한다."

뒤처졌던 민손이 귀가 솔깃해져서 바짝 다가오더니 이렇게 여쭈었다.

"스승님, 군자는 매사에 어떤 태도를 지켜야 합니까?"

공구는 눈을 휘둥그레 뜨고서 제자들을 둘러보았다. 이들이 어느 틈에 이토록 성숙한 단계에 접어들고 있었는지 그저 반갑고 놀랍기만 했다. 그는 사뭇 진지한 어조로 대답해 주었다.

"군자는 어떤 일에 임하든 항상 시의(時宜)에 적합함으로 그 원칙을 삼으며, 겸손한 말씨로 그 일을 논하고 성실한 태도로 사물을 대하며, 예법 제도에 따라서 그 일을 실행해야 한다."

자로가 물었다.

"군자도 원망을 품습니까?"

"군자는 자기 자신에게 재능이 없음을 근심할 뿐 남이 자신을 알아주지 않음을 원망하지 않는다."

자로는 의아스런 기색으로 스승을 쳐다보았다. 승복할 수 없다는 눈치였다.

공구도 어쩌지 못하고 몇 마디 덧붙여 설명했다.

"중유야, 못 알아듣겠느냐? 만약 군자에게도 미움이 있다고 한다면 업적은 하나도 세우는 바가 없이 헛된 평생을 바쁘게 뛰어 다니기만 할 뿐 사람들에게 칭송을 받지는 못할 것이다."

일행은 다시 여로에 오르고서도 대화가 끊이지 않았다. 얼마쯤 나갔을까, 앞장 선 자로가 문득 걸음을 멈추었다.

"사부님, 보십시오! 위나라 도성에 다 왔습니다."

"흠……"

위나라 도읍 제구성(帝丘城), 공구는 남의 나라 도성을 바라보면서 맥없이 응답했다. 가슴이 또 한 차례 쓰라려 오는 것을 느꼈다.

공구 일행은 동대문에 들어섰다. 자로가 안내한 곳은 성내 번화가에 자리잡은 어느 커다란 저택이었다. 그 집에는 자로의 처형 안탁추(顏濁鄒) 내외가 살고 있었다. 대문 앞에서 공구는 주변을 둘러보았다. 깊숙하게 들어앉은 저택도 그렇거니와 바윗돌을 치쌓은 담장 또한 예스럽고 소박한 자연미가 한결 돋보였다.

주인 안탁추가 연통을 받고 황망히 달려나와 공구 일행을 맞이했다. 후리후리하게 큰 키에 너부죽한 얼굴이 관후 장자(寬厚長者)다운 첫인상을 풍겼다. 몸에 걸친 것도 허름하고 낡은 관복이었다. 그러나 손님을 맞이하는 웃음소리만큼은 낭랑하기 이를 데 없었다.

"아이구, 공부자님께서 왕림하신 줄도 모르고 멀리 영접을 나가지 못했습니다! 부디 용서해 주십시오."

"불초 공구가 제자들을 데리고 와서 대인께 번거로움을 끼쳐 드리게 됐습니다. 아무쪼록 너그러이 보아 주십시오."

"무슨 말씀을! 공부자님을 모신 것만으로도 저희 집의 영광이라 하겠습니다. 자아, 인사치레는 그만 두고 어서 안으로 드시지요!"

나그네들은 객청으로 안내를 받았다. 손님 일행이 자리를 잡고 앉자 주인은 활달한 성격 그대로 시원스럽게 물었다.

"위나라에 오신 것은 그저 지나시는 길입니까, 아니면……?"

공구가 미처 입을 열기도 전에 자로가 먼저 분한 말투로 대꾸했다.

"형님, 말도 마십쇼! 노나라 군주가 무도하게도 제경공이 보낸 뇌물을 받아들여 우리 사부님을 내쫓다시피 해서 떠나온 겁니다."

그 말을 듣고 안탁추는 이해할 수 없다는 표정으로 이맛살을 찌푸렸다.

"군주들 사이에 예물을 주고받는 일쯤이야 상례 아닌가? 자네, 그런 걸 가지고 무얼 그리 역정을 내는가?"

안탁추의 말은 자로에게 한 것이었으나 실은 공구더러 들으라고 한 말이나 다름없었다. 자로는 우직스럽게 또 대답하고 나섰다.

"제경공이 만약 금은 보화를 선사했다면 누가 탓하겠습니까? 그게 아니라 엉뚱하게도 절색 미녀를 80명씩이나 보냈으니 문제가 아닙니까!"

그제서야 안탁추도 모든 내막을 황연히 깨달은 듯 새삼스런 눈빛으로 공구 일행을 다시 바라보았다.

"그렇다면야 별 도리가 없으셨겠군……."

주인은 잠시 고개를 숙이고 뭔가 궁리를 하더니 이내 환한 웃음을 띠었다.

"공부자님, 제 집이 비록 누추하오나 방은 여러 칸이 있으니 제자분들을 데리고 이곳에 묵도록 하시지요. 그래서 소인도 틈틈이 공부자님께 가르침을 청할까 하는데 어떻습니까?"

공구는 앉은 자리에서 허리 굽혀 사례했다.

"감사합니다. 고국을 떠나 생소한 땅에 온 나그네들을 따뜻이 맞아 주신 은덕, 무어라 고마운 뜻을 표해야 좋을런지 모르겠습니다."

"하하! 오히려 저희 집에 더 큰 빛이 나는 일이지요. 공부자님의 영명(英名)은 사해 천하가 모두 아는 바 아닙니까? 가만 계십쇼, 내일 조회 때 제가 우리 주군께 아뢰어서 공부자님을 중책에 등용하도록 하겠습니다!"

말투도 시원스럽지만 그것은 참으로 공구의 속마음에 꼭 드는 얘기였다. 공구는 아무 대꾸도 않고 희미하게나마 미소를 지어 보였다. 그것만으로도 긍정적인 반응을 정확히 보인 셈이었다.

다음 날 아침 조회 석상에서 안탁추는 공구 일행이 자기 집에 머무르게 된 경위를 낱낱이 아뢰었다.

위령공은 그 말을 듣고 크게 반가워했다.

"공부자로 말하자면 당금 천하에 명성을 떨치는 성인인데, 그런 분이 우리 나라에 스스로 찾아오다니 이야말로 하늘이 과인을 도우려는 뜻이 아니고 무엇이겠소! 이제 그처럼 액운을 만난 사람에게 무거운 벼슬을 내린다면 틀림없이 우리 위나라를 위해 온갖 재능과 힘을 다 쏟아 일할 것이오. 경들은 이를 어떻게 생각하시오?"

문무 백관들은 공구 일행이 위나라에 찾아온 진의를 아직 모르는 터라 분명한 태도를 밝히지 못하고 저마다 침묵으로 대답을 대신했다.

대신들의 반응이 차갑게 나오자 위령공도 자신의 결단이 너무 경솔했다는 생각이 들었는지 이내 말을 바꾸었다.

"아무러나, 당분간은 그냥 내버려 두는 것이 좋겠군…… 그러나 말이오, 공부자가 노나라를 버리고 우리에게 온 이상 과인도 그가 고국에서 받았던 대사구의 지위에 걸맞는 녹봉을 내리기로 하겠소."

사흘 뒤, 위령공은 과연 공구에게 자신이 언약한 대로 녹봉을 실어 보냈다. 뜻밖의 후대에 공구는 감사하는 마음을 이기지 못하고 그 즉시 위령공에게 사례를 드리려고 궁궐로 찾아 들어갔다.

위령공은 평소에도 어진 선비와 유능한 제자들에게 몸을 낮추어 예우할 만큼 생각이 깨어 있다고 자부하는 군주였다. 그는 공구가 입궐했다는 통보를 받고 부랴부랴 후궁으로 나와 영접했다.

"불초한 외신(外臣) 공구, 군후의 과분하신 사랑으로 아무런 공도 세운 것 없이 후한 녹봉을 받자오니 실로 송구스러움을 이기지 못하겠나이다."

위령공은 고희에 가까운 나이로 기력도 쇠약한 만큼 반겨 맞는 웃음 소리에도 맥이 없었다.

"공부자께서 출중하신 재능으로 노나라 정사를 크게 다스려 탁월한 치적을 세우셨다는 소문을 익히 들어 알고 있었소. 이렇듯 천하에 명성을 떨치는 성인께서 오늘 우리 나라에 몸을 굽혀 오시다니, 참으로 영광이요 다행스런 일이외다. 자아, 안으로 들어갑시다!"

인사치레를 건네면서 그는 공구의 팔꿈치를 거머안고 후궁으로 들어갔다.

손님에게 자리를 권하고 나자 위령공은 말을 더듬어가며 조심스레 물었다.

"공부자께선 노나라의 대사구 직분을 맡으셨으니, 엄청난 권력을 행사할 수 있었을 터인데 그 자리를 스스로 내던지고 나오다니 어떤 생각으로 그러셨는지 모르겠소."

공구는 몸을 바로잡고 조용히 대답했다.

"불초 공구는 이렇게 생각합니다. 사람이 한평생을 사는 동안 벼슬을 못한다고 근심할 것이 아니라, 벼슬을 맡을 재능이 없음을 근심해야 한다고 봅니다. 또 남이 자신을 알아 주지 않는 것을 걱정할 것이 아니라, 내가 참된 도리를 얻지 못할까 그것을 걱정해야 합니다. 저는 아침에 도(道)를 얻을 수만 있다면 그날 저녁에 죽더라도 여한이 없습니다."

"우리 위나라가 선조 문공(文公)께서 큰 정치를 이룩하신 이래로, 성공(成公), 목공(穆公), 정공(定公), 헌공(獻公), 상공(觴公), 양공(襄公) 여섯 대를 거쳤으나 시종 강대국이 되지 못하였소. 과인은 비록 나이도 많고 기력도 크게 떨어지기는 했으나 자강(自强)을 도모하겠다는 웅지를 버린 적이 없었소. 공부자, 우리 위나라를 강성하게 만들려면 무슨 방법을 써야 하오?"

공구는 주의 깊게 들었다. 그러나 위령공이 입담만 클뿐 자신감이라고는 털끝만큼도 없음을 깨달았다.

"천하 일에 대해서 군자는 반드시 이렇게 해야 한다, 저렇게 해선 안 된다는 규정이 없습니다. 다만 어떻게 하면 사리에 적합한가, 또 어떻게 해야 맡겨진 일을 잘 처리할 수 있을 것인가, 그 점만을 생각할 따름입니다."

"흐흥, 규정이 없으시다……?"

위령공은 알 듯 모를 듯, 억지로 웃음을 지어보였다.

위령공은 공구를 접견한 이후 그가 확실히 출중한 인재임을 알아차리고 위나라 조정에 중용(重用)하고 싶은 욕심이 움트기 시작했다.

어느 날, 조회를 일찍 마친 위령공은 부인 남자(南子)를 데리고 화원에 들어가 꽃과 나비를 구경하고 있었다.

부인 남자는 40대 중년기에 접어들었으면서도 얼핏 보기에는 30대 초반으로 여길 만큼 곱고 요염한 미녀였다. 몸에는 분홍 빛깔의 능라 적삼과 잿빛이 감도는 부드러운 치마를 걸치고, 높다랗게 땋아올린 머리타래에는 벽옥(碧玉) 비녀를 하나 찔러놓았다. 쏙빠진 몸매는 한 걸음 내딛을 때마다 허리를 세 차례나 간드러지게 비틀고, 갸름한 얼굴에 박힌 한쌍의 눈망울은 언제보아도 다정 다감한 물기가 푹푹히 배어 있었다. 그녀는 손길 가는 대로 붉은 장미 한 송이를 꺾더니 애교가 똑똑 떨어지는 손길로 위령공에게 건네주었다.

한데, 위령공은 공구 문제를 생각하느라 아내가 건네주는 꽃송이를 받고도 멍청하니 손에 들고만 있었다. 여느 때 같으면 그 꽃을 사랑하는 아내의 머리에 꽂아주었을 텐데 지금은 딴 생각에 정신이 팔려 까맣게 잊고 있는 것이다.

남자는 속이 조금 상했는지 앵두 같은 입술을 뾰죽 내밀며 남편의 팔꿈치를 잡아 흔들었다.

"아이 미워!"

토라진 듯한 달짝지근한 목소리에 위령공은 그제서야 정신을 가다듬고 아내쪽을 돌아보았다.

"그 꽃, 소첩한테 꽂아주지 않으실래요?"

그 한마디에 위령공은 온몸의 마디마디가 나른하게 풀리고 마치 꿈 속을 헤매듯이 멍한 눈빛으로 아내의 얼굴을 바라보기만 했다.

아내가 피식, 하고 웃음보를 터뜨렸다. 위령공은 손에 들린 장미꽃 향기를 맡아보더니 흠뻑 취한 목소리로 새삼 물었다.

"부인, 머리에 꽂아드릴까?"

남자는 허물어지는 자세로 위령공의 품에 다소곳이 안겼다. 남편의 손길이 머리 위에서 꼼지락거리는 동안, 그녀는 기쁨보다 오히려 역겨운 감이 솟구쳤다. 그것은 새삼스런 감정이 아니라 오래 전부터 느껴온 혐오감이었다. 남편은 칠순을 넘긴 늙은이였지만 자신은 이제 한창 무르익은 인생의 절정기였다. 더구나 꽃처럼 아리땁고 옥돌처럼 매끄러운 미모를 지녔으니 흰칠하게 잘생기고 팔팔한 미남자에게 시집을 가야 마땅한 노릇일 텐데, 하늘이 어쩌자고 남의 속을 몰라준 채 이런 말라깽이 쭈그렁 늙은이한테 평생토록 몸을 내어맡기고 살게 만들었느냐 말이다. 비록 인간 세상의 부귀 영화를 한껏 누릴 수 있다고는 하나, 이건 아무래도 어여쁜 장미꽃 송이를 진흙 땅에 처박은 꼴이나 다를 바 없는 일이었다. 그런 생각이 날 때마다 그녀는 짜증도 나고 억울한 마음을 금할 수가 없었다. 따라서 늙은 남편에 대한 역겨움과 미움도 차츰 뿌리 깊게 내리고 있었던 것이다. 그녀의 마음은 전혀 딴 세상으로 훨훨 날아가고 위령공의 품에 안겨 있는 것은 나무토막같이 애정이라곤 한 조각도 없는 단순한 육체에 지나지 않았다.

"부인, 어디 편찮으시오? 왜 몸이 굳어져 있소?"

위령공도 아내의 기색에서 무슨 변화라도 느꼈는지 영문을 모르겠다는 듯 물었다.

남자는 실눈을 가늘게 뜨고 남편을 흘겨보다가 저도 모르게 한숨이 흘러나왔다. 그녀는 아무 대꾸도 하지 않고 가만히 눈을 감았다. 그러자 어둠 속에서 몸집도 실팍지고 키도 훤칠하게 큰 사내가 짙은 눈썹에 부리부리한 눈망울로 자기를 바라보고 있는 환영이 떠올랐다. 그 모습은 환영이 아니라 실제로 존재하고 있었다. 남자와 그 사내는 오래 전부터 아무도 모르게 밀회를 즐겨온 처지였다. 이들은 만날 때마다 사랑의 밀어만 나눈 것이 아니라 남녀지간의 쾌락도 거리낌 없이 누리곤 했다.

생각이 그 환락의 장면에 미치자, 돌연 짜릿하도록 뜨거운 전율이 온 몸에 흘러내렸다. 아내의 몸뚱이가 달아오르는 것을 보고 위령공은 양 팔에 더욱 힘주어 으스러져라 끼어안았다. 그녀는 남편이 미치광이처럼 입맞춤을 퍼붓는 대로 내버려 둔 채 자기 환상에만 빠져들었다.

갑자기 후원 문이 열리면서 궁녀 두 사람이 들어왔다. 두 처녀는 꽃을 따러 왔다가 그 광경을 보고 흠칫하더니 조용히 물러났다.

위령공도 그녀들을 발견하고 황급히 아내의 몸을 밀어냈다. 한창 꿈 속에서 헤매던 남자는 소스라치게 놀라 두 눈을 번쩍 떴다. 갑작스레 떠밀린 부끄러움과 달콤한 꿈을 깨뜨린 아쉬움, 분노가 한꺼번에 그녀의 마음을 덮쳐왔다. 그녀는 위령공이 하루 빨리 죽지 않는 것이 한스럽기만 했다.

두 사람은 다시 화원 오솔길을 걷기 시작했다. 하지만 꽃밭 오솔길을 한 바퀴 다 돌았어도 피차 어색하기만 할 뿐 재미라곤 하나도 없었다.

"부인, 우리 나라에 성인이 한 분 새로 오셨는데 알고 있소?"

"노나라 공구 말씀이에요?"

남자는 대수롭지 않게 받아넘겼다.

"부인이 모르시는군! 그 사람은 고금에 박통할 뿐 아니라 천지 만물의 모든 것을 꿰뚫어 알고 있는 성인입니다."

위령공이 한 바탕 늘어놓았더니 남자는 마치 낯선 사람이라도 만난 것처럼 남편의 위아래를 새삼스레 훑어보았다. 그리고 정색을 하면서 물었다.

"주군, 혹시 공구를 중용하시려는 게 아니어요?"

위령공은 자못 의기양양한 기색으로 대답했다.

"바로 맞췄소! 과인이 그럴 생각이오."

남자는 손길 닿는 대로 나뭇잎 한 개를 뜯어내더니 심술 사납게 찢어서 땅바닥에 내던졌다. 그리고는 경멸하는 말투로 이렇게 쏘아붙였다.

"궁상맞은 샌님이 옛 글 몇 줄 읽었답시고 우리 나라에 뛰어 들어와서 뽐내다니! 그 작자한테 진짜 재능이 있다면 저희 나라 임금을 도와주어야 옳지, 무얼 얻어 먹으려고 위나라까지 기어 들어왔나요?"

위령공은 주먹에라도 한 대 얻어 맞은 것처럼 멍청해졌다. 남편의 말에 맞대놓고 면박을 주는 것이 기가 막혔다. 당시 제후들의 관례로는 군주의 부인은 정치에 간섭하지 않는 것이 불문률로 되어 있었다. 그런데 남자는 추호도 거리낌 없이 조정 일에 반대 의사를 밝힌 것이다. 어째서 그럴 수 있었을까? 남자는 절세 가인의 자색(姿色)으로 위령공의 육신 뿐만 아니라 삼혼 칠백(三魂七魄)까지 몽땅 사로잡아 꼼짝 못하게 만들어 놓고 있었다. 그녀는 여색으로 임금을 섬기고, 위령공은 그녀의 환심을 사기 위해 무슨 말이든지 다 들어주었다. 또한 시비 곡직을 가리지 못한 채 그저 그녀가 시키는 대로 따라 왔다. 사실 위령공도 줏대 있고 무슨 일이든 소신껏 처리하는 강단을 지닌 군주였었다. 그런데 남자와 결혼한 이래로 차츰 여색에 빠져들다 보니 세월이 흐를수록 그 줏대와 강단은 흐물흐물 녹아버리고 마침내 요부의 올가미에 단단히 걸려들고 만 것이다.

아내가 성난 기미를 보이자 위령공은 허겁지겁 변명을 늘어놓았다.

"과인이 보건대, 그 사람은 육예(六藝)에 두루 정통하고 또 거룩하옵신 명군 성탕(成湯)의 후예인 것만은 틀림없소. 제나라와 노나라가 협곡에서 동맹을 맺었을 때, 그 사람은 노정공의 대신으로 나서서 저 유명한 제나라의 상국 안중평을 보기 좋게 굴복시키고 완승을 거두었다고 합디다. 또 중도 읍재가 되어 불과 1년만에 그곳을 도적 없는 고을로 만들었고, 대사구에 임명되어서는 노나라를 아주 부강하게……."

"관두세요!"

남자는 야멸차게 쏘아붙이더니 입술을 삐쭉 내밀고 코웃음을 쳤다.

"흥! 그럼 주군께선 공구란 자를 신령님이라도 된다고 보시는 거예요?"

"아냐, 아니라구!"

위령공은 아내에게 말이 먹혀 들어가지 않는다는 것을 깨닫고 얼른 말꼬리를 돌렸다.

"나도 그저 그렇다는 것 뿐이지, 뭐 딴 생각이 있어서 그런 게 아니오."

그러나 남자는 어금니를 뽀드득 소리가 나도록 갈아붙였다.

"그 작자, 아무래도 수상해요. 뭔가 달리 마음 먹은 게 있어서 우리 나라에 온 것이 분명해요. 혹시 불칙한 의도를 품고 왔는지 누가 알아요?"

그 말을 듣자, 위령공은 삽시간에 소름이 쭉 끼쳤다. 가슴도 놀랐는지 심장 고동이 쿵쿵, 소리가 나도록 마구 뛰기 시작했다. 그는 선조 위의공(衛懿公)이 죽임을 당하던 때가 생각났다. 위나라 북방 오랑캐 적족(狄族)이 장성을 돌파하고 거칠 것 없이 곧바로 도성까지 쳐들어와 궁궐을 짓부수었다. 그리고 당시 군주이던 의공은 오랑캐의 칼날 아래 참혹하게 비명 횡사를 당하고 말았다. 조정 대신들은 다시 문공(文公)을 세웠다. 문공은 폐허가 된 도성을 버리고 초구(楚丘) 땅으로 천도했다. 이때 제후들의 패자인 제환공이 열국 군대를 이끌고 와서 위문공에게 도성을 축조하고 궁전을 세워 주었으며, 뽕나무와 삼을 심어 대대로 전해 내리게 한 덕분에 위나라는 오늘날의 안녕을 유지할 수가 있었다. 이런 일이 있었기 때문에 위나라 군신(君臣)들은 거의 본능적으로 오랑캐를 두려워하던 마음이 차츰 외국 사람들까지 경계하는 심리로 발전했고, 일단 의심을 하면 좀처럼 풀어지지 않는 것이 관례가 되어버렸다.

위령공은 자기 앞에 나타났을 때의 공구를 되새겨 보았다. 위엄이 있으되 사납지 않은 태도, 사랑스러우면서도 자상한 용모, 점잖고도 우아한 말씨, 친근감이 들 만큼 화기애애한 몸가짐……. 이런 사람이 불칙한 마음을 품었다면 그 결과는 상상조차 하지 못할 것이었다. 하지만 그는 아무리 공구를 나쁘게 보려 해도 공구가 자기를 암살하려고 위나라에 들어왔다는 아내의 말이 믿어지지 않았다.

남자도 눈치가 여간 빠른 계집이 아니어서 첫눈에 위령공의 속마음을 꿰뚫어볼 수 있었다. 그녀는 남편에게 더 깊이 생각할 틈을 주지 않으려고 기세등등하게 몰아붙였다.

"아니, 보면 모르시겠어요? 공구가 만약 딴 속셈을 품지 않았다면 무엇하러 수십 명씩이나 되는 사내들을 데리고 왔겠어요?"

연거푸 몇 차례나 윽박지름을 당하자, 위령공은 진작부터 반벙어리가 되어 있었다. 그는 사뭇 겁먹은 눈빛으로 아내를 바라보았다. 마치 잘못을 저지르고 꾸중 듣는 어린애처럼 그녀에게 용서를 비는 눈빛이었다.

이에 대해 남자는 칼끝처럼 예리한 눈초리로 응했다. 이것은 그녀가 즐겨 쓰는 수법이었다. 아름답고도 다정다감한 그녀의 눈빛은 마음만 먹으면 언제 어디서라도 날카로운 눈초리로 표변하여 상대방의 간덩이가 오그라들 정도로 몰아붙이는 무기가 되었다. 정겨울 때의 눈길은 풍정(風情)이 담북 서려 상대방의 넋을 쑥 빼놓기도 했지만, 행패를 부리기로 작심했다 하는 날이면 그것은 삽시간에 예리한 칼끝으로 바뀌어 사람의 간담을 서늘하게 만들고 온몸에 소름이 끼치게 만들었다.

그녀의 눈초리와 마주치자, 위령공은 고양이에게 몰린 쥐새끼처럼 어쩔 바를 모르고 멍청하니 서 있기만 했다.

남자는 내친 김에 풍만한 몸뚱이를 위령공에게 찰싹 갖다붙이고 한번 더 세게 몰아붙였다.

"세상 천지에 어느 임금이 자기 나라를 강대국으로 만들고 싶지 않겠어요? 공구에게 과연 그토록 큰 재능이 있어서 벼슬이 대사구에까지 올랐다면, 바로 영웅이 날뛸 만한 용무지지(用武之地)를 얻은 셈일 텐데, 어째서 고향을 등지고 타국 땅에 들어와서 구차스레 남의 집 울타리 밑에 죽치고 엎드려 있겠느냔 말이에요!"

위령공은 가뜩이나 위축된 마당에 그 말까지 듣고 보니 일리가 있는 듯싶어 그녀와 더 이상 입씨름을 하지 않기로 작정했다.

"은혜 입은 줄 알면서도 갚지 않는 사람은 군자가 못 되죠! 노나라 군주가 공구를 그토록 신임하고 중책을 맡겼는데, 그 자는 은혜를 보답하기는커녕 되레 엉뚱한 트집을 잡아 제 군주를 내버리고 떠나왔으니 이야말로 소인배나 할 짓이 아니고 무엇이겠어요?"

"그럼 부인의 생각으로는 공구를 어떻게 대하면 되겠소?"

"그 속마음이 진짜인지 가짜인지 또 그 재능이 황금 덩어리인지 납덩어리인지 시험해 보면 곧 알겠죠. 제 생각으로는……."

여기서 남자는 입술을 위령공의 귀에 바짝 갖다붙이더니 뭐라고 소근소근 몇 마디를 건넸다.

위령공은 귓속말을 들어가며 연신 고개를 끄덕였다.

"좋은 생각이오! 좋아, 그렇지! 흠흠, 그렇게 합시다!"

8
싹트는 음모

남자가 귀띔한 내용인즉, 공구 일행이 묵고 있는 안씨 댁에 사람을 한 명 보내 표면적으로 공구의 허드렛일을 도와주게 하고 암암리에 공구 일행의 동태를 감시하자는 것이었다. 이렇게 하면 서로 체면도 다치지 않고 그들이 위나라에 찾아온 진정한 목적을 캐낼 수 있지 않느냐, 그런 말이었다.

위령공은 아내의 말이라면 팥으로 메주를 쑨대도 믿어주는 사람이라 그 의견에 선뜻 동의하고 한바탕 찬사를 늘어놓은 다음 이렇게 물었다.

"부인 생각으로는 염탐꾼으로 누굴 보내는 것이 좋겠소."

남자는 붕긋한 가슴을 더욱 내밀면서 배시시 웃어보였다.

"주군, 내가 벌써 물색해 놓았어요. 담보도 크고 세심한 사람인데 그게 누군지 알아맞춰 보실래요?"

위령공은 멍청하니 그녀를 바라보기만 할 뿐이었다.

남자는 애교가 뚝뚝 떨어지는 목소리로 해답을 내놓았다.

"바로 주군의 총신 공손여가(公孫餘假)예요!"

그 말을 듣자, 위령공의 이마에 주름살이 잡혔다. 탐탁치 않다는 기색이었다.

"공손여가라? 흐음……."

공손여가는 조정 신하들 가운데서도 체구가 우람하고 키도 훤칠하게 큰 미장부였다. 의표(儀表)가 당당한 데다 사람 됨됨이가 약삭빠르고 상냥해서 남과 쉽사리 어울리는 기질이 있었다. 그렇기 때문에 위령공의 신망도 깊이 얻었고 하경(下卿)이라는 중책을 맡을 수가 있었다. 하지만 나중에 가서 위령공도 그가 여우 새끼처럼 작은 꾀를 곧잘 부리고 남의 눈을 속이는 버릇이 있을 뿐 아니라, 기회만 생기면 교묘하게 중간 이득을 챙기는 교활한 위인이라는 사실을 깨닫게 되었다. 그래서 위령공은 그에 대해 차츰 경계심을 품고 거리를 떼어놓기 시작했던 것이다. 그 의심이 더욱 깊어진 것은 수년 전, 아내 남자와 공손여가 사이에 아름답지 못한 추문이 조정 안팎에 나돌면서부터였다. 위령공은 그것이 헛소문이기를 바랐으나 실상 두 남녀는 벌써 상궤(常軌)를 벗어난 행위를 저지르고 있었다.

그 일이 처음 벌어진 것은 5년 전 어느 봄날 후궁 화원에서였다. 공손여가는 위령공의 총애를 깊이 받고 있는 만큼, 아무 때나 마음대로 궁궐을 출입할 수 있었다.

이 날도 하릴없이 빈둥거리던 그는 발길 닿는 대로 산보를 하다보니, 저도 모르는 사이에 금궁(禁宮) 어화원에 들어서고 말았다. 금역을 침범한 그는 일순 당황했으나, 아무도 안 보는데 어떠랴 싶어 내친 김에 꽃나무 숲을 헤쳐가며 오솔길 따라 깊숙이 안으로 들어갔다. 때마침 그곳에서 남자의 시중을 드는 궁녀 하나가 꽃을 따고 있었다. 궁녀의 뒷모습은 정말 아리따웠다. 게다가 허공에 팔랑팔랑 날아다니는 나비를 잡느라 두 손을 휘저으며 이리저리 뛸 때마다 제쳐진 소맷자락 아래로 백합처럼 하얀 팔뚝과 어깨 속살이 내비쳤다. 또한 간드러진 허리 맵씨가 꿈틀거려 훔쳐보는 사람의 가슴을 두근거리게 만들었다. 그녀는 누군가 훔쳐보고 있다는 사실도 까맣게 모른 채, 그저 나비떼를 쫓는 데만 정신이 팔렸다.

공손여가는 마치 신선의 경지에나 들어온 듯, 자신의 신분과 또 자신이 지금 얼마나 위험한 곳에 있는지조차 잊어버렸다. 한참 그녀의 뒷모습을 지켜보는 동안 슬그머니 음탕한 욕심이 불끈 치솟았다. 나중에 더는 견딜 수가 없게 되자 그는 고양이 걸음걸이로 살금살금 궁녀의 등 뒤로 다가가서 늙은 솔개 병아리 나꿔채듯 처녀의 허리를 와락 덮쳐가지고 단단히 끌어안았다.

궁녀는 기절초풍을 해 고함을 지르려 했다. 그러나 훌쩍 돌려세운 늑대의 아가리가 먼저 입을 틀어막았다. 그녀는 필사적으로 몸부림을 쳤다. 하지만 억센 팔뚝에서 빠져 나오기는 역부족이었다. 그녀는 절반쯤 까무라친 상태에서 미친듯이 퍼부어대는 사내의 입맞춤을 고스란히 받고야 말았다. 그녀는 전신의 맥이 나른하게 풀린 채 넋 빠진 눈으로 하늘만 바라볼 뿐, 사내의 왈살스러운 손이 온 몸뚱이를 구석구석 휘집고 다니는 대로 내버려 두었다.

공손여가는 애무만 가지고 직성이 풀리지 않았는지 아주 끝장을 볼 요량으로 축 늘어진 궁녀의 몸뚱이를 번쩍 들어 안더니 어디 으슥한 데가 없나 하고 이곳저곳을 두리번거리기 시작했다.

바로 이 때였다. 등 뒤에서 느닷없이 누군가 헛기침을 하는 소리가 들려왔다. 공손여가는 흘끗 뒤돌아 보다가 그만 혼비백산을 하고 말았다. 헛기침을 한 사람은 다름아닌 위령공의 부인 남자였던 것이다.

공손여가는 품에 안고 있던 궁녀의 몸뚱이를 어떻게 주체하지 못하고 엉겁결에 껴안은 자세 그대로 땅바닥에 넙죽 엎드렸다.

"아이구, 죽을 죄를 지었습니다! 소인을 용서해 주소서!"

"흥!"

남자는 코웃음을 치더니 목청껏 호통을 질러댔다.

"당당한 위나라 대신이 궁녀 따위를, 더구나 금궁 안에서 여관(女官)을 희롱하다니! 이 무엄한 놈, 네 죄를 알렸다!"

"예엣, 예에……! 소인 죄를 알고 말굽쇼!"

"무슨 죄에 해당하는고?"

"만 번 죽어 마땅합니다!"

"좋아, 내 이 길로 주군께 아뢰어서 네놈을 육시처참(戮屍處斬)에 처하도록 해주마!"

공손여가는 그 자리에 엎드린 채 절구질하듯 땅바닥에 이마를 짓찧어대면서 애걸복걸 빌었다.

"제발 목숨만 살려 줍쇼! 제발 목숨 하나만……."

남자는 이맛살을 찌푸리더니 서슬 퍼렇던 말씨를 조금 늦추었다.

"그야 어렵지 않다만, 내 요구를 세 가지 들어주겠느냐?"

공손여가는 제 귀를 의심했다. 이젠 꼼짝없이 죽는구나 싶었는데 이게 웬말인가? 한 가닥 살 길이 트였다고 생각되자 그는 계속 이마를 조아려가며 정신없이 대꾸했다.

"그저 분부만 내리십쇼, 목숨만 살려 주신다면 세 가지 아니라 백 가지 천 가지라도 분부대로 따르오리다!"

"그럼 좋다! 잘 듣거라……."

남자는 한 조목 한 조목씩 또박또박 요구 사항을 내놓기 시작했다.

"첫째, 오늘 이후로는 어떤 궁녀라도 희롱하거나 건드리지 말 것! 둘째, 조정에서 의논하는 정사를 내게 알려주고 또 모든 일을 내가 시키는 대로 밀어붙일 것! 셋째, 내가 부를 때에는 언제 어디서라도 냉큼 달려올 것!"

"알아 모시겠사옵니다."

"말 한 마디 가지고야 되나? 하늘을 두고 맹세하게!"

공손여가는 즉석에서 하늘을 우러르고 목청껏 큰소리로 외쳤다.

"창천에 계신 하느님께 맹세하오니, 불초 공손여가는 말씀하신 세 가지 일을 낱낱이 실행할 것을 다짐하나이다. 만약에 어긋남이 있을 때는 천지 신령이시여 이 몸을 주멸(誅滅)하소서!"

그제서야 남자는 입을 가리고 웃었다.

"공손 대감, 일어나시구료."

공손여가는 일어나기는 했으나, 고개를 떨구고 그 자리에 엉거주춤 서 있기만 했다.

"공손 대감, 얼굴을 들어요."

"죄인이 어찌 낯을 들어 뵈오리까?"

"죄를 용서했으니, 이제는 괜찮아요."

공손여가는 쭈뼛쭈뼛 고개를 쳐들었다.

눈이 마주치는 순간, 두 남녀는 동시에 가슴이 덜컥 내려앉으면서 바보 같은 멍한 표정을 지었다. 공손여가는 늘 궁중 출입을 해왔던 몸이요 또 위령공과 남자가 가무를 즐기는 자리에 참석할 기회도 여러 번 있었다. 하지만 감히 정면으로 바라보지 못하고 이따금씩 곁눈질로 훔쳐보았기 때문에, 그녀가 그저 맵시 좋고 탯거리가 고운 여인이라는 것만 막연하게 느꼈을 뿐, 지금 눈앞에서처럼 흠집 하나 집어낼 것이 없을 정도로 아리따울 줄은 꿈에서조차 상상을 못했다.

마찬가지로 남자의 눈에 비친 공손여가도 그녀가 꿈꾸어 오던 가장 이상적인 사내였다. 이 젊은 사내는 몸집도 헌걸차고 다부질 뿐만 아니라 눈빛에 어린 추파가 그렇게 정겨울 수가 없었다. 그 눈빛만으로도 이 사내는 자기 마음 속에 품고 있는 감정을 거의 남김없이 표현해 보일 수 있는 것 같았다. 장작개비처럼 말라빠진 늙다리 영감에게 견주어 볼 때 한쪽은 보기 드문 미장부요, 또 한쪽은 영락없이 비루먹은 노마(駑馬), 끔찍스런 추팔괴(醜八怪)인 셈이었다. 그녀는 속으로 생각했다.

'옳거니, 이제야말로 내게 가장 이상적인 애인이 하나 생겼구나 ……!'

두 사람은 눈길이 서로 뒤얽힌 채 한참 동안이나 상대방을 마주 바라보았다. 어느덧 남자는 춘심이 발동하는 것을 억제할 수 없는 지경에 빠져들었다. 그녀는 겨우 정신을 가다듬고 성난 듯 버럭 소리쳐 명령을 내렸다.

"날 따라와요!"

공손여가는 숨 한 모금 크게 내쉴 엄두도 내지 못하고 깎아놓은 말뚝처럼 어정어정 걸어서 그녀의 뒤를 따라갔다.

화원 뒤 월동문(月洞門) 곁에 이르러 남자는 다시 사내를 향해 돌아섰다.

"당신 무예가 뛰어나다는 소문은 오래 전부터 들어 알고 있어요. 궁궐 담벽도 휙휙 날아서 넘나들 수 있다죠? 오늘 밤 삼경이 되거든 후궁으로 날 찾아오도록 해요. 주군은 몸이 불편해서 침소를 별전으로 옮겼으니까 하늘이 우리한테 기회를 내린 셈이에요. 내 말뜻 알았죠?"

부드러우면서도 상대방의 항거를 용납치 않겠다는 위협이 섞인 말투였다.

"그건 …… 그건 ……."

공손여가는 겁먹은 목소리로 애걸했다.

"그건 …… 하늘도 용납 못할 대죄입니다. 소인이 어찌 감히 …… 죽음을 무릅쓰고 그런 짓을 ……."

남자가 빙그레 미소를 띠었다. 사내의 마음을 풀어주려는 듯 아주

한갓진 웃음이었다. 하지만 툭 쏘는 말투에 경멸이 담겼다.

"흥! 그래가지고도 사내 대장부야?"

"아니올시다! 소인은…… 그저 하늘이 두려워서…… 그런 짓을 …… 제발 그 말씀만은 거두어 줍시오!"

"아니, 방금 하늘에 대고 한 맹세는 무엇이지?"

계집이 고리눈을 부릅뜨고 위협을 하니 공손여가는 언감생심 찍소리도 내지 못했다.

"단단히 기억해 두라구, 오늘 밤 삼경이야! 오지 않았다만 봐라, 내일 아침 일찍이 주군께 네 놈이 한 짓을 낱낱이 아뢸 테니까. 그때 가서 후회할 일은 안 하는 게 좋을 걸?"

별궁에 들어오기가 무섭게 남자는 꽃 따던 궁녀 추련(秋蓮)을 불러들였다. 추련은 죄가 없으면서도 공포에 질린 나머지 그녀의 발치 밑에 꿇어 엎드려 손바닥이 닳도록 싹싹 빌었다.

"살려 주십쇼! 쇤네가 힘이 없어 그런 능욕을 당했습니다."

남자는 키득키득 경망스레 웃었다.

"아냐, 아냐. 너한테 무슨 죄가 있겠니? 모두가 그 건달 녀석이 집적거려서 그런 거야. 자, 어서 일어나렴!"

추련은 거듭 사례를 올리고 나서야 일어섰다.

남자의 분부가 떨어졌다.

"오늘부터 밤이고 낮이고 내 곁에만 있거라. 알겠느냐?"

"예에, 알아 모시겠습니다."

"그럼 이제부터 내가 하는 말, 잘 들어야 한다. 비밀이야!"

마님은 추련을 자기 곁에 세워 놓고 반나절이나 소근거렸다. 추련은 놀라다 못해 두 눈을 휘둥그레 뜨고 딱 벌린 입을 다물지 못했다.

"아이구머니! 그런 일을……."

"너, 죽고 싶으냐?"

독살맞은 엄포에 추련은 어쩔 수 없이 고개를 끄덕였다. 궁녀는 뿌옇게 흐려진 두 눈망울로 궁실 밖 하늘을 바라보았다. 그녀는 조롱에 갇힌 한 마리의 새처럼 함부로 웃지도 울지도 못하고, 훨훨 날아 도망칠 수도 없는 처량한 신세가 되고 말았다.

한편, 공손여가는 집에 돌아와서도 바늘 방석을 깔고 앉은 듯 그날 오후 내내 안절부절, 어떻게 해야 좋을지 알 수 없었다. 날이 어둑어둑 저물면서 그 마음의 갈등은 극도에 다다랐다. 안 가자니 요부의 보복이 두렵고, 분부대로 가자니 하늘이 재앙을 일으킬까 두려웠다. 금궁 화원에서 저지른 짓이 주군의 귀에 들어가는 날이면 목숨을 부지하기 어려울 게 뻔하고, 남자와 밀통한 사실이 발각되는 날에는 공손씨네 삼족이 멸문지화를 당하고야 말 것이었다. 이런 갈등 속에서도 궁금한 일은, 남자의 진심을 모른다는 점이었다. 정말 자기와 밀회를 즐기려고 이러는 것인지, 아니면 자기한테 올가미를 씌워 해를 끼치려는 것인지 도대체 감을 잡을 수가 없었다.

해가 저물고 어둠이 찾아올 때까지 곰곰이 생각한 끝에 그는 마침내 결단을 내렸다. 이래도 죽고 저래도 죽고 어차피 한번 죽을 목숨이라면 가서 모험을 걸어 보는 것도 괜찮으리라 싶었던 것이다.

삼경이 거의 다 되었다. 그는 평소 무예를 연습할 때처럼 몸에 착 달라붙는 검정옷으로 갈아입고 허리에는 폭넓은 띠를 두른 다음 바닥이 부드러운 간편한 가죽신을 신었다. 몸단속을 끝마친 그는 살그머니 집을 빠져나와 단숨에 궁궐 쪽으로 달려갔다. 궁궐 담장 밖에 이르렀을 때, 정확히 삼경을 알리는 북소리가 울렸다. 사면 어둠 속을 둘러보고 아무도 없다는 것이 확인되자, 그는 두 발에 힘을 주어 이른바 〈한지발총(鬥地拔蔥)〉의 신법으로 까마득히 높은 궁궐 담장 위로 휙! 하니 솟구쳐 올라갔다. 이어서 고양이처럼 허리를 바짝 웅크린 자세로 앞뜰로 훌쩍 뛰어내렸다.

그의 무예 수준은 과연 발군이라 해도 좋았다. 2장(丈)이 훨씬 넘는 높다란 궁궐 담벽을 뛰어 넘으면서도 인기척 하나 내는 법 없이 거뜬하게 착지 동작을 보인 것이다. 후궁 문턱에서 눈이 빠지도록 기다리고 있던 궁녀 추련조차도 그 기척을 듣지 못했다.

그는 마치 먹이를 찾는 살쾡이처럼 담장을 따라서 후궁 문턱까지 단숨에 바람같이 달려갔다. 대문은 빗장을 지르지 않고 허술하게 닫혀 있었다. 그것은 본 공손여가는 이것저것 살펴 볼 것도 없이 불문곡직, 댓바람에 쑤시고 들어갔다. 이렇듯 신비스럽고도 돌발적인 출현은 온 몸의 신경을 곤두세우고 기다리던 추련까지 놀라 얼어붙게 만들었다.

공손여가는 문턱에 기대어 서 있는 여인의 그림자를 발견했다. 내실에서 비쳐 나오는 희미한 등잔불 빛에 그는 성급하게도 남자(南子)로 잘못 알아보았다. 그는 등 뒤에서 가볍게 끌어안고 속삭였다.

"오래 기다리셨군요!"

그리고 추련을 껴안은 채 내실로 들어서려다가 공교롭게도 남자와 정면으로 맞부딪치고 말았다. 그는 일순 당황했다. 마님이 자기를 해치려고 이런 꼼수를 부린 줄로 착각한 것이다. 그는 재빨리 추련을 밀어 내던지고 또 다시 그 자리에 꿇어 엎드렸다.

"제발 용서해 주십쇼! 저는 그저 분부대로 왔을 뿐입니다."

남자는 눈독 들인 사내가 또 추련을 껴안고 있는 꼬락서니를 보자, 두 눈에 질투의 불길이 확 솟구치고 얼굴에 감서리가 맺혔다.

"소인이 잘못 알고 그만……"

사내의 얼굴에 애처로운 빛이 감돌았다. 그것을 보는 순간 남자는 자신이 오해했다는 것을 깨달았다. 그런 생각이 드니 감서리 맺혔던 얼굴에 차츰 화색이 돌고 두 눈망울도 질투의 불꽃 대신 추파가 일렁거리기 시작했다. 그녀는 가볍게 툭 쏘아붙였다.

"멍청이 같으니, 어서 일어나지 않고 뭘 해요!"

공손여가는 엉금엉금 기어 일어났다. 일어나면서 눈길이 그녀의 발꿈치를 거쳐 위로 더듬어 올라갔다. 상반신을 지나고 마지막으로 얼굴에 가서 눈길이 멎었을 때, 그는 숨결이 닿을 만한 거리에서 그녀의 눈빛과 마주치고 말았다. 사내의 넋을 한꺼번에 잡아 뽑아 뒤흔드는 눈초리에 공손여가는 저도 모르게 빨려들었다. 그는 넋이 몽땅 빠진 채 황홀경을 헤매다가 급기야는 염치 불구하고 그녀의 몸뚱이를 와락 끼어안았다. 요부 남자는 그럴 줄 알았다는 듯 천천히 뒷걸음질쳐 내실 안으로 끌어들였다. 으리으리하게 꾸며진 보옥 침상에 남녀의 몸뚱이가 한덩어리로 뒤엉켜 쓰러졌다. 이들은 다급한 나머지 등불을 끄는 것조차도 잊었다.

광란의 하룻밤을 꼬박 지새우고도 두 남녀는 미진한 정을 못 다 불태웠는지 여전히 부여안은 채 일어날 줄 몰랐다. 그래도 이성을 먼저 차린 쪽은 역시 남자였다. 그녀는 공손여가의 두 손목을 꼭 쥐고 흔들어가면서 코먹은 소리로 재촉했다.

"그만 일어나요! 돌아가야 해. 오늘만 날인가? 내일은 얼마든지 또 있다구."

공손여가는 미친듯이 입을 맞추면서 중얼거렸다.

"아니, 난 안 가겠소. 당신하고 이대로 관 속에 들어가고 싶단 말이오!"

"안돼! 그런 끔찍스런 말을……."

남자는 손바닥으로 사내의 입을 틀어막았다.

"난 정말 당신하고 평생 같이 살았으면 좋겠어!"

"딴 소리 말고 저걸 좀 봐요."

사내는 계집의 손가락이 가리키는 쪽을 바라보았다. 문 창호지가 흰히 비쳐오고 있었다. 그제서야 사내도 놀란 토끼처럼 벌떡 일어나더니 바지 저고리를 끌어다가 닥치는 대로 마구 쑤셔넣기 시작했다. 날 밝기 전에 궁궐 담장을 넘어가야 하는 것이었다.

침실 문턱을 막 넘어설 때였다.

"이리 돌아와!"

남자의 성난 호통 소리가 발목을 붙잡았다. 공손여가는 화들짝 놀라 그 자리에 움쭉달싹도 못하고 얼어붙고 말았다.

"……무슨 분부라도 또 있으신지……?"

"흥, 내 이 금지옥엽 같은 몸뚱이를 밤새도록 짓밟아 놓고 인사 한 마디없이 그냥 내뺄 참이야?"

공손여가는 놀란 가슴을 속으로 쓸어내리면서 씨익 웃어넘겼다. 말도 안 되는 소리를 지껄이는 줄 뻔히 알기 때문이었다.

"날이 저렇게 밝았으니 어쩌겠소? 나도 이제 돌아가야지."

"언제 또 올 거예요?"

"하하! 분부만 내리십쇼!"

그는 허리를 깊숙이 수그리고 일부러 익살맞게 절을 올렸다.

"그럼 소인은 이만 물러 가오리다!"

앞마당으로 나가는 대문 곁에는 추련이 걸상을 놓고 앉아서 피곤에 못 이겨 꾸벅꾸벅 졸고 있었다.

공손여가는 등 뒤로 살금살금 다가가 와락 끌어안고 두 손으로 젖가슴을 주무르면서 입을 한번 쪽 맞추더니, 그제야 뜨락을 가로질러 담장 위로 뛰어올랐다. 추련이 깜짝 놀라 정신을 차렸을 때 그의 모습은 온데간데없이 사라진 뒤였고, 그녀는 도깨비한테 홀린 기분으로 흐트러진 앞섶을 가다듬었다.

이로부터, 요부 남자는 공손여가를 장난감처럼 데리고 놀았다. 사내는 그녀가 시키는 대로 움직일 도리밖에 없었다. 간부(姦夫) 공손여가와 꿀맛 같은 밀회를 몇 차례 즐긴 이후로 남자는 위령공을 더욱 미워하게 되었다.

쇠똥은 아무리 향내나는 비단폭에 겹싸더라도 냄새를 풍기는 법, 두 남녀의 밀회가 거듭되면서 조정 대소 관원들 사이에 쑥덕공론이 퍼지기 시작했다. 위령공 역시 신하들의 눈치와 거동에서 어렴풋이나마 아내가 부정을 저지르고 있다는 낌새를 챌 수 있었다. 그러나, 위령공은 자신의 존엄성과 체면을 지키느라 이 일을 공개적으로 추궁하지 못하고, 의혹의 응어리를 가슴 깊숙이 파묻어 둔 채 속으로만 끙끙 앓을 수밖에 없었던 것이다.

그녀가 공구 일행의 감시꾼으로 공손여가를 추천한 것은 결국 위령공의 가장 민감한 신경을 건드린 셈이 되었다. 그래서 위령공은 잠시나마 마음이 어지러워 분명한 태도를 밝히지 못하고 머뭇거렸다.

남자는 온갖 교태와 아양을 다 떨어가며 자기의 뜻을 관철시키려 했다. 남편의 얼굴에 언짢은 기색이 도는 것을 본 이상, 아무리 밉살스럽고 징그러운 늙은이라 할지라도 마음을 돌려놓아야 했다. 이래서 늙다리 몸뚱이에 젖무덤을 찰싹 갖다대고, 엉겨붙어 입을 맞춰주고 간지럼도 태우고, 코먹은 소리로 애교도 부렸다. 결국 위령공도 넋이 홀딱 빠져서 술 취한 듯 요지경을 헤매던 끝에 드디어 승락의 말을 입밖에 내고 말았다.

"흠흠, 됐소, 됐다고! 부인이 아뢴 대로 내일 아침 조회 때 과인이 직접 공손여가에게 설명을 해주지!"

"고마워요, 주군!"

남자가 또 한번 매달려서 입을 맞추는데 갑자기 웬 사람이 후닥닥 뛰어들어와서 위령공과 남자를 펄쩍 뛰도록 놀라게 만들었다.

위령공의 아들 공자(公子) 괴외였다. 괴외는 나이 47,8세로 전실의 자식이었다. 그는 무슨 일이 났는지 이마에 구슬땀을 뚝뚝 흘리면서 허둥지둥 부군(夫君) 앞에 달려오더니 가쁜 숨을 헐떡헐떡 몰아쉬면서 아뢰었다.

"큰일 났습니다. 공손수(公孫戍)가 자기 영지인 광성(匡城)에서 반란군을 일으켜 지금 도성으로 쳐들어오고 있답니다!"

"뭣이, 공손수가……?"

위령공은 말끝도 맺지 못하고 혓바닥이 얼어붙었다. 태평세월 안일한 생활 습관에 푹 빠져 살아온 그는, 자기 수하의 대부(大夫)가 공공연히 반란을 일으켰다는 말 한 마디만으로도 그만 넋이 빠져버린 것이다. 그는 한참 동안 넋 나간 사람처럼 서 있다가 겨우 두서없이 말문을 열었다.

"얘야, 아들아! 그놈을 토벌해야 할 텐데, 토벌을 누구에게 시키면 좋겠느냐? 그놈을 막으려면, 그놈을……."

"아버님, 왕손가(王孫賈)를 보내십쇼! 그 사람은 병법에도 정통하고 무예가 뛰어나 공손수의 반란군쯤은 단번에 토벌할 수 있을 겁니다."

아들이 아뢰는 말을 듣자마자 생각할 겨를도 없이 단숨에 명령을 내렸다.

"게 누구 없느냐! 얘들아, 왕손가를 속히 입궐시켜라!"

임금의 벼락 같은 호통 소리에 화원 밖에서 대기하고 있던 내시가 뛰어 들어오다가 발길을 되돌려 왕손가를 찾으러 부리나케 달려나갔다.

위령공은 후궁에서 아들 괴외와 더불어 속을 바짝바짝 태워가며 초조하게 기다렸다. 왕손가가 온 것은 얼마 뒤였으나, 그 동안 애간장이 마른 사람에게는 일각이 여삼추로 길게만 느껴졌다.

위령공은 왕손가의 모습을 발견하자, 이 신하가 무릎 꿇고 대례를 올릴 때까지도 못 참고 대뜸 용건부터 끄집어냈다.

"왕손 경, 과인은 그대가 용병술에 능통하다는 것을 익히 알고 있소. 지금 공손수란 놈이 반란을 일으켜 도성으로 쳐들어오고 있다 하오. 과인은 그대에게 토벌군을 맡기고자 하는데 그대 의향은 어떻소?"

왕손가는 40여 세의 나이에 건장하고 짙은 눈썹에다 왕방울 같은 눈을 지닌 사나운 맹장이었다. 임금의 지명을 받자 그는 추호도 망설이는 기색 없이 즉석에서 주먹으로 제 가슴을 쾅쾅 두들겨 보였다.

"주군, 안심하십쇼! 속담에 '수삼년 동안 군사를 양성함은 하루 싸움에 쓰기 위해서라(養兵千日, 用兵一時)' 하지 않았습니까? 소장이 목숨 걸고 나라의 은혜에 보답하오리다!"

자신 만만한 대답을 듣고 나자, 위령공은 막혔던 숨통이 확 뚫리고 얼굴에 핏기가 돌았다.

"장한 말씀이오! 그럼 어서 출동하시오."

한데, 왕손가는 우뚝 선 채 꼼짝도 않았다.

위령공도 퍼뜩 깨닫는 것이 있어 얼른 물었다.

"오, 내 정신 좀 봤나! 그래, 경은 병력이 얼마나 필요하시오?"

"전차 3백 승의 병력이면 충분합니다."

"좋소! 허락할 테니, 냉큼 군사를 점검하여 출동하도록 하시오!"

"어명을 받드오리다!"

궁궐에서 물러나온 왕손가는 즉시 광성 방면으로 정찰 기병대를 내보내는 한편, 전군에 비상 소집령을 내려 그 중에서 3백 승의 정예 병력을 가려뽑은 다음 출동 준비 태세가 갖추어지자 이내 도성을 떠났다.

성을 벗어나 30여 리쯤 나아갔을까 앞서 파견했던 정찰 기병이 달려와 긴급보고를 올렸다.

"반란군은 여기서 10여 리 지점에 이르렀습니다!"

"오냐, 알았다!"

왕손가는 즉시 행군을 멈추게 하고 그 자리에 방어진을 전개했다. 전차 수레바퀴를 맞물려 단단히 엮어 세우고 그 뒤에는 방패의 장벽, 창대가 수풀처럼 곤두서고 도검이 칼집에서 뽑혀 나오는가 하면, 궁노수들의 활 시위에는 이미 화살이 먹여져 있었다. 토벌군 장병들은 기세 등등하며 이제 반란군이 들이닥치기만 하면 손써볼 겨를도 주지 않고 단숨에 박살을 내버릴 참이었다.

반 시진쯤 지났을까, 드디어 맞은편 허공에 누런 먼지 구름이 뽀얗게 피어오르기 시작했다. 토벌군의 주장 왕손가는 지휘용 수레에 서서 목청을 드높여 부하 장병들의 사기를 올렸다.

"장병들아, 반란군이 우리 앞에 닥쳤다! 이 나라 사직과 백성들의 안녕을 위해서 모두 용맹을 다하여 힘껏 싸우고 적을 무찌르라!"

"와아아――!"

장병들이 함성을 지르고 호응했을 때, 공손수의 인마가 진격해 오는 소리도 바람결에 실려 왔다. 이윽고 맞은편 토산 위에 정찰 기병의 그림자가 한둘 나타나더니, 잠시 후에는 전투용 수레와 보병대가 꿈틀꿈틀 모습을 드러냈다. 반란군의 기치는 질서를 잃고 바람 부는 대로 아무렇게나 나부끼고 있었다.

반란군의 주장 공손수도 어깨가 떡 벌어지고 허리통이 한 아름을 넘는 사나운 호랑이 같았다. 그는 거침 없이 수레를 몰아 관군 진영 앞으로 달려나왔다.

당시 전쟁 관습은 선례 후병(先禮後兵), 아무리 불구대천지 원수라 할지라도 우선은 인사치레를 건네고 입담으로 수작을 주고받은 다음, 욕설로 이어져서 화를 돋운 다음에야 비로소 병기를 맞대고 치고받는 싸움이 벌어지게 마련이었다. 그래서 공손수도 넉살좋게 인사치레로 수작을 걸어보기 시작했다.

"왕손 대감, 마중을 나오셨소? 정말 오랜만이오!"

"닥쳐라, 이 역적 놈!"

"하하, 왕손 대감! 지금 위나라 군주는 무능하고 부인 남자는 요부라, 이제 얼마 안 있으면 위나라를 말아먹고 말 거외다. 이런 못난 군주에게 붙좇아서 무슨 좋은 꼴을 보겠소? 그럴 것이 아니라 우리 군대를 합쳐가지고 창끝을 돌려 도성으로 쳐들어 갑시다. 혼군을 처치해 버리고 나면, 이 위나라는 그대와 내 천하가 될 게 아니오?"

"반적 공손수는 듣거라! 네놈이 주군의 은혜를 누리고 국록(國祿)을 받아 먹었으면서도 그 은덕에 보답할 생각은 아니하고 오히려 반란을 일으키다니, 너 같은 놈이 무슨 낯짝으로 내게 이러쿵저러쿵 설득을 하려 든단 말이냐? 어서 썩 무기를 내던지고 수레에서 내려와 결박이나 받거라. 그리하면 한 목숨 건질 수 있겠으나 공연히 고집을 부렸다가는 후회 막급일 줄 알아라!"

"하하, 왕손 대감. '시무(時務)를 아는 자가 준걸(俊傑)'이란 속담도 못 들어봤소? 오늘날처럼 사면 팔방에서 창칼이 날뛰는 시대에는 주먹이 센 자가 임금 노릇을 하는 법이오. 그대 역시 떳떳한 남아 대장부일 텐데 왜 그 많은 병력을 거느리고도 한 판 걸떡지게 놀아볼 생각을 안 하시오? 혹여 누가 알겠소? 운수만 대통하면 일국의 군주 자리라도 채뜨려 앉을 수 있을런지 말이외다. 사람이 한평생 살아가면서 어느 누군들 부귀 영화를 탐내지 않겠소? 자아 그러지 말고, 우리 한 동아리가 되어 함께 도성으로 쳐들어 갑시다!"

왕손가는 분노가 치밀어 가슴이 터질 지경이라, 노기를 억누르지 못하고 활시위에 낭아전(狼牙箭)을 먹이기가 무섭게 공손수의 주장 깃발을 겨누어 잇따라 두 발을 쏘아 보냈다. '씨잉!' 하고 바람을 끊으며 날아간 화살 두 대가 깃폭의 위아래 매듭 끈을 정통으로 맞추어 그 주인의 발치 밑에 깃발을 맥없이 떨어뜨려 놓았다.

"으왓, 이 발칙한 놈, 내 기치를 꺾다니!"

공손수는 노발대발하며 수중의 장검을 번쩍 쳐들고 부하들에게 고함을 질렀다.

"얘들아, 돌격하라! 누군든지 왕손가를 잡아 죽이면 큰 상을 내릴 테다!"

이때, 왕손가가 호통을 쳤다.

"잠깐!"

봄날 뇌성 벽력치듯 우렁차게 울리는 목소리에 공손수는 놀라다 못해 가슴이 써늘해지고 소름이 쭉 끼쳤다. 왕손가의 말이 이어졌다.

"이 반란의 책임은 온전히 네 놈 하나에게만 있을 뿐 다른 장병들에게는 아무런 책임도 없을 터, 그런데 이들을 개죽음시켜 원통한 귀신을 만들 필요가 어디 있느냐? 너도 사내 대장부라면 자신이 할 일은 스스로 감당할 줄 알 것이다. 무고한 병사들을 싸움판에 끌어들일 것이 아니라, 네 놈 혼자 나서서 나와 일대 일로 겨뤄보는 것이 어떠냐?"

"좋다, 우리 둘이서 단독 대결을 벌여보자!"

공손수는 무예가 뛰어나다고 자부하는 만큼 왕손가의 도전을 흔쾌히 받아들였다. 하지만 그냥 싸울 것이 아니라 조건부터 걸어야 했다.

"만약 내가 진다면 이대로 군사를 거느리고 광성으로 돌아가겠다만, 네가 질 경우에는 어떻게 할 테냐?"

"네 놈 손에 진다면 우리 군사를 90리 후퇴시켜 주지!"

왕손가는 지체없이 응수했다. 십팔반 무예(十八般武藝)에 두루 정통한 데다 배짱도 어지간히 큰 터라 상대방에게 꿇릴 이유가 하나도 없었다.

"그 말 진짜렷다?"

"남아 대장부가 일구 이언을 하겠느냐? 내 말 한 마디는 곧 피나 다를 바 없다!"

상대방에게 다짐을 받아놓자 공손수는 훌쩍 수레에서 뛰어내렸다. 자기 무예 솜씨라면 왕손가 하나쯤은 누워서 떡 먹기로 요리할 자신감이 있었다. 공연히 혼전을 벌여 시간과 병력을 낭비할 게 아니라 속전속결로 승부를 나눈 다음, 한시바삐 도성으로 쳐들어갈 마음이었다. 그는 보검을 빼어잡고 적장 앞으로 걸어나왔다.

왕손가도 얕잡아 보이지 않기 위해 아예 장검을 칼집에 집어넣고 허리춤에 찬 채 뚜벅뚜벅 큰 걸음걸이로 마주 나아갔다.

이윽고 두 맹장이 10여 척 간격을 두고 마주 섰다.

"어떻게 겨룰 테냐?"

"그야 물론 〈선문후무(先文後武)〉, 먼저 권법으로 싸워보고 결판이 안 나거든 무기를 쓰기로 하지!"

"좋다!"

왕손가는 허리춤의 보검을 끌러 땅바닥에 내던졌다. 공손수 역시 칼집째 내던져 놓고 허리띠를 바짝 조였다.

"자, 그쪽에서 먼저 손을 써보시게!"

"양보할 테니, 먼저 공격하라구!"

왕손가는 그 자리에 우뚝 선 채로 응수했다.

공손수가 싱긋 웃었다. 선제공격을 양보받았으니 승산은 일단 이쪽에 있는 셈이었다. 그는 기마 자세를 취한 다음 두 주먹을 앞으로 불쑥 내밀었다. 권법이라면 누구보다 자신이 있는 그였다. 다음 순간, 획! 하고 내뻗은 제 1초는 〈금사출동(金蛇出洞)〉, 독사가 굴 속에서 빠져나오듯 직공(直攻)으로 들이치는 권법이었다. 그러나 왕손가 역시 눈썰미 좋고 발 빠른 강적이라, 상대방의 직공이 날아드는 순간 지면을 박차고 하늘로 훌쩍 도약하더니 발길질로 공손수의 두 개골을 찼다.

공손수는 찔끔 놀라 재빨리 피했다. 상대방이 숨 한 모금 제대로 들이켜지도 않고 거뜬하게 도약할 줄은 꿈에도 생각지 못했던 것이다. 그는 왕손가의 동작이 추락하는 순간을 포착하여 반격으로 나갔다. 회심의 제 2초는 〈곤붕전시(鯤鵬展翅)〉, 땅을 박차고 훌쩍 뛰어오른 몸뚱이가 독수리 나래 펼치듯 허공으로부터 곤두박질치면서 타격을 가하는 권법이었다.

그러나 왕손가는 〈리어타정(鯉魚打挺)〉의 신법으로 맵시 좋게 뒤로 3장(丈) 남짓한 거리를 도약해 물러났다. 두번째 공격마저 실패로 돌아가자, 공손수는 제3초 〈맹호하산(猛虎下山)〉을 펼쳐 상대방에게 숨돌릴 틈도 주지 않고 두 주먹 양 다리를 번갈아 내질러가며 연속 공격을 퍼부었다. 공손수가 육박전으로 나오자, 왕손가도 기다렸다는 듯이 더 이상 피하지 않고 무쇠 주먹을 휘둘러 강공대 강공으로 맞섰다.

격렬한 대결이 50여 합을 넘겼다. 싸움터 주변은 발길질과 주먹질로 일어난 돌개바람에 황토 흙먼지가 뽀얗게 날아올라, 두 사람의 윤곽이 희미하게 가리워 보이지 않았다. 공손수는 점차 힘이 딸리고 손발에 맥이 풀리는 느낌을 받았다. 조바심이 난 그는 마침내 비장의 절초를 쓰기로 결심하고, 허리를 굽히기가 무섭게 〈소당퇴(掃堂腿)〉로 상대방의 하반신을 휩쓸어 쳤다. 왕손가는 이 기습 동작을 미처 막지 못하고 외마디 소리를 지르면서 벌렁 나가떨어졌다.

그 순간을 놓칠세라 공손수는 그 자리에서 허공으로 훌쩍 뛰어 오르더니, 다시 추락하는 기세를 빌려 곧바로 상대방의 몸뚱이를 짓밟아 내렸다. 위기에 몰린 왕손가는 양 팔꿈치로 지면을 버틴 자세로 두 다리를 번쩍 들어 공격에 맞섰다. 두 사람의 발바닥이 마주치는 찰나 그는 혼신의 기력을 다 쏟아내어 그대로 걸어차 올렸다. 공손수는 공격에 여유가 있었으나 방어태세에는 허점을 보인 셈이었다. 상대방이 내뻗은 역습에 걸어차인 그는 재차 허공 위로 붕뜨더니, 1장 가웃이나 비스듬히 날아가서 흙먼지 구덩이에 거꾸로 처박히고 말았다.

"와아아 ——!"

양군 진영에서 장병들의 박수 갈채가 터져나왔다. 북을 울리는 소리도 요란하게 울렸다. 전쟁터의 살벌한 분위기라곤 어디서도 찾아볼 길이 없었다.

흙구덩이에서 엉금엉금 기어나온 공손수의 얼굴에는 황토 흙먼지와 땀으로 뒤범벅이 되어 마치 진수렁을 헤매던 미꾸라지 몰골이나 다를 바 없었다. 얼굴의 흙먼지를 훔쳐내면서 정신을 가다듬고 보니 왕손가는 빙글빙글 비웃어가며 경멸섞인 눈빛으로 자기를 쳐다보고 있었다.

"이 죽일 놈……!"

부끄러움이 노염으로 바뀐 공손수는 땅에 내던졌던 보검을 집어들기가 무섭게 왕손가를 겨누고 덮쳐갔다.

왕손가는 상대방의 공격을 슬쩍 피해낸 다음, 맨주먹만으로 한두 차례 막으면서 천천히 뒷걸음질쳤다. 그리고 자신의 병기가 놓인 곳까지 물러나더니 발끝으로 칼집을 툭 걸어차 올려 손에 잡았다.

이윽고 쌍방의 육박전은 검술 대결로 바뀌었다. 오후 따가운 햇볕 아래 검광이 번뜩이고, 이따금씩 칼날과 칼날이 맞부딪칠 때마다 맑고도 상큼한 쇳소리가 귀청을 울리는 가운데 눈부신 불티가 사면 팔방으로 퉁겨 날았다. 두 사람의 진퇴 공방은 승부를 가리지 못한 채 끝없이 지속될 것만 같았다. 그러나 30여 합을 겨루고 났을 때, 공손수는 두 다리가 나른하게 풀리고 손목까지 시큰거리기 시작했다. 이

때서야 그는 차츰 자신이 검술로는 왕손가의 적수가 못 된다는 사실을 뼈저리게 깨달았다. 순간 그는 힘보다 꾀를 써야 이길 수 있음을 생각해냈다. 공손수는 기세를 떨쳐 다시 한 차례 공격을 시도했다. 그리고 왕손가가 피하는 동작을 취하는 순간, 계속 공격해 들어갈 것처럼 칼부림을 휙 날려보내다가 중도에서 후딱 돌아섰다. 그리고는 냅다 뛰어 달아나기 시작했다. 목표는 후방 조그만 토산, 앞서 병력을 집결시켜 전투대형을 갖추느라 잠시 머물렀던 버드나무 숲이었다.

"게 섰거랏! 어딜 도망치느냐?"

왕손가의 호통 소리가 등 뒤에 바짝 따라붙었으나 그는 고개 한번 돌아보지 않고 버드나무 그늘 속으로 뛰어들었다. 그리고 왕손가의 추격이 들이닥칠 때까지 숨을 죽이고 기다렸다가 벼락치듯 일검을 내찔렀다.

"으왓——!"

왕손가는 미처 피하지 못하고 겨드랑이 옷자락을 꿰뚫리고 말았다. 상처는 입지 않았으나 너무 놀란 끝에 저도 모르게 외마디 비명이 터졌다.

"맞았구나, 으하하핫!"

공손수는 회심의 일격이 명중한 것으로 오인하고 나무 그늘에서 훌쩍 뛰어나오더니 왕손가에게 한발한발 다가서면서 마구잡이로 칼부림을 날렸다.

왕손가는 내친 김에 상처를 입은 것처럼 비틀거리면서 한 팔로 겨드랑이를 움켜 쥔 채 죽어라고 내뛰기 시작했다. 이에 공손수는 의기양양해져, 칼을 휘둘러가며 거리낌 없이 뒤쫓아 왔다. 거리는 5,6보로 상대방의 뜨거운 숨결이 확확 느껴질 정도의 간격이라, 그저 한 걸음에 덮쳐가고 단칼에 염통을 꿰뚫어 버리지 못하는 게 한스러울 지경이었다. 하지만 공손수는 상대방을 얕잡아 보고 그는 마음 푹 놓고 바짝 따라붙었다.

칼끝이 후심(後心)에 닿을 무렵 왕손가의 몸뚱이가 휙 돌아섰다. 그 다음 찰나, 혼신의 기력이 몽땅 실린 역습이 날아들었다. 공손수는 앗! 소리를 지를 틈도 없었다. 왕손가의 보검은 한 치의 빗나감도 없이 오른쪽 어깨를 꿰뚫고 들어갔다. 공손수의 손아귀가 풀리면서 쥐고 있던 보검이 맥 없이 떨어졌다. 그제서야 고통에 찬 외마디 소리가 길게 터져나왔다.

"으와아아……!"

비명 소리도 중간에 쑥 들어갔다. 왕손가의 발길이 날아들어 아랫배를 호되게 걷어찬 것이다. 걷어차인 기세에 어깨를 꿰뚫고 있던 칼날이 쑥 빠져나갔다. 불행중 다행이랄까, 공손수는 그 발길질에 힘입어 뒤로 벌렁 나가떨어진 채 상대방의 공격권에서 벗어날 수 있었다. 그는 정신없이 떼굴떼굴 구르다가 단단한 장애물에 들이받혀 가까스로 멈추었다.

장애물은 뜻밖에도 자신이 타고 왔던 전차 수레 바퀴였다. 그는 더 싸울 엄두도 내지 못하고 허겁지겁 전차 위로 기어 올라갔다. 너무나 공교로운 일이라, 왕손가 역시 뒤쫓을 생각을 못한 채 그 자리에 멍하니 서 있었다. 이 절호의 기회를 놓칠세라 공손수는 말궁둥이에 죽어라고 채찍질을 퍼부었다.

뒤미처 반란군의 진영이 흔들리기 시작했다. 주장이 먼저 내뛴 판국이었으므로 삽시간에 반란군의 장병들은 와르르 흩어져 사면 팔방으로 달아나고 있었다.

"전군 추격하라!"

지휘용 수레에 뛰어오른 왕손가의 입에서 불호령이 떨어졌다. 진작부터 추격대형을 갖추고 기다리던 토벌군 장병들이 일제히 함성을 지르면서 뒤쫓아 나갔다. 반란군은 이미 군대가 아니었다. 싸움이라고는 단 한번 해보지도 못한 채 흙담 무너지듯 기왓장 박살나듯 완전히 패잔병으로 전락한 것이다.

왕손가는 토벌군을 이끌고 한 바탕 추격한 다음, 고개 마루턱에 올라서자 궁노수를 풀어 일제사격을 퍼붓게 했다. 억수같이 퍼부어 내리는 화살비에 반란군 장병들은 이루 헤아릴 수 없을 정도로 엄청난 사상자를 냈다. 그나마 목숨을 부지한 패잔병들은 공손수가 도망친 광성(匡城) 부근 포향(蒲鄉)으로 달아났다.

왕손가는 추격을 중단하고 병사들을 시켜 싸움터를 정리한 다음 포로와 전리품을 이끌고 의기양양하게 도성으로 개선했다.

미리 승첩을 보고받은 위령공도 친히 문무백관을 거느리고 도성문 밖까지 영접을 나왔다. 백성들은 길거리에 향불을 살라 들고 왕손가의 개선군을 열광적으로 환영했다.

이날 저녁, 위나라 궁궐에는 큰 잔치가 벌어졌다. 위령공은 공손수의 반란을 신속히 물리친 왕손가에게 축하의 말과 함께 연거푸 술잔을 내렸다. 풍악이 울리고 궁녀들의 춤판이 빙글빙글 돌아가는 동안 위령공은 흐뭇한 기색으로 실눈을 가늘게 뜬 채 무릎 장단을 맞추었다.

곁에 모시고 앉은 남자가 딱딱하게 굳은 표정으로 위령공에게 속삭였다.

"주군, 아무래도 이상하지 않아요? 공손수가 반란을 일으킨 것이 혹시 딴 이유가 있는지도 몰라요."

"아니, 그놈은 이미 쫓겨가지 않았소? 뭘 걱정하는 거요?"

위령공은 짜증스럽게 되물었다. 공손수의 반란사건 따위는 이미 하늘 밖 구만리 창천으로 날려보낸 뒤라, 두번 다시 생각도 하기 싫은데 어째서 또 끌어내는지 그저 귀찮기만 했다.

그러나 아내의 다음 말이 사뭇 껄끄러웠다.

"생각 좀 해 보세요. 우리 위나라는 벌써 여러 해 동안 태평 성대를 누려왔고 백성들도 평안히 잘 살고 있는데, 어째서 공구가 온 지 1년도 못 되어서 이런 사단이 벌어진단 말이에요? 너무 공교롭지 않아요?"

"으음, 부인 말씀에 일리가 있소. 내 곧 조치하리다!"

위령공은 고개를 연신 끄덕이더니, 즉석에서 공손여가를 불러들였다. 그리고 한참 동안 귓속말로 무엇인가 분부를 내렸다.

"……알겠는가? 저쪽에 눈치채이지 않도록 단단히 조심하게!"

"알겠사옵니다!"

공손여가는 자신있게 응답하고 일어섰다.

9
광성에서 포위당하다

위령공은 남자의 중상 모략으로 마침내 공구에 대한 의심을 굳혔다. 이래서 하경 공손여가를 감시꾼으로 보내자는 말에 동의하고 말았다.

공손여가가 안씨 부중을 찾아가던 날, 공구는 여느 때처럼 뜰 안에서 문하생들을 모아놓고 예의를 강론하고 있었다.

공손여가는 시침을 뚝 떼고 들어가서 공구 앞에 정중하게 예를 올렸다.

"공부자님, 안녕하신지요? 불초 공손여가, 주군의 명을 받들고 찾아뵈오러 왔습니다."

"아니, 공손 대감. 군후께서 무슨 분부를 내리셨길래……?"

공구는 황망히 답례를 건네면서 물었다.

"선생님의 허드렛일을 도와 드리라는 분부가 계셨습니다. 그러하오니 무슨 일이든 말씀만 해주십시오."

허드렛일을 도와 준다는 말에 공구는 뭔가 이상한 느낌이 들었다. 위령공이 무슨 마음으로 심부름꾼을 다 보내주었는지 도대체 요령부득이었다. 그렇다고 따져 물을 수도 없는 노릇이라 공구는 일단 사례의 말을 건넸다.

"고마우신 말씀이오. 후한 녹봉을 내려주신 것도 과분한데 이처럼 공손 대감께서 우리 일행에게 마음써 주시다니, 이 은덕을 어떻게 보답해야 좋을런지 모르겠소이다."

"저는 워낙 거칠고 속된 사람이라, 소루(疏漏)한 점도 많고 어르신의 뜻에 거스르는 점도 없지 않아 있을 터인즉, 공부자님께서 여러 모로 이해하여 주셨으면 고맙겠습니다."

"이 무슨 겸손의 말씀을! 제가 어찌 공손 대감께 심려를 끼쳐드릴 수 있겠습니까? 그냥 돌아가시지요."

"이것은 주군의 각별하신 분부올시다. 제가 주군의 명을 어길 수야 없습지요. 더구나 공부자님은 덕망 높으신 분이니, 소인도 곁에서 모시면서 어깨너머로나마 문무 도략(文武韜略)을 배워 저희 나라를 위해 공헌할 실력을 닦을 수 있게 된다면, 이 얼마나 좋은 기회입니까?"

"하하, 과찬의 말씀이로군요! 속담에 '과공(過恭)이 비례(非禮)'라 했으니 정 그러시다면 불초 공구도 고마우신 뜻에 따르기로 하겠습니다."

스승 곁에 서서 가만 듣고 있던 자공이 사뭇 불쾌한 표정을 지었다. 그는 원래 위나라 사람이라, 진작부터 공손여가의 평판에 대해 들을 만큼 다 들어 알고 있었다. 이런 작자가 공구의 신변에 머무르겠다니 혹시 도덕 높은 공부자를 일부러 타락시키려고 접근하는 것은 아닐까하는 의심을 품게 되었다.

그로부터 공손여가는 아침부터 저녁까지 공구의 곁을 그림자처럼 따라붙어 떨어질 줄 몰랐다. 명색은 공구의 잡무를 처리해 준다고 했으나, 처음 오던 날부터 이 날 이때껏 무슨 일 하나 변변히 묻지도 않았고 처리해 준 것도 없었다. 한 달이 지나서야 공구도 뭔지 수상쩍은 낌새를 알아채고 공손여가에 대해서 차츰 반감을 품기 시작했다.

어느 날, 위령공이 공구를 불러들였다.

"공부자께서 우리 나라에 오신 지도 벌써 반 년이 지났소이다. 혹시 부족한 점이 있더라도 양해해 주시기 바라오."

공구는 웃음띤 얼굴로 대답했다.

"불초 공구가 아무 공로도 없이 군후의 두터우신 은덕을 입었으니, 이를 어찌 보답해야 좋을지 모르겠사옵니다."

위령공이 기대에 찬 표정으로 물었다.

"공손수가 반란을 일으킨 이래, 과인은 늘 시름에 싸여서 아침 저녁으로 근심하고 있소. 이 태평스런 나라에 대부와 같은 중신이 반란을 일으킬 줄 누가 알았겠소? 공부자님은 육예에 정통하고 문무 겸전하시니, 만약 그런 반란이 일어났을 때 어떻게 방어진을 펼 것이며 어떻게 섬멸할 수 있겠는지 그 방법을 좀 일러주실 수 없겠소?"

엉뚱한 요구를 받고 공구의 얼굴에 웃음기가 싹 가셨다. 그는 엄숙한 표정으로 정색을 하고 이렇게 대답했다.

"불초 공구는 나약한 선비라 평생 독서를 하고 예의를 아는 것으로 근본을 삼아왔을 따름입니다. 군후께서 만약 예의 범절에 관한 일을 물으신다면 저도 대략 아는 대로 말씀드릴 수 있습니다만 군대나 전쟁에 대해 물으신다면 저는 하나도 아는 바가 없습니다."

그 말에 위령공은 매우 불쾌했다. 공구가 노나라에서 관군을 지휘하여 절묘한 전법으로 비읍과 후읍 등 세 지역의 반란군을 소탕했다는 소식을 그는 오래 전부터 들어 알고 있는 참이었다. 그런데 그 공구가 이 자리에서는 '군대나 전쟁에 대해선 하나도 아는 바가 없다'고 딱 잡아떼는 모습에 어이가 없었다. 이것은 분명히 자기를 푸대접하기로 마음 먹고 한 말임에 틀림없다고 여겨졌다.

'그렇구나, 이 사람은 내 신하가 아니니까 나와 간격을 두고 있는 것이다……!'

생각이 이에 미치자 위령공은 후회가 되었다. 애당초 공구에게 그토록 후한 녹봉까지 주어가며 선심을 베풀지 말았어야 했다.

서로 대화가 없자 분위기가 어색해졌다. 공구는 그의 얼굴에 탐탁치 않은 기색이 떠오르는 것을 보고 자신도 기분이 언짢아, 이내 작별 인사를 올리고 물러나왔다.

안씨 댁으로 돌아와서 공구는 자신이 위나라에 와서 보낸 7, 8개월을 돌이켜보고 극도의 공허감을 느꼈다. 제자들을 가르치고 위나라 사람들의 몇몇 어려운 문제를 해결해 주었다는 것 말고, 자기가 목표한 바는 거의 하나도 성취한 것이 없었다. 반년의 세월, 2백 날에 가까운 낮과 밤을 허송한 셈이었다. 그는 잃어버린 세월이 아까워 비탄을 금할 수가 없었다. 위령공은 역시 자기가 찾아야 할 현명한 군주가 못 된다는 생각이 들자, 그는 위나라를 떠나기로 결심했다. 이 날 저녁, 그는 제자들에게 자신의 결심을 털어놓았다. 제자들은 이구 동성으로 스승의 결단에 호응했다.

그날 저녁, 주인 안탁추는 공구 일행이 위나라를 떠난다는 통보를 받고 깜짝 놀라 부랴부랴 준비를 갖추어 송별연을 열어주었다. 술잔을 나누는 자리에서도 그는 어떻게 해서든지 공구 일행을 붙잡아 두려고 백방으로 설득했으나, 공구의 고집을 꺾을 수는 없었다. 안탁추는 어쩌지 못하고 노자돈으로 은냥 얼마간을 내어주고 섭섭한 마음을 달래었다.

다음날 아침 일찍이 공구는 제자들을 데리고 위나라 도성 남문을 벗어나, 일로 진(陳)나라를 향해 떠났다. 때는 벌써 가을도 깊어 아침 나절에는 코끝이 매울 정도로 쌀쌀하다가 대낮이 되면 무더위가 기승을 부렸다. 스승과 제자들은 날씨가 추우나 더우나, 냉막한 심사에 몸을 으시시하게 떨어가며 푸석푸석 메마른 황톳길을 터벅터벅 밟으면서 행군을 계속했다.

눈앞에 펼쳐진 것은 구불구불 감돌아 끝없이 뻗은 옛날 도로와 오르
락내리락 기복이 심한 황톳마루 언덕이 계속 이어졌다. 가을걷이도 이
미 다 끝났는지 너른 벌판은 유별나게 스산하고 썰렁해 보였다. 더구나
감청색 하늘에는 기러기떼의 울음소리가 애처롭게 울려 가뜩이나 심란
한 이들에게 짙은 서글픔을 안겨 주었다.

기러기떼를 바라보면서, 공구는 고향 땅에 두고 온 아내 기관씨와 아
들 딸이 생각났다. 이들의 모습을 떠올리자니 저도 모르게 그리움이 왈
칵 치솟아 가슴이 찌르르하니 울렸다. 그밖에도 그는 자기와 멀리 떨어
져 있는 제자들도 보고 싶었다. 지금쯤 무엇들하고 있는지, 전처럼 열
심히 공부하고 있는지 아니면 학업을 전폐했는지 궁금했다.

길 모퉁이를 돌아서면서 또 하나 높은 산줄기가 눈에 꽉 차게 들어왔
다. 산세도 엄청났지만 산악 전체가 울긋불긋 채색 무지개처럼 화려한
단풍 숲을 이루어 보는 이들의 눈을 번쩍 뜨이게 만들었다.

"애들아, 저것 좀 보려무나! 저 산 경치가 얼마나 아름다우냐?"

스승이 들뜬 목소리로 외치는 바람에 시름없이 길재촉만 하던 제자
들은 무슨 일인가 싶어 공구 곁으로 달려왔다. 삐거덕삐거덕 힘겹게 구
르던 수레바퀴가 멈추고, 하루 온종일 뽀얗게 피어오른 황토 흙먼지를
얼굴에 흠뻑 뒤집어 쓴 눈망울들이 다시 초롱초롱 빛을 내면서 스승의
손가락 끝이 가리키는 쪽을 쫓아 헤매기 시작했다.

제일 먼저 탄성을 지른 것은 역시 자로였다.

"히야, 정말 선경(仙境)이 있다면 바로 저길세그려! 사부님, 우리 저
기 올라가서 며칠간 머물면 안 될까요?"

그 다음에는 염경 차례였다.

"사부님이 추구하시는 세계가 저만큼 아름답겠지요?"

공구의 입가에 미소가 어렸다. 방금 그 역시 단풍에 물든 오색 찬란

한 경치를 보면서 자신의 이상 목표, 천국과도 같은 금자탑을 연상하고 있었는데, 이제 염경의 말이 그 마음 속을 유감없이 나타낸 것이다. 그는 다시 뿌듯한 행복감에 젖어들었다. 자기가 거두어들인 문하 제자들이 이토록 재능이 출중하다는 것도 축하할 일이지만, 자기 마음을 알아주는 제자가 있다는 것도 더욱 반갑고 기꺼운 일이 아닐 수 없었다.

일행이 때아닌 단풍 놀이에 도취해 있노라니, 맞은편 앞길에서 마차 한 대가 달려왔다. 공구 일행의 눈길이 웬 길손인가 싶어 그리로 쏠렸다. 수레 위에 앉은 사람은 나이 20여 세쯤 들었을까, 선비 차림새를 한 청년이었다.

이윽고 마차는 공구 일행 앞에 이르러 멈추었다.

"어르신, 지금 위나라 도성에서 오시는 길입니까?"

도포 앞자락을 들추고 수레에서 뛰어내린 청년이 공구 앞에 다가와서 공손히 절을 올리고 물었다.

"그렇소만……."

"혹시 공부자 어른을 알고 계시는지요?"

자로가 냉큼 그 말을 받았다.

"하하, 제대로 알아 맞추셨군……."

이때 눈치 빠른 자공이 손을 들어 사형의 말을 끊고 대신 나섰다.

"하나 물읍시다, 공부자님은 어째 찾으시오?"

청년은 자로와 자공 두 사람을 한 차례 훑어보더니 이렇게 대답했다.

"저는 진(陳)나라 출신으로 성이 공량(公良), 이름은 유(孺)요, 자는 자정(子正)올시다. 오래 전부터 공부자님의 크신 명성을 흠모하와, 이제 그분을 스승으로 섬기고자 나섰습니다. 그런데 한 달 전 노나라에 갔더니 공부자님께서 위나라에 계시다길래 오늘 이렇게 위나라로 찾아가던 중입니다."

자공은 대답을 들으면서 이 청년의 모습을 유심히 뜯어보았다. 옷차림새도 화려하거니와 몸가짐이나 말씨도 사뭇 점잖고 우아한 것을 보니, 자신이 처음 스승을 만나뵈오려 했을 때의 기억이 새삼 떠올랐다. 이야말로 유유상종(類類相從), '사람도 끼리끼리 어울린다' 는 속담처럼 그는 이 공량유라는 청년에게 저도 모르게 호감이 가고 끌리는 매력을 느꼈다.

"이분이 바로 사부님이시오."

그 말을 듣자 공량유는 미칠듯이 기뻐하면서 옷에 묻은 먼지를 툭툭 털어버리더니 공구의 수레 앞에 넙죽 엎드렸다.

"제자 공량유가 스승님을 뵈옵니다!"

공구는 아름다운 경치에 마음 속 가득찼던 시름이 확 풀린데다 또 이처럼 영준하고 점잖은 제자를 거두게 되었으니, 그 기쁨은 한 마디로 금상첨화가 아닐 수 없었다.

"공량유야, 어서 일어나거라! 나하고 얘기 좀 하자."

공량유가 일어나 스승의 수레 곁에 시립했다. 그리고 스승에게서 무슨 말씀이 나올지 다소곳이 귀를 기울였다.

"지금 우리는 진나라로 가는 길이다. 또 내 앞길에 얼마나 긴 여정이 남았는지, 얼마나 많은 우여곡절을 겪어야 할지 모른다. 네 옷차림새가 화려한 것을 보니 필시 어느 부귀한 가문의 태생인 모양인데, 나같이 영락(零落)한 사람을 따라서 정처없이 떠돌아 다니는 생활을 견딜 수 있겠느냐?"

공량유가 대답했다.

"제자가 비록 부유한 집안에 태어나기는 했사오나 어려서부터 가친의 엄한 교육을 받아 시서 예악(詩書禮樂)을 대략 익혔사옵고, 또 일신에 무예를 닦았사옵니다. 이런 체력과 기백이라면 무슨 고생인들 마다하겠습니까?"

공구는 흡족한 미소를 띠었다.

"오냐, 그렇다면 어서 마차에 오르려무나, 우리 함께 진나라로 가자!"

그러자 공량유는 수레에 오르지 않고 일행을 둘러보았다.

"사부님, 이렇게 많은 사형님들이 수레도 안 타고 어떻게 장거리 여행에 견딜 수 있겠습니까? 저희 집에 마필과 수레가 매우 많사오니, 잠시만 기다려 주신다면 제가 몇 대 가져와서 사형님들과 함께 타고 가도록 하겠습니다. 저 앞쪽 산 모퉁이를 돌아가면 객점이 하나 있는데 주변 경치가 빼어나게 아름답습니다. 거기서 며칠 묵으시면서 기다려 주십시오. 제가 수레를 끌고 온 후에 떠나시더라도 여정이 그리 늦지는 않을 것입니다."

공구는 대답을 않고 한참 동안 깊은 생각에 잠겼다.

자공이 동료들을 대신해서 의견을 말씀드렸다.

"스승님, 공량유 사제의 말이 옳습니다. 얼른 보내도록 하시지요. 객점이 가까운데 있다니 몸도 좀 쉴 겸 그곳에 며칠 묵으면서 이 아름다운 가을 경치도 구경하고 좋은 환경에서 밀린 공부를 하면 일거양득이 아니겠습니까?"

공구는 제자들의 기색을 살피다가 고개를 끄덕였다.

"그것도 좋겠지! 공량유야, 그럼 내처 다녀오너라."

"예에, 사나흘 안에 돌아오겠습니다!"

공량유는 수레에 올라 고국 진나라를 향해 달려갔다.

객점은 산비탈 아래 자리잡고 있었다. 그 주변 경관은 공량유의 말대로 과연 절경이었다. 온 산마루 구비구비가 단풍으로 물들어 만자 천홍(萬紫千紅)이요 가까이 보이는 것도 붉은 감나무 잎새, 노랑 국화꽃이 상쾌한 가을 바람결에 바다의 물결처럼 너울거리고 있었다. 가슴을 활짝 열고 신선한 공기를 마음껏 들이마시니 속이 후련해지고 눈과 귀가 탁 트여왔다. 공구는 문득 여느 때처럼 산에 오르고 싶은 충동을 느꼈다. 하지만 타국 땅의 떠돌이 신세가 된 마당에 그것은 사치라고 생각되어 등산의 욕망을 억눌렀다.

사흘째 되는 날 오후부터 공구는 객점 대문 앞에 나가 남쪽 하늘을 바라보며 서성거리기 시작했다. 공량유가 돌아올 때가 된 것이다.

스승이 손꼽아 기다린 것처럼 공량유도 약속을 지켰다. 미시(未時)가 지나고 신시(申時)에 접어들 무렵, 남쪽으로 흰히 뻗은 대로상에 검은 점이 찍히더니 차츰 다가올수록 숫자가 늘어나고 크게 보였다. 마차 대였다.

"스승님, 공량 사제가 옵니다!"

"으음, 그렇구나!"

눈 깜짝할 사이에 객점 대문 앞에는 말끔하게 단장한 수레 다섯 대가 들이닥쳤다. 수레를 끄는 마필은 하나같이 헌걸차고 힘도 억세 보였다. 제자들의 입에서 환호성이 터졌다.

"와아, 대단하구나!"

이튿날 아침 일찍이 길에 올랐을 때, 공부자님 일행의 행차는 전과 판이하게 달라졌다. 수레가 모두 일곱 대나 되니 터덜터덜 궁상맞게 걷는 사람도 없고 수레에 탄 제자들의 기세도 사뭇 당당해졌다.

정오가 지나서 파랗게 맑던 하늘에 먹구름이 끼기 시작했다. 구름장이 태양을 가렸는데도 날씨는 숨이 막힐 정도로 답답하고 무더웠다.

공구는 하늘을 쳐다보면서 제자들에게 말했다.

"얘들아, 어서 가자. 봄날이 차고 가을철이 무더우면 장마가 든다고 했다. 잘못하면 진수렁 길바닥에서 비를 맞기 십상이니 어서 객점을 찾아야겠다."

제자들은 저마다 채찍질을 날리면서 길재촉을 했다. 무더위에 정신 없이 수레를 몰다 보니, 어느새 광성(匡城) 지역에 다다랐다.

스승의 말몰이꾼 역할을 맡은 안각(顔刻)이 뒤를 돌아보면서 외쳤다.

"사부님, 양호(陽虎)가 몇 해 전에 제나라를 빠져나와 진(晉)나라로 도망쳤을 때, 바로 여기서 광성을 한바탕 두들겨 부수고 지나갔답니다!"

아무 생각 없이 그저 심심풀이삼아 던진 말이었는데 하필이면 그때 지나치던 주민의 귓결에 들리고 말았다.

무심결에 내뱉은 말이었으나 그 결과가 엄청난 재앙을 초래할 줄 장본인 안각은 물론이요 스승인 공구도 꿈에나 생각했으랴!

양호가 제나라로 탈출하여 진나라로 다시 망명해 갔을 때, 그는 자기 세력을 확충시킬 욕심으로 이 광성 일대를 지나치면서 수많은 재물을 노략질하고 닥치는 대로 장정들을 붙잡아 간 적이 있었다. 그래서 이곳 주민들은 양호란 이름만 들어도 이가 갈릴 정도로 깊은 원한을 품은 터였다. 그런데 공교롭게도 안각이 지나치면서 던진 말 가운데 '양호……' 란 이름자가 나왔으니 얼결에 주워들은 그 주민은 공구를 양호로 오인한 나머지 그 길로 광성으로 달려가서 성주(城主) 공손수에게 일러바치고 말았던 것이다.

한편 공손수는 위나라 토벌군에게 대참패를 당하고 왕손가의 칼에 찔려 중상을 입은 채 가까스로 본거지 광성으로 돌아와, 달포 남짓이나 백방으로 상처를 치료하고서야 겨우 아물게 되었다. 그 뒤로 움쭉달싹도 못하고 광성에 틀어박혀 분풀이를 할 데가 없어서 속만 부글부글 끓이고 있는 판에 느닷없이 양호가 왔단 말을 듣게 되었다. 공손수는 이것저것 생각해 볼 겨를도 없이 부하 병력을 긴급 소집하여 살기 등등하게 성문을 뛰쳐나갔다.

흉악스런 무리가 수백 명씩이나 출동하여 뒤에서 엄습해 오는 줄을 까맣게 모른 채 공구 일행은 하루 종일 수레를 타고 여유 만만하게 산천 구경을 즐기면서 느긋하게 길을 가고 있었다. 얼마쯤 가다 보니 또 다른 경치가 눈길을 끌었다. 줄기줄기 뻗은 산 중턱에 황금빛으로 물든 낙엽수와 이름 모를 붉은 꽃이 비단폭을 깔아놓은 듯, 한데 어우러져 꿈같은 황홀경을 이루고 있었다. 일행이 수레를 멈추고 탄성마저 질러가며 두리번거리고 있자니 소슬 바람이 한바탕 지나가면서 가랑비가 부슬부슬 내리기 시작했다. 공구 일행은 부랴부랴 수레를 몰아 산비탈 아래 계곡으로 들어갔다.

바로 이 때였다. 갑자기 휘파람 소리가 '삐익!' 하고 날카롭게 울리더니 산골짜기 여기저기서 시커먼 무리가 한꺼번에 쏟아져 나왔다. 공손수의 복병이 습격을 개시한 것이다.

삽시간에 공구 일행은 앞뒤로 단단히 포위당하고 말았다. 처음에는 공구도 산적 패거리의 습격을 받은 줄로 알았다. 한가롭게 산천 구경을 하다가 비나 좀 피해 볼 요량으로 발을 디민 것이, 산적 대왕님의 소굴을 건드리지 않았나 했다. 그러나 진상은 이내 밝혀졌다.

무방비 상태에서 이런 꼴을 당했으니 공구와 제자들은 속수무책 그저 두 눈만 멀뚱멀뚱 뜨고 쳐다보고 있을 수밖에 없었다. 얼마쯤 있으려니 흉신 악살(兇神惡煞)처럼 생긴 사내가 전투용 수레 한 대를 몰고 앞으로 달려나왔다. 공구는 위나라 광성 땅에서 반란이 일어났다는 말만 들었을 뿐 공손수가 어떻게 생겨 먹었는지 본 일도 없었다.

공손수는 고리눈을 부릅뜨고 머리터럭까지 곤두세운 채 수중의 보검 끝으로 공구를 지목하면서 대뜸 욕설부터 퍼부어댔다.

"양호, 이놈! 네가 지난 번에 우리 광성 땅에서 핏빛을 졌으렷다? 이 어르신께서 네 놈을 못 찾아 속이 끓던 참이었는데, 오늘 제 발로 지옥 문턱에 걸어 들어오다니 이야말로 불나비가 화톳불에 뛰어든 격이로구나. 잘 기억해 둬라, 내년 오늘이 바로 네 놈의 제삿날이다!"

호통을 치면서 칼을 휘둘러 대자 졸개들이 벌떼처럼 몰려들어 공구 일행을 바짝 에워싸 버렸다.

자로가 수레에서 훌쩍 뛰어내렸다.

"잠깐······!"

그는 공손수 앞으로 달려가 먼저 인사부터 건네고 물었다.

"장사의 존함은 어찌 되시오?"

공손수는 허리를 빳빳하게 세운 채 한껏 거만을 떨어가며 대꾸했다.

"나 말이냐? 공손수다!"

"방금 들으니, 양호 이름을 들먹이던데 도대체 누구더러 양호라는 거요?"

그러자 공손수는 칼끝으로 공구를 가리켰다.

"바로 저놈이다!"

"으하하······! 으하하하!"

"뭐가 우스워? 대관절 넌 웬 놈이냐?"

"나 말이오? 이름은 중유, 자는 자로요. 당신이 우리 사부님을 양호로 잘못 안 게 우스워서 그랬소."

"뭣이, 날더러 사람 잘못 봤다구?"

공손수는 새삼스레 공구의 위아래를 훑어보더니 끝내 도리질을 했다.

"아냐, 그 말 못 믿겠는 걸! 딴 사람 말을 들으니까 양호란 놈도 이 작자만큼 체구가 훤칠하다던데······.."

"세상 천하에 얼굴 생김새나 몸집이 같은 사람이 얼마나 많소? 하지만 외양이 아무리 닮았어도 본성까지 같은 것은 아니오. 양호는 고국을 배반한 역적으로 벌써 오래 전에 진나라로 달아난 놈이오. 우리 스승 공부자님은 천하에 덕망 높은 성인이신데 어찌 양호 같은 놈과 똑같이 취급한단 말이오?"

공손수는 믿을까 말까 망설이는 기색으로 다시 물었다.

"하면, 저 사람이 공구란 말인가?"

"바로 그렇소."

자로의 말이 떨어지자 공손수가 손을 번쩍 휘둘렀다. 그것을 신호로 부하 졸개들이 뒷걸음질쳐서 활 한바탕의 사정거리만큼 물러났다. 그는 자로가 거짓말을 하지 않았나 두려웠다. 어수룩하게 잘못 믿었다가는 기회를 놓치고 말 것이 아닌가? 그래서 부하들을 물리되 포위망을 풀어주지는 않고 멀찌감치 에워싼 채 이들의 동정을 살피기로 작정한 것이다. 언젠가는 진상이 밝혀질 터 그 때까지 움쭉달싹도 못하고 포위해 놓고 느긋이 기다려 볼 참이었다.

사태는 난처하게 되었다. 상대방의 오해를 풀어줄 방법이 전혀 없으니 공구도 속수 무책이었다. 그는 제자들을 모아놓고 조용히 당부했다. 화가 난다고 경거망동하지 말 것과 상대방의 신경을 건드릴 낌새도 일체 보이지 말라는 분부였다.

날이 저물었는데도 가랑비는 그치지 않고 여전히 부슬부슬 내렸다. 늦가을 바람이 불어닥치면서 한기마저 들었다. 공구 일행은 기갈(飢渴)에 시달렸다. 목마르고 배고픈데다 신경까지 곤두서니 극도의 피로가 엄습하기 시작했다. 밤이 깊어지자 산중에서 밤 새와 야수들의 울부짖는 소리가 들려와 오도가도 못하는 나그네들의 간담을 써늘하게 만들었다.

동틀 무렵, 비도 그치고 먹구름장도 흩어졌다. 때늦게나마 보름달이 옅은 구름 조각 사이로 얼굴을 내밀고 벙그레 미소지었다. 공구는 이것을 길조(吉兆)로 여기고 눈길 한 번 돌리지 않은 채 보름달을 바라보았다. 밤새껏 긴장한 자세로 앉아 있던 몸이 수레 위에 스르르 쓰러졌다. 하염없이 달을 바라보던 두 눈도 어느 새 감겼다. 현기증이 나는지 멀미를 하는지 수레가 파도에 휩쓸린 난파선처럼 위아래로 흔들리는 느낌이 왔다. 덜커덩덜커덩 수레바퀴 구르는 소리, 말발굽 소리……

공구를 태운 수레는 번개 벼락치듯 주나라 도읍 호경을 향해 치달았다. 궁궐 앞에 다다르자 주공 희단이 문 앞까지 나와 그를 맞아들였다.

"공구! 너는 노나라에서 임금을 도와드리지 않고 여기는 뭣하러 왔느냐?"

질책이 섞인 엄한 물음에 공구는 그 자리에 무릎 꿇고 머리를 조아렸다.

"후배 공구는 은사님의 가르침대로 충성스럽게 주군을 보좌하여 덕정을 베풀었습니다. 그 결과 노나라의 국력도 매우 빠르게 호전되었습니다. 그러나 좋은 잔치 사흘 못 간다는 격으로, 주군이 제경공에게서 미녀와 준마를 뇌물로 받은 이후 날마다 여색에 빠져 오랫동안 정사를 돌보지 않으니 어찌하오리까? 불초 공구는 차마 볼 수가 없어 고국을 떠나고 말았습니다."

"그것도 운명인 게로구나."

"후배는 귀신을 믿어본 적이 없습니다. 또 운명에 제 일생을 맡기고 싶은 생각도 없습니다. 그저 은사님의 예악에 따라 나라를 다스리고 태평성대를 이룩하려는 마음뿐입니다."

"훌륭하다, 내 도가 행해지겠구나!"

"어찌하면 그 도를 이루겠습니까?"

"가거라!"

귓결에 말의 투레질 소리가 들려왔다. 눈을 번쩍 떠보니 날이 훤히 밝았다. 아침 노을 속에 둥근 해가 천천히 떠오르고 있는 가운데 붉은 단풍잎이 바람결에 어수선하게 떨어져 흩날리고 있었다. 공구는 살풍경한 느낌을 받으면서 다시 눈길을 돌렸다. 공손수의 인마는 어제 저녁이나 다를 바 없이 사정권 밖에 포위망을 단단히 굳힌 채 움쭉달싹도 않고 있었다. 이따금씩 병사 몇몇이 길바닥 한가운데로 나와 창칼이나 몽둥이 따위를 휘둘러 위협하고 있을 따름이었다.

공구는 일어나 앉았다. 어깨에서 툭 떨어지는 것을 보니 자로가 입고 있던 외투였다. 스승이 잠든 새에 덮어준 모양이다. 그는 가슴이 뭉클해졌다. 외투를 돌려주려고 마차에서 내려서니, 자로는 길 곁 풀섶에 누워 잠들어 있었다. 입술이 시퍼렇게 얼어붙은 것이 밤새 추위에 시달린 모양이었다.

"중유야, 이걸 입어라."

자로가 눈을 번쩍 뜨고 부랴부랴 일어났다.

"어이구, 깨셨군요! 괜찮습니다. 저는 몸이 튼튼해서 이 정도의 추위쯤은 아무것도 아닙니다!"

다른 제자들을 둘러보니, 하나같이 안색이 초췌하고 눈두덩도 푹 꺼져 있었다. 모두들 밤새껏 악몽에라도 시달렸는지, 잠 깬 얼굴에 공포가 짙게 드리워져 있었다. 공구는 제자들에게 용기를 주려고 일부러 목청을 드높였다.

"주문왕이 세상을 떠난 이후, 천하의 모든 문화 유산을 누가 전해 받았는가? 바로 우리들이 아니냐? 제나라가 비록 노나라보다 강성하다고는 하나, 그들의 문화 수준과 전장(典章), 예의 제도는 역시 우리 노나라에 훨씬 못 미친다. 그들은 기를 쓰고 학문에 힘쓰고 예악을 추진하는 일에 군신 백성들이 합심 협력해야만 겨우 지금 우리 노나라의 수준을 따라잡을 수 있을 것이다. 반면 우리 나라의 문화와 예의 제도를 이대로만 추진해 나간다면 천하라도 다스릴 수 있을 것이다. 잘 듣거라, 하늘이 만약 이 문화를 파괴하려 마음 먹었다면 우리 손에 남겨주지 않았을 것이다. 하늘이 이 문화를 파괴할 생각이 없을진대 저 공손수의 무리 따위가 우리들을 어떻게 해칠 수 있겠느냐!"

제자들은 허리를 꼿꼿이 펴고 두 눈에 광채를 보이기 시작했다. 군세고도 자신감에 찬 끝말이 과연 용기를 북돋워 주고 대담하게 만들어 준 것이다.

공손수 쪽도 끈덕지기는 마찬가지여서 진위(眞僞)를 가리지 못한 상태에서 이 수상쩍은 일행을 놓아 보낼 수는 없었다. 그는 병력을 교대로 휴식시켜 가면서 이들을 죽어라고 에워싼 채 연 닷새 동안이나 감시를 늦추지 않았다.

공구 일행이 지니고 있던 음식물이 바닥난 것은 포위당한 지 사흘째 되던 날이었다. 이들은 참다 못해 들나물을 캐다가 배를 채우기도 했으나 그것은 한두 때뿐, 애당초 굶주림을 면할 수 있는 방도는 아니었다. 무엇보다 견디기 어려운 것은 목을 축일 물이 없다는 점이었다. 하다못해 비라도 내렸으면 얼마나 좋겠는가마는 그것 역시 사람의 마음대로 되는 일이 아니었다. 공구와 그 제자들은 기아에 시달린 나머지 입술이 모두 갈라지고 혓바닥이 돌덩어리처럼 딱딱하게 굳어져 말조차 제대로 나오지 않았다.

공량유가 스승 곁으로 다가왔다.

"사부님, 이러다간 모두 꼼짝없이 굶어 죽고 말겠습니다. 사내 대장부라면 두 다리로 꿋꿋이 서서 살아야지, 앉아서 죽기만 기다릴 수는 없지 않습니까? 우리가 마냥 이러고 있을 게 아니라 차라리 그물이 찢어지든 고기가 죽든 저놈들과 생사 결판을 내기로 하지요! 저는 싸우다 죽을 망정 이렇게 구차스레 살고 싶지는 않습니다!"

공구는 아무 대꾸도 않고 생각에 잠기더니, 얼마 후 자공을 돌아보았다.

"단목사야, 너는 말솜씨가 좋으니 공손수한테 가서 교섭 좀 해보지 않으련? 혹시 마음을 바꿔 풀어줄지도 모르겠다."

자공이 고개를 갸우뚱했다.

"말이 통하는 상대라야 교섭을 해보죠! 공손수 같은 놈은 사리를 따져봤자 설복당할 위인이 아닙니다."

"그래도 한번 시도해 본들, 안 될 것은 또 뭐냐?"

"알겠습니다. 한번 가 보죠."

자공은 스승의 분부를 거역할 수 없어, 흐트러진 옷매무새를 가다듬고 혼자서 공손수가 있는 곳으로 터덜터덜 걸어갔다.

공손수는 때마침 수레 위에 걸터앉아서 느긋이 양고기를 뜯어가며 점심 식사를 하는 중이었다.

"여어, 웬일이신가? 배창자가 꼬여서 비럭질이라도 하러 오셨나? 그야 간단하지! 내 앞에 무릎 꿇고 큰절 한 번만 올리면 내 이 양고기 뼈다귀라도 줄 테니까."

익살맞은 조롱에 자공은 두 눈에 핏발이 서고 심장이 터져나갈 지경이 되었다. 그러나 협상의 중책을 띠고 온 몸이라 노기를 억누르고 온화한 태도로 수작을 건넸다.

"공손 선생, 언제까지 우리를 붙잡아 두실 작정이오? 벌써 여러 날 보다시피 우리 일행은 모두 약골 선비들 뿐이오."

"그래서 어쩌겠다는 거야?"

"우리는 그저 이곳을 지나가는 길손이 아니오? 옛날이나 지금이나 피차 원수진 일도 없는데, 우리를 놓아 보내지 않으니 도대체 왜 이러시는 거요?"

"딴 사람은 양호라고 지목하고 장본인은 공구라고 하니, 누구 말을 들어야 증명이 되겠나?"

"내가 증인이 되겠소!"

"흐흥, '가재는 게편'이란 속담도 못 들어본 모양이군! 자네가 누구야? 저쪽 사람 아닌가? 그러니 저쪽 말이 옳다고 우기겠지."

"정 그렇게 못미더우면, 날 제구성(帝丘城)으로 보내주시오. 위나라 사람 가운데 증인이 될 사람을 수십 명이라도 데려오겠소."

그 말을 듣자 공손수는 눈알을 하얗게 까뒤집었다.

"뭐라고, 위나라 사람을 증인으로 내세워? 흥, 나는 그놈들의 말이라면 콩으로 메주를 쑨대도 안 믿는다!"

그도 그럴 것이 반란을 일으킨 역적이 무슨 배짱으로 위나라 사람을 만나겠는가? 자공은 그대로 돌아섰다. 더 말을 붙여보았자 혓바닥만 아플 따름이었다. 그는 돌아가서 스승에게 사실대로 아뢰었다.

공구는 맥없이 고개만 끄덕였다.

"수고했다.······우리 좀 더 시간을 가지고 생각 좀 해보자꾸나. 하늘이 무너져도 솟아날 구멍은 있는 법이니까······."

공량유가 다시 보챘다.

"사부님, 일이 이 지경이 된 바에야 더 생각해 보실 것도 없습니다. 목숨 걸고 혈로(血路)를 뚫고 나가야만 살 수 있단 말입니다. 이대로 앉아 있기만 하다가는 굶어 죽기 십상입니다."

자로가 한 마디 거들었다.

"사제 말이 옳습니다, 스승님. 아무래도 그 방법만이 살길이겠습니다. 오래 기다릴 것도 없이 당장 오늘 밤에······."

공구도 마침내 고개를 끄덕였다.

날이 어두워졌다. 공구와 제자들은 여느 때나 마찬가지로 맥없이 수레 위에 축축 늘어져 누운 채 달을 바라보고 별만 세었다. 며칠 새 그 둥글고 환하던 보름달이 이지러진 걸 보니 근심 걱정만 한결 늘었다.

삼경 무렵이 되었을까, 어둠 속에서 일행이 꾸물꾸물 움직이기 시작했다. 포위망 돌파의 선봉장 역할을 맡은 자로와 공량유가 제일 앞 위치에 마차를 끌어다 놓았다. 안각이 선봉대 바로 뒤에 스승의 마차를 바짝 따라 붙였다. 나머지 넉 대도 후미에 자리잡고 서서 스승의 호위 역할을 맡았다.

돌파 방향은 이미 결정되어 있었다. 포위망 가운데서도 제일 약한 듯 싶은 지점을 벌써 오래 전부터 눈여겨 보아둔 것이다. 최선두 자로의 손이 번쩍들리자 마부들이 말 궁둥이에 힘껏 채찍질을 먹이면서 일제히 함성을 질러댔다.

"와아아 ——!"

아닌 밤중에 수십 명이나 되는 장정들의 고함 소리가 메아리치면서 계곡의 정적을 삽시간에 깨뜨리고 말았다.

공손수의 부하들이 깜짝 놀라 허둥거리는 사이에 자로와 공량유가 무서운 속도로 달려 나가면서 돌파구를 열었다. 안각이 죽어라고 채찍을 춤추어가며 뒤따라 붙었다. 물기 한 점 없이 바짝 메마른 황토 먼지가 사나운 수레바퀴에 걷어채여 뽀얗게 이는 가운데, 나머지 넉 대가 어둠 속으로 종적을 감추었다.

공손수도 즉시 추격에 나섰다. 그러나 필사적으로 도망치는 무리를 칠흑 같은 어둠 속에서 뒤쫓는다는 것이 애당초 무리였다. 더구나 쥐도 궁지에 몰리면 고양이를 무는 법, 섣부르게 방심했다가는 이쪽이 발악적인 역습을 받아 다칠 우려가 많았다. 공손수는 한바탕 추격해 보고나서 이내 부하들을 거두어 광성 본거지로 돌아가고 말았다.

공구 일행을 태운 마차 일곱 대는 단숨에 30여 리 길이나 치달렸다.

10
도적과의 맹세는

이튿날 공구 일행은 60여 리를 더 나아가, 황혼 무렵에는 포지(蒲
地) 경내에 들어섰다. 큰 강변을 끼고 마을이 보이자, 공구는 마부 안
각에게 말했다.

"날도 저물었으니, 오늘은 저 마을에서 쉬자꾸나. 어디 깔끔한 객점
이 있는지 살펴 봐라."

"예에!"

안각은 시원스럽게 응답하고 채찍을 휘둘렀다.

강변 둔덕에 객점 둘이 있었다. 자로와 안각은 그중 건물 뒤채에 널
찍한 과수원이 붙은 객점을 골랐다.

저녁을 마친 공구는 과수원 오솔길을 거쳐 강변 둔덕으로 산책을 나
갔다. 철늦은 가을이라, 과수원의 배나무 잎새도 이제 한해 일을 다 마
쳤는지 쓸새없이 흩날려 떨어지고 있었다. 세차게 불어닥친 돌개바람
이 나뭇잎을 한꺼번에 휘말아 올려 까마득히 높은 원뿔 기둥을 이루어

하늘 끝까지 치솟더니 빠른 속도로 동남쪽을 향해 사라졌다.

제자들이 이마에 손을 얹고 회오리바람이 사라진 하늘가를 뒤쫓으려는데 문득 스승의 장탄식이 들렸다. 흘끗 스승을 바라보니, 그는 처량한 기색으로 강물에 떠내려가는 잎새 몇 조각을 응시하고 있었다. 사나운 바람에 휩쓸려 간 잎새나 강물의 흐름에 둥둥 떠내려가는 잎새나 모두 시들어버린 자신들의 운명을 보여주는 듯싶었다.

자로가 다가오더니 조심스레 말을 붙였다.

"스승님, 안으로 들어가시지요. 날씨가 차갑습니다."

그러나 공구는 강물 위에 뜬 잎새만 눈여겨 보고 있을 따름이었다.

"스승님……!"

"그래 됐다. 들어가자!"

재촉을 받고나서야 공구도 마지 못한 듯 무거운 발걸음을 떼어 옮겼다. 하루 내내 길 재촉을 너무 했는지, 일행은 저마다 침상에 몸을 눕히기가 무섭게 단잠에 곯아떨어졌다.

새벽녘이 되어서 공구는 바깥채에 시끄러운 소리가 들리는 바람에 잠을 깨었다. 뭔가 좋지 않은 낌새를 느꼈는지 그는 저도 모르게 몸서리를 쳤다.

"염구야, 좀 나가 봐라. 무슨 일이 나려나보다."

"예에!"

염구가 문을 열고 나갔을 때, 객청 안에는 정체를 알 수 없는 사람들이 꾸역꾸역 들이닥치고 있었다. 염구는 그들의 손에 들려 있는 것을 보고 깜짝 놀라 그 자리에 우뚝 섰다.

"아뿔사, 화적(火賊)떼가 습격했구나……!"

객청 안을 가득 메운 괴한들의 손에는 도검(刀劍)과 서슬 퍼런 창극이 어깨에 둘러메져 있었다. 객점 바깥에는 또 얼마나 많은 패거리가 몰려 있는지 횃불이 대낮처럼 밝았다.

염구가 기가 질려 뒷걸음질 치려 하자, 괴한들 가운데 어깨가 떡 벌어지고 허리통이 절구통만한 몸집을 한 사내가 구리방울 같은 눈알을 뒤룩거리며 서 있었다. 광대뼈 아래는 온통 고슴도치의 가시처럼 억센 텁석부리였고 왼손은 허리춤의 칼자루를 단단히 부여잡고 있었다.

"너, 이리 와 봐! 공구의 제자 맞지?"

거칠 것 없이 반말 짓거리로 수작을 건네자 염구는 그 자리에 우뚝 서서 한 마디로 응수했다.

"그렇소!"

"이름이 뭐냐?"

"염구요!"

"노나라 출신인가?"

"그렇소, 한데 장사는 뉘시오?"

"이 사람은 공숙씨(公叔氏)라고 한다."

"한밤중에 패거리를 몰고 오셨는데 무슨 용무가 있으시오?"

"노나라 공구를 잡으러 왔다!"

"우리 사부님은 장사와 일면식도 없고 전세(前世)에 원수진 일도 없을 텐데 어째서 잡아간단 말이오?"

"지금 위나라 군주가 혼암 무도하길래 내가 의병을 일으켜 제구성으로 쳐들어가 그놈의 목을 베려고 하고 있다. 이게 우리 포지 땅 사람들의 소원이란 말이다. 그런데 네 놈들이 느닷없이 여기 온 걸 보니 아무래도 수상해. 혹시 우리 군정(軍情)을 염탐하러 온 게 아니냐?"

너무도 어처구니 없는 억지 떼에 염구는 화가 나기보다 차라리 웃음이 터져나왔다. 천하가 아무리 혼란에 빠지고 전쟁이 사방에서 일어난다기로소니, 공숙씨란 이 작자처럼 무지 몽매한 화적 패거리까지 의병이랍시고 궁둥이를 들썩이다니 이런 우스꽝스런 세상이 어디 또 있단 말인가?

그는 낯빛을 부드럽게 고치고 차분히 물었다.

"공숙 선생, 지금 위나라 군주에게 잘못이 많다고 칩시다. 하지만, 역시 이 나라 서민 백성을 위해 여러 가지로 좋은 일도 했을 게 아니오? 그런데 어째서 이런 방법으로 자기 나라 군주를 대하겠단 말이오?"

"쓸데없는 소리 작작 지껄이라구!"

공숙씨는 오만하게 고개턱을 처들고 손을 힘껏 뿌리쳐가며 호통을 쳤다.

"냉큼 가서 네 사부더러 나오라고 해라! 내 할 말이 있으니까."

사리를 따져봤자 막무가내라, 염구도 더는 어쩌지 못하고 객실로 돌아가 스승에게 들은 대로 아뢰었다.

공구는 아무 말없이 의관을 정제하고 객청으로 나왔다.

"당신이 노나라에서 왔다는 공구라는 사람이오?"

공숙씨는 이쪽에서 말문을 열기도 전에 버럭 소리쳐 물었다.

"그렇소이다. 소인이 바로 노나라 공구요. 선생께서 무슨 일로 많은 사람을 데리고 날 찾아오셨소?"

"위나라 군주가 무도하여 전국이 큰 혼란에 빠졌길래, 우리가 제구 성으로 쳐들어가서 그놈의 혼군을 죽일 참이오!"

공구는 현기증을 일으키고 손가락 끝으로 이마를 짚었다. 눈앞에 두터운 검정 천을 덮어 가리운 듯 캄캄하기만 했다. 그가 끊임없이 설계해 온 '주례회복(周禮回復)'의 탄탄대로, 광명에 가득찬 길이 갈수록 암울해지고 좁아들면서 기구한 가시밭 길로 변하고 있는 것이 아닌가? 사람들이 무력만을 떠받들고 예의 범절을 얕잡아보는 현실에 직면해서 그는 새삼스레 자기 어깨의 짐이 더욱 무거워지는 느낌을 받지 않을 수 없었다. 또 그럴수록 자기 사명이 중대하다는 것을 더욱 뼈저리게 느꼈다.

공구는 입을 다문 채 반응이 없자 공숙씨는 버럭 고함을 질러댔다.

"어쩨 벙어리가 되었나! 공구, 네놈들은 위령공이 우리 군정을 염탐하러 보낸 첩자들이지?"

공구는 하도 어이가 없어 못 들은 척 무시해 버렸다. 생각할수록 부아가 치밀고 우습기만 했다.

공숙씨는 상대방이 자기를 거들떠보지도 않자, 허리에 차고 있던 장검을 쓰윽 뽑아잡고 공구의 코 앞에 몇 번 휘둘러 보였다.

"어서 대답해! 위령공이 보내서 왔지? 엉?"

공구는 아무 대꾸도 않은 채 그저 혼잣말로 중얼거렸다.

"날더러 염탐꾼이라고……?"

갑자기 그는 무언가 퍼뜩 머리에 떠오른 것이 있는지, 뒤에 나오려던 말을 도로 꿀꺽 삼키고 공숙씨를 정면으로 바라본 채 입을 열었다.

"공숙 선생, 우리는 보다시피 진나라로 가는 길이오. 우연히 당신네 땅을 지나가게 되었을 뿐 여기 사는 분들이 무슨 일을 하고 계시는지 알지도 못하거니와 또 알고 싶은 생각도 없소이다."

그러자 공숙씨는 눈알을 데룩데룩 굴려가며 방금 들은 말을 곱씹어 보더니 절레절레 도리질을 했다.

"아냐, 아니지! 난 못 믿겠는 걸? 소문에 듣자니까, 위령공이 너한테 녹봉을 푸짐하게 주었다고 했어. 옛말에 '공로가 없으면 녹봉을 받지 않는다'고 안 그랬나? 너도 공부를 해서 예의가 뭔지 뻔히 아는 놈일 텐데, 설마 이렇게 사리도 따질 줄 모르기야 하겠나?"

"내가 위나라에서 아무 공로도 없이 녹봉을 받은 것은 사실이오. 또 그렇기 때문에 지금 위령공 곁을 떠나서 진나라로 옮겨가고 있는 거요."

공숙씨는 또 한 차례 고개를 갸우뚱했다. 그저 거칠기만 하고 무엇을 꼼꼼히 챙겨 생각하지 못하는 우직스런 위인이라 공구의 대답도 단순하게 받아들이게 된 것이다.

"만약 그게 정말이라면 다짐을 두어라!"

"무슨 다짐을 두라는 말씀이오?"

"우리가 여기서 의병을 모아들이고 있단 사실을 위령공에게 가서 일러바치지 않겠다고 맹세하란 말이다."

"난 지금 제구성으로 가는 게 아니라, 진나라로 가는 길이오."

"만에 하나, 제구성으로 돌아간다면?"

"여기서 보고 들은 것을 일체 입밖에 내지 않으면 될 것 아니오?"

그 말을 듣자, 공숙씨는 앞으로 휘적휘적 걸어 나오더니 시커먼 털북숭이 손바닥을 공구 앞에 불쑥 내밀었다.

공구는 움쭉달싹도 않고 그 자리에 서 있기만 했다.

손바닥을 내밀고 한참 동안 있어도 상대가 아무런 반응을 보이지 않으니 공숙씨는 무안하다 못해 귓부리까지 시뻘개져서 으르렁거리기 시작했다.

"이놈이 날 데리고 놀 작정이로구나!"

상대방이 칼부림이라도 할 듯 성을 내자 공구가 빙그레 웃었다.

"성미 한번 급한 분이로군, 도대체 날더러 어쩌라는 거요?"

공숙씨는 장검을 칼집에 철커덕 집어넣더니 좀 부드러운 태도로 나왔다.

"맹세를 하란 말이다. 손바닥을 맞부딪쳐 맹세하는 것도 몰라?"

공구는 고개를 끄덕이고 나서 그제서야 소매춤에서 손을 끄집어냈다. 공숙씨는 손바닥을 내밀 때가지 기다릴 수가 없었는지 왁살스럽게 공구의 손등을 철썩, 철썩! 세 차례나 후려쳤다.

손바닥과 손바닥을 맞부딪치는 것은 사실 어린애들이 서로 다투다가 화해할 때 쓰는 유치한 장난에 지나지 않았다. 그런데 공숙씨처럼 다 큰 사내가 이런 장난질로 맹세를 시킬 줄이야 누가 생각이나 했겠는가.

공구는 부끄러워 몸둘 바를 몰랐다. 맹세야 한 셈이니 이번에는 저쪽의 다짐을 받아둘 필요가 있었다. 공구는 싸늘하게 물었다.

"공숙 선생, 이젠 다 되었소?

공숙씨는 두 말 않고 후딱 돌아서더니 졸개들을 향해 소리쳤다.

"애들아, 돌아가자!"

어느 새 동녘이 훤하게 밝아왔다. 공구는 패거리가 완전히 물러날 때까지 기다렸다가 제자들에게 서둘러 길 떠날 준비를 하라고 재촉했다.

이른 새벽, 어슴푸레 보이는 길을 따라 10여 리쯤 나가고 보니, 앞쪽에 갈랫길이 나타났다. 울적한 심사로 고개만 푹 수그린 채 아무 말이 없던 공구가 퍼뜩 무슨 생각이 들었는지 마부석에 앉은 안각을 불렀다.

"마차를 세워라! 제구성으로 돌아가야겠다."

"사부님, 우리 지금 진나라로 가는 길 아닙니까?"

안각이 어리둥절하여 영문을 모르겠다는 듯 물었다.

"내 생각이 바뀌었다. 어서 길을 돌아서 제구성으로 가자!"

스승이 생각을 바꾸었다는데야 어쩌겠는가. 마부는 할 수 없이 바른편 길로 말머리를 돌렸다.

정신 놓고 한참 따라붙던 공량유가 길을 잘못 든 걸 깨닫고 허둥지둥 앞쪽으로 달려왔다.

"사부님, 길을 잘못 드셨습니다."

공구는 천연덕스레 대답했다.

"나도 안다. 지금은 진나라에 가지 않겠다."

"그럼 어디로 가실 작정입니까?"

"제구성으로 돌아간다."

이 때야 자로도 헐레벌떡 뒤쫓아 왔다.

"사부님, 왜 제구성으로 돌아가시는 겁니까?"

"사태를 위령공에게 가서 알려 주어야겠다."

스승의 변덕에 자로는 제 귀가 잘못 듣지 않았는가 싶어 되물었다.

"아니 사부님. 그게 무슨 말씀이십니까? 평생토록 신의(信義)만을 강조해 오신 분이 방금 남하고 맹세까지 하시고도 약속을 어긴다는 말입니까?"

"그건 네가 모르고 하는 소리다. 흉기로 위협받고 강요당하는 상태에서 부득이 한 맹세는, 군자와 군자 사이에 나눈 맹세와 격이 다른 것이다. 그러니 우리가 그런 맹세를 지키지 않아도 당연하지 않느냐? 설령 하느님이 이 일을 안다 하더라도 우리를 탓하지는 않을 테니 염려마라. 이제 각처에서 벌어지는 이 소동을 위나라 군주에게 알려주지 않는다면, 무슨 수로 반역 세력을 토벌할 수 있을 것이며, 또 저런 반역 세력을 하루 속히 멸하지 못하고서야 어떻게 주례(周禮)를 온 천하에 밀어붙일 수 있겠느냐?"

위나라에 다시 돌아온 후, 그는 제자들에게 요순(堯舜), 성탕(成湯), 하우(夏禹), 주문왕과 무왕, 주공 희단의 공적을 찬양하는 내용을 중점으로 가르쳤다. 어쩌면 그것은 자신이 정신적으로 받은 타격과 심리적인 상처를 미봉시킬 수 있는 유일한 방법인지도 몰랐다. 그 해 겨울, 공구는 거백옥의 손님으로 머물면서 제자들의 교육에만 심혈을 기울였다.

노정공 14년 어느 봄날, 그는 제자들을 모아놓고 여느 때처럼 주공 희단의 업적을 《예기(禮記)》 내용에 결부시켜 강의를 하던 중 느닷없이 위령공의 부인 남자가 보낸 공손여가의 방문을 받게 되었다.

공구는 제때에 피신하지 못한 것이 원망스러웠으나 그렇다고 안 만날 수도 없고 해서 상대방의 인사치레에 억지 춘심으로 응대했다.

"평안하시오? 공손 대감이 무슨 일로 여기까지 행차를 하셨소?"

공손여가는 낯 두껍게 연신 허리를 굽히면서 대답했다.

"주군 마님께서 공부자님의 크신 이름을 깊이 흠모하시와, 한번 만나뵙고 가르침을 받고 싶어 하십니다."

용건이 무엇인지 알게 되자, 공구는 산중에서 갑작스레 맹수의 습격이라도 받은 사람처럼 어쩔 바를 모르고 허둥거렸다.

"그건……그건……."

"아니, 뭘 주저하시는 겁니까?"

자세히 생각해 볼 겨를도 주지 않고 공손여가 재촉을 해왔다.

"어서 입궁합시다. 주군 마님을 오래 기다리시게 해서야 되겠습니까?"

공구로서는 이것보다 더 난처한 일이 없었다. 안 가겠다고 뻗대자니 군주의 부인에게 무례했다는 질책을 받기 십상이요, 따라 나서자니 그런 여인과 상종하기는 정말 싫었다. 이러지도 못하고 저러지도 못하고 그는 고개만 푹 떨군 채 속을 끙끙 앓았다.

"어서 가지 않고 뭘 망설이시는 겁니까?"

두 번 세 번 거듭 재촉을 해대는데 아무리 머리통을 쥐어짜내도 거절할 핑계가 떠오르지 않았다.

"좋소, 갑시다!"

그는 꺼림칙한 마음을 억누르면서 수락하고 말았다. 언짢은 기분이 제자에게 미쳤다.

"중유야, 뭘 하고 서 있는 게냐? 냉큼 수레에 멍에를 얹지 않고서!"

남자의 거처 심궁(深宮)은 대궐 후원 뒤편에 깊숙이 자리잡고 있었다. 건물을 떠받친 두리기둥은 절묘한 장인(匠人)의 솜씨로 조각되었고, 격자틀 창문에 바른 백색 비단 창호지에도 위나라 으뜸가는 화공(畵工)의 필치로 그려진 화조(花鳥)가 산뜻하게 비쳐보였다. 현관 문앞에서 내실까지 들어가노라니, 길바닥에 깔아놓은 오색 자갈이 잘그락잘그락 상큼한 소리를 내고, 통로 양 곁에 심어놓은 화초가 꽃봉오리를 터뜨리면서 풋향기를 토해내기 시작했다.

공손여가 먼저 내실에 들어가 아뢰었다.

"공부자께서 현관 문 앞에 당도하셨습니다!"

"어서 들라 이르시오!"

내실 안에서 남자의 음성이 흘러나왔다. 애교가 뚝뚝 떨어지고 부드럽게 꾸미느라 애쓴 맛을 풍기는 목소리였다.

"들라 하십니다!"

이 순간에도 공구는 무척 많은 갈등을 겪고 있었다.

'자, 오기는 왔는데 이제부터 어떻게 처신을 해야 할 것이냐?'

그는 우선 이제 곧 만나게 될 남자에 대해 생각해 보았다. 기껏 아는 것이라곤 그녀가 위령공의 총애를 받는 여인이란 사실밖에 없었다.

가장 궁금한 점은 이 여인이 위령공의 마음 속에 얼마나 큰 비중을 차지하고 있는지 그게 알고 싶었다. 위나라 군주와 아침 저녁으로 함께 거처하는 여인이라면, 충고의 말로 군주를 올바르게 간할 수 있기도 하거니와 중상 모략하는 말로 군주를 미혹시킬 수도 있는 것이다.

임금이 간언을 받아들인다면 문무 백관들의 좋은 계책을 널리 구하고, 어진 선비 유능한 인재를 불러들일 것이며, 백성들의 조세를 가볍게 줄이고 재물을 절약하여 백성과 나라를 부강하게 만들게 될 것이다. 하지만 군주가 중상 모략하는 말을 받아들일 경우, 필시 자기 고집대로만 정치를 해나가려 할 것이고, 언로(言路)를 틀어막아 나라의 쇠망, 백성들의 빈궁을 초래할 것이요, 그때 가서는 주례를 추진하기는커녕 신민(臣民)이 모두 배반하고 임금 곁에서 떠나버릴 것이다.

생각이 이에 미치자 그는 갑작스레 이 남자란 여인을 어서 만나보고 싶은 심정으로 바뀌었다. 남자를 잘 설득하고 다시 남자가 위령공에게 권유할 수만 있다면, 오늘 이런 좋은 기회가 다시 없을 터였다. 공손여가의 전갈이 들려나오자, 그는 숨 한 모금을 크게 들이마시고 고개를 숙인 채 공손한 태도로 내실 앞 대청까지 걸어 들어갔다.

"노나라 공구가 군후 부인께 문안 드리오!"

남자는 내실 안쪽 어두운 위치에서 밝은 바깥쪽을 내다보고 앉아 있었다. 그 중간 오색 구슬을 꿰어 엮은 주렴 너머로 공구의 전신 윤곽이며 얼굴 모습을 똑똑히 볼 수가 있었다. 그녀는 속으로 고개를 끄덕였다. 공구란 인물이 박학 다재하고 지혜와 모략이 뛰어나다더니, 과연 겉모습만 보더라도 비범한 기품의 소유자라는 사실을 알 만했던 것이다.

비록 이쪽도 주렴을 통하여 윤곽만 어렴풋이 보였겠지만, 그녀도 공구를 요모조모 뜯어보면서 천천히 일어나 간드러진 자태로 답례를 건넸다.

"공부자님의 영명(英名)을 들은 지 오래인데, 오늘에야 뵙게 되다니 평생 숙원을 이룬 듯하외다. 어서 일어나시오!"

"불초 공구, 과찬의 말씀에 몸둘 바를 모르겠습니다. 하온데, 어인 일로 부르셨는지 하교하여 주시기 바랍니다."

"소문을 듣자니, 그대가 중도 읍을 다스린 지 불과 1년만에 고을 전체를 크게 변화시켜 주변 여러 나라들도 그대의 방법을 본뜨고 있다더군요. 또 대사구에 임명되어서는 노나라 전국 사회에 도불습유(道不拾遺), 야불폐호(夜不閉戶)의 성황을 이룩했다는 소식도 들어 알고 있는데, 공부자님은 도대체 무슨 묘방(妙方)을 쓰셨는지요?"

공구는 망설임없이 대답했다.

"그 모두 노나라 군주께서 현명하신 까닭에 서민 백성들도 순응하고 복종하여 이루어진 결과였습니다. 저는 그저 노나라에 교화(教化)를 일으키고 예법을 실무에 적용하여 밀어붙였을 따름입니다."

남자는 잠시 입을 다물고 생각해 보았다. 위령공이 만약 이런 인물의 보필을 받는다면, 위나라도 매우 빠른 시일 안에 강성해질 수 있지 않을까……? 그녀는 가능성이 있다고 판단하고 즉시 공구의 의중을 떠보았다.

"공부자님, 혹시 우리 위나라의 진흥을 위해 수고 좀 해주실 의향은 없으신가요?"

공구의 눈이 번쩍 빛났다.

"온 천하 열국 가운데 왕토(王土)에 속하지 않은 곳은 하나도 없습니다. 이 위나라도 주 천자의 강역에 속할 터인즉, 불초 공구가 어이 전심 전력을 다 바쳐 헌신하지 않으오리까!"

"내가 주군께 아뢰어 공부자님을 천거하고 싶은데, 그대의 뜻은 어떠하신지요?"

"불초 공구가 노나라를 떠난 까닭은 바로 열국 군후들께 계책을 올려 조속한 시일 안에 주례를 회복하기 위해서였습니다. 위령공께서 만약 예의 제도를 솔선수범으로 추진하신다면, 국내의 혼란도 머지않아 평정될 것이오며 외부의 환란도 단시일에 제거될 것입니다. 서민 백성이 안정된 생활 터전을 얻게 되면, 사내는 밭에 나가 부지런히 농사짓고, 아낙은 집에서 열심히 무명과 베를 짜며, 위나라는 곧 크게 다스려질 것입니다. 그때 가서는 열국 제후들도 앞다투어 위나라를 본받으려 하지 않겠습니까?"

"공부자님의 그 뜻, 실로 아무나 지닐 수 없는 원대한 꿈이로군요!"

여기까지 말하고 나서 그녀는 돌연 흠칫했다. 무엇인가 알지 못할 꺼림칙한 느낌이 본능적으로 입을 막은 것이다. 이 사람은 위나라에 온 이래 비록 의심갈 점은 없다고 하나, 어차피 노나라 출신이 아닌가? 이런 사람이 과연 위령공을 성심 성의껏 보필할 것인지 그건 아무도 모를 일이었다. 또 설령 최선의 조치로 위나라를 강성하게 만들어 놓는다고 치자, 그 다음에 주군을 배반하고 임금의 자리를 대신 차지하지 않는다는 보장이 어디 있겠는가? 더구나 이 사람이 공손여가와 자신 사이의 비밀을 알아차렸을 때, 그 국면은 과연 어떻게 발전될 것인가……?

생각이 이런저런 면에 미치자, 그녀의 가슴 속 고동이 흡사 쇠몽치로 두드리듯 마구 뛰기 시작했다. 어느 결에 손바닥도 식은땀으로 흥건히 젖어들었다. 그녀는 안간힘을 다 써서야 겨우 흥분을 가라앉힐 수 있었다.

'아니지, 그런 일이 일어나서는 안 된다! 이 사람을 섣불리 천거해서는 안 되겠다!'

이윽고 그녀의 입에서는 속마음과 전혀 다른 말이 흘러나왔다.

"공부자님, 일단 돌아가셔서 기다려 주세요. 내가 주군께 아뢰어서 적당한 벼슬을 내리도록 주선하죠."

"우악하신 말씀, 감사합니다. 그럼 이만 물러가오리다."

심궁 내실을 물러나온 공구는 활짝 갠 마음에 저도 모르게 긴 한숨을 토해냈다. 그리고 발걸음도 가볍게 궁정을 벗어나서 수레에 올라 탔다.

"오래 기다렸구나. 자, 어서 돌아가자!"

말몰이꾼 자로는 무엇엔가 잔뜩 심술이 났는지 거칠게 수레를 몰았다. 스승은 아무 말도 않고 생각에 잠겼다. 거처에 당도하고 나서 자로는 더 참을 수가 없었는지 스승에게 질문을 던졌다.

"사부님, 이게 뭡니까? 사부님이 얼마나 존엄하신 분입니까? 모든 사람에게 공경 받는 귀한 분이 어쩌자고 남자 같은 비천한 계집, 침뱉음을 받아 마땅한 계집의 발치 밑에 무릎 꿇는단 말입니까?"

"중유야……!"

공구는 한 마디로 그 힐문을 끊었다. 수레를 타고 돌아올 때부터 내색은 않았지만, 자로가 말을 거칠게 모는 행동으로 보건대 자신의 의도를 곡해하고 있음을 그는 뻔히 눈치챈 바였다.

"내 제자들 가운데 너만큼 나를 가장 잘 이해해 주는 사람이 없을 것이다. 그런 네가 설마 내 처사에 의혹을 품고 있단 말이냐?"

자로는 뒤통수만 문지를 뿐 고개를 떨구고 아무 말이 없었다.

"남자가 어떤 여인인지, 또 무슨 짓을 저지르는지 나도 똑똑히 알고 있다. 그럼에도 내가 그녀의 초청을 받아들인 것은 세 가지 이유에서였다. 첫째, 그녀는 누가 뭐라고 해도 일국 군주의 부인이다. 우리가 위나라에 머물고 있으면서도 초청을 거절한다면 그것은 곧 위나라 군주에게 실례를 범하는 짓이나 다를 바 없다. 둘째, 그녀는 위령공의 총애를 받고 있다. 만약 그녀가 위령공에게 우리를 천거한다면, 위령공도 필경 수락할 것이다. 셋째, 앞으로 기회 있는 대로 내가 고금 역사의 비유를 들어 깨우친다면, 그녀도 과거에 저지른 허물을 통렬히 뉘우치게 ......"

"사부님 ......!"

이번에는 제자가 스승의 말을 끊어 놓았다.

"저는 그렇게 생각하지 않습니다. 또 사부님의 행동이 세상 사람 눈에 올바로 이해되지 않을까 두렵습니다. 만약 엉뚱한 소문이라도 번지면, 사부님의 입장이 얼마나 불리하게 될지 알고나 계십니까?"

"강철은 불에 단련되는 것을 두려워하지 않는 법, 군자가 어이 뜬소문 따위를 무서워하겠느냐?"

"말씀이야 그렇지만, 저는 암만해도 사부님이 이번 거동으로 위신을 너무 잃으신 것 같습니다."

"그게 아니래도! 내 말 좀 듣거라 ...."

스승이 두 번 세 번 거듭 해명을 했어도 자로는 끝내 알아듣지 못했다. 공구는 다급한 나머지 제자 앞에 맹세까지 했다.

"애야, 날 좀 이해해 주려무나, 사실 나도 정말 그녀를 만나보고 싶지는 않았다. 하지만 일부러 사람까지 보내 초청하는데야 어쩌겠느냐? 이건 정말 부득이한 일이었다. 내가 맹세하마! 이게 거짓말이라면 하느님께서 날 용서하지 않을 것이다. 하늘이 용서하지 않는단 말이다!"

"아이구, 사부님 그만 하십쇼! 저는 딴 일 좀 보러 가야겠습니다."

자로가 두 손을 홰홰 내저어가며 부랴부랴 뺑소니를 쳤다. 감서리가 맺혔던 얼굴빛을 누그러뜨린 것을 보건대, 스승에 대한 믿음이 차츰 회복되어 가고 있는 기색이 엿보였다.

흥분에 들뜬 마음을 가라앉히고 나서 공구는 언제나 다름없이 제자들을 가르치기 시작했다. 그러나 남자가 위령공에게 자신을 천거해 주겠다고 한 말 한 마디가 영영 귓전을 맴돌면서 떠나지 않았다. 자나깨나 잊지 않고 그리던 소망, 주례를 회복시키는 첫 단계가 이제 바야흐로 위나라 군주에게서부터 시작될 것이고 또 필연적으로도 그렇게 되어야 하는 것이다. 공구의 가슴 속에 깊이 파묻어 두었던 화려한 청사진과 설계도가 눈앞에 다시 활짝 펼쳐졌다. 그는 제자들에게 부지런히 강의를 하면서도 끊임없이 설계도를 부분부분 살펴 나가는 일을 게을리하지 않았다.

한데, 열흘 보름이 지나도록 위령공 측에서는 아무런 소식도 들려오지 않았다. 기다리다 지친 그는 또한번 자신의 사치스런 소망을 포기할 수밖에 딴 도리가 없었다. 공구는 모든 것을 다 잊고 강의에만 전념하기 시작했다.

그러던 어느 날, 갑자기 궁정으로부터 위령공이 보낸 사람이 찾아왔다. 공구의 눈은 번쩍 트이면서 또 한 차례 희망의 빛으로 가득 찼다.

11
태자 괴외, 칼을 들다

위령공에게는 50줄에 접어든 아들 괴외가 있었다. 태자 괴외는 오래전부터 계모 남자와 공손여가 사이의 추잡스런 소문을 알고 있어, 언젠가 이들 두 사람의 죄를 밝혀내어 다스릴 만한 기회를 찾고 있었다. 다만 안타까운 것은 공손여가는 뛰어난 무예를 지닌 반면, 태자 괴외는 겨우 도법(刀法), 창술(槍術), 곤법(棍法) 몇 수만 익혔을 뿐이라, 애당초 공손여가의 적수가 되지 못한다는 점이었다. 이러니 그저 참을성 있게 때가 오기만을 기다릴 수밖에 딴 도리가 없었던 것이다.

이날 저녁, 위령공은 측근 신하와 경대부를 초청해 놓고 여느 때처럼 연회를 베풀었다. 연회가 한창 벌어지는 자리에서, 남자와 공손여가는 피차 욕정을 억누르지 못하고 남이 보든 말든 아랑곳없이 줄기차게 음탕한 눈짓으로 대화를 나누었다. 문무 관원들은 그 짓거리를 차마 눈뜨고 볼 수가 없어 고개를 딴 데로 돌려 딴청을 부리거나, 성난 기색으로 투덜거리는 이까지 있었다. 태자 괴외는 치욕스러움을 더 이상 참지 못하고 벌떡 일어나 위령공 앞으로 다가가서 조용히 아뢰었다.

"아버님, 소자가 과음을 했는지 몸이 좀 편치 않습니다. 먼저 내궁에 들어가 쉬도록 허락해 주십시오."

위령공은 바야흐로 취흥이 한껏 돋은 터라 아무렇게나 고개를 끄덕였다.

"그래, 그래! 네 좋을 대로 하려무나!"

그리고는 게슴츠레하니 풀린 눈으로 뭇신하들을 둘러보면서 손에 잡힌 술잔을 연거푸 쳐들고 외쳐댔다.

"자아, 경들도 건배하세! 위나라에 우순 풍조(雨順風調)하니 국태민안이라! 풍악 좋고 춤사위도 덩실덩실, 자아, 모두들 건배하세! 주불쌍배(酒不雙杯)라 했으니 석 잔씩 비우자구……! 석 잔씩…….."

남자가 두 손으로 위령공의 손목을 붙잡았다.

"주군, 그만 드시고 가무나 즐기세요! 술이 과하면 원기를 다치셔요."

위령공이 그녀의 손을 뿌리치고 비틀비틀 일어나더니 술잔을 높이 들고 혀꼬부라진 소리로 흥얼댔다.

"아니, 아냐……! 석 잔 더 비우고 즐기자구. 자, 경들도 건배, 건배……!"

한편 후궁으로 돌아온 태자 괴외는 어둠 속에 앉아서 씨근씨근 거칠게 숨을 몰아쉬며 천정을 노려보고 있었다. 생각하면 할수록 분노가 치밀어 견딜 수 없었다.

괴외는 더러운 계집을 외면하려는 듯 고개를 후딱 돌렸다. 거기에는 촛불이 일렁일렁 춤추고 있었다. 밝은 빛을 보고 마음이 가라앉으려니, 이번에는 촛불이 서서히 요녀 남자의 간드러진 탯거리로 변하면서 정이 담뿍 서린 눈초리로 추파를 던져 유혹하기 시작했다.

"요사스러운 것! 에잇, 비켜라!"

손바닥으로 촛대를 후려치자, 땡그렁! 하는 쇳소리와 더불어 눈앞은 삽시간에 암흑 천지로 바뀌었다. 그러나 어둠 속에서도 남자의 갸름한 얼굴 모습, 사람의 넋을 잡아 뽑는 두 눈망울이 초롱초롱 빛나고 있지 않는가!

"이 요물을 처치하지 못하면 위나라에 영일(寧日)이 없겠다!"

일순, 그는 그 길로 위령공에게 달려가서 자초지종 모든 내막을 털어 놓아야겠다는 충동에 사로잡혔다. 그러나 냉정한 이성이 그것을 말렸다. 아버지는 이미 늙은 몸, 세상 만사가 다 귀찮을 판국에 근심 걱정을 더 끼쳐드릴 필요가 어디 있단 말인가? 그는 이리 저울질해 보고 저리 궁리해 본 끝에 자기 혼자서 모든 일을 해치우기로 결심했다.

벽에 걸린 장검을 뚝 떼어든 태자 괴외는 칼날을 뽑아내기가 무섭게 어두운 허공을 사납게 후려쳤다. 칼바람 소리가 휙휙 일면서 두 줄기 둥근 한광(寒光)이 번뜩였다.

그는 몸단속을 마치고 장검을 손에 쥔 채, 풍악소리가 아직도 들려오는 쪽으로 살기 등등하게 뛰어가기 시작했다. 중도에서 남자와 맞부닥치는 날에는 불문 곡직하고 단칼에 두 동강으로 요절을 내버릴 기세였다.

정신 없이 뛰던 괴외는 퍼뜩 무슨 생각이 들었는지 우뚝 멈춰 섰다. 그리고 차가운 밤 공기를 몇 모금 힘껏 들이켜자 흥분에 들뜬 머리통이 맑아졌다.

'가만 있거라, 내가 지금 무슨 짓을 하려는 걸까? 터무니없는 일이다, 터무니없는 짓이야! 문무 백관들이 보는 앞에서 내 어찌 칼부림을 할 수 있단 말인가?'

이때, 흥겹게 울리던 풍악 소리가 뚝 멎었다. 뒤이어 내시들이 위령공을 부축해 후궁으로 물러가는 기척이 들려왔다.

괴외는 재빨리 발길을 돌려 남자가 거처하는 별채 쪽으로 급히 달리기 시작했다.

'오냐, 거기 숨어 있다가 그 계집이 들어서는 즉시 가슴팍 심장을 꿰뚫어 버리고야 말리라!'

궁녀 추련은 마님의 별채 문턱 앞에 앉아서 꾸벅꾸벅 졸고 있다가 인기척을 듣고 눈을 번쩍 떴다.

"으앗……! 누구야?"

괴외는 자칫 일을 그르칠까 두려워 급히 목소리를 낮추어 대답했다.

"쉬잇, 나다! 태자다."

"아니, 태자께오서 웬일이십니까?"

추련은 긴장이 조금 풀렸는지 한숨을 내쉬었다. 그리고 이내 엄한 목소리로 추궁해왔다.

"야밤에 어쩌자고 금궁에 뛰어드신 겁니까?"

"쉬잇, 큰소리 마랏!"

괴외는 일이 재미없게 돌아가는 것을 깨닫고 잽싼 걸음걸이로 다가가서 추련의 목덜미에 칼날을 겨누었다.

"네 요년! 남자가 공손여가와 놀아날 때 중간에서 다리를 놓아 준 게 바로 네 년이지?"

서슬 퍼런 칼날이 멱줄기에 섬뜩하니 와 닿자, 추련은 두 손을 허우적거리면서 온 몸뚱이가 북풍 한설에 사시나무 흔들리듯 와들와들 떨렸다.

"아이구! 쇤네가 어찌 감히…… 태자님, 쇤네는 아무 잘못도 없습니다요! 목숨만 살려……."

"두 연놈이 한 짓을 너도 알고 있었으렷다?"

"……."

추련은 입을 꼭 봉하고 말았다. 괴외는 가차없이 몰아붙였다.

"그 연놈 사이에 전갈(傳喝)을 해주었지? 바른대로 말해!"

추련은 그래도 묵묵부답이었다. 뿐만 아니라, 그녀가 공손여가에게 몸을 빼앗긴 사실은 남자도 까맣게 몰랐다.

괴외는 더 이상 시간을 끌 수가 없는 처지였다. 칼자루 잡은 손아귀를 힘껏 당기자, 추련의 목이 쩍 갈라지면서 땅바닥에 툭 떨어졌다. 가련하게도 꽃처럼 아리따운 처녀가 이렇듯 영문을 모른 채 원통한 귀신이 되고 만 것이다. 살인자는 발길질로 시체를 걷어차 남자의 침대 머리맡까지 날려 보냈다. 그와 동시에 복도 마룻바닥에서 향그러운 침실에 이르기까지 온통 선지피로 범벅을 이루고 아직도 온기를 잃지 않은 피비린내가 확 끼쳐 나왔다.

이때 바깥쪽에서 뾰족한 여인의 목소리가 들려왔다.

"아니, 추련아! 이렇게 어두운데 등불도 안 켜고 뭘 하고 있는 거냐?"

괴외는 흠칫 놀랐다. 듣고 보니 남자의 목소리였다. 그는 다급하게 숨을 데를 찾았다. 으슥한 곳에 엎드려 있다가 돌발적으로 저격할 판이었다.

차츰 가까워지는 발자국 소리, 또 한 차례 고함쳐 부르는 소리가 들려왔다.

"아니, 이것이 어딜 갔어? 추련아 ——!"

남자는 궁중 생활에 오래 젖은 여인이었다. 그렇기 때문에 권력을 놓고 제왕 공후들이 서로 속고 속이거나 골육상잔을 벌이는 일을 너무도 많이 듣고 보아 왔다. 게다가 그녀는 자신이 저지른 불륜 행위가 늘 마음에 켕기고 있는 터였다. 처음 소리쳐 불렀을 때 추련의 응답이 없자, 그녀는 요것이 또 퍼질러 자고 있으려니 싶었다. 그런데 여전히 응답이 없자 순간, 그녀의 뇌리에 무엇인가 모를 불길한 느낌이 스치고 지나갔다. 아뿔사, 뭔가 잘못 되었다 싶다고 느낀 그녀는 온몸이 오싹해지면서 머리터럭이 곤두섰다. 그녀는 몸뚱이를 오그라뜨리고 후딱 돌아서더니, 바깥 쪽을 향해 냅다 뛰기 시작했다. 남자의 갑작스런 변덕에, 호위병과 궁녀들은 일순 영문을 모르고 멍청하니 그 자리에 서 있기만 했다.

바로 그 때였다. 내실 안벽에 몸을 숨기고 있던 태자 괴외가 뜨락 아래 쏜살같이 뛰어 내리더니 천둥 벼락치듯 호통을 질렀다.

"이 계집년, 어딜 가느냐! 이러 썩 와서 죽음을 받지 못할까!"

남자는 흘끗 뒤를 돌아보다가 그만 혼비백산을 하고 말았다.

괴외는 발광한 숫사자처럼 보검을 손에 쥔 채, 멍청하니 서 있는 경호병과 궁녀들 사이를 뚫고 단숨에 남자 앞에 들이닥쳤다. 너무나 돌발적인 일이라, 경호병들도 미처 그 앞을 가로막지 못한 채 고스란히 놓쳐버리고 말았다. 그리고 정신을 가다듬었을 때는 태자 괴외의 보검이 벌써 남자를 겨누어 찔러 들어가고 있었다.

"아앗……!"

남자는 외마디 소리를 지르면서 꼿꼿이 선 채 뒤로 벌렁 나자빠졌다. 괴외는 재차 보검을 겨누고 찔러 들었다. 그 찰나, 갑자기 '쨍그렁!' 하는 쇳소리가 울리더니, 어디선가 또 한 자루 보검이 불쑥 튀어나와 괴외의 칼을 중도에서 보기좋게 가로막았다. 회심의 일격을 저지당한 괴외가 후딱 고개를 돌리고 쳐다보니, 훼방꾼은 딴 사람이 아니라 바로 공손여가였다.

다음 순간, 괴외는 가슴 속에서 무명 겁화(無名劫火)가 삼천 발이나 솟구쳐 목구멍까지 치밀었다. 그는 어금니를 으드득 갈아붙이면서 고함쳤다.

"위나라가 불행해서 너 같은 난신적자(難臣賊子)가 생겨났구나! 어서 무기를 버리고 죽음을 받지 못할까!"

공손여가는 코웃음으로 응수했다.

"흐흥, 태자 나으리! 큰소릴랑 그만 치시구료. 내 손에 잡혀 주군 앞에 끌려갔을 때, 누가 죽음을 받고 누가 상을 받게 되는지 알기나 하시오? 설마 주군께서 총애하시는 마님을 암살하려던 자가 상을 받는다고는 생각 않겠지?"

괴외는 이 작자와 드잡이질을 할 마음은 눈꼽만큼도 없었다. 그저 일각이라도 속히 요부의 목숨을 결판내고 싶을 따름이었다. 한데 공손여가와 몇 마디 입씨름을 벌이는 그 새, 남자는 이미 경호병들의 부축을 받고 일어나 호위를 받아가며 멀찌감치 물러나고 있지 않는가?

그는 발광한 야수처럼 다시 한 차례 돌진해 나가면서 표적을 노리고 사나운 기세로 칼끝을 찔러 넣었다. 하지만 욕심만 앞섰을 뿐, 그 공격도 무위로 끝나고 말았다. 공손여가의 칼이 억센 힘으로 보검을 후려갈기는 바람에, 괴외는 팔뚝이 찌르르하니 마비되고 손아귀가 터져 칼자루까지 흠씬 젖도록 선혈을 흘리고 만 것이다. 그는 다급한 김에 고함을 질렀다.

"경호병, 그 계집을 죽여라!"

하지만 그들은 남자를 호위해 눈 깜짝할 사이에 어둠 속으로 사라졌다. 이제 공손여가의 눈에는 태자고 뭐고 보이지 않았다. 그는 거만한 말투로 괴외를 조롱했다.

"자, 어찌시겠소? 당신 스스로 자결하겠나, 아니면 내가 수고롭게 끝장을 내드려야 하겠나?"

괴외는 자신이 상대방의 적수가 못 되는 줄 뻔히 알고 있었다. 그러나 정신을 가다듬고 맞대거리로 나갔다.

"요 발칙한 소인배 녀석! 고양이도 낯짝이 있다고, 너 따위가 어딜 감히 내게 맞서는 거냐? 양심이 남았거든 그 칼로 목을 찌르고 죽어라!"

이 때쯤 되어서 궁정 안은 일대 소동이 벌어지고 여기저기서 함성이 크게 일기 시작했다.

"자객이 들었다! 잡아라!"

"궁궐문을 봉쇄하라!"

"태자 괴외다! 놓치지 마라……!"

이어서 등롱과 횃불이 무더기로 밝혀져 궁궐 전체를 대낮같이 비춰놓았다.

공손여가는 눈치가 빠른 위인이었다. 그는 연회 석상에서 태자 괴외가 술을 몇 잔 마시지도 않고 취한 척하는 것을 눈여겨 보고, 뭔가 마음에 짚이는 것이 있었다.

그는 위령공이 노약하고 태자 괴외가 벌써 나이가 50줄에 가까운 것을 생각해 보았다. 언제 어느 때인지 모르나, 그가 임금의 보좌에 오른다는 것은 필연적인 사실이었다. 눈치로 보건대 태자 괴외는 벌써 오래 전부터 자기와 남자의 간통 사실을 훤히 알고 있는 것 같았다. 괴외의 효심이나 성격으로 보아 이 추문을 아버지인 위령공에게 알리기보다는 자기 스스로 해결하려 들 것이 분명했다. 그렇다면 해결책은 무엇일까? 생각이 여기까지 미치자, 그는 슬그머니 남자 쪽이 걱정되기 시작했다.

잔치가 끝난 후, 그는 슬그머니 자리를 떠나 몸을 숨겼다가, 남자의 경호병과 궁녀들의 뒤를 살금살금 밟아 쫓아가면서 암암리에 동정을 살피기 시작했다. 대궐은 워낙 길도 복잡하고 또 어두운 밤중이라, 그는 남의 눈에 들키지 않고 무사히 후궁 별채까지 뒤쫓아 갈 수 있었다. 그리고 남자의 부름에 궁녀 추련이 냉큼 대답하고 나와야 옳을 텐데 아무런 반응도 없는 것을 보자, 그는 경계심을 복돋우고 허리에 찬 패검을 뽑아 들었다. 자신의 판단이 맞아 떨어졌음을 깨달은 것이다.

이제 과연 태자 괴외가 현장에 나타남으로써 모든 진상은 백일하에 드러난 셈이었다. 허나, 그에게는 나름대로 말못할 고충이 있었다. 위기에 처한 남자의 목숨을 구한다면 그야말로 엄청난 공로를 세우게 되는 셈이지만, 일개 신하에 불과한 자기가 무슨 용건으로 때아닌 밤중에 남자의 별채 근처를 서성거리고 있었는지 추궁받았을 때는 과연 무어라고 대답할 것인가? 그것은 또 어떻게 둘러대어 답변할 수 있다고 치자, 조정 문무 백관들과 온 나라 사람들의 여론은 이 사건을 놓고 무슨 쑥덕공론을 펼 것이며, 이에 대해서 자신은 또 어떻게 변명할 수 있겠는가?

태자 괴외와 맞선 채, 공손여가는 속으로 자기한테 돌아올 이해 득실을 저울질해 보았다. 자기 솜씨라면 괴외 하나쯤 사로잡거나 죽이기는 손바닥 뒤집기나 다를 바 없이 쉬운 일이었다. 그러나 그는 그렇게 할수는 없었다. 두 가지 걱정되는 점이 있기 때문이었다. 하나는, 남자와 간통한 사실이 공개적으로 드러날 우려가 있고, 또 그것을 자기 혼자서는 감당할 재간이 없다는 점이요, 두번째는 위령공이 이 모든 죄를 거꾸로 자기한테 뒤집어 씌울 가능성이 많다는 점이었다. 괴외는 미우나 고우나 위령공의 친아들이요, 장차 보위를 계승할 태자 신분이었다. 따라서 그는 태자를 죽일 수도 없고 사로잡아 위령공 앞에 끌고 갈 수도 없음을 깨달았다. 그는 이내 결단을 내렸다. 태자 괴외를 놓아 보내주기로……!

괴외는 자기를 잡으라는 아우성이 들려왔을 때부터 이미 심리적으로 혼란을 일으키고 있었다. 이제 그는 그저 도망칠 생각밖에 없었다. 하지만 무서운 적수가 길을 가로막고 있으니 이를 어쩌랴? 그는 상대방의 자세에서 허점이 보이기만을 빌고 또 빌었다. 그 정성이 하늘에 닿았는지, 일순 상대방의 칼끝이 흔들렸다. 그는 이때다 싶어 재빨리 일검을 내찌르다가 중도에 후딱 몸을 빼어 냅다 도망치기 시작했다.

당연히 공손여가의 추격도 개시되었다. 그는 바짝 뒤쫓으면서 엉뚱한 방향을 가리키고 소리쳤다.

"태자 나으리! 저쪽으로 뛰라구, 저쪽 말이야!"

괴외는 못 들은 척, 뒤도 안 돌아보고 마냥 내뛰었다. 이윽고 다다른 곳은 담장 밑, 괴외의 솜씨로는 뛰어 넘지 못할 정도로 까마득히 높은 궁궐 성벽이었다. 막다른 길에 몰리자, 그는 쌍수로 칼자루를 단단히 움켜쥐고 되돌아섰다. 이제는 오도가도 못할 외통수라 상대방과 죽기 살기로 결판을 내겠다는 기세였다.

이에 맞서, 공손여가의 연극이 시작되었다. 그는 상대방을 찌를 듯하면서도 실제로 겨냥한 목표는 전혀 엉뚱한 곳, 칼끝은 괴외의 오른쪽 팔뚝을 빗나간 채 힘차게 궁궐 담벽에 들어박혔다. 괴외는 그야말로 천재 일우의 기회를 잡은 셈이었다. 그는 연속 몇 차례 칼부림을 날려보냈다. 그리고 상대방이 좌로 우로 피하는 동작을 취하는 순간, 그는 재빨리 뒷걸음질쳐서 담벽에 바짝 붙었다. 추격대의 함성이 차츰 가까워지자, 그는 다급한 김에 몸을 훌쩍 날려 공손여가가 돌틈에 찔러 놓은 칼날에 발을 딛었다. 꺾일 듯 휘청하니 구부러지는 장검, 이어서 퉁겨내는 반탄력에 힘입어, 그는 곧바로 담장 위로 솟구쳐 올라갈 수 있었다. 그는 한 가닥 살 길을 찾아낸 것만 기뻤을 뿐, 상대방이 칼날을 일부러 뉘어 박아서 디딤판을 만들어 주었다는 사실을 까맣게 몰랐다. 한편 위령공은 노발대발하며 절반쯤 미쳐버린 상태로 체포령을 내렸다.

"동서 남북 성문을 모조리 봉쇄해라! 성 안을 뒤엎어서라도 그놈의 불효자식을 잡아 끌어오란 말이다!"

궁궐 밖으로 탈출한 태자 괴외도 순라꾼들의 대화를 통해 아버지의 노염이 얼마나 대단한지 알 수가 있었다. 어둠 속 그늘에 숨어서 그는 절망했다. 이제 이 나라에는 발붙일 곳이 없게 된 셈이었다. 그는 모든 것을 다 포기하기로 결단을 내렸다. 체포령이 떨어졌으니, 무엇보다 급한 것은 관군 수색대의 추적에서 벗어나는 일이었다. 그는 뒤도 안 돌아보고 서쪽문 쪽을 향해 내뛰었다. 갑자기 등 뒤에서 말발굽 소리가 들려왔다.

'한 필이다!'

그는 재빨리 그늘 속에 몸을 숨기고 있다가, 말이 스쳐 지나가는 찰나에 와락 덮쳐 단칼에 기수를 찔러 떨어뜨리고 대신 마상에 훌쩍 올라탔다. 공교롭게도 그 기수는 성문 봉쇄령을 휴대하고 서대문으로 달려가던 전령이었다.

괴외는 마구 치달려 서대문 앞에 당도했다. 수문장과 병사들은 미처 긴급 폐쇄령을 받지 못한 터라, 성문에는 자물쇠를 채워놓지 않고 빗장만 걸어 둔 상태였다. 괴외가 느닷없이 나타나자 수문장은 깜짝 놀랐다.

괴외는 수문장이 묻기도 전에 버럭 소리쳤다.

"긴급한 일로 나가야겠다! 어서 성문을 열어라!"

존귀하신 태자의 명령이 떨어졌으니, 성문을 지키던 장병들이야 두말할 나위도 없이 빗장을 끄를 수밖에 없었다. 성문이 열리고 적교가 내려지자 괴외는 쏜살같이 말을 몰아서 밖으로 달려나갔다.

단숨에 5,6리쯤 치닫고 나서 그는 뒤를 돌아다보았다. 한밤중 대낮같이 횃불을 밝혀놓은 제구성을 바라보면서 한동안 가슴을 치며 탄식하더니 그는 곧바로 서북방을 향해 말머리를 돌렸다. 그쪽은 진(晉)나라가 있는 곳이었다.

위령공은 이 경천 동지(驚天動地)할 사태를 당하고도, 여전히 아무것도 모른 채 꿈 속을 헤매고 있었다. 아들 녀석이 어째서 계모를 죽이려 했는지 또 무예 솜씨가 뛰어난 공손여가 어떻게 해서 괴외를 이기지 못하고 놓쳐 버렸는지, 이 모든 진상을 알지 못한 채 그저 펄펄 뛰고만 있을 따름이었다.

그가 충격에서 벗어나 정신을 차린 것은 사흘이 지나서부터였다. 노염이 가라앉고 차츰 이성이 돌아오자, 그의 뇌리에는 숱한 의혹이 뭉게뭉게 피어오르기 시작했다. 제일 먼저 의심이 든 것은 공손여가란 놈이 어떻게 그토록 때맞추어 남자의 생명을 구출할 수 있었을까 하는 점이었다.

'후궁 별채라면 내관 궁녀 이외에는 아무도 출입 못할 금역인데, 이 녀석이 어떻게 그곳까지 어슬렁어슬렁 기어 들어갔느냔 말인가. 설마 그놈이 남자를……?'

생각만 해도 끔찍스러운 일이라 그는 고개를 흔들었다. 하지만 다음 순간에 그는 고개를 번쩍 쳐들었다. 속담에 뭐랬던가? '영웅은 자고로 미인관을 넘기 어려운 법(英雄難過美人關)'이라 했다. 생각이 여기에 미치자 그는 침상을 박차고 뛰어나왔다. 당장 후궁 별채로 달려가 남자에 따져볼 작정이었다. 그러나 방문턱을 넘어서는 순간 그는 다시 마음을 돌려먹었다. 속담에도 '간통죄의 증거를 잡으려면, 연놈의 배가 맞붙은 현장을 덮치라'고 했다. 그러니 지금 아무런 증거도 잡은 것이 없는데, 맨주먹만으로 가서 따져봤자 고분고분 승복할 리도 없었다. 공손여가란 놈도 들통나면 능지처참을 당할 것이 뻔하니, 시침 뚝 떼고 딴전을 부릴 것은 물론이었다. 그는 맥없이 발길을 돌려 침실로 들어갔다.

'하는 수 없지, 일단 덮어두고 동태를 살펴보는 수밖에……!'

그는 착잡하고 씁스레한 기분이었다.

위령공이 그날 밤을 어떻게 지새웠는지 아는 사람은 아무도 없었다. 이튿날 그는 특별 명령을 내려 금위대 소속 병력을 후궁 별채에 배치시켜 삼엄한 경계를 하도록 조치했다. 표면적으로 남자의 안전을 위해서라고는 했으나, 실상은 공손여가란 놈이 기어들지 못하도록 장벽을 쌓아놓은 것이었다.

이 때부터 위령공의 침소가 완전히 후궁 별채로 바뀌었다. 남자는 하루 이틀이면 그가 정침(正寢)으로 돌아가려니 생각했으나, 예상이 빗

나가자 미치고 환장할 지경이 되었다. 남편이 곰살궂게 대할수록 그녀는 징그러운 송충이라도 만진 듯 질색을 하고 몸을 도사렸다. 남편이 후끈 달아 오를수록 그녀는 냉담해졌다. 이런 생활이 오래 가다보니 위령공도 마침내 남자에 대해서 싫증을 느끼게 되고 말았다.

어느 날, 그는 희끄무레 세어버린 수염을 가다듬다가 문득 자신의 처지가 암담하다는 사실을 깨닫고 저도 모르게 비감에 잠겼다. 이제 외아들 녀석도 달아난 마당에 가장 우려되는 것은 측근 신하들이 혹시 반란을 일으켜 임금의 자리를 빼앗지나 않을까 하는 점이었다. 조정 안팎의 분위기를 곰곰이 살펴보면, 그럴 가능성은 얼마든지 있었다. 그는 대책을 세우기 위해 이 문제를 상의할 상대를 찾았다. 측근들은 모두 미덥지 못하다고 생각하던 중 그의 뇌리에 퍼뜩 떠오르는 인물이 하나 있었다.

위령공은 문 밖을 향해 소리쳤다.

"게 누구 없느냐! 냉큼 가서 공부자님을 모셔 오너라!"

12
천하는 피로 물들고

거백옥의 부중에서 울적한 나날을 보내고 있던 공구는 급사의 전갈을 받고 즉시 대궐로 달려갔다.

위령공은 공구를 보기가 무섭게 인사를 받는 둥 마는 둥 물에 빠진 사람 지푸라기 잡는 격으로 다급한 하소연부터 늘어놓았다.

"불초한 아들놈이 끔찍스런 일을 저지르려다가 미수에 그치고, 지금 진나라로 달아났소. 공부자님, 이 노릇을 어쩌면 좋겠소?"

공구는 위령공의 수심에 찬 얼굴을 물끄러미 바라보기만 했다. 그 역시 궁중에서 무슨 일이 벌어졌는지 소문을 전해 들어 대충은 알고 있었으나, 아무리 생각해 보아도 무슨 말로 답변을 해야 할지 몰랐다.

남자의 행위로 말하자면, 여우 같은 미태로 일국의 군주를 미혹시켰을 뿐 아니라 더러운 행실로 궁정을 난장판으로 만들고 온 세상에 추문을 퍼뜨렸으니 죽어도 죄가 남을 계집이었다. 또 괴외로 말하자면, 태자의 신분이면서도 일국 군주의 신하인 만큼, 늙은 부친을 위해서라도 남에게 말할 수 없는 비밀을 감추어 두어야 마땅했다. 설령 남자를 죽여야 한다손 치더라도, 달리 만전지책(萬全之策)을 세워놓고 실행할 것이지, 하필이면 자기 자신이 직접 흉기를 들고 나섰다가 낭패를 당하고 급기야 타국 땅에 망명하는 신세로 전락할 것이 무어냔 말이다.

생각하면 할수록 공구는 골치가 아프고 어지럽기만 했다. 질끈 감은 두 눈 앞에 위령공, 태자 괴외, 남자의 모습이 주마등처럼 떠올랐다가는 사라지면서 마음의 혼란을 가중시켰다. 한쪽은 부부지간의 일이요, 또 한쪽은 부자지간의 일이다. 이들 모두가 골육의 정분으로 맺어진 터인데, 누굴 헐뜯고 탓하란 말인가? 그는 벌써 몇 차례나 입술을 달싹거리다가 이내 다물고 말았다.

공구의 입술이 움직이는 기척을 볼 때마다 위령공은 안달이 나서 두 눈에 한 가닥 희망의 빛이 번뜩거리다가 꺼지곤 했다. 그는 불치의 병에 걸린 위나라 현실정에 공구가 절묘한 약효를 지닌 영단(靈丹)을 선뜻 내놓아 속시원하게 치료해 주기를 갈망했다. 그런데 입을 열다가는 이내 닫아버리곤 하니 도무지 늙은이의 애간장이 타서 견딜 수가 없다.

한참 동안 무거운 침묵이 흐른 뒤 마지 못한 듯 열린 공구의 입에서는 애매 모호한 답변이 나왔다.

"군후와 태자 사이에는 부자의 정분으로 맺어져 있고, 또 부인과는 부부지간의 의리로 맺어져 있습니다. 불초 공구의 견해로는 그 정분과 의리 모두가 중요한 것이라고 생각합니다. 이제 태자께서는 진나라로 가셨으니 아마 쉽사리 귀국하지 않으리라 봅니다. 그분이 돌아오지 않는 한, 부인에게도 위험이 미치지는 않을 것입니다. 두 분이 각자 세상에서 패덕(悖德)스럽게 살지만 않는다면야 어디서 무엇을 하며 살아가든 안 될 일이 무엇이겠습니까?"

이렇게도 들리고 저렇게도 들리는 사뭇 어정쩡한 대답에, 위령공은 그만 말문이 막히고 말았다. 그는 저도 모르게 이맛살을 찌푸렸다. 공구의 답변이 만족스럽지 못한 것은 물론이요, 물에 빠진 사람에게 지푸라기를 던져주기는커녕 한 가닥 기대마저 무참하게 빼앗는 듯한 느낌이 들었다.

그러나 속으로 가만 생각해 보니, 공구를 마냥 탓할 일만도 아니었다. 이렇듯 삼대처럼 복잡하게 뒤얽힌 혈육지간의 문제를 공구와 같은 국외자더러 이러쿵저러쿵 시비 곡직을 가려 달라고 하다니, 그야말로 남의 젯상에 감 놓아라, 배 놓아라 참견하는 격이나 다를 바 없는 난처한 일이 아닌가? 위령공도 마침내 허망한 웃음을 터뜨리고 말았다.

"공부자님의 그 말씀, 역시 일리가 있소이다. 어디 그 불효자 녀석이 앞으로 어떻게 나오는지 두고 보기로 합시다!"

495년 5월, 노정공이 세상을 떠나고 그 아들 장(蔣)이 군주의 자리를 이어받았다. 이가 곧 노애공(魯哀公)이었다.

공구는 이 새로 즉위한 군주에게 모든 희망을 걸었다. 그리고 이제나저제나 자신을 노나라로 데려갈 사신이 오기만을 기다렸다.

이날도 공구는 제자들을 데리고 성 밖 교외로 소풍을 나가서, 자그만 토산 위에 올라 동쪽 하늘을 바라보았다. 양 겨드랑이에 날개라도 돋혔다면 훨훨 고국으로 날아가고 싶은 심정이었다. 언제 어느 때에야 이 소망을 실현시킬 수 있을 것이며, 어느 때에야 노나라가 부강해질 수 있으랴? 그는 세월이 흐를수록 그 소망도 아득히 멀어지는 듯한 느낌을 받았다. 하지만 그가 세운 격언(格言)은 '극기 복례(克己復禮)' 다. 그렇기 때문에 자신의 신념만은 추호도 흔들리지 않았다.

한참 상념에 잠겼노라니, 어디선가 산비둘기 한 쌍이 머리 위를 스치고 날아갔다. 날짐승은 공구의 감회를 촉발시켰다.

뻐꾸기가 뽕나무에 둥지를 트니,
어린 새끼들이 대추나무 사이로 오락가락,
저 어질고 덕스런 이여,
참으로 장엄하고 단정한 태도로다!
태도가 장엄하고 단정하노니,
천하 사방 여러 나라의 모범일세.

그는 처음부터 한마음 한뜻으로 노정공을 보필하여 나라를 잘 다스렸고, 또 열국 제후들에게 본보기가 됨으로써 자신의 아름다운 이상을 구현했었다. 그런데 빛을 보기 시작할 무렵 생각지도 않은 좌절을 당하고 말았다. 그러나 이 노래를 부를 때마다 그의 마음은 언제나 뿌듯하게 위안을 받았고, 이 노래의 주인공처럼 자신이 추구하는 그 어질고 덕스런 이가 누구인지는 모르나, 마치 자기 눈앞에 자상한 미소를 띠고 헌걸찬 모습으로 우뚝 서서, 장엄하고도 단정하며 하늘을 떠받드는 힘과 이 세상을 널리 구제하는 마음가짐을 지니고 굽어보는 환상에 사로잡히곤 했다.

뻐꾸기가 뽕나무에 둥지를 트니,
새끼들이 개암나무 사이를 오락가락.
저 어질고 덕스런 이여,
온나라 상하 만민의 모범일세!
온나라 상하 만민의 모범이니,
우리도 그분의 만수무강을 축원하리!

스승은 노래를 부르고 제자들은 화답했다. 노래하는 어조가 굳세니 화답하는 박자도 우렁차고 낭랑했다.

이때였다. 대로상에 한 떼의 인마가 나타나서 이리로 달려오기 시작했다. 요란한 말방울 소리, 하늘의 해를 가리울 정도로 기치가 나부끼는 것을 보건대, 위령공이 사냥을 나오신 모양이었다. 공구는 급히 제자들을 모아놓고 분부를 내렸다.

"위나라 군주께서 오고 계시다! 얼른 내려가서 영접을 하자꾸나."

이윽고 위령공의 수레가 당도했다. 공구는 문하생들을 이끌고 정렬한 채 문안 인사를 올렸다.

"군후께선 어딜 가시옵니까?"

위령공이 덤덤하니 웃었다.

"기분도 언짢고 정신이 산란하길래, 바람 좀 쏘이러 나왔을 뿐이오."

"이런 흥취를 지니고 계시다니, 정말 훌륭하십니다!"

몇 마디 말을 더 붙이려다 흘끗 보니 위령공은 수레에서 내리지도 않고 그저 하늘에 뜬 외기러기 한 마리만 우두커니 바라볼 따름이었다. 공구는 정면으로 깨끗이 무시를 당하고 말았다.

분노와 고뇌, 그는 이런 멸시와 모욕을 도저히 참아낼 도리가 없었다. 위령공의 마차대가 눈앞에서 멀리 사라진 후, 그는 즉시 제자들을 이끌고 거씨 댁 부중으로 돌아오기가 무섭게 행장을 꾸리고 거백옥에게 작별 인사를 한 다음 총총히 여로에 올랐다.

티끌 한 점 없이 맑고 깨끗한 하늘, 눈이 부시도록 찬란한 봄빛은 공구 일행의 맥 빠진 정서, 괴롭고도 울적한 기분과 또렷한 대조를 이루었다. 봄철의 황톳길은 누런 모래먼지가 뽀얗게 일면서 마치 눈앞의 아름다운 절경조차 보지 못하도록 장막을 쳐놓는 듯싶었다.

제자들은 말이 없었다. 그러나 그는 이들의 마음 속에는 어디로 갈 것인지 스승에게 묻고 있음을 뻔히 알고 있었다. 아니나 다를까, 얼마 안 있어 궁금증을 참지 못하는 자로가 물어 왔다.

"사부님, 어디로 가시려고 이렇듯 경황없이 떠나신 겁니까?"

공구는 앞쪽을 바라보며 긴 한숨을 내쉬었다.

"하늘은 가없이 크고, 땅은 길 끝이 안 보이도록 너르다. 이런 것을 일컬어서 '하늘이 높기는 뭇새들이 마음대로 날고, 바다가 너르기는 용이 제 뜻대로 노닐 수 있다'는 것이다. 소문에 듣자니, 진(晉)나라가 제법 다스려져 활기를 띤다는데 우리 어디 그 나라로 가보자꾸나!"

며칠이 지나서, 공구 일행은 황하 남쪽 기슭에 다다랐다. 사나운 기세로 출렁거리는 황하의 물결을 굽어보며, 일행은 저마다 경탄을 금치 못했다.

수레에서 내려 선 공구도 길가 높은 언덕 마루에 올라가 손바닥을 이마에 얹고 상류에서 하류에 이르도록 눈길이 닿는 데까지 차근차근 살펴보았다. 황하수는 과연 이름 그대로 물빛만 누럴 뿐 아니라 강뚝에서 강 밑바닥까지 모두 누른빛 일색인 데다, 흙도 점토질에 밀가루처럼이나 곱고 보드라웠다. 물은 담수(淡水)이면서도 짠 맛을 지닌 채 혼탁한 것이, 마치 아득히 머나먼 동방 세계를 바라고 헤엄쳐 가다가, 언제 어디서든지 신비스런 색채로 가득 찬 쪽빛 하늘로 승천하려는 거대한 황룡(黃龍)을 연상시켰다.

"이게 물인가, 물……!"

그는 혼잣말로 중얼거렸다.

"황하의 물이 누렇다더니, 과연 이 정도일 줄은 정말 몰랐구나!"

다음 순간, 그는 일종의 모순과도 같은 갈등을 느꼈다. 지난 날 제자들 앞에서 강물을 놓고 비유했을 때, 그는 물의 형태와 성질에 대해서 누구보다 잘 알고 있는 것처럼 큰 자부심을 지녀 왔었다. 특히 강물의 맑고 깨끗하고 투명한 성질을 인간의 품격과 덕성에 견주어 늘 입버릇처럼 본받으라고 권유해 왔었다. 그런데 이제 황하의 탁한 물결을 보니, 모든 가르침이 잘못 되지 않았는가 싶도록 크나큰 의구심이 들었던 것이다.

그는 언덕을 내려와 곧바로 강변 가까이 걸어가서 강물을 굽어보았다. 이전까지 생각해 온 물의 형상은 차츰 공구의 뇌리에서 바뀌기 시작했다. 고개를 돌려 제방 위를 바라보았을 때, 그는 또다시 물에 대해서 그 어느 것과도 비할 데없이 큰 외경심(畏敬心)과 숭모하는 마음이 생겨나고 있었다.

'그렇다, 이 황하의 물에는 백절 불굴의 용맹성이 담겼다. 뿐만 아니라 황토를 지닌 채 끝없이 동쪽으로 흘러가고 있는 것이다. 이 깨끗한 물은 세상의 온갖 더러운 때를 휘몰아 가면서도 자신은 물들지 않는다. 혼탁한 빛깔을 띠기는 하였으되, 스스로 정화(淨化)하여 맑고 깨끗한 본성을 잃지 않는다. 보라, 이 황하수는 황토 고원의 흙을 옮겨다가 기름지고 광활한 대평원을 만들어 놓지 않았는가!'

그는 강물의 흐름에 따라 아득히 먼 동쪽 하늘가를 우러러 보았다. 그 하늘 아래 망망한 대해가 눈에 보이는 듯하고, 발치 밑에 황토가 그 바다를 향해 한 줌 한 줌씩 옮겨가고 있는 듯한 착각마저 들었다. 아무리 굽어보아도 속이 들여다 보이지 않는 황하의 하상(河床), 그 밑바닥에 쌓인 충적토(沖積土)와 이 황톳빛 평원까지 하나로 잇대어져서 한 치 한 치씩 동해 바다로 길게 연신(延伸)되어 있는 것이다. 생각이 여기에 미쳤을 때, 그는 갑자기 흠칫 놀랐다. 언젠가 이 황토가 저 큰 바다를 메꾸어버릴 날이 오지 않을까 하는…….

"사부님, 나룻배가 옵니다! 건너 갈까요?"

뒤에서 자로가 고함을 질러댔다.

공구는 꿈에서 갓 깨어나듯 부시시한 눈길로 뒤를 돌아보았다. 마차와 나그네를 가득 태운 목선 한 척이 서서히 강뚝에 뱃머리를 갖다 대고 있었다.

"그래 건너가자!"

공구는 나루터 곁 바윗돌을 쪼개 쌓아놓은 섬돌 위에 우두커니 서서, 찾는 사람이 하나 없어도 이제 뭍으로 풀려 나오는 선객들을 하나하나씩 눈여겨보고 있었다. 갑자기 그의 눈빛이 번쩍 빛나더니, 아직도 뱃머리에 뒤처져 내리지 못한 승객 한 사람에게 쏠렸다. 나이는 대략 45,6세쯤 되었을까, 선비의 옷차림새를 한 그 중년 남자는 보통의 키였지만 균형이 잡혔으면서도 곧바른 몸집이 공구에게 사뭇 복스런 인상을 주었다. 선비 역시 나루터 쪽을 두리번거리다가 눈빛이 공교롭게도 이쪽 눈길과 딱 마주쳤다. 눈길이 마주치는 순간, 두 사람은 왠지 모르게 서로 이끌리는 느낌을 받았다. 이심전심이랄까, 그 선비의 눈빛은 지남철과도 같이 공구의 눈길을 빨아들였고, 공구는 저도 모르게 뱃전 앞으로 헤엄치듯 허우적허우적 걸어 나가고 있었다.

그 선비가 뱃전에서 훌쩍 뛰어내렸다. 그리고 아주 오래 전부터 사귀어 온 벗이나 만난 듯 반가운 걸음걸이로 공구 앞까지 곧바로 다가왔다. 이윽고 두 사람은 대여섯 보를 떼어놓고 마주 서더니 자연스럽게 인사를 나누었다.

"선생, 혹시 노나라의 공부자님이 아니온지요?"

"그렇소이다. 제가 바로 노나라 공구올습니다만, 선생께선 어떻게 저를 알아보셨는지요?"

그러자 선비는 이내 대꾸를 않고 눈빛으로 공구의 등 뒤에 시립한 제자들부터 쭉 둘러보더니, 아주 듣기 시원스런 웃음을 터뜨렸다.

"하하하! 대명이 쟁쟁하신 공부자님이 아니고서야 어느 누가 저토록 많은 영재들을 꼬리처럼 매달고 다니겠습니까?"

공구는 다시 한 걸음 나서서 재차 예를 올리고 물었다.

"선생의 크신 존함은 어찌 되시오며, 어느 나라 출신이온지요?"

선비는 송구스러운 듯 가볍게 손을 내저어 보였다.

"말씀 드리기도 부끄럽습니다. 저는 양진(陽進)이라 하옵고 본디 진(晉)나라에서 작은 지방 고을 관원으로 있었습니다. 비록 눈에 뜨일 만한 업적을 남기지는 못했어도, 제 관할 구역만큼은 호경기를 가득 누릴 정도로 다스리기는 했습니다. 그래서 기왕에 큼지막한 규모의 사업을 한바탕 벌여 보려고 준비중이었는데, 뜻밖에도 조간자(趙簡子)가 조정에서 주례에 따른 정치를 주장하던 두명독(竇鳴犢)과 순화(舜華), 이들 두 현자를 죽여 버렸지 뭡니까. 뿐만 아니라 그 자는 지금 숙청의 칼을 갈고 있으니, 앞으로 또 얼마나 많은 사람에게 재앙을 끼칠지 모르겠습니다. 그래서 저도 부득이 벼슬을 버리고 고국을 떠나 이렇게 망명객 신세가 된 것입니다."

"으음, 진나라도 역시……."

공구는 신음이 절로 나왔다. 한 가닥 희망을 걸었던 나라가 그 지경이 되었다는 이 소식은 한 마디로 마른 하늘에 날벼락과 같았다. 그는 사실 두명독이나 순화가 누구인지 몰랐다. 하지만 이들의 행적과 조간자 사이의 관계는 소문을 들어 알고는 있었다. 오래 전, 조간자는 이들 두 어진 대부의 힘을 빌려 조정에 진출했고 벼락 출세를 한 것으로 아는데, 이제 득세하고 나니까 오히려 두 은인을 죽여 없앨 줄은 생각조차 못한 일이었다. 양진의 말을 듣는 동안, 그는 얼굴도 모를 이 현자들에게 숙연한 존경이 우러났다. 그는 서쪽 하늘을 바라보며 오래오래 두명독과 순화에게 애도의 묵념을 올렸다.

한낮 태양이 서녘으로 뉘엿뉘엿 기울면서, 하늘가에 덮였던 먹구름장이 검붉은 빛을 띠고 차츰 폭을 넓혀가기 시작했다.

공구는 머리를 숙인 채 황하를 굽어보고 있었다. 끊임없이 동쪽으로 도도히 흐르는 황화수, 수면 가득 피어오르는 물보라, 그것은 마치 인간의 삶 가운데 무수히 부닥치는 좌절과 거역이며, 빙글빙글 사납게 돌아가면서 포효하는 소용돌이, 그것은 역사의 후퇴와 중복인 듯싶었다.

"황하수여, 그대는 어느 때에야 맑아지려는가?"

거대한 탁류의 소용돌이를 바라보면서, 그는 '백년 하청(百年河淸)' 이란 속담을 떠올리고 격한 감정에 못내 중얼거렸다.

나룻배는 이미 강기슭을 떠나 희뿌연 탁류를 헤쳐가며 맞은편 대안으로 노를 저어가고 있었다.

"사부님, 우리도 떠나야겠습죠?"

자로가 조심스럽게 눈치를 살피면서 스승에게 여쭈었다. 공구의 입에서는 장탄식이 흘러나왔다.

"내가 젊었을 시절, 진나라에 가서 사양자에게 현금을 배우고 적지 않은 유익함을 얻은 적이 있었다. 이제 다시 그 나라에 가려 했던 것도 또 다른 지식을 배워 가지고 올까 해서였다. 그런데 조간자가 예악을 폐하고 무고한 사람을 함부로 죽이고 있을 줄이야 정말 생각도 못했구나! 옛 성현의 말씀에 '생명을 무참하게 살륙하면 기린이 그 나라에 이르지 않고, 물 마른 연못에 그물을 던지면 교룡이 그 연못에 거처하지 않으며, 둥지를 엎고 알을 깨뜨리면 봉황이 그 고을에 깃들지 않는다'고 했다. 보아하니 우리는 그 나라에 갈 수 없겠구나!"

"그럼 어디로 갑니까?"

스승은 고개를 떨어뜨리고 한참 생각하더니 들릴 듯 말 듯 중얼거렸다.

"아무래도 다시 위나라로 돌아가야겠다."

제자들의 표정은 제각기 달랐으나 입을 연 사람은 하나도 없었다. 그저 황하의 물결치는 소리만 듣고 있을 따름이었다.

한편, 진나라의 경대부 조간자는 두명독과 순화를 잡아 죽인 이후, 무력 수단을 맛들인 나머지 아예 자신의 뜻에 반하는 부류를 모조리 숙청해 버리고 조정을 독차지할 속셈으로 공공연히 병력을 증강시키고 군사훈련을 대폭 강화했다.

당시, 조간자측에 맞설 만한 적대 세력은 또 다른 경대부 범씨(范氏)와 중행씨(中行氏) 양 가문이 있었다. 이들은 조간자가 군사력을 공공연히 강화시키는 것을 보고 위기를 느낀 나머지, 각각 영지에 보유하고 있던 병력을 총동원하여 조씨 가문과 한판 자웅(雌雄)을 결할 태세를 갖추기 시작했다.

진전공(晉定公) 19년 가을, 범씨와 중행씨는 마침내 은밀히 병력을 합쳐 놓고, 지원 받기로 약속한 정(鄭)나라측의 군량 수송대가 도착하기만을 손꼽아 기다렸다.

그러나 조간자도 염탐꾼의 보고를 받고 이들의 동태를 손금 들여다보듯 훤히 알아차리고 있었다.

정나라측의 지원부대와 군량 수송대가 본국에서 출동하던 그날, 조간자는 즉시 부하 장수들에게 긴급 소집령을 내렸다.

"제장들, 양 가문과의 결전이 드디어 눈앞에 닥쳐왔다. 수십 년을 두고 군사를 기르는 것은 단 한번 싸움에 쓰기 위해서 아닌가? 아무쪼록 그대들도 합심 협력하여 내 기대에 어긋나지 말라!"

조간자의 훈시가 떨어지자 장영들은 허리를 굽신하고 응답했다.

"죽기로써 충성을 보이오리다!"

조간자는 벌떡 일어나 뒷짐을 쥔 채 서성거리더니 미리 구상해 두었던 작전 계획을 조심스럽게 밝혔다.

"내 생각으로는 무엇보다 먼저 정나라에서 올 군량 수송대부터 습격하는 것이 좋겠다. 그 작전이 일단 성공하면, 범씨와 중행씨의 군사들은 샘 마른 강물이요 뿌리 없는 나무 신세가 될 터, 아군이 굳이 정면으로 맞붙지 않더라도 스스로 궤멸하고 말 것이다."

"대감, 소장을 보내 주십쇼!"

"아닙니다. 소장이 나가겠습니다."

장령들이 공을 다투느라 저마다 팔뚝을 걷어붙이고 나섰다. 조간자는 날카로운 눈매로 이들을 휩쓸어 보더니 버럭 고함쳐 명령을 내렸다.

"듣거라, 지금부터 지명하겠다! 번재(樊才), 그대는 전투용 수레 1백 승을 이끌고 흑풍구(黑風口) 좌측방 소나무 숲 속에 매복했다가 정나라 군량 수송대가 계곡에 진입하거든 즉시 배후에서 덮쳐라!"

"분부대로 하오리다!"

번재가 물러나자 그는 다시 고함쳐 지명했다.

"진장(陳壯), 그대 역시 전투용 수레 1백 승을 거느리고 흑풍구 우측방 숲 속에 매복하였다가, 번재의 부대와 동시에 배후 기습을 가하라!"

"예!"

진장이 못 때려박듯 한 마디로 응락했다.

조간자는 두 장수의 힘찬 대답을 듣고 사뭇 믿음직스러운 듯, 얼굴에 더욱 자신 만만한 기색이 떠올랐다.

"대장 사마룡(司馬龍), 그대는 전투용 수레 3백 승을 이끌고 흑풍구 북쪽 계곡 분지에서 매복하고 정나라 군량 수송대가 완전히 계곡에 진입할 때를 기다려 정면으로 돌격해 나가도록 하라!"

"어김없이 시행하오리다!"

"너희 3개 부대는 한 치의 어긋남도 없이 협동 작전을 펼쳐 그 계곡 안에서 정나라 군을 완전히 섬멸하고 군량미를 모조리 노획하여야 한다. 알겠는가?"

세 장수가 이구 동성으로 대답했다.

"나머지 장령들은 나를 따라서 흑풍구 북방 20리 지점에 매복했다가, 범씨와 중행씨의 구원부대를 중도에서 기습 섬멸할 것이다. 출동 시각은 오늘 밤 자정 이후 각자 부대를 이끌고 출발한다!"

짙은 먹구름이 하늘을 가득 덮어 별빛조차 안 보이는 어둠 속에, 번재와 진장, 사마룡은 제각기 병력을 이끌고 흑풍곡으로 출동했다. 동이 틀 무렵, 이들 3개 부대는 귀신도 모르게 매복 배치를 끝냈다. 흑풍곡 일대는 산악이 높고 가파른데다 밀림이 우거져, 기습부대를 매복시키기에 가장 알맞은 지형을 갖추고 있었다. 길이라고는 산등성이가 개 이빨 맞물리듯 이리저리 꺾여 돌아가는 중간을 뚫고 한 가닥 비좁은 통로가 나 있는 것이 전부였다.

흑풍곡은 진나라 경계선 남쪽, 정나라와 국경을 맞댄 산악 지대의 계곡 어구로서, 이 좁은 산길 한 가닥이 정나라의 군량미 수송대가 반드시 거치지 않으면 안 될 통로였다. 길 양 편은 기암 괴석이 첩첩으로 쌓였고, 울창한 소나무 숲이 대낮에도 하늘을 가려 햇볕조차 들지 못할뿐 아니라, 세찬 산바람이 휘리릭, 휘리릭, 불어닥치는 소리만 들어도 사람의 등골이 오싹해질만큼 으시시한 계곡이었다.

먹구름장은 밤새도록 더욱 두텁게 깔리더니, 날이 밝을 무렵에는 천둥 번개를 동반한 폭우가 한바탕 퍼붓기 시작했다. 흑풍곡 일대는 삽시간에 큰 홍수를 일으켜 보뚝이라도 무너진 듯 온통 시뻘건 흙탕물로 바다를 이루었다. 숲 속에 잠복한 기습부대 장병들은 꼼짝없이 물에 빠진 생쥐 꼴이 되고 말았다. 그러나 오뉴월 날씨는 어린애 얼굴 표정만큼이나 변덕이 심했다. 이른 새벽녘 광풍 폭우가 한바탕 억수같이 퍼붓고 지나가자 태양이 덩실 떠올랐다. 비갠 후의 소나무 숲과 산등성이는 먹이라도 감은 듯, 찬란한 햇볕 아래 더욱 활기차고 산뜻해 보였다. 아침 안개가 옅은 비단 장막을 드리우면서 대지와 산골짜기 윤곽을 어렴풋이 흐려놓고 그곳에 잠복한 사람들마저 자연의 보호색으로 위장해 주었다.

"무지개다!"

어느 병사 하나가 놀라 고함을 질렀다.

"소리내지 마랏!"

줄곧 긴장감에 싸여 있던 번재가 호통쳐 꾸짖었다. 가뜩이나 가마솥 밑바닥처럼 시커먼 얼굴이 긴장도가 너무 지나쳤는지, 아니면 비를 흠뻑 맞고 난 뒤라 그런지, 밀랍처럼 누렇게 들뜨고 초췌해 보였다. 병사에게 호통을 쳤지만 그의 눈길 역시 무지개를 쫓고 있었다. 이건 의심할 여지도 없이 길조라는 생각이 들자 그는 푸르른 하늘을 향해 꾸벅 절하면서 마음 속으로 묵도를 올렸다.

'하느님이 보우하사 완승을 거두고 개선하도록 해주소서……'

쪽빛 하늘에서 산마루까지 내리꽂힌 채 오색 찬란하게 빛나는 무지개 다리, 그것을 쳐다보는 장병들의 얼굴에 하나같이 웃음기가 떠올랐다. 목숨 걸고 싸워야 할 살벌한 전투를 앞둔 이들에게 짓푸른 하늘과 무지개는 긴장감 대신 여유와 희망을 안겨주었다. 밤새 강행군으로 달려오느라 지친 피로와 억수같이 퍼붓는 찬 비를 고스란히 맞아가며 엎드려 있던 고생도 이미 흔적없이 사라졌다.

어느 결에, 번재는 소나무 숲 사이로 남쪽 방향을 내다보고 있었다. 흑풍곡으로 통하는 대로상에는 마차 한 대 없이 그저 두셋씩 짝지은 장사꾼과 주민들이 지나치고 있을 뿐, 적의 군량 수송대가 오는 기척은 전혀 보이지 않았다.

한낮 뙤약볕 아래 하릴없이 마냥 기다리는 사람들에게 초조와 불안감이 번지고, 해가 서편으로 기울면서 장병들은 뱃속에서 하나둘씩 쪼르륵 소리가 나기 시작했다. 신시(申時) 초가 지날 무렵, 드디어 아득한 지평선 상에 작은 흑점이 몇 개 나타더니, 잠깐 사이에 큰 덩어리로 변하고 나중에는 길다란 장사진(長蛇陳)을 이루어 꾸역꾸역 다가오기 시작했다.

"왔구나, 모두들 잘 은폐하라!"

번재는 한 마디 경고로 장병들의 주의를 환기시킨 다음, 눈 아래 길바닥을 구석구석 살펴보았다. 밤새껏 강행군해서 달려오느라 미처 다

지우지 못한 수레바퀴와 발자국이 걱정스러웠던 것이다. 그러나 우려할 것은 하나도 없었다. 새벽녘에 퍼부은 비로 흔적도 없이 지워졌기 때문이었다. 그야말로 하늘이 도와주신 셈이었다.

군량 수송대는 산비탈 아래 이르러서 돌연 행군을 멈추었다. 번재가 가슴을 죄며 바라보는 동안, 세 필의 기마대가 흑풍곡 어구를 향해 쏜 살같이 달려나왔다. 번재는 눈앞을 스쳐 지나가는 기수들의 얼굴 모습과 촉박하게 치닫는 말발굽 소리를 똑똑히 보고 들을 수 있었다. 정찰 기병대는 계곡 어구 바위에 올라서더니, 안장 위에 꼿꼿이 몸을 세운 채 사면을 두리번거리기 시작했다. 그것도 잠시뿐, 의심갈 만한 구석이 안 보였는지 이들은 말머리를 후딱 돌리더니 곧장 오던 길로 달려갔다.

대략 반 시진쯤 지나서, 세 필의 기마대가 또다시 흑풍구 일대를 정찰하고 다녀갔다. 이윽고 잠시 후에 군량을 수송하는 마차대가 움직이기 시작했다. 선두 마차가 지날 때부터, 번재는 땅바닥에서 새끼손톱만 한 돌멩이를 하나씩 주워 호주머니에 집어넣었다. 그것은 병사들이 정탐할 때 적의 병력이나 마차대의 숫자를 헤아릴 때 쓰는 방법으로, 통상 기억력이 좋은 사람은 암산을 하지만 보다 많은 숫자를 정확하게 세려면 지금 번재처럼 작은 돌멩이를 세기도 하고 풀잎을 한개씩 뜯어내기도 하는 것이다.

수송대의 마차 수는 2백 대를 헤아리고 나서야 끝났다. 그것은 정나라측이 범씨와 중행씨의 세력에 엄청난 군량미를 지원하고 있다는 증거였다. 마지막 한 대가 계곡 입구 비탈진 언덕길에 올라섰을 때, 소나무 숲 좌측방의 번재와 우측방의 진장은 거의 동시에 휘파람을 불었다.

"삐익 ──!"

맑고도 힘찬 휘파람 소리에 이어서 북과 징을 울리는 소리가 고막을 찢는 가운데, 장병들의 살기찬 함성이 꼬리에 꼬리를 물고 산골짜기 전체에 쩌렁쩌렁 울려 메아리쳤다.

험준한 산악 지대 도로상에서는 기마대나 전차의 기동이 몹시 불편한 관계로 번재와 진장은 숲 속에 전차를 버리고 도보로 달려나왔다. 장군이 최선두에 나서자, 병사들도 뒤처질세라 앞을 다투어 돌진해 나아갔다. 최초 공격목표는 수송대의 후미차량, 도로 좌우 양편에서 벌떼같이 쏟아져 나온 매복부대 장병들은 언덕 비탈에서 조수처럼 밀려 내리면서 쇄도해 갔다.

"으와아 ——! 쳐라!"

살기 등등하게 울리는 공격자의 함성, 뜻밖의 기습을 받고 놀란 이들의 비명 소리. 흑풍곡 어구 마루턱은 단병 접전(短兵接戰)으로 피아 쌍방이 뒤얽히면서 일대 혼전에 휩쓸리고 말았다.

정나라 군은 전혀 방비하지 않고 있다가 창졸간에 기습을 받게 되자, 다급하게 전투태세를 갖추면서 응전을 시도했다. 그러나 하루 낮밤을 꼬박 지루하게 기다려 온 이 흉맹스런 야수떼를 무슨 수로 당해낼 수 있으랴. 정나라군은 삽시간에 절반 넘는 사상자를 내고 말았다. 수송대 차량을 끌던 마필들도 경악과 공포에 질린 채 이리저리 날뛰다가 공격군의 참마도(斬馬刀)에 발목을 다치고 쓰러지거나 장창에 찔려 거꾸러졌다. 요행 싸움터를 빠져나온 마필도 있었으나, 창황중에 길을 잘못 들어 곡식 부대를 가득 실은 마차와 함께 절벽 아래로 굴러 떨어졌다.

선두로 계곡 아래까지 먼저 내려갔던 군사들은 후미가 매복 기습을 당하자, 다시 말머리를 돌려 올라가 지원할 엄두를 내지 못하고, 내친 김에 마차를 휘몰아 도망치기 시작했다. 그중 몇몇은 아예 곡식 자루를 모조리 풀어 내던지고 홀가분하게 빈 수레를 몰아 달아났다. 그러나 앞길에는 사마룡의 복병이 기다리고 있을 줄이야!

패잔병들이 개미떼처럼 밀어닥치자 사마룡은 선두 전차대를 향해 목이 터져라 고함을 쳤다.

"선두 대열은 좌우로 산개하라!"

통로를 가로막고 있던 선두 대열이 물결 갈라지듯 좌우로 흩어졌다. 패잔병들은 엉겁결에 적이 길을 터주는 줄로만 알고 그대로 마차를 몰아 포위망 속으로 돌진해 들어갔다. 그와 동시에 산개했던 선두 대열이 다시 합쳐졌다.

"공격이다! 가차없이 무찔러라. 누구든지 적의 수레를 탈취하는 자에게 최고의 포상을 내리겠다!"

"선두 대열은 정면에 따라붙는 보병을 사살하라!"

연거푸 떨어지는 명령에, 사마룡의 장병들은 일사 불란하게 움직였다. 제2대, 제3대가 포위망 속에 뛰어든 적을 공격하는 동안, 선두 대열은 말머리를 나란히 놓고 시위에 화살을 먹여 잡았다. 그리고 비탈길을 곤두박질쳐 내려오는 정나라 군 보병을 겨누어 일제 사격을 퍼붓기 시작했다.

정나라 군 장병들은 혼비백산을 하고 말았다. 지휘관이 아무리 고함치고 사납게 독전했어도, 매복 기습을 받고 사기가 땅에 떨어진 병사들은 이미 전투력을 잃어버린 지 오래였다. 저항하던 자들은 다치거나 죽고 무기를 내던진 병사들은 이내 포로 신세가 되었다. 요행으로 싸움터를 벗어나 도망친 숫자는 몇몇에 지나지 않았다.

기습전은 극히 짧은 시간에 마무리 되었다. 대장군 사마룡과 진장, 번재는 군사를 수습하여 이끌고 포로와 노획물을 정리하는 등, 도로상의 싸움터 청소에 들어갔다. 군량 수송차량은 계곡으로 굴러 떨어지거나 파괴당한 20여 대를 빼놓고 거의 손상된 것 없이 완벽하게 수중에 들어왔다.

병력을 점검해 보니 사상자 수는 미미했다. 번재와 진장의 부대 역시 거의 손실이 없다는 보고였다. 사마룡은 크게 기뻐하면서 전체 장병들에게 휴식을 준 다음, 일부 병력을 차출하여 포로와 노획한 전리품을 후방으로 옮겨 보냈다. 그리고 진장, 번재와 함께 주력을 이끌고 일단 본영으로 철수했다.

"진 장군, 번 장군, 아무래도 우리 대감께서 적의 응원군과 전방에서 부닥치셨을 가능성이 있소. 흑풍구 기습전은 이미 성공했고 또 예정대로 적의 군량도 노획해서 후방으로 소개(疏開)시켰으니, 이제 우리가 할 일은 주력군을 이끌고 진격하여 대감의 싸움을 도와드리는 것이 옳을 듯싶은데 두 분 장군의 생각은 어떻소?"

"옳은 말씀입니다!"

진장이 먼저 동의하자 번재도 성급하게 서둘렀다.

"얘기는 끝났습니다. 어서 진격합시다!"

이리하여 대장 셋은 5백 승의 전투용 수레와 5만 군사를 이끌고 호호 탕탕한 기세로 거침없이 진격했다.

이들의 예측은 그대로 맞아 떨어졌다. 범씨와 중행씨는 정나라에서 군량미가 도착하기만을 목빠지게 기다리던 중, 조간자의 대부대가 흑풍곡 일대에 매복 기습하여 출동했다는 정탐꾼의 급보를 받고 대경 실색하여 즉시 전군을 휘몰아 현장으로 달려갔다. 그러나 흑풍구 북방 20여 리 지점에서 기다리고 있던 조간자의 부대와 정면으로 맞부딪쳐 뜻밖의 조우전(遭遇戰)을 벌이게 되었다. 그러나 조간자도 적의 구원 부대가 일부 병력이 아니라 양 가문이 보유한 총병력일 줄은 전혀 예상치 못하고 있었다. 그 결과 연합군은 제때에 흑풍곡에 도달하지도 못한 채, 조간자의 부대와 널찍한 벌판에서 팽팽한 대치상태를 이루고 있던 것이다.

사마룡의 주력 부대가 나타나자, 조간자는 매복 기습작전이 성공한 것을 알고 너무도 기쁜 나머지 전차 위에서 펄쩍 뛰어 일어났다. 그는 사마룡이 미처 보고를 하기도 전에 즉각 급한 명령부터 내렸다.

"번 장군, 속히 부대를 이끌고 적의 우측방을 포위하라! 진 장군, 그대는 좌측방을 포위하라! 사마 대장군은 주력을 이끌고 적의 배후로 돌아 나가서 퇴로를 끊어놓고 내 정면 공격에 맞추어 협공을 가하시오!"

세 장군은 전차에서 내릴 틈도 없이 곧바로 부대를 이끌고 갈라져 나갔다.

범씨와 중행씨는 대세가 이미 기울어졌음을 깨달았다. 이제 기회를 만회하려면 오직 하나, 적의 삼면 포위가 이루어지기 전에 한시 바삐 조간자의 방어진을 궤멸시키는 길밖에 딴 도리가 없었다.

범씨는 침통한 기색으로 중행씨에게 말했다.

"아무래도 우리측이 선제공격으로 나가는 것이 좋을 듯싶소. 적이 사면 포위로 나오는 이상, 우리는 조간자의 진영에 공격력을 집중시키도록 합시다. 내 군사가 정면으로 압박해 들어갈 터이니, 중행 대감은 배후로 돌아 나가서 협공해 주시오. 시간이 없고, 장사진(長蛇陣) 대형으로 앞 뒤에서 조간자의 전열을 돌파한 다음 재차 방향을 바꾸어 토막 토막 끊어 버립시다!"

"범 대감도 조심하십쇼! 조간자란 놈은 워낙 교활하니까, 미리 대책을 세워 놓았을지도 모릅니다."

조간자는 지휘용 전차 위에 우뚝 서서 적방의 움직임을 낱낱이 바라보고 있었다. 범씨와 중행씨의 부대가 움직이자 그는 벌써 이들의 의도를 간파했다.

"옳거니, 네 놈들이 양면으로 내 진영에 협공을 가할 작정이로구나! 그렇다면 나도 각개 격파를 하기에 꼭 알맞으렷다!"

그는 재빨리 부하 장령들을 소집했다.

"이제 범씨와 중행씨는 항아리 속에 든 자라 꼴이 되었다. 저들이 배후로 나오기 전에 우리가 먼저 범씨 부대를 공격한다!"

명령이 떨어지자 수비진형이 급박하게 변하더니 삽시간에 공격대형으로 바뀌었다. 조간자는 목청을 돋우어 다시 공격 명령을 내렸다.

"장병들아, 돌격하라! 누구든지 범씨를 잡아 죽인 자에게는 일등 포상을 내리겠다!"

무거운 포상 아래 약졸(弱卒)이 없는 법, 조간자의 말끝이 떨어지기가 무섭게 전투용 수레 한 대가 먼지 구름을 일으키면서 범씨의 진영을 향해 쏜살같이 달려나갔다.

실로 당돌하기 짝이 없는 도전에 범씨는 우선 흠칫 놀랐으나 이내 정신을 가다듬었다. 적의 후속 공격이 따르는지 잠시 살펴 보는 동안, 도전자는 벌써 눈앞까지 들이닥치고 있었다. 범씨는 활솜씨도 비범하지만 워낙 다급한 김에 명령을 내릴 겨를도 없이 직접 활을 당겨 쏘았다. 전투용 수레에는 중무장한 갑사(甲士) 3명이 타고 있었다. 중앙은 말몰이꾼, 좌우 양측의 갑사는 공격수, 범씨가 쏘아 날린 화살은 말몰이꾼의 이마를 정통으로 꿰뚫었다. 네 마리의 마필은 통제를 잃어버린 채 마구 날뛰면서 곧바로 적진에 돌입했다. 그뿐, 전투용 수레는 범씨의 장병들 손에 붙잡혀 뒤집히고 갑사 두 명은 미처 반항해 볼 틈도 없이 마구잡이로 내려치는 난도질 아래 고기떡으로 변하고 말았다.

또 한 대의 전차가 돌격하려 하자 조간자는 급히 소리쳐 제지했다.

"잠깐! 이 어리석은 것들, 용기는 가상하다만 고작 필마 단창(匹馬 單槍)으로 적진을 때려 엎을 수 있다고 생각하느냐? 총공격이다! 나를 따르라!"

조간자는 병력 집중의 효과를 잘 알고 있었다. 총공격 명령이 떨어지는 것과 동시에 주장이 선두로 나서자, 수백 대의 전투용 수레가 일제히 바퀴 소리도 요란하게 돌진하더니 삽시간에 앞질러 나갔다.

범씨는 큰일났다 싶어 급히 전차 머리를 되돌린 다음, 바짝 따라붙는 적의 선봉대와 싸우면서 물러나기 시작했다.

"활을 쏘아라! 놈들의 돌격을 막아라!"

수레와 수레가 격돌하고 짐승끼리 맞부딪치면서 범씨의 진영은 삽시간에 난장판을 이루었다. 공격측의 전차도 말다리가 참마도 칼날에 끊기고 반마삭(絆馬索) 올가미에 걸려 숱하게 거꾸러지는 바람에, 수레가 움쭉달싹을 못하고 주저앉았다. 첫번째 접전에서 쌍방은 모두 엄청난 사상자를 냈다.

죽고 다친 인마와 파괴당하고 주저앉은 전차의 잔해는 조간자 군의 공격로에 장애물이 되어 가로막았다. 그는 어쩔 수 없이 전차대를 이끌고 멀찌감치 길을 돌아 추격에 나섰다.

정신 없이 뒤쫓다 보니 어느 실개천 가에 이르러 조간자를 태운 수레바퀴가 돌연 움직이지 않았다. 조간자는 바퀴가 진수렁에 빠진 줄 까맣게 모른 채 그저 좌우만 두리번거렸다.

"대감, 수렁에 빠졌습니다! 어서 뛰어 내리십쇼!"

장병들 중에 누군가 버럭 고함쳤다.

이러지도 저러지도 못하고 망설이는 판에 느닷없이 좌측방으로부터 생각지도 않은 전차대가 엄습해 왔다. 지휘용 깃발에는 '중행(中行)'이란 두 글자가 큼지막하게 수놓여 있었다.

조간자는 기절초풍을 하도록 놀라 황급히 수레에서 뛰어내리려 했다. 그러나 중행씨의 활대는 이미 보름달같이 늘어나 있었다.

"씽——!"

화살은 바로 조간자의 앞가슴을 노리고 힘차게 날아들었다.

"아앗……!"

조간자는 외마디 소리를 지르더니 수레 뒤로 벌렁 나가떨어졌다.

13
골육 상잔

바퀴를 수렁에 빠뜨린 채 경황이 없던 조간자는 느닷없이 날아오는 화살을 보고 깜짝 놀라 엉겁결에 외마디 소리를 지르면서 수레 뒤로 벌렁 나가 떨어졌다. 그 덕분에 화살은 바로 등 뒤에서 조간자를 경호하던 갑사의 가슴을 정통으로 꿰뚫고 말았다.

조간자는 정신을 가다듬고 재빨리 일어나 허리춤의 장검을 뽑아 들기가 무섭게 앞을 가리키며 호통을 쳤다.

"뭣들 하느냐! 활을 쏘란 말이다!"

범씨와 중행씨는 끝내 절호의 기회를 놓쳐버리고 말았다. 양군이 앞뒤에서 장사진의 종대 대형으로 조간자의 진영을 한 차례 맞뚫어 양분시켰을 때는, 진장과 번재 군이 좌우 양편에서 포위망을 조여들기 시작했고, 배후 퇴로를 차단한 사마롱의 부대 역시 전열을 가다듬자마자 무서운 기세로 돌격해 오기 시작한 것이다. 그야말로 물 한 방울 샐 틈없이 철통 같은 포위망 아래 범씨와 중행씨 군대는 꼼짝도 못한 채 그물에 갇힌 물고기 신세가 되고 말았다.

주장의 명령 한 마디에 일제 사격이 개시되었다. 사면 팔방으로 에워싼 공격군은 일정한 간격을 떼어놓고 무차별 사격을 퍼부었다. 단말마의 비명 소리가 벌판에 쩌렁쩌렁 울리는 가운데, 표적이 된 군사와 짐승들이 무더기로 쓰러져 떼죽음을 당했다.

거의 일방적인 살육전은 하루 해를 넘기고 땅거미가 질 무렵에서야 끝이 났다. 범씨와 중행씨에게 남은 병력이라곤 14,5대의 전투용 수레가 전부였다. 대세는 이미 물 건너 갔다. 이들은 중포위망 속에서 아귀처럼 날뛰어가며 발악한 끝에 마침내 한 가닥 혈로(血路)를 뚫고 빠져나오는 데 성공했다.

조간자는 추격대를 풀어 한바탕 여유 있게 뒤쫓은 다음, 징을 울려 군사를 거두었다. 그야말로 처참한 혈전이었다. 들판에는 온통 인마의 시체가 널리고 핏물이 도랑물처럼 흘렀다. 완승을 거둔 조간자는 이때부터 진나라 조정의 제일인자로 군림했고, 그로부터 17년 후 전국시대가 열리면서 스스로 독립하여 조(趙)나라를 세우고 북방의 강대국으로 성장하는 기틀을 마련하기 시작했다.

한편 공구는 벌써 두 번씩이나 위나라를 떠난 처지라, 체면상 금방 발길을 돌려 위나라로 돌아가기가 어려웠다. 이래서 제자들과 함께 황하 강변에 며칠 노닐다가 귀로에 올랐다. 기왕 나온 길을 마지못해 되밟자니 이들의 심사도 물론 좋을 리 없었다.

하룻길을 가서 객점에 들었으나 무더위가 극성을 부리는 통에 제대로 잠을 이룰 수가 없었다. 그는 초저녁부터 제자들을 데리고 뜨락에 나와 더위를 식혔다. 나그네들도 그렇지만 마을 사람 역시 바람을 쐬러 나온 이들이 적지 않았다.

이튿날, 공구 일행은 다시 위나라에 도착했다. 성 안에 들어서니, 거리 분위기가 온통 쑥덕공론으로 뒤숭숭했다. 임금이 병환으로 세상을 떠났다는 얘기가 온 성 안에 파다하게 깔렸다.

거씨 댁에 당도한 공구는 주인 거백옥의 입을 통해 항간의 소문이 사실임을 확인했다. 위령공이 끝내 병상에서 일어나지 못하고 세상을 떠난 것이다. 공구는 그 길로 궁궐에 조문을 다녀온 다음 예전이나 다름없이 거씨 부중의 손님으로 들어앉았다.

오래지 않아, 위령공의 손자 자첩(子輒)이 대를 이어 즉위식을 올렸다. 이가 바로 위출공(衛出公)이다. 주변의 많은 국가들이 사절을 보내 축하를 했으나 유독 진(晉)나라만큼은 축하 사절을 보내지 않았다. 더구나 조간자는 위나라 영토인 척지(戚地) 땅을 기습 점령하고 그곳에 자첩의 어버지 괴외를 앉혀 놓는 등 망명 세력을 끌어 모아 위나라 측에 공공연히 도전하게 만들었다.

척지 땅은 황하 서안에 위치하여 진나라와 강을 사이에 두고 마주 바라보는 곳이요, 진(晉), 정(鄭), 오(吳), 초(楚) 등 여러 나라가 왕래하는 교통의 요충지였다. 괴외는 진나라의 세력을 등에 업은데다. 토질이 비옥하면서도 물산이 풍부한 척지 땅을 차지하고 나서 언젠가는 위나라로 쳐들어갈 야심을 불태우고 있었다. 그는 부군(父君) 위령공이 세상을 떠났다는 소식을 전해 듣자, 그 즉시 고국에 있는 아들 자첩에게 편지를 띄워 보냈다. 내용인즉, 하루라로 빨리 귀국하여 임금의 자리에 올라야겠으니, 속히 자기를 모셔 갈 영접 행차를 보내라는 것이었다. 이치를 따져 본다면 이는 당연한 요구 사항이었고, 또 자첩은 아들의 입장에서 마땅히 순종해야 옳은 일이었다.

그러나 괴외는 부친이 임종때 손자에게 그러한 희망 사망과 전혀 다른 유언을 남긴 것을 전혀 모르고 있었다. 위령공은 죽음을 앞두고 자첩에게 군주의 자리를 물려주면서, 다음과 같이 신신당부를 해두었다.

"네 아비 괴외는 부군(父君)을 속이고 국모를 시해하려 했을 뿐 아니라. 지금 척지 땅으로 망명하여 반역 세력을 키우고 있는 불충불효, 불인불의한 놈이다. 그런 난신역자에게 내 어찌 보위를 전해 주겠느냐? 내가 죽거든, 이 나라를 네가 맡아 다스리되, 아무쪼록 수단 방법을 아끼지 말고 부강한 나라로 만들기에 힘써야 한다. 무엇보다 중요한 것은 군사력을 크게 강화시키는 일이다. 군사력이 강해지면 외부의 적은 물론 나라 안의 반역세력도 평정할 수가 있다. 언젠가는 네 아비 괴외도 반란군을 이끌고 쳐들어올 날이 있을 터, 그때에는 네가 직접 싸움터에 나아가 진두지휘를 하고, 반드시 그놈을 죽여 없애도록 해야 한다. 설령 죽이지 못하더라도 그놈을 국경 밖으로 쫓아내어 살아 생전에는 이 나라 땅을 두번 다시 밟을 수 없게 만들거라!"

위출공이 즉위한 지 며칠 안 되어 괴외의 서찰을 지닌 사절이 당도했다. 그러나 위출공은 아버지의 서찰을 뜯어보지도 않고 사절의 면전에 내던졌다.

"냉큼 돌아가서 과인의 말을 전하라! 그 사람은 내 조부님과 부자지간의 정을 끊었으니, 나 또한 그 사람과는 이미 부자지간의 의리가 끊어진 셈이다. 위나라 군주의 보위는 이미 조부님이 내게 물려주셨다. 과인은 그 사람에게 닷새의 말미를 주겠으니 엉뚱한 꿈은 버리고 그 기한 내에 위나라 국경 바깥으로 떠나라고 일러라! 그렇지 않았다가는 죽어 묻힐 데도 없을 것이다!"

사절은 공포에 질린 나머지, 온몸이 북풍 한설에 사시나무 흔들리듯 와들와들 떨어가면서 허겁지겁 궁궐을 빠져나왔다. 그리고 단숨에 척지 땅으로 달려가서 괴외에게 사실대로 아뢰었다.

괴외는 격분에 못 이겨 안색이 울그락푸르락, 두 눈에 핏발을 세우고 어금니를 갈아붙이면서 펄펄 뛰었다.

"애비의 뜻을 거역하다니, 하늘에 맹세코 내 이 불효자 놈을 잡아죽이지 못하면 사람이 아니다!"

그는 당장에라도 군사를 휘몰아 제구성으로 쳐들어가서 친아들 위출공을 죽이지 못하는 것이 한스럽기만 했다. 그러나 지금 수중에 있는 병력이라곤 전투용 수레 1백 승이 고작이라, 그것만으로 한풀이를 하기에는 턱도 없는 짓이었다. 분노가 차츰 가라앉으면서 마음의 평정을 되찾자 그는 즉시 황하 건너 조간자를 만나러 떠났다.

이 무렵, 정적 범씨와 중행씨의 양 가문을 숙청해 버린 조간자는 정나라 측에서 탈취한 엄청난 수량의 양곡을 밑천삼아 끊임없이 군사를 모으고 전마를 사들이는 등, 계속 자신의 세력을 확장시켜 나갔다. 이날도 그는 한가로이 집에 들어앉아서 눈을 감고 머지않아 세우게 될 자신의 나라를 구상하고 있다가, 방문객이 찾아왔다는 문지기의 연통을 받았다.

"대감께 아뢰오! 위나라 괴외 태자께서 뵙기를 청합니다."

"오냐, 어서 드시도록 해라!"

괴외가 객청에 들어서자 조간자는 반색을 하며 맞아들였다.

"아니, 괴공자께서 어찌 이 누추한 곳을 다 찾아오셨소?"

"조 대감, 이 노릇을 어쩌면 좋겠습니까? 내 아버님이 병환으로 세상을 떠나면서 군주의 자리를 손주 놈에게 전했답니다! 그래서 나도 인편에 서찰 한 통을 보냈었지요. 아들놈더러 보위를 내게 넘겨달라고 말입니다. 한데, 이 불효 막심한 녀석은 이 아비의 서찰을 뜯어보기는커녕, 사자의 면전에 내던지고 차마 입에 담지도 못할 소리를 내게 전하라고 하더랍니다. 그러니 이 분한 마음을 어떻게 삼키고만 있겠습니까? 그 불효자 놈이 의절을 선언한 바에야, 나도 부자지간의 예의니 뭐니 따지지 않기로 작심했습니다."

"괴공자, 설마 친아드님과 골육상쟁을 벌이시려는 것은 아니겠지요?"

괴외는 가슴속 가득찬 분노를 억누르지 못한 채 이를 갈았다.

"나는 지금 당장에라도 군사를 휘몰아 제구성으로 쳐들어가서 그 불효자 놈을 찢어 죽여 흰을 풀어야겠습니다! 그것도 못한다면, 이 괴외가 살아 생전에 무슨 면목으로 사람 노릇을 하겠습니까?"

능구렁이 조간자는 미덥지 못하다는 듯 고개를 갸우뚱해 보이고 슬쩍 상대방의 속을 떠보았다.

"현재 병력을 얼마나 가지고 계시오?"

"겨우 1백 승뿐입지요."

괴외의 탄식 섞인 대답을 들으면서 조간자는 속으로 주판알을 퉁겨 보았다. 그는 이미 괴외에게 힘을 보태주기로 마음의 준비가 되어 있었다. 일단 제구성을 함락시키고 자첩이란 녀석을 죽여 없애면, 괴외는 곧 위나라 군주가 될 것이요, 머지않아 일국의 패자로 군림하게 될 자신에게는 충실한 맹방이 하나 생겨나는 것이었다.

"괴공자께서 분하시기야 하겠으나, 나는 그래도 참으시라고 권하고 싶소이다. 생각 좀 해보시오. 전차 1백 승만 가지고 자첩과 맞선다면, 계란으로 바위를 치는 격이나 다름없을 터, 멸망을 자초하는 일이 아니겠소? 하물며 자첩은 어찌되었든 당신의 친아드님이고……"

"대감, 그 말씀 틀렸소이다! 자첩이란 놈이 비록 내 친자식인 것은 틀림없지만, 보위를 이 아비에게 넘겨주지 않았으니 이는 곧 불효가 아니고 뭐요? 효도조차 제대로 못하는 놈이 어떻게 나라를 다스릴 수 있단 말이오?"

조간자는 비로소 얼굴을 환히 펴고 통쾌한 웃음을 터뜨렸다.

"그럼 괴공자께서 마음의 결단을 내리셨단 말씀이구료?"

"하늘에 맹세코 이 괴외는 그 불효 역자(逆子)를 이 세상에서 반드시 제거해 버리고야 말겠소!"

"정녕 뜻이 그러시다니 하는 수 없군! 내 전차 2백승을 빌려드리리다. 또 번째 장군을 보낼테니 괴공자께서 마음대로 부리도록 하시오."

"고맙습니다, 조 대감!"

조간자는 즉석에서 대청 바깥을 향해 소리쳤다.

"게 누구 없느냐? 군영에 가서 번재 장군더러 급히 오라 일러라!"

얼마 안 있어 번재가 득달같이 달려왔다.

"지금 위나라 괴공자께서 어려운 일을 당하고 계시다. 그대는 속히 전차 2백 승을 거느리고 척지 땅으로 가서 괴공자님의 부대와 합류하라. 아무쪼록 힘을 아끼지 말고 괴공자님과 더불어 제구성을 공격 점령하고, 반드시 위나라 군주의 보위를 빼앗아 드려야 한다! 알겠는가?"

"분부 받드오리다!"

번재는 한 마디로 응답한 다음 다시 괴외에게 인사를 올렸다.

"소장 번재, 괴공자님의 뜻대로 따르겠사오니 명령만 내리십시오!"

괴외의 얼굴에 함박 웃음꽃이 피었다. 그는 조간자와 번재를 번갈아보면서 감동에 못이겨 떨리는 목소리로 사례했다.

"조 대감, 이렇게 성의를 보여주셔서 감사합니다. 번 장군, 고맙소이다! 장군의 도움을 받게 되다니, 실로 삼생의 행운이라 하겠소. 이번일만 성사되고 나면 불초 괴외가 두분께 후한 사례로 보답하오리다!"

조간자는 그럴 필요 없다는 듯 손을 홰홰 내저었다.

"하하! 별 것도 아닌 일 가지고 뭘 그러시오! 내 그저 작은 성의나마 표하고 싶었을 뿐이니까 마음에 두지 마시구료!"

"조 대감, 언제 군대를 출동시켜 주시겠소?"

"당신이 결정하는 날이면 언제든지 좋소!"

조간자의 대답은 시원스러웠다.

"오늘은 병력을 점검하시고 내일 아침에 출동하면 어떨까요?"

그날 밤, 조간자는 괴외에게 전승을 축원하는 잔치를 베풀어주었다. 번재도 송별연을 겸해 참석시켰다.

다음 날 이른 아침, 번재는 정예병으로 가려뽑은 전투용 수레 2백 승

을 거느리고 괴외와 함께 황하 기슭을 향해 달려갔다. 한 여름철 불볕
더위가 기승을 부리고 실바람 한 점 불지 않는 날씨였다. 공기는 숨이
턱턱 막힐 정도로 무더웠고 끈적끈적한 습기는 진땀을 쥐어짜내게 만
들었다. 대지 전체가 거대한 찜통으로 변한 듯싶었다. 수레를 끄는 마
필들도 땀에 흠뻑 젖어 게거품을 줄줄 흘리고 안간힘을 다 써 가며 앞
으로 앞으로 행군해 나아갔다. 전차 위의 갑사와 보병들 역시 무더위에
견디다 못해 갑옷 투구를 벗어 던져 놓고 짜증나는 손길로 이마의 땀방
울을 연신 닦아내었다.

이렇듯 며칠 동안 땡볕 아래 강행군을 거듭한 끝에 어느 날 저녁 무
렵이 다 되어서야 가까스로 황하 기슭에 도착할 수가 있었다.

강변 나루터에는 전마선(傳馬船)이 겨우 네 척밖에 없었다. 괴외와
번재가 병력을 배에 태우려고 했을 때, 갑자기 일진 광풍이 휘몰아치더
니 이어서 천둥 벼락이 정신을 못 차리도록 사납게 고막을 때리면서 장
대만큼이나 굵은 빗줄기가 억수같이 퍼부었다.

해가 저물고 비가 멎은 뒤 강물을 바라보니, 물이 크게 불어나고 흐
름이 급류로 바뀌어, 하류 쪽으로 쏟아져 내려갔다. 서쪽으로 고개를
돌려보니, 대지가 삽시간에 망망 대해로 변하고 말았다.

전투용 수레를 끄는 마필 8백여 마리와 2만 명의 장병들은 너나 할
것 없이 온 몸으로 더운 김을 무럭무럭 뿜어내는 꼴이 마치 펄펄 끓는
물에 갓 튀겨 낸 통닭이나 다를 바 없었다.

번재는 나루터에 올라서서 사공을 고함쳐 불렀다.

"여봐, 배꾼! 어서 배를 띄울 준비 좀 해주게. 우리 군사와 전차대를
저 동쪽 기슭에 건네주어야겠어!"

"아이구, 장군님! 풍랑이 저렇게 심하고 해도 떨어졌는데 어떻게 배
를 내란 말씀입니까요? 안 됩니다. 아주 위험하고 말굽쇼! 소인 생각으
로는 내일 아침 일찍이 건너시는 게 좋을 듯싶습니다요!"

그 말을 듣고 번재가 고리눈을 부릅떴다.

"뭐라구! 뱃삯을 안 낼까봐 그러나?"

사공은 연짱 허리를 굽신거리면서 변명을 했다.

"장군님, 오해 마십쇼! 소인은 그런 뜻으로 말씀드린 게 아닙니다요. 장군님은 나랏일을 하시는 분인데, 소인이 어찌 뱃삯을 받겠습니까?"

"바람도 잔잔해지고 비도 멎었는데 배를 띄워서 안될 게 뭐 있나? 보라고, 하늘에 별이 총총하게 떠있잖은가? 날씨도 선선해졌으니 자네도 땀을 덜 흘릴 테고 말이야!"

"누가 몰라서 그럽니까요? 장군님, 풍랑이 너무 거셉니다……!"

"잔소리 마라! 어서 배나 갖다 대지 못해?"

번재가 용서치 않겠다는 듯 손을 홱 뿌리쳐 보였다.

사공들도 어쩔 수 없는지, 나루터에 뱃머리를 조심스럽게 갖다 붙였다. 천만 다행으로 바람은 시간이 지날수록 잦아들었다. 나룻배 네 척은 그 밤을 꼬박 지새운 끝에 2백 대나 되는 전투용 수레와 2만 명의 병력을 건너편 대안에 무사히 옮겨다 놓을 수 있었다.

위나라 영토에 발을 내딛고 나니 괴외는 새삼스레 몸뚱이가 거뜬해지고 정신이 번쩍 들었다. 전차 2백 대, 보기만 해도 믿음직스럽기 짝이 없었다. 이 정도 병력이면 제구성 하나쯤은 거뜬히 함락시킬 수 있을 듯싶었다. 그는 단꿈에 흠뻑 젖은 채 느긋이 척지 땅으로 돌아왔다.

입성을 마치자 그는 자신이 보유한 전차 1백여 승을 번재에게 넘겨 지휘를 받도록 했다.

"번 장군, 언제 출동하는 것이 좋겠소?"

그러나 번재는 괴외의 다급한 마음과는 달리 반응이 시큰둥했다.

"이제 갓 여기 도착했는데, 언제 출동하다니요? 장병이나 마필이 모두 강행군에 지쳤으니 며칠 푹 쉬면서 기력을 회복하고, 또 작전 계획도 치밀하게 짜놓은 다음에 행동으로 옮겨야 합니다."

"아니, 번 장군! 우리는 떠날 때부터 공공연히 북 치고 장구 치고 행군해 오지 않았소? 이런 마당에 한 시라도 빨리 출동해서 놈들에게 미처 손 쓸 틈도 주지 말고 들이쳐야 하는 게 아니오? 만약 그 불효자 놈이 바람결에라도 소문을 전해 듣고 준비 태세를 갖춰 놓는다면 우리에게 불리할 거외다!"

"하기야 '밤이 길면 꿈도 많은 법'이라고 했으니, 괴공자님 말씀도 옳기는 합니다. 그러나 저는 위나라 도성 근처 지형에 대해서 깜깜 절벽입니다. 지형도 모르고 맹목적으로 진격했다가 낭패를 당하기 십상이지요."

"장군, 무슨 걱정이 그리도 많으시오? 나는 위나라 도성에서 태어나고 자란 사람이외다!"

그는 주먹으로 제 가슴을 탁탁 쳐보이면서 말을 이었다.

"제구성 주변은 어느 곳을 둘러보아도 평탄한 들판에 하천이 몇 가닥 흐르고 있을 뿐 지형은 전혀 복잡하지 않으니까, 대규모 전차전으로 싸우기에는 안성맞춤이란 말이오."

"기습전에서 가장 꺼리는 지형이 평원입니다. 엄폐물도 없고 병력을 숨길만한 장소가 없으니, 3백 승이나 되는 전차 대부대가 그저 벌 떼처럼 몰려가야 할 텐데, 무슨 수로 적의 눈길을 피한단 말입니까?"

"밤중에 야습(夜襲)을 하면 되겠지!"

번재는 어쩌지 못하고 빙그레 웃고 말았다.

"보아하니, 그럴 수밖에 없습니다그려!"

"오늘 밤에 당장……!"

"알겠습니다. 출동 준비를 시키지요."

두 사람은 날이 어두워지는 대로 출동하여 못된 아들놈 자첩을 소리도 못 지르게 단숨에 때려잡기로 결정했다.

그날 밤, 하늘에는 짙은 구름장이 가득 덮이고 밤공기도 흐름을 멈추어, 마치 대지 전체가 생기를 잃은 듯하였다. 전투용 수레는 도합 3백여 대로 늘어나 '삐거덕, 삐거덕!' 바퀴 소리가 도둑 행군을 하는 사람들의 신경을 자극하며 공포심마저 안겨 주었다. 수레바퀴 소리나 귀뚜라미 소리나, 사람들이 두려워할수록 더욱 크게 울려, 마치 수십 리 바깥에 있는 적진에까지 들릴 것만 같았다.

야습 부대가 어느 커다란 강변에 다다랐을 때, 갑자기 '쏴아, 쏴르르! 쏴아 쏴르르!' 하는 소리가 들려왔다. 바람이 일기 시작한 모양이었다. 이 일대는 지대가 낮은 저습지(低濕地)라, 강변 양 기슭을 따라서 온통 키를 훨씬 넘는 갈대숲이 길길이 웃자라고 있었다. 바짝 마른 갈댓잎은 산들바람이 조금만 불어도 호들갑스레 나부끼는 성미여서, 미풍에도 숲 전체가 물결치듯 흔들리며 요란한 소리를 내었다.

갈대숲이 파도치는 소리에 번재는 가슴이 철렁 내려앉고 온몸에 닭살이 돋아났다. 그는 경각심을 돋우고 전차 위에서 몸을 벌떡 일으키더니, 두 눈에 신경을 모아 갈대숲 쪽을 뚫어져라고 노려보았다. 아무래도 갈댓잎 흔들리는 소리가 꺼림칙하고 신경에 거슬리는 느낌을 지울 수가 없었다. 그는 괴외를 돌아보았다.

"우리 조심해야겠습니다. 이토록 무성하고 너른 갈대숲이라면 전차 수백 대라도 손쉽게 매복시킬 수 있겠는 걸요. 잠시 행군을 멈추고 우선 정찰 기병대를 풀어 수색부터 해본 다음 진로를 결정해야겠습니다."

괴외가 번재를 홀끗 쳐다보았다. 이 엉터리 용장이 겁을 집어먹은 게 아닌지 모르겠다 싶어 그는 일부러 목청을 높여 호기 있게 반박했다.

"번 장군, 여기서 도성까지는 아직도 40여 리 길이나 남아 있소. 우리가 귀신도 모르게 이곳까지 다가왔는데, 어떤 놈이 눈치채고 여기 엎드려 있다가 우리를 덮친단 말이오?"

"그건 괴공자께서 전쟁을 모르고 하는 말씀입니다. 병가에서 가장 꺼리는 것은 의심스런 상황을 소홀히 보아넘기는 일입니다. 나는 소중한 병력을 이끌고 적지에 들어온 만큼 절대로 방심할 수 없습니다!"

말을 마치자, 그는 뒤를 돌아보고 부하들에게 명령을 내렸다.

"행군을 중지하라!"

명령이 갓 떨어졌을 때였다. 난데없는 북소리가 '두둥, 둥! 둥, 둥!' 울리더니, 이어서 살기찬 함성이 밤하늘을 쩌렁쩌렁 메아리쳐 울렸다.

"으와아 ——!"

괴외와 번재는 자기 눈을 믿을 수가 없었다. 갈대밭을 헤쳐가며 꼬리에 꼬리를 물고 쏟아져 나오는 전차대, 어둠 속이라 헤아리기도 어렵지만 전차대의 숫자는 끝이 없는 것 같았다.

"앗, 복병이다!"

괴외는 혼비백산을 한 나머지 얼떨결에 말고삐를 풀었다. 그러나 네마리의 짐승은 앞으로 전진하는 대신 그 자리에서 한 바퀴 빙그르르 돌고 멈춰섰다.

번재는 다시 전차를 바로 세우고 마주쳐 나아가면서 적의 선봉장을 향해 고함쳐 물었다.

"거기 오는 장수가 누구냐? 이름을 밝혀라!"

"왕손가다!"

선봉장이 맞고함쳐 응수했다.

"그대는 누구인가? 어디서 왔느냐?"

번재도 질세라 우렁찬 목소리로 대꾸했다.

"나는 진나라 대장 번재요!"

그러자 왕손가는 상대방의 이름을 직접 불러가며 호통쳐 꾸짖었다.

"번재! 너는 진나라 대장의 신분으로 너희 군주나 경호하고 너희 나라 변방을 지켜야 마땅하거늘, 어째서 공공연히 대군을 이끌고 우리 나라를 침범한단 말인가!"

"그야 위나라가 윤리 강상을 잃었기 때문 아니오? 왕손 장군, 곰곰이 생각 좀 해보시구료. 위나라 군주가 세상을 떠났으면 태자에게 보위를 물려주어야 마땅한 일이 아니오? 그 아드님이 두 눈 시퍼렇게 살아 계신데 젖비린내 나는 손자 녀석에게 양위를 하다니, 이렇듯 장유 질서(長幼秩序)가 없는 집안을 토벌하지 않으면 누굴 토벌하겠소?"

"그건 우리 위나라의 집안 일인데 진나라가 어째서 간섭한단 말이냐? 더구나 공자 괴외는 부군을 기망(欺罔)하고 국모를 죽이려다 실패하자, 고국을 헌신짝처럼 내버리고 도망쳤다. 이제 남의 집 울타리 밑에 더부살이나 하는 신세가 되어서 무슨 낯짝으로 임금의 자리를 넘본단 말인가! 이런 불충 불효한 자를 위해 목숨을 팔다니 일국의 대장이 그토록 할 일이 없다더냐? 내가 충고하겠는데, 공연히 아까운 목숨 잃지 말고 어서 썩 군사를 되돌려 너희 나라로 돌아가거라!"

괴외가 분노를 참지 못해 발로 수레 바닥을 찍어가며 호통쳤다.

"왕손가, 너도 예의 범절이 뭔지 아는 놈이라면 썩 군사를 거두어라! 설마 내가 누군지 모른다고는 않으렷다?"

왕손가는 코웃음으로 응수했다.

"얼마 전까지는 위나라의 태자 어른이셨소. 유감스러운 일은, 당신은 자기 위신을 저버리고 주군께 용납받지 못할 일을 저질렀다는 사실이오. 지금 위나라에는 다른 분이 새로운 군주로 즉위하셨소. 이제 당신에게는 임금의 자리는커녕 두 발 딛고 설 땅조차 없다는 걸 모르시오? 시세가 어떻게 돌아가는지 좀 아는 분이라면 지금이라도 늦지 않으니 다른 곳으로 도망쳐 가서 달리 살 길을 찾아보도록 하시오."

"이런 발칙한 놈! 뉘 앞에서 무례막심한 소리를 지껄이는 게냐?"

괴외는 노발대발, 발을 동동 굴러가며 엄하게 꾸짖더니 갑자기 뒤를 돌아보고 명령을 내렸다.

"활을 쏴라! 저놈을 쏘아 죽이란 말이다!"

급작스레 일제 사격이 퍼부어지자 위군 진영 선두 대열이 혼란을 일으켰다. 전차를 몰던 갑사 몇몇이 화살에 맞아떨어진 모양이었다.

왕손가는 장검으로 화살비를 떨구면서 노기등등하게 고함쳤다.

"괴외 공자, 이번만큼은 내가 양보하겠소! 하나 거기서 한 발짝이라도 더 내딛으려거든, 내 손속이 무정하다고 탓하지나 마시오!"

"저런 죽을 놈, 에잇……!"

괴외는 분노가 머리 끝까지 뻗쳐 견딜 수가 없었다. 그는 마부의 손에서 채찍을 빼앗아 들기가 무섭게 말 궁둥이를 후려쳤다. 번재가 황급히 그 팔목을 붙잡아 말렸다.

"괴공자, 이러시면 안 되오! 갈대밭이 무성하고 지세도 낮은데 어쩌자고 뛰어들려 하시는 겁니까? 저놈들은 어둠 속에서 피할 데도 많고 숨어 있을 천연 장애물도 차지하고 있습니다. 반면 우리는 노출된 상태에서 은폐물도 장애물도 전혀 없지 않습니까? 이런 상황에서 강공으로 맞서다가는 우리측에 절대로 불리합니다."

"그럼 날더러 어떻게 하란 말이오?"

번재는 칠흑의 어둠 속을 응시하면서 조용히 속삭였다.

"계략을 써서 저놈들을 갈대밭에서 끌어내야 합니다. 일단 바깥으로 유인해 낸 다음, 정면으로 맞서든지 포위해 놓고 들이치든지 합시다!"

말을 마치자, 그는 등 뒤 전령에게 낮은 목소리로 지시를 내렸다.

"속히 후퇴한다. 각 부대에 전달하라!"

바로 이 때였다. 광풍이 한바탕 어지럽게 불어 닥치더니, '꽈다당!' 하고 뇌성 벽력이 떨어졌다. 섬뜩한 번갯불에 이어서 머리통까지 띵하게 울리는 무시무시한 천둥 소리였다. 번재는 순간적으로 번뜩인 섬광(閃光)을 빌려 정면을 똑똑히 바라볼 수 있었다. 다음 순간, 그는 얼음 냉수라도 한 대접 들이켠 듯 숨이 턱 멎으면서 몸뚱이 전체가 절반쯤 얼어붙고 말았다. 이들 눈앞에는 어느새 다가왔는지 중무장한 전투용 수레가 끝도 안 보이게 한 일자로 늘어섰을 뿐 아니라, 좌우 측방에도 보병과 궁노수의 전열이 방패와 장창, 활시위를 보름달처럼 당겨 잡은 채로 삼엄하게 포진하고 있었던 것이다. 이제 왕손가의 명령 한 마디만 떨어지면 이 유령 같은 군사들은 사리 때 밀물처럼 한꺼번에 공격해 올 것이 분명했다.

왕손가도 번재의 속마음을 꿰뚫어 보았는지 멀리서 고함을 질렀다.

"번 장군, 시무(時務)를 아는 자가 준걸(俊傑)이라 했소! 그대의 졸병 한 사람도 다치지 않을 테니, 어서 말머리를 돌려 본국으로 돌아가시오. 만약 지형이 전차전에 유리하다고 해서 고집스레 저항하는 날엔 오직 전멸당하는 길밖에 없을 뿐이니까, 상황 판단을 잘해서 빨리 결단하시기 바라오!"

괴외는 방금 번재가 후퇴 명령을 내렸을 때부터 불만이 있던 참이었는데, 이제 왕손가의 몇 마디 말을 듣고 나자 그는 가슴에 가득 찬 복수의 불길을 더 이상 억누를 수 없어 발광한 사람처럼 마구 소리를 질러대기 시작했다.

"물러나지 못한다! 누가 후퇴하라더냐? 어서 돌격하라! 누구든지 왕손가를 잡아죽이기만 하면 큰 상을 내리겠다!"

명령이 엇갈리자 장병들도 종잡을 길이 없었다. 진나라 전차대는 번재의 명령에 따라 주춤주춤 뒷걸음질 치는데 괴외의 전차대 1백 승은 기를 쓰고 앞으로 돌격해 나왔다. 이러니 전열은 삽시간에 흐트러질 수밖에 더 있겠는가!

"우르르——! 따닥! 쿵쾅……!"

또 한 차례 뇌성 벽력이 가슴 답답하게 울리고 지나갔다. 이어서 사나운 돌개바람에 폭우가 쏟아져 내리기 시작했다. 왕손가는 결정적인 때가 왔음을 알고 즉시 명령을 내렸다.

"장병들아, 쳐라!"

"둥둥둥……! 두둥둥……!"

억수같이 퍼붓는 비바람 속에 쌍방의 인마가 한 덩어리로 뒤엉키면서 삽시간에 일대 난장판을 이루었다.

마침내 번재와 괴외 군이 더이상 배겨나지 못하고 말머리를 돌렸다. 위나라 군이 추격에 나섰다. 왕손가는 진나라 대장 번재 한 사람만을 단단히 물고 늘어진 채 좀처럼 놓아 줄 기미를 보이지 않았다. 괴외는 왕손가의 추격 목표가 번재에게 집중된 틈을 타서 재빨리 몇십 대의 전차만 겨우 건져 이끌고 척지 땅으로 달아나 버렸다.

번재도 일국의 대장답게 확실히 솜씨가 비범했다. 그는 쏜살같이 치닫는 가운데서도 부지런히 활시위를 당긴 끝에, 마침내 왕손가의 전차를 끌던 네 마리 마필 중에 한 마리를 거꾸러뜨리고 상대방의 추격을 그대로 주저앉히는데 성공했다. 그러나 번재 역시 더 싸울 마음이 없어 곧바로 척지 땅을 향해 도망쳐 버렸다.

이 싸움을 겪고 난 후, 괴외도 아들 자첩의 대비가 무섭다는 사실을 깨닫고 두번 다시 경거망동할 엄두를 내지 못했다. 그저 날이면 날마다 척지성에 틀어박혀 군사 훈련을 시키면서 반격할 기회가 오기만을 손꼽아 기다릴 따름이었다. 그는 하늘이 두 쪽 나는 한이 있더라도 제구성에 어엿이 입성하여, 아들 자첩에게 본때를 보여야만 직성이 풀릴 것이었다. 이는 자첩에게도 커다란 골칫거리가 아닐 수 없었다. 그는 언제 어디서 공격을 받게 될지 몰라, 시시 때때로 연무장에 나아가서 장병들을 격려하고 대비책을 세우는 데 전력을 기울였다.

한편 거씨 부중에 눌러앉은 공구도 위나라의 풍운을 직접 귀로 듣고 두 눈으로 목격하면서, 이대로 위나라에 더 머물러 있을 수 없다는 생각이 차츰 깊어지고 있었다.

이날, 그는 제자들을 모아놓고 자기 심경을 털어 보였다.

"얘들아, 지금 위나라 군주가 자기 아버지와 골육 상쟁을 벌여 온 나라가 전란의 소용돌이에 휘말려 민심이 흉흉해지고 있다. 이런 정세에서 우리가 여기 머물러 있기도 매우 불안한 듯싶다."

"그럼 어디로 가실 작정입니까?"

자로가 다그쳐 물었다.

공구는 이미 생각해 둔 바가 있는 듯 지체없이 대답했다.

"송나라는 우리 조상들께서 뿌리를 내리고 대대로 살아오신 곳이다. 우리 그 나라에 가자꾸나."

"좋습니다! 사부님이 어딜 가시든 저희도 따라 가겠습니다."

제자들은 입을 모아 찬성의 뜻을 밝혔다. 스승의 말씀이라면 절대 순종하도록 길들여지기도 했으나, 지금 그의 심기가 썩 좋지 않은 것을 보았기 때문에 이들은 두 말없이 찬동하고 나선 것이다.

며칠이 지나서, 공구 일행은 송나라 경내에 들어섰다. 이날은 아침나절부터 가랑비가 내린 덕분에 날씨도 서늘하고 공기도 산뜻했다.

눈앞에는 대평원이 일망무제로 펼쳐졌다. 강둑에는 버드나무와 백양나무가 줄지어 늘어섰고, 논두렁 밭고랑 사이에는 잡목이 경계를 이루고 있었다. 땅에 스칠 듯 낮게 나는 제비떼, 높은 하늘 까마득한 허공에서 한가로이 선회하는 솔개 한 마리, 이렇듯 평화스런 전원 풍경을 바라보는 동안, 공구는 비로소 전란에 휩싸인 위나라를 벗어났음을 실감했는지 얼굴에 기쁜 빛이 감돌고 안도의 한숨이 길게 흘러나왔다.

해가 정수리 위에 떠올랐을 무렵, 공구는 뱃속이 텅 빈 것을 느끼게 되었다. 하지만 앞을 보나 뒤를 보나 마을도 없고 객점도 보이지 않았다. 그는 제자들을 바라보았다. 하나같이 더위를 견디지 못하는 듯 얼굴에 진땀을 줄줄 흘리고 있었다. 자로의 선두 마차가 해묵은 장목(樟木) 그늘 아래를 지나칠 때 스승은 자로에게 손짓을 보냈다.

"날씨가 너무 덥구나. 우리 이 그늘 아래 잠시 쉬었다 가자꾸나."

"그렇지요! 정말 무더위가 대단합니다."

자로는 시원스레 응답하더니 마차에서 훌쩍 뛰어내렸다. 나머지 여섯 대도 나무 등걸에 고삐를 묶고, 제자들은 제각기 시원한 그늘 아래 찾아들어 바람을 쐬기 시작했다. 나뭇가지에 둥지를 튼 어미 아비 까치 두 마리가 쉴새없이 넘나들며 시끄럽게 우짖고, 둥지 안의 새끼들도 푸드득 활갯짓을 쳐가며 쨱쨱거리는 것이, 새끼들에게 노래와 나는 방법을 가르치고 있는 모양이었다. 넓게 탁 트인 논밭에는 한 해 먹을 오곡이 가득 심겨져 이제 한창 이삭이 패고 있었다.

"송나라 백성들은 복도 많구나! 올해 이처럼 대풍을 만났으니 모두들 얼마나 좋을꼬······!"

공구가 홀로 탄성을 내뱉는 동안, 새끼 제비들이 저공으로 선회하면서 이따금씩 벌레를 잡느라 땅바닥에 처박힐 듯 스치고 날아올랐다. 잠자리떼도 산들바람결에 실려 눈이 어지럽도록 화사하게 날면서 생기발랄한 대지에 더욱 활기찬 기운을 보태주고 있었다.

공구는 보기만 해도 흥거운 마음에 제자들에게 한 마디 건넸다.

"얘들아, 경치가 그림같이 아름다운데, 우리 여기 그늘 아래 더위를 식히면서 예의 복습이나 해보면 어떻겠느냐?"

"좋습니다, 어서 가르쳐 주십쇼!"

스승은 《예기(禮記)》에 수록된 주나라 예법을 조목조목 풀이하면서 몸소 시범을 보여주기 시작했다.

제자들이 복습을 하고 있을 때 난데없이 함성이 요란하게 울리더니, 남쪽 길에 인마 한 떼가 나타나서 바람처럼 달려오기 시작했다.

어리둥절한 일행에게 선두에 선 사내는 고리눈을 부릅뜨고 5, 60명이나 되는 패거리를 일일이 지휘해 가면서 공구 일행을 에워쌌다.

공구는 정체도 모른 채 조심스레 앞으로 나섰다.

"선생은 뉘시오? 무슨 까닭으로 우리 일행을 에워싸는 거요?"

사내는 수탉이 홰를 치듯 날카로운 목소리로 응답했다.

"나는 송나라 사마환퇴요!"

공구는 입을 다물고 말았다. 사마환퇴는 원래 백수 건달이었으나, 송나라 궁정에 내분이 일어나자 재빨리 기회를 잡아 지금은 송나라의 대권을 한손에 쥐고 흔들 정도로 막강한 세도가로 변신해 있는 인물이었다. 더구나 일신에 좋은 무예를 지녔으므로, 경우에 따라서는 제 군주인 송경공(宋景公)과 대등한 지위로 맞설 때도 있었다. 적어도 송나라 안에서 사마환퇴의 존재는 못할 짓 하나 없는 망나니라고 해도 과언이 아니었다.

이런 흉신 악살(兇神惡煞)과 같은 위인과 맞닥뜨렸으니, 공구는 물론 제자들 모두가 까무라칠 정도로 놀라고 겁에 질려 사시나무 떨듯 떨게 된 것도 무리는 아니었다. 하지만 자로와 공량유, 염구 세 사람은 무예를 익힌 만큼 동료들과 사뭇 달랐다. 이들은 손에 보검을 빼어잡고 스승의 신변 좌우에 갈라서서, 여차직하면 사마환퇴 일당과 생사 결판을 낼 각오로 단단히 자세를 굳혔다.

"사부님, 제게 맡겨 주십쇼! 저하고 두 사제가 이 못된 악당 녀석들을 죽여버리고 여길 빠져나가게 해드리겠습니다."

"중유야, 설쳐대지 말아라! 저 사람은 우리와 평소 원험(怨嫌)을 맺은 것도 없는 터인데, 아무 까닭도 없이 우리 목숨을 해치려 들 리가 있겠느냐? 우선 그 흉기부터 집어넣고 나와 함께 가서 따져보기나 하자."

공구는 사마환퇴 앞으로 걸어 나가 우선 자기 소개를 했다.

"나는 노나라 출신 공구이외다."

사마환퇴는 목을 뻣뻣이 세우고 곁눈질로 흘겨보면서 대꾸했다.

"네가 공구라는 건, 나도 알아! 도대체 어딜 가는 길이냐?"

"제자들을 데리고 송나라로 가는 길이외다."

"방금 저 나무 그늘에서 무슨 굿판을 벌이고 있었지?"

"나는 제자들에게 예법을 복습시키고 있었소."

"예법을 복습시켰다구? 헹이······! 그 따위 케케묵은 장난질일랑 일찌감치 관 속에 담아가지고 염라대왕 앞에 갖다 바칠 일이지, 도대체 그게 무슨 보물 단지라고 이곳저곳 싸돌아다니면서 염병을 퍼뜨리는 거냐? 어디 말 좀 해봐라. 그놈의 화근 덩어리로 임금과 어진 사람들에게 얼마나 많은 해독을 끼치고 다녔느냐?"

억수같이 퍼붓는 욕설에, 공구는 싸늘한 눈빛으로 마주 바라보고만 있었다. 한참 동안 말없이 서 있던 그는 갑자기 무엇을 깨달았는지 사마환퇴 일당을 한 곁에 제쳐놓고 다시 진지한 태도로 제자들에게 예법 강의를 시작했다.

공구의 이러한 행동은 사마환퇴를 어리둥절하게 만들었다. 그는 제자리에 서서 한참 동안 구경하더니 패거리들에게 손을 휘두르면서 버럭 고함을 질러댔다.

"누구 도끼 가진 사람 없느냐? 저놈의 나무를 찍어 없애라!"

"도끼 여기 있습니다!"

악당 패거리들이 우르르 달려들더니 잠깐 사이에 멀쩡하게 서 있던 장목 한 그루를 밑둥부터 깨끗이 찍어 넘겨 버렸다. 그리고는 다시 패거리들을 모아 거느리고 멀찌감치서 공구 일행을 에워쌌다.

안회가 스승 앞에 다가왔다.

"사부님, 저런 무지몽매한 인간들하고 시비 곡직을 따질 것 없습니다. 우리 어서 이곳을 떠나도록 하시죠!"

공구는 얼굴빛 하나 바꾸지 않고 침착하게 말했다.

"안회야, 두려워할 것 없다. 하느님이 내게 덕행을 주셨는데 환퇴란 놈이 날 어쩌겠느냐!"

사마환퇴도 끈덕진 악당이었다. 그는 패거리를 지휘하여 날이 어두워지도록 공구 일행을 포위한 채 여간해서 놓아보낼 기척이 없었다.

공구 일행은 정오부터 저녁 무렵까지 물 한 모금 마시지 못했다. 사람도 지치고 짐승도 기갈에 못 이겨 허덕거려야 했다.

자로가 다시 스승에게 여쭈었다.

"사부님, 뚫고 나갈까요?"

공량유도 사형의 말씀에 장단을 맞추고 나섰다.

"옳습니다, 우리 저놈들의 포위망을 뚫고 나갑시다! 스승님, 저하고 사형 두 분이서 먼저 돌파구를 열어 놓을 테니, 스승님은 나머지 사형들을 데리고 바짝 뒤따라오십쇼."

공구는 어쩔 줄을 모른 채 긴 한숨을 토해내었다.

14
구곡 야명주를 꿰다

불볕 더위 속에 하루 진종일 물 한 모금도 마시지 못한 채 들판에서 포위당한 신세가 얼마나 기막힌 것인지, 그 곤경을 겪어 보지 않은 사람은 전혀 실감이 나지 않을 것이다.

자로와 공량유는 간청을 했어도 공구는 선뜻 응하지 않았다. 사마환퇴 일당이 스스로 포위를 풀어 줄 때까지 기다리고 싶었던 것이다. 그러나 해가 저물고 땅거미가 깔릴 무렵이 되었어도 포위망이 풀릴 기미는 보이지 않고 제자들과 마필은 비지땀을 흘리다 못해 물먹은 솜뭉치처럼 축축 늘어지고 있었다. 무엇보다 견디기 어려운 것은 목이 타는 갈증이었다. 자로가 또 한 차례 스승의 결단을 촉구하고, 이어서 염구와 안각마저 혈로를 뚫어서라도 나가자고 애걸한 끝에야 공구도 드디어 말없이 고개를 끄덕이고 말았다.

자로는 성격이 거칠고 왈살스럽기는 하지만 그런 중에서도 세심한 점이 있었다. 그는 사마환퇴 일당이 공구를 집중 공격할까 걱정된 나머지 스승에게 귓속말로 이렇게 간청을 드렸다.

"사부님, 저놈들은 심보 사납고 손속이 맵지만 계략도 곧잘 쓰는 교활한 놈들입니다. 가만 보니, 처음부터 스승님의 정체를 알고 온 이상 어르신께 집중적으로 해를 끼칠 가능성이 다분합니다. 만일을 위해서 저하고 옷을 바꿔 입으면 놈들을 헷갈리게 할 수 있을 듯싶은데, 어떨까요?"

공구는 결단을 내리지 못하고 망설이기만 했다.

자로는 급히 먼저 자기 옷을 벗어놓고 스승에게 덤벼들어 옷을 벗기기 시작했다. 공구는 그 손을 뿌리치려 했으나 염구와 안회의 애걸하는 눈빛을 보고 자로가 하는 대로 그냥 내버려두고 말았다. 스승에게 옷을 바꿔 입히고 나자, 자로는 사형제들을 모아 놓고 일일이 당부 말을 한 다음 제각기 마차에 올라탔다.

"자, 출발이다! 단숨에 뚫고 나가자!"

선두는 역시 자로와 공량유, 나머지 20여 형제들과 일제히 함성을 지르면서 사마환퇴 일당을 향해 미친듯이 마차대를 휘몰아 나갔다.

사마환퇴가 손을 번쩍 휘두르자 기다렸다는 듯이 포위망 한 귀퉁이가 저절로 트였다. 그가 공구 일행을 포위한 당초 의도는 공구를 해치려는 데 있는 것이 아니라, 압박을 가해 송나라 땅에는 발도 못 붙이게 국경 바깥으로 몰아내기 위해서였다. 그래서 공구 일행측이 달아날 기미를 보이자 그는 즉시 의도적으로 포위망을 열어 준 것이었다. 사마환퇴는 이들이 포위망을 돌파한 뒤에도 짐짓 추격하는 기세를 보인 다음, 얼마 안 가서 발길을 되돌려 사라지고 말았다.

과연 공구 일행은 죽을 둥 살 둥 정신없이 도망쳐 단숨에 정나라까지 달려갔다.

정나라 도성은 신정(新鄭), 공구는 신정성 동문 앞에 도착하여 처음으로 땅을 밟았다. 그리고 지칠 대로 지친 몸뚱이를 성벽에 기댄 채 망연자실한 눈빛으로 아련히 송나라로 통하는 대로상을 바라보았다.

그는 자로와 바꾸어 입은 두루마기를 툭툭 털어보였다. 옷자락은 손길이 가는 대로 흙먼지가 풀풀 일었다.

"내 이 꼬락서니가 초상집 문턱을 기웃거리는 개처럼 낭패 막심하다고 생각되지 않느냐? 헛헛헛!"

제자들의 심정이 모두 언짢아졌다. 스승의 낭패스런 모습을 보니 울고 싶어도 울음이 나오지 않고, 우스갯소리에 장단 맞추어 웃자니 웃음소리도 나오지 않았다. 이들은 서로 멀뚱멀뚱 쳐다보기만 할 뿐 아무말도 못하고 묵묵히 서 있었다.

민손은 딴전을 피우느라 도성 문쪽에 눈길을 던졌다. 와자지껄 흥겹게 성문을 드나드는 행인들의 모습이 눈에 들자 그는 저도 모르게 가슴이 뭉클해졌다. 정처없이 떠도는 자기네 신세가 서글프기만 했다.

"사부님, 어떻게 하시겠습니까? 기왕에 정나라 도성까지 왔으니, 제 생각으로는 차라리 성 안에 들어가서 정나라 군후를 뵙고 며칠 쉬고나서 다시 거취를 정하는 것이 좋을 듯싶습니다만……."

스승은 이내 대답을 하지 않았다. 열국 제후 가운데서 정나라는 영토도 가장 작고 세력도 크게 쇠약한 나라였다. 무엇보다 먼저 어느 한 나라의 군주를 보필하여 강성하게 만들어 놓은 다음, 다시 천하를 크게 다스려 나가겠다는 공구의 치세 도정(治世道程)에서 본다면, 이 나라는 그가 선택할 목표가 결코 아니었다. 그는 고개를 숙인 채 한참 동안 생각에 잠겨 있더니 다시 눈을 들어 제자들의 지친 모습을 바라보았다.

"오냐, 지금 형편으로는 그럴 수밖에 없겠구나, 단목사야, 이 길로 곧장 들어가서 정나라 군후를 뵙고 네 그 좋은 언변으로 말씀을 잘 드려보아라."

"예에!"

자공은 한 마디로 응답하고 나서 늘 하던 버릇대로 몸에 묻은 먼지를 툭툭 떨어낸 다음, 옷매무새를 가다듬고 수레에 올라 성 안으로 들어갔다.

스승도 남은 제자들을 이끌고 뒤따라 성으로 들어갔다. 큰 길거리에는 온통 술집과 식당으로 가득 차 있었다. 일행은 좀 널찍하고 깔끔한 객점을 하나 찾아 들어가서 요기를 대충 끝내고, 다시 큰 길거리로 나와 서성거리면서 자공이 좋은 소식을 가져오기만 조용히 기다렸다.

당시 정나라 군주는 정성공(鄭聲公), 겨우 20여 세의 나이로 재위한 지도 벌써 8년째, 한창 젊은이의 혈기방장한 기질이 펄펄 넘치는 청년이었다. 그 무렵 사방 천지에 전란이 꼬리를 물고 일어나고 군웅들이 패권을 다투는 형세 아래, 그 역시 하룻강아지 범 무서운 줄 모른다는 격으로 자나깨나 정나라를 열강 대국의 틈서리에 끼워 넣고야 말겠다는 야심을 불태우고 있었다.

이날도 그는 어떻게 하면 자신의 숙원을 풀 수 있을까 하고 속으로 궁리하고 있던 중이었다.

이때 시위 한 사람이 총총 걸음으로 들어와 군주 앞에 엎드렸다.

"아뢰오! 노나라 공구의 제자 단목사가 뵙기를 청합니다."

"어엉? 노나라 공구의 제자라고……?"

정성공이 벌떡 일어났다가는 이내 주저앉았다. 그리고 의자 등받이에 깊숙이 기댄 채로 눈을 감고 곰곰이 생각해 보았다. 공부자에 대한 소문은 벌써 오래 전부터 들어 알고 있었다. 하지만 그의 입장에서 공구의 주장과 사상은 완전히 한물 간 과거 시절의 퇴물(退物)에 지나지 않았다. 정나라를 강대국으로 만들려면 케케묵은 방법을 쓸 것이 아니라, 자기 자신을 군계일학의 존재로 부각시켜야 하고, 또 그러기 위해서는 낡아빠진 예치(禮治)에 의존할 것이 아니라 막강한 무력을 바탕으로 일어서야 할 필요가 있는 것이다.

그는 공구 일행이 정나라에 오래 머무를까 두려워졌다. 그자가 조야 안팎으로 설쳐대면서 예법에 의한 정치를 떠벌이고 다니는 날이면, 늙어빠진 원로 대신들도 귀가 솔깃해져서 임금의 말을 들어먹지 않게 될 것이고, 그렇게 되었다가는 자기 필생의 대업이 밑바닥부터 흔들릴 가능성이 많아지는 것이다.

임금은 기분이 싹 잡쳐서 시위 녀석에게 버럭 고함을 질렀다.

"냉큼 가서 전해라! 과인은 그런 자들과 이러쿵저러쿵 시시덕거릴 만큼 한가롭지 못하니, 이 나라에 한시도 머물지 말고 즉시 떠나라고 일러라!"

그 목소리는 대전 문밖에서 하회를 기다리던 자공의 귀에도 똑똑히 들려왔다. 시위가 나와서 임금의 말을 전했을 때, 그는 두 눈에 쌍심지를 돋우고 소맷자락을 홀홀 떨치면서 발길을 되돌려 나오고 말았다.

길거리에 우두커니 서서, 입궐한 제자가 좋은 소식을 가지고 오기만을 목이 빠지게 기다리던 공구는 씨근벌떡 성난 기색으로 돌아오는 자공의 얼굴을 보자 고개가 절로 떨어지고 말았다.

자공의 입을 통해 경위를 듣고 나서 스승이나 제자들은 한결같이 모멸감과 분노에 치를 떨어야 했다.

"나라에 크고 작은 구별이 있듯 사람에게도 어질고 어리석은 구별이 있는 법이다. 정나라 군주처럼 사리가 통하지 않는 사람을 난들 무슨 방법으로 깨우칠 수 있겠느냐? 제자들아, 이곳은 사람이 머물 데가 아니다. 우리가 갈 곳은 반드시 있을 것이다. 해가 아직 저물려면 멀었으니 어서 이 나라를 떠나기로 하자꾸나!"

"어디로 갈까요?"

자로가 물었다.

"진(陳)나라로 가자!"

스승의 말에 제일 먼저 반색을 한 사람은 공량유였다.

"사부님, 진나라는 제 부모님이 계신 고국입니다! 지난 번에도 가시려다가 도중에 공숙씨 일당과 마주쳐 큰 소동을 벌이고 끝내 돌아섰지 않았습니까? 중유 형님, 고삐를 이리 넘겨주십쇼. 이번 길만큼은 제가 말몰이꾼이 되어서 스승님을 모셔 가겠습니다."

능숙한 길라잡이가 자청해서 앞장을 섰다. 이로부터 공구 일행은 며칠간의 여행길 끝에 드디어 진나라 경내에 무사히 들어섰다.

이날도 수레 일곱 대가 나란히 길재촉을 하고 있는데, 느닷없이 길 오른편 뽕나무 숲에서 구성진 노랫가락이 들려오기 시작했다. 그것은 뜻밖에도 여인의 목소리였다.

대천 세계(大千世界)에 기이한 일이 많기도 하지,
어려운 일에 부닥쳐서 머리를 쥐어짜내 봤자 모두 헛 일.
구곡 명주(九曲明珠)에 실을 누가 꿸 수 있다더냐,
설장(泄莊)을 찾아와서 내게 물으려무나.

음성도 맑고 낭랑하거니와 가사도 한 구절 한 구절 또렷하기 짝이 없었다. 공구는 다소곳이 귀담아 들으면서, 눈을 들어 소리나는 쪽을 둘러보았다. 뽕나무 밭 우거진 숲 사이로 중년 여인의 모습이 보였다가는 사라지고, 그늘에 가리워졌다가는 이내 다시 나타났다. 그녀는 뽕잎을 따면서 흥겹게 노래를 부르고 있었다. 공구는 사뭇 기괴한 느낌이 들었다. 하지만 노랫가락에 감추어진 우의(寓意)를 좀처럼 깨우칠 수 없어, 그저 마음 속에 단단히 기억해 두기만 하고 그 자리를 지나쳐 갔다.

진나라 도성에 거의 다다르게 되자, 길라잡이 공량유가 한발 앞서 달려가 성내에서도 가장 깔끔하고도 조용한 객점을 예약해 놓았다. 덕분에 공구 일행은 그날 밤 일찌감치 편안하게 쉴 수가 있었다.

다음날 이른 아침, 공량씨 댁에서 어떻게 손을 써놓았는지 진나라 궁정에서 칙명을 받은 사신이 객점으로 찾아들었다.

공구는 부랴부랴 의관을 정제하고 영접을 나갔다. 사신은 나이가 40여 세로 영접을 나온 공구에게 예모를 갖추어 정중하게 인사를 올렸다.

"저는 진나라 사신 공야명(公冶明)이라 하옵니다. 저희 군주께서 공구님을 궁궐에 모시고 오라는 분부를 내리셨기에, 이렇게 찾아 뵈었습니다."

생각지도 않은 정중한 환대에 공구는 너무나 기뻐 얼굴에 함박 웃음꽃이 저절로 피어났다. 사실 그로서는 '자라 보고 놀란 가슴 솥뚜껑 보고도 놀란다'는 격으로, 여기까지 오는 동안 송나라에서 사마환퇴의 협박에 놀라움을 당한데다 정나라에서도 정성공에게 문전 박대를 당하는 등 수모를 연거푸 겪은 터라, 제자들에게 내색은 하지 않았지만 또 무슨 꼴을 당할지 몰라 속으로 은근히 마음 켕기고 있었던 참이었다. 그런데 진나라 도성에 들어온 지 하룻밤 만에 진민공(陳緡公)이 먼저 알고 사신을 보내 정중히 초청하여 매우 반갑게 느껴졌다.

"잠시만 기다려 주십시오. 입궐할 차비를 차리고 곧 나오겠습니다."

"좋습니다. 천천히 준비하십시오."

사신 공야명은 한 곁에 물러나 조용히 기다려 주었다.

공구는 자로를 불러 귓속말로 당부했다.

"중유야, 나와 함께 입궐하자꾸나. 우리가 위나라를 떠난 이래 좌절과 수모를 숱하게 겪어 왔다. 천만 다행히도 진나라 군주께서 나를 만나보시겠다니 너도 매사에 몸가짐을 신중히 하고, 절대로 재간을 뽐낸답시고 허튼 소리를 지껄여서는 안된다. 알겠느냐?"

"알겠습니다."

자로는 연신 고개를 끄덕여가며 수레에 말을 끌어다가 멍에를 메웠다.

사신 공야명을 따라 입궐하니 후궁에 있던 진민공이 연통을 받고 친히 영접을 나왔다.

"어이구, 잘 오셨소이다! 공부자님은 당세의 성인이신데, 머나먼 천리 길을 마다 않으시고 저희 나라에까지 왕림하시다니, 실로 과인과 신민에게 삼생의 행운이 아닐 수 없구료!"

공구는 허리 깊숙이 구부려 답례를 올렸다.

"불초 공구, 실없이 군후께 심려 끼쳐 드렸습니다. 아무쪼록 양해하여 주시기 바랍니다."

진민공은 50여 세쯤의 나이에 머리통이 큼지막하고 얼굴 모습도 길다란 말상(馬相)으로 이마에는 또 세 가닥 주름살이 깊게 패여, 첫눈에 유별난 인상을 주는 사람이었다.

"자, 어서 드시지요!"

진민공은 점잖게 손짓으로 공구를 안내하다가 나중에는 예절이고 뭐고 따질 것 없이 손님의 팔꿈치를 덥석 끼어 안고서, 다정하게 안으로 들어갔다.

자리를 잡고 앉은 주객이 몇 마디 인사치레를 끝내자 진민공은 조정 대신들이 지켜보는 앞에서 단도 직입으로 질문을 던졌다. 질문의 내용은 천문, 지리, 역사, 문화, 모든 분야에 걸쳐서 매우 광범위하게 이루어졌다. 공구는 일일이 조리 있게 답변했다. 그 자리에 있던 진나라 대부들은 속으로 몹시 놀라 동료 관원들끼리 귓속말로 칭찬을 아끼지 않았다.

진민공도 감탄해 마지않았다.

"참말 대단하시오! 세상 사람들이 공부자님을 성인으로 떠받들만도 하구료!"

그는 갑자기 웃음기를 거두고 두 손으로 무릎을 만지작거리면서 공구의 얼굴을 빤히 쳐다보았다.

"공부자님, 내 부탁이 하나 있소. 선군께서 과인에게 구곡 명주를 한 꾸러미 남겨 주셨는데, 오래 전에 구슬을 꿴 실이 끊어지고 말았소. 그

271

것을 다시 잇자니, 구멍이 너무 가늘고 또 요리조리 구부러져서 도무지 실을 꿸 방법이 없단 말이외다. 과인이 생각하건대, 공부자님은 천만 가지 능력을 지닌 성인이라 일컬으시니, 그 방법을 궁리해 내시리라 믿소. 공부자님, 부디 가르침을 내리셔서 과인의 어려움을 풀어 주시지 않겠소?"

공구는 허리를 굽신하고 대답했다.

"불초 공구의 학문과 지식은 모두 부지런히 배우고 익혀서 얻은 것입니다. 군후께서 말씀하신 구곡 명주란 본 적도 없고 이름을 들은 적도 없습니다. 하오나 제게 한 번 보여주실 수 없는지요?"

진민공은 추호도 망설이는 기색없이 즉시 분부를 내렸다.

"구곡 명주를 대령하라!"

잠시 후, 궁녀 두 명이 자줏빛 목재 칠갑을 한 개 떠받들고 나타났다. 진민공은 뚜껑을 열어 공구 앞에 내밀어 보였다.

공구는 칠갑 속을 들여다보다가 탄성이 절로 나왔다.

"허어, 기막힌 절품(絶品)입니다그려!"

야명주(夜明珠)는 모두 스물한 개, 크기는 대추알 만한 것이 붉은 빛, 노랑빛, 진초록빛, 푸른빛, 쪽빛, 자줏빛 온갖 빛깔이 골고루 갖추어져 있었다. 붉은 것은 주사(朱砂)를 닮았고, 흰 것은 차가운 얼음 조각을 연상시키는데 초록빛은 늘푸른 나무의 잎새처럼 산뜻하고, 쪽빛은 폭포수 아래 고인 연못의 벽수(碧水)처럼 투명하면서도 반짝반짝 광채를 뿜어내고 있었다. 공구는 그중 한 알을 손바닥에 얹어 놓고 보다가 더욱 경탄해 마지않았다. 실을 꿰는 구멍이 구불구불 구부러져서 중심을 뚫고 반대편까지 나갔는데, 속으로 가만 헤려 보니 한 알마다 모두 아홉 구비가 나 있었다. 그는 희세의 진귀한 보물을 떠받든 채 저도 모르게 탄식이 흘러나왔다.

"참으로 온 세상을 통틀어 그 값을 매기지 못할 보기 드문 보배로구나!"

그러나 마냥 탄성만 지르고 앉았을 입장이 아니었다.

'이걸 무슨 수로 꿴단 말인가……?'

그는 속으로 머리를 쥐어 짜내 보았으나 좀처럼 신통한 의견이 금세 떠오르지 않았다.

진민공과 조정 대신들은 눈이 빠지도록 그의 얼굴만 쳐다보고 있었다. 이제 막 숨이 넘어가려는 식구를 눈앞에 두고 절묘한 솜씨로 회춘(回春)시켜 줄 명의를 기다리듯, 공구가 끊어진 야명주의 실을 다시 꿰어 줄 묘방을 궁리해 내기만 간절히 바라고 있는 것이다.

공구가 머리를 번쩍 쳐들었다. 그 바람에 진민공과 대신들이 흠칫 놀랐다. 공구의 뇌리에 퍼뜩 떠오른 것은, 전날 이리로 오는 도중 귓결에 들었던 뽕따는 여인의 노랫가락이었다. 그는 침착하게 일어서서 진민공 앞에 아뢰었다.

"이 구슬은 너무 정교하게 만들어져서, 불초 공구도 좀처럼 꿸 방법이 생각나지 않습니다. 군후께서 마음이 놓이신다면, 제가 이것을 가지고 객점에 돌아가서 자세히 살펴보도록 허락해 주십시오. 그럼 혹시 좋은 방도가 있을지도 모르겠습니다."

진민공이 좌우 측근들을 돌아보았다. 대신들의 얼굴에는 너나 할 것 없이 걱정스런 빛이 떠오르고 있었다. 그는 천천히 일어나 큰마음 먹고 허락을 내렸다.

"허락해 달라니, 공부자님 무슨 말씀을 그리하시오? 당세에 공부자님의 영명을 누가 모를 것이며, 공부자님의 사람 됨됨이를 모르는 이가 어디 있겠소? 구곡 명주가 비록 희세의 진귀한 보물이라고 하나, 공부자님께 넘겨 드리기로서니, 마음이 안 놓일 게 어디 있겠소? 어서 가져가시오. 과인은 골백 번이라도 안심하고 있을 테니까!"

"그럼, 이 길로 가져가겠습니다."

273

막상 가져가겠다는 말에 진민공은 역시 불안했는지 곧 대답을 하지 않았다. 공구는 자신있게 말했다.

"군후께서는 좋은 소식이 올 때까지 기다려 주십시오. 사흘 안에 반드시 이 야명주 스물 한 개를 꿰어다 바치겠습니다."

공구 일행 두 사람이 물러 나간 후에도, 조정 대부들은 망연자실한 표정으로 그 자리에 서 있었다.

공야명이 근심스런 말씨로 아뢰었다.

"주군, 저 야명주가 혹여 뜻하지 않은 일을 당하면 어쩌리까?"

진민공은 속으로 거듭 생각해 본 다음 나지막하게 대꾸했다.

"공부자는 평생토록 인의(仁義)를 목숨처럼 아껴 온 사람이오. 보물을 손에 쥐었다고 해서 무슨 일을 낼 사람은 절대로 아니라고 생각하오. 하지만 도둑이 들지도 모르는데 이를 어쩌면 좋겠소?"

"소신도 그 점이 걱정되옵니다."

"뭐 그리 걱정할 일도 아니오. 군사 몇 명을 내보내 암암리에 보물을 지키도록 하면 다 되는 일 아니오? 여하튼 기다려 봅시다!"

자로는 스승이 야명주가 담긴 칠갑을 들고 나왔을 때부터 못마땅해 마부석에 오르면서도 내처 투덜거렸다.

"사부님, 이게 어떻게 된 노릇입니까? 오실 때 절더러는 재능을 뽐내지 말고 매사에 신중하라고 당부하시던 분이 거꾸로 재간을 뽐내려 드시다니, 사부님께서 이럴 수가 다 있습니까? 구슬 꿰는 그런 장난질은 아무도 해내지 못하는 일입니다. 그래서 진나라 군주도 일부러 사부님을 골탕 먹이려고 이런 난제를 내놓았는데, 사부님은 어쩌려고 순진하게 덥석 받아들이신 겁니까? 그걸 가져가서서 꿰지 못하는 날이면 두고두고 세상 사람들의 비웃음이나 받을 겁니다. 더구나 세상이 이렇게 어지러운 때 만약 도둑이 들어 그 보물을 훔쳐가기라도 한다면, 사부님은 입이 천 개가 있어도 해명을 못하실 것입니다."

그러나 공구는 천연덕스럽게 웃었다.

"중유야, 네 말이 옳기는 하구나."

자로는 이게 또 무슨 말씀인가 싶어 두 눈을 휘둥그레 뜨고 스승을 쳐다보았다. 의아스런 눈빛에, 어서 해명해 달라는 소망이 가득 담겼다.

"엊그제 우리가 진나라로 오는 도중에 뽕따는 아낙이 귀띔해 주지 않더냐? 그 아낙은 구곡 명주에 실을 꿸 방법을 알고 있단다."

자로는 갈수록 요령부득이었다.

"아니, 사부님! 누가 누구한테 구슬 꿰는 방법을 귀띔해 주었단 말입니까? 저도 사부님을 모시고 같이 왔는데, 아무 것도 들은 게 없는데……"

"네가 그 뽕따는 아낙이 무슨 노래를 불렀는지 잊은 모양이로구나."

자로는 고개를 내저었다.

공구는 두 눈을 감은 채 흥얼흥얼 노랫가락을 읊기 시작했다.

"…… '구곡 명주에 실을 누가 꿸 수 있다더냐, 설장을 찾아와서 내게 물으려무나.' 자아, 이래도 기억이 안 나느냐?"

자로는 여전히 도깨비한테 홀린 기분이었다.

자로의 모습을 보고 공구는 안 되겠다 싶어 이내 화제를 돌렸다.

"도둑을 방비하라는 네 말은 확실히 중요하다. 너하고 염구, 공량유는 모두 용맹스럽고 꾀도 많으니까, 객점에 돌아가거든 셋이서 이 보물을 간수하면 되겠구나."

"다른 건 몰라도, 그야 맡겨주시기만 하십쇼!"

공구가 신임을 보이자 자로는 충직스런 미소를 띠었다.

객점에 돌아와서 공구는 즉시 제자들을 불러다 앉혀놓고 심각하게 얘기를 끄집어냈다.

"우리가 처음 이 나라에 왔는데도 군후께서 정중한 예우로 맞아주셨다. 그분은 구곡 야명주 스물 한 알을 가지고 계신데, 처음에는 한 꾸러미로 꿰어져 있었다고 한다. 이제 그 실이 끊어져 진귀한 보물이 모두 낱알로 분리되어 걱정이 많으신 모양이다. 이걸 다시 한 꾸러미로 꿰어 놓고 싶으나 그런 재주를 가진 사람이 없어서 고민하던 차에, 우리가 왔다는 말씀을 듣고 도움을 청하시니 어떻게 해야 하느냐?"

스승은 말을 끊고 제자들을 둘러보았다. 제자들은 두 눈만 멀뚱멀뚱 뜬 채 스승의 얼굴을 마주 바라만 보았다. 공구는 다시 말을 이었다.

"이 야명주는 진나라에 대대로 전해 내리는 국보다. 옛 선현의 말씀에도 '군자는 남의 아름다운 덕을 이루어 준다' 하였다. 그러니만큼 우리도 그 분에게 이 구슬을 한 꾸러미로 꿰어 드려야 마땅한 노릇이다. 그런데 구멍이 너무 가늘고 구비가 많이 져서 실을 꿰기 어려우니 어쩌면 좋겠냐? 너희들 가운데 무슨 묘방이라도 있으면 말해 봐라."

제자들은 사형 자로가 건네주는 칠갑에서 구슬을 꺼내, 돌려 가면서 살펴보았으나 한숨만 지을 뿐 누구 한 사람 신통한 꾀를 내놓는 이가 없었다.

스승이 자공에게 물었다.

"단목사야, 우리 그저께 이 나라로 오는 길에 뽕따는 아낙이 무슨 노래를 불렀는지 들어봤느냐?"

"아하, 그 노래……!"

자공이 퍼뜩 생각났는지 제 손바닥으로 이마를 철썩 때린다.

"기억 납니다! 아마 이런 내용이었습죠? '대천 세계에 기이한 일이 많기도 하지. 어려운 일에 부닥쳐서 머리를 쥐어 짜내봤자 모두 헛일, 구곡 명주에 실을 누가 꿸 수 있다더냐? 설장을 찾아와서 내게 물으려무나.' …… 사부님, 생각해 보니, 그 뽕따는 아낙이 구곡 명주를 꿰는 비방을 알고 있는 게 틀림없습니다!"

공구는 아주 흡족한 미소를 띠었다.

"단목사야, 네가 세심한 줄은 알았다만, 이렇듯 기억력이 좋을 줄은 몰랐구나! 좋다, 너 내일 아침 일찍이 설장이란 데를 찾아가서 그 뽕따던 아낙을 만나보아라. 그래서 구곡 야명주를 꿸 수 있는 비방을 꼭 알아가지고 돌아와야 한다!"

"힘껏 해보겠습니다."

스승은 다시 염구와 공량유에게 분부를 내렸다.

"너희 둘은 중유와 함께 이 야명주를 단단히 간수해라. 만에 하나라도 실수하면 안 된다. 알겠느냐?"

"알겠습니다!"

다음 날 이른 아침, 자공은 마차를 몰아 엊그제 왔던 길로 설장이란 마을을 찾아서 떠났다. 승객도 단촐하고 길도 눈에 익은 터라, 그는 두 시진이 채 못 되어 그 장원을 찾아낼 수 있었다. 뽕나무 숲 근처에 마차를 세워놓고 바라보니 초가집이 2,30여 채, 주변에는 온통 뽕나무가 무성하게 자라고 있었다. 그는 이곳 저곳을 두리번거렸으나 사람은 보이지 않았다. 한창 답답한 심사로 서성거리자니 어디선가 또 노랫소리가 들려 왔다.

대천 세계에 기이한 일이 많기도 하지,
어려운 일에 부닥쳐서 머리를 쥐어 짜내봤자 모두가 헛일……

자공은 옳다 되었구나 싶어, 얼른 마차를 내버려두고 잽싼 걸음걸이로 노랫소리가 들려 오는 쪽으로 달음박질쳤다. 단걸음에 달려가서 보니, 의젓하고 점잖게 생긴 농사꾼 아낙이었다. 몸집도 균형이 잡혀 아주 실팍했다. 햇볕에 그을은 얼굴은 불그스레하니 윤기가 감돌았고 허리에는 치맛자락을 짧게 꾹 찔러넣고 머리에는 네모난 두건을 쓴 채 서글서글한 눈망울을 빛내가며 낯선 방문객을 마주 쳐다보았다.

277

자공은 두 손 모아 정중하게 인사를 건넸다.

"아주머니, 말씀 좀 여쭙겠습니다. 여기가 설장이란 마을입니까?"

아낙도 다소곳이 답례를 하면서 대답했다.

"바로 맞아요. 설장이 여기예요."

그녀는 입을 다물더니 이내 되물었다.

"선생님은 혹시 노나라 공구의 제자가 아니신가요?"

자공은 속으로 찔끔 놀라면서 급히 대답했다.

"그, 그렇습니다. 저는 단목사라고 공부자님의 제자올시다."

"무슨 어려운 일이 있어서 저한테 도움을 바라고 오신 건 아니겠
죠?"

자공은 갈수록 기가 막혀 다시 한 차례 꾸벅 절을 했다.

"예, 잘 보셨습니다. 저희 일행이 진나라에 갔더니 군후께서 실 끊어
진 구곡 명주를 내놓으시고 우리더러 이것을 다시 꿰어 맞춰달라고 요
구해 왔습니다. 구슬에 실쯤 꿰기야 아무 것도 아니겠으나 뜻밖에도 구
슬에 뚫린 구멍이 아홉 구비로 굽어져서 바늘을 꿸 도리가 없으니, 이
를 어쩝니까? 그래서 가만 생각해보니 엊그제 이곳을 지나쳐 갈 때 아
주머님께서 부르신 노래가 떠올라 이렇게 도와줍시사고 염치없이 찾아
왔습니다."

그러자, 아낙은 한숨을 길게 내쉬었다.

"참으로 한탄스러운 일이외다. 오늘 이 세상 천지에 얼마나 많은 영
재들이 초야에 파묻혀 있는지 모르는데, 천자와 임금들은 고작 눈꺼풀
밑에 몇몇 사람만 볼 줄 알고, 이 너르디너른 창천(蒼天) 아래 온 땅이
영웅 준걸로 덮여 있다는 사실을 전혀 알지 못하고 알아볼 생각도 없으
니 이 얼마나 한스러운 일이오니까?"

"그렇다면, 아주머님도……?"

"선생, 더는 말씀 마십시오!"

아낙은 황급히 그의 말을 끊어 버렸다.

"내가 선생께 구곡 명주를 꿸 비방을 전해 드리죠!"

"고맙습니다, 아주머님!"

"우선 꿀물을 양명주 실 꿰는 구멍에다 가득 부어 처음부터 끝까지 맞뚫리게 나란히 놓으시고, 그 다음에는 개미 허리에 가는 명주실을 묶어서 함께 놓아두세요. 그럼 하루 밤 안에 개미가 구슬을 모조리 꿰어 놓을 겁니다."

"아뿔싸, 그런 비방이 있었구나……!"

자공이 제 버릇대로 이마를 탁 쳤다. 듣고 보니 두 눈 두 귀가 한꺼번에 확 트인 것이다.

"아이구, 고맙습니다 아주머님! 정말 고맙습니다……!"

그는 연신 허리 굽혀 사례했다. 그리고 이어서 아낙의 정체를 알아볼 욕심으로 슬금슬금 현인(賢人), 은사(隱士)에 대한 화제를 끄집어냈다.

"아주머님, 이 설장에 사십니까? 가만 보니, 고일한 선비들께서 많이 은둔하고 계신 듯한데……."

그러나 아낙은 딱 부러지게 말을 끊었다.

"사람에겐 저마다 뜻이 있는 법입니다. 더는 묻지 마시고 속히 돌아가셔서 야명주나 꿰어 드리도록 하십시오!"

말을 마치자 그녀는 뽕잎이 절반쯤 담긴 대광주리를 들고 가버렸다.

그녀의 뒷모습을 바라보면서 자공은 탄식을 금할 수가 없었다. 마음 한구석에는 이미 이 시골 아낙에 대한 존경심이 우러나오고 있었다. 그는 아낙이 사립문 앞으로 들어설 때까지 지켜본 다음에야 비로소 아쉬운 심정으로 마차에 올라 도성으로 돌아왔다.

생각지도 않은 비방을 얻자, 공구도 다급하게 서둘렀다. 그는 자공이 말한 대로 꿀물을 얻어오랴 개미를 잡아오랴, 반 나절이나 제자들을 분주 다사하게 뛰도록 만들었다. 이튿날 아침 일찌감치 구슬이 담긴 칠갑

뚜껑을 열어보니 야명주 스물한 알이 모조리 명주실에 꿰여 있었다. 공구는 뛸 듯이 기뻐하면서 어젯밤 제자들을 시켜 준비해 놓은 끈을 명주실 끝에 붙잡아 맸다. 그리고 조심스럽게 실을 당기자, 붉은 끈이 구슬을 한 알 한 알씩 꿰어 들어가는 것이 아닌가? 이래서 불과 한 시진만에, 구곡 야명주 스물한 알은 마침내 온전히 한 꾸러미가 되었다.

공구는 기쁜 가운데서도 그 아낙이 했다는 말을 뇌리에 떠올리고 새삼스레 탄식해 마지않았다.

'사람은 누구나 제각기 뜻이 있는 법, 당세의 천자와 임금들은 목전에 있는 사람만 볼 줄 알 뿐, 온 천하에 별처럼 널린 영웅 준걸을 알아보지 못하고 알아볼 엄두도 못내고 있으니 이 얼마나 한스러운 일인가……!'

"단목사야, 지금 생각해 보니 어제 그 아주머니의 말씀이 자못 도리에 맞는구나! 보아하니 그녀는 어느 은둔한 선비의 부인임에 틀림없다. 시골에서 뽕따는 아낙이 이토록 지혜로운 것을 생각하면, 우리가 알지 못하고 할 줄도 모르는 일이 아직도 얼마나 많으냐? 제자들아, 학문의 경지란 끝이 없다는 것을 이제 알겠느냐?"

조반을 마친 후 공구는 다시 자로 한 사람만 데리고 입궐했다.

야명주를 꿰어 가지고 왔다는 통보를 받자, 진민공은 미친 사람처럼 좋아라고 날뛰었다.

"과연 공부자님은 일신이 지모(智謨) 덩어리로 뭉쳐졌구료! 몇 해 동안 자나깨나 걱정하던 과인의 숙원을 단 하룻밤 만에 거뜬히 풀어 주시다니 정말 고마운 일이오. 내 마땅히 큰 상을 내려야겠소!"

"군후께서 심원을 풀으셨다니, 저로서는 더 바랄 것이 없습니다. 애당초 보답을 마음에 두고 한 일은 아니므로…… 또 이 문제는……."

공구가 뽕따는 아낙 이야기를 꺼내려 했으나 진민공은 얼른 말끝을 가로채며 이렇게 물었다.

"공부자께서 많은 제자들을 데리고 지금 객점에 묵고 계시다는 말을 들었소. 객점이란 여러 모로 불편한 점이 많을 텐데 과인이 저택을 한 채 선사해 드리면 어떻겠소?"

공구는 사양을 했다.

"옛 말씀에 '공을 세우지 않았으면 녹봉을 받을 수 없다' 하였습니다. 불초 공구는 군후의 아름다우신 뜻을 마음으로 받겠사오며 저택만은 결코 받지 못하겠습니다."

한쪽은 기어이 보답을 하려 들고, 또 한쪽은 한사코 사양을 했다. 한참을 버틴 끝에 진민공이 먼저 손을 들고 말았다.

"그만 둡시다. 공부자님께서 정녕 안 받으시겠다니 과인도 억지 떼를 써서 남을 난처하게 만들 수야 없는 일이구료. 그럼 불편하신 대로 객관에 머물고 계시오. 하지만 과인이 내리는 일용품까지 퇴자를 놓으면 아니되오!"

"우악하신 말씀, 감사하옵니다."

이로부터 진민공은 공구를 궁궐에 자주 불러들여 대화를 나누고 소회를 풀었다. 진민공은 식견도 크게 늘고 안목도 탁 트이면서 공구에 대한 신뢰와 존경심이 더욱 두터워졌다.

어느 날, 진민공이 조회를 마치고 후궁에 돌아와 쉬고 있으려니, 금위병 한 사람이 숫매 한 마리를 떠받들고서 헐레벌떡 궁정 안으로 뛰어 들어왔다. 새매의 몸뚱이에는 화살 한 대가 꽂혀 있었다.

"이 멍청한 놈! 죽은 새매를 과인에게 갖다 바치다니, 이 무슨 짓이냐?"

진민공이 역정을 내고 버럭 호통을 지르자, 금위병은 그 자리에 털썩 무릎 꿇고 엎드려 부들부들 떨면서 아뢰었다.

"아니올시다, 주군! 소인이 방금 앞뜰을 순찰하고 있는데, 느닷없이 하늘에서 이 매란 놈이 뚝 떨어졌습니다. 보시다시피 화살을 맞고 죽은 놈인데, 이게 흉한 조짐인지 길조인지 알 수가 없어 함부로 내다버리지 못하고 주군께서 판정해 주시도록 가져온 것입니다."

진민공은 눈을 부릅뜨고 다시 한번 호통쳤다.

"바보 같은 놈, 이리 올려라!"

금위병은 두 손으로 매를 갖다 바쳤다.

진민공은 죽은 매의 몸뚱이를 자세히 살펴보더니, 화살을 뽑아 들고 요모조모 뜯어보다가 이맛살을 찌푸렸다. 살대는 대나무로 만들었는데 살촉은 돌을 날카롭게 갈아 만든 이상한 화살이었다. 내관을 시켜 길이를 재어 보았더니, 한 자 여덟 치짜리 장전(長箭)이었다. 그 무렵에는 철과 구리의 제련 기술이 상당히 발달되어 있어서, 실전용 화살촉은 구리 아니면 쇠로 만들어진 것이 보통이었다. 그렇기 때문에 진민공도 이 유별난 화살을 보고 어리둥절하여 이맛살을 찌푸린 것이다. 그는 한참 동안 손에 화살을 들고 멍하니 서 있다가 내관에게 명령을 내렸다.

"냉큼 가서 공부자님을 모셔 오너라! 어떻게 해서든지 이 이상야릇한 화살의 내력을 밝혀 내고야 말겠다."

궁중에서 사신이 달려왔어도 공구는 입궐을 서두르지 않았다. 구곡 야명주를 꿰어 바친 이후부터 진민공은 크나 작으나 의심나는 것이 있으면 득달같이 사신을 보내 미주알고주알 문제 풀이를 시킨 적이 한두 번이 아니었다. 이래서 그는 사신을 바깥에 세워 놓은 채, 여느 때처럼 느긋이 제자들에게 강의를 다해 주고 나서야 자로를 시켜 마차에 멍에를 메우게 했던 것이다.

진민공은 일각 일초라도 빨리 돌살촉의 내력을 알고 싶어 안달이 나있던 참이라, 이제나저제나 공구가 입궐하기만을 눈이 빠지도록 기다렸다. 그는 공구의 모습이 나타나기가 무섭게 다짜고짜로 화살부터 내밀고 물었다.

"이것 좀 보시오! 요새 화살은 모두 쇠나 구리로 살촉을 만들어서 쓰지 않소? 그런데 이 화살은 유별나게 돌살촉을 끼웠단 말이오. 공부자님, 도대체 이 화살 내력이 무엇이며 또 누가 만들었는지 아시오? 과인은 참말 궁금해 죽겠소그려!"

공구는 화살을 받아들고 자세히 뜯어보더니 이렇게 대답했다.

"이 화살로 말씀드리자면 그 내력이 아주 오랩니다."

"어이구, 알고 계시는구료! 어서 말씀 좀 해주시오."

진민공은 눈이 번쩍 뜨여 어린애 보채듯이 성화를 부렸다.

"이것은 고대 북방에 살던 숙신족(肅愼族)이 만들어 쓰던 화살입니다."

"숙신족이라? 그게 어디 사는 족속이오?"

"숙신족은 일면 식신(息愼), 직신족(稷愼族)이라고도 일컫습니다. 상나라 말엽, 주나라 초기에 불함산(弗咸山) 북방에 나라를 세웠는데, 그 영토가 동쪽으로는 큰 바다에 이르고 서쪽으로 흑룡강(黑龍江) 중하류에 다다를 만큼 너르다고 했습니다. 이 족속은 주로 고기잡이와 사냥으로 살았기 때문에 조선술(造船術)이 뛰어나고 특히 활과 화살을 만드는 데 장기가 있었답니다."

"아니, 그 머나먼 북방에서 쓰던 화살이 어떻게 중원 땅 남쪽에까지 흘러왔단 말이오? 그것도 수천 년이나 오랜 옛날의 일인데……."

"당년에 주무왕께서 상나라를 멸망시켰을 때, 동이(東夷), 서융(西戎), 남만(南蠻), 북적(北狄)의 모든 족속들이 주나라에 신하로 복속하면서 제각기 토산품을 공물로 바쳤습니다. 북방의 숙신족이 바친 공물이 바로 이런 종류의 화살이었습니다. 주무왕은 이 화살을 자녀들에게 나누어 주셨는데 그분의 따님이 우호공(虞胡公)에게 시집을 가고, 또 영지를 봉해 받은 곳이 바로 이 진나라였습니다. 주무왕이 먼 나라에서 들어온 진상물을 신하들에게 고루 나누어주신 목적은, 그들이 주나라 천자를 대신하여 강토를 수호해야 한다는 뜻을 영원히 잊지 않게 하기 위해서였습니다."

"호오, 그런 일이 있었나요……?"

공구는 근거를 두고 생동감 있게 설명해 주었으나, 진민공은 흡사 하늘에서 뚝 떨어진 옛날 얘기 책이라도 듣는 아이처럼 멍청하니 앉은 채고개만 갸우뚱거리고 있었다.

그 심사를 꿰뚫어 본 공구는 의심을 용납하지 않으려는 듯 단호한 말씨로 이렇게 아뢰었다.

"미덥지 않으시거든, 사람을 국고(國庫)에 보내 대대로 전해 내려온 물건을 조사해 보셔도 좋습니다. 반드시 증거물이 보존되어 있을 것입니다."

진민공은 즉석에서 내관을 곳간으로 보냈다. 얼마 후, 내관이 꺼내온 것은 과연 공구의 손에 들려 있는 것과 똑같이 생긴 돌살촉 화살이아닌가! 나중에 확인된 사실이지만, 그 화살은 진민공의 어린 아들이곳간에서 몰래 꺼내 가지고 장난삼아 매를 쏘아 떨어뜨린 것이었다. 진민공은 쌍둥이 화살을 받아 들고, 새삼 경탄 어린 눈빛으로 공구의 얼굴을 쳐다보면서 허리 굽혀 경의를 표했다.

"공부자님은 과연 고금 사례에 모르는 것이 없는 분이구료! 진정 과인의 좋은 스승이외다!"

공구는 아연 실색하여 황급히 자리를 피해 옮겼다.

"불초 공구가 군후의 스승이라니 안 될 말씀이옵니다!"

"하하하! 능력을 갖춘 분이 스승이 되는 것은 자고로 당연한 이치가아니오이까?"

진민공이 활달하게 웃음을 터뜨렸다. 공구는 들을수록 좌불안석이라서둘러 작별을 고하고 물러나왔다.

객관에 돌아와서, 자로는 궁중에서 보고들은 것을 처음부터 끝까지사제들에게 낱낱이 일러주었다.

이야기를 다 듣고 나서 자공이 사뭇 감회 깊게 중얼거렸다.

"학문의 높이를 담장에 비긴다면, 우리 형제들의 학문은 겨우 한 길 높이 담장밖에 안 될 거요."

그는 두 손을 크게 벌려 보이면서 말을 이었다.

"아마 이 정도는 될까? 담장이라고 해야 겨우 어깨 높이밖에 안 되어서 자로 형님은 담장 안에 계시고 나는 담장 밖에 서 있더라도, 형님은 나를 넘겨다 볼 수 있고, 나도 형님을 볼 수가 있거든? 그러니까 머리 속에 먹물을 얼마나 담고 계신지 피차간에 똑똑히 알 수 있단 말씀이오. 하하하! 그렇지만 우리 사부님은 달라요. 내가 보기에, 그분의 학문은 담장 몇 길 높이는 착실히 되고도 남을 듯싶소."

자로가 천진스런 미소를 띠었다.

"사제는 말솜씨가 뛰어난 선비라더니 과연 옳은 얘길세. 비유를 들어도 그렇게나 절실하고 생동감 있게 표현해 낼 줄 아니 말이야."

자로가 안회에게 다가가서 어깨를 툭 치며 물었다.

"여보게, 자연(子淵) 아우! 자네도 무슨 말이 있어야 하지 않나? 자네가 고견(高見)을 발표할 때마다 늘 사부님께 호평을 받은 줄 모르는 사람이 여기 누가 있단 말인가? 어디 이번에는 자네가 사부님의 학문을 평가해 보게!"

안회는 씨익 웃기만 하고 대답이 없었다.

"다른 아우님들은 모두 자기 견해를 밝히지 않았는가! 우리 다 같은 형제간인데, 솔직히 말 못할 게 어디 있나?"

안회가 마지못해 입을 열었다.

"우리 형제간의 일이라면 의당 그래야겠지요. 허나 사부님에 대해선 그럴 수 없습니다. 그 어르신은 학문 지식만 깊고 너르신 게 아니라, 덕망도 높고 무거우신 분입니다. 그래서 저는 망령되이 논평을 가하지 못하겠습니다."

"이보게, 사부님과 우리는 부자지간의 정리(情理)로 맺어졌다고 해도 과언이 아닐세. 부자지간에 못할 말이 어디 있는가? 제발 꽁무니 빼지 말고 어서 속시원하게 입 좀 열어보라구!"

안회는 형제들의 얼굴을 하나씩 둘러보더니, 고개를 폭 수그린 채 생각을 정리하기 시작했다. 그 동안에도 형제들의 재촉은 우박 쏟아지듯 성화 같았다. 이윽고 그는 수척한 몸뚱이를 벌떡 일으켜 세우더니, 깊고 감동어린 목소리로 이렇게 말했다.

"사부님의 사상은 인간으로서 흠집을 찾아내기 어려운 경지에 도달하셨습니다. 고개를 쳐들고 우러러보면 볼수록, 그분의 사상은 더욱 가없이 높고 멀리 있다는 느낌을 받습니다. 우리가 열심히 파고들고 연구하면 할수록, 그분의 사상은 이루 헤아릴 길 없이 깊고도 오묘하다는 느낌이 듭니다. 형제 여러분, 앞을 바라보십시오. 그분의 사상은 푸른 하늘처럼 너르디너르게, 탄탄대로처럼 막힘없이, 그야말로 활연 달통(豁然達通)하게 우리 눈앞에 놓여 있습니다. 그러나 또 순식간에 우리 뒤편으로 돌아가 있기도 합니다. 스승님의 사상은 완전 무결하여 아무도 치고 들어갈 빈틈이 없을 뿐더러, 아무도 올라가지 못할 높은 곳에 있으며, 아무도 부서뜨리지 못할 만큼 굳센 것이기도 합니다. 비록 이처럼 높고 원대하며 깊고도 오묘하여, 아무나 쉽사리 흠집을 찾아낼 수 없는 것이지만, 스승님은 갓난아기에게 걸음마를 가르치듯 솜씨 좋게 나를 이끌어 주시고 온갖 종류의 문헌으로 내 지식을 풍부하게 만들어 주시며, 또 일정한 예절로써 내 행동을 단속해 주셔서, 내가 배움과 익힘을 근본적으로 멈추지 못하게 만드시고, 남은 힘을 아낌없이 오로지 배우고 익히는 데 쏟아 붓게 하십니다. 나는 내 재능과 힘을 모두 쏟아 부은 만큼, 이제는 독자적으로 무슨 일 좀 해볼 수 있으려니 생각도 해 보았습니다. 그러나 막상 앞으로 한 걸음 더 내딛려 했을 때, 나는 어디서부터 손을 대야 할지 전혀 알 수가 없었습니다."

그 말을 듣고, 제일 먼저 자공이 찬탄을 아끼지 않았다.

"자연 사제, 역시 자네가 스승님의 사상을 깊이 체득하고, 자네만이 그분을 철두철미 꿰뚫어 보고 있네그려!"

이 때였다. 외출했던 칠조개(漆雕開)가 누구에게 쫓기기라도 하듯 허둥지둥 뛰어 들어오더니, 형제들을 돌아보고 다급하게 물었다.

"사부님…… 사부님 어디 계시오?"

동료들이 깜짝 놀라 모두들 약속이나 한 것처럼 자리를 박차고 일어섰다.

15
부귀 영화는 뜬구름

"사제, 무슨 일이 났는가? 어째서 이리 경황이 없나?"

자로가 묻자 칠조개는 양미간을 잔뜩 찌푸리고 탄식했다.

"방금 큰 길거리에서 들었는데, 주나라 악관 장홍이 천자에게 죽임을 당했다고 하더군요."

"뭐라고, 장홍이 죽임을 당했다고?"

뜻밖의 흉보에 동료 제자들도 비분을 감추지 못했다. 민손은 주먹을 부르르 떨면서 중얼거렸다.

"장홍이라면 사부님께서 존경하시는 사람 가운데 한 분인데……. 청년 시절 낙읍에서 노자 어른께 예법을 배우실 때 그분한테 음악을 배우시지 않았습니까? 이제 그분이 피살당했다는 소식을 들으면, 사부님은 가슴이 찢어질 듯 비통해 하실 겁니다."

"아직까지는 소문에 불과하네."

안회가 목소리를 낮추어 말했다.

"어쩌면 잘못 전해진 소문인지도 모르니까 당분간은 사부님께 말씀 드리지 말도록 하세!"

"내 생각도 그렇습니다."

염구의 말이 끝나기도 전에 공구가 들어섰다. 제자들은 갑작스런 일이라 금방 얼굴빛을 바꾸지 못하고 불안한 기색으로 묵묵히 일어섰다.

그러나 스승은 이미 제자들의 표정에서 무엇인가 숨기고 있음을 눈치챘다. 그래서 엄한 기색으로 물었다.

"얘들아, 무슨 일이 있느냐? 얼굴 표정들이 어째 그러냐?"

우직스런 자로가 앞으로 한 걸음 나섰다. 자기 재주로는 스승에게 아무 것도 감추지 못한다는 사실을 뻔히 알기 때문이었다.

"장홍이란 분이 주나라에서 피살되었다는 소문입니다."

"아니, 뭣이라구? 장홍, 그분이 ……!"

공구는 머리 속이 터져나갈 듯, 띵!하고 울리는 충격을 받았다.

자로와 민손이 부축해 의자에 앉혔다.

한참이 지나서야 그는 극도로 비통한 심경을 진정시킬 수 있었다. 그리고는 거친 숨을 몰아쉬면서 탄식해 마지않았다.

"아아, 세도(世道)가 확실히 변했구나! 죽임을 당하는 사람이 모두 예치를 주장하던 현인들이라니 …… 이러다가는 주례를 어이 널리 선양할꼬?"

그로부터 연 수삼일 동안 공구는 울적한 심사를 이기지 못하고 번뇌에 싸인 채 그저 한숨만 푹푹 내쉴 따름이었다.

"사부님, 언젠가 사제한테 이런 말씀을 하신 적이 있지요? 자기 자신을 극복하고 말과 행동을 모두 예법에 부합시킨다면, 그것이 바로 인(仁)이라고 말입니다. 그런데 이제 …… 주나라 천자께서 인덕을 지니고 음악에 천부적인 자질을 갖춘 장홍을 죽였고, 또 진(晉)나라 조간자는 어진 대부 두명독과 순화를 죽였으니, 이렇게 되다가는 …….'

289

처음 시작은 괜찮았으나, 워낙 말주변이 신통치 못한 자로는 또 중간부터 엉뚱한 샛길로 빠져들고 말았다. 곁에 있던 염구가 연신 눈짓을 보내면서 팔꿈치로 옆구리를 꾹꾹 찔러댔다. 겨우 가라앉은 스승님의 번뇌를 눈치 없이 도로 상기시킬 수 없었기 때문이었다.

이때 자공이 재빨리 사형의 말끝을 가로챘다.

"사부님, 어떻게 해야만 인덕을 얻을 수 있습니까?"

공구는 평소 인덕과 예의를 숭상해 왔으나, 자기 스스로 공리(功利)라든가 운명(運命), 인덕(仁德)을 화제로 끄집어내는 일이 별로 없었다. 그런데 이제 자공이 자청해서 인덕을 물어오니 마음이 꿈틀하고 움직였다. 그는 혼연한 기색으로 제자들에게 손짓해 보였다.

"얘들아, 내 곁으로 모두 오너라. 이제부터 너희들이 알아듣기 좋게 인덕이란 것을 자세히 풀이해 주마."

그리고는 상석으로 걸어가서 먼저 자리잡고 앉았다. 제자들도 서로 눈짓을 주고받으면서 스승 곁에 갈라섰다.

공구는 차근차근 끊어 말했다.

"인덕이란 자기 자신에 의지해서, 물이 고이듯 한 방울 한 방울씩 배양해 나가고 단계적으로 배우고 익혀야만 얻을 수 있는 것이다. 여기에는 반드시 좋은 기초를 갖추어야 한다. 마치 솜씨 좋은 목수가 일을 하려면 무엇보다 먼저 좋은 도구를 지녀야 하는 것처럼 말이다. 지금 우리가 이 나라에 머물면서 인덕을 기르려면, 조정의 경대부들 가운데서 어질고 착한 분을 만나 존경하고 떠받들어야 하고 또 그런 수양을 지닌 분들과 교분을 맺어야 한다."

스승이 여기까지 말했을 때 고시(高柴)가 자로의 등 뒤에서 툭 튀어나왔다. 자로의 몸집이 우람하고 키가 훤칠하게 큰데 비해 고시는 워낙 왜소한 체구라서 등 뒤에 가려지면 보이지도 않거니와, 곁에 나란히 섰을 때는 정말 볼품없이 초라했다. 하지만 그가 일단 입을 열었을 때는 목소리가 종을 울리듯 우렁차기 짝이 없어, 동료들 중에서 목청 가지고는 당해낼 자가 없었다.

"사부님, 인덕을 갖춘 사람과 지혜로운 사람은 어떻게 다릅니까?"

스승은 제자가 일부러 목청을 낮추어 묻는 것을 보고 빙그레 웃었다.

"인덕이 있는 사람은 산을 좋아하여 성정(性情)이 침착하고 고요하다. 그래서 일반적으로 모두 건강하고 장수를 누린다. 지혜로운 사람은 물을 좋아하여 활동하기를 즐긴다. 그래서 일반적으로 모두 생활이 쾌활한 편이다."

자로가 한참이나 제 차례를 기다리느라 좀이 쑤셨는지 느닷없이 거친 목소리로 여쭈었다.

"사부님, 당년에 제환공이 형님인 공자 규(公子糾)를 죽였을 때, 공자 규의 스승 소홀(召忽)은 치욕과 원한에 못 이겨 스스로 목숨을 끊었습니다. 그런데 또 다른 스승이던 관중(管仲)은 버젓이 이 세상에 살아남았습니다."

단숨에 여기까지 말하고 나서 그는 잠시 멈칫하더니 스승의 얼굴을 빤히 바라보고 질문을 던졌다.

"그렇다면 관중은 인덕을 갖춘 사람이 못 되겠습지요?"

공구는 역사적 사실에 정통한 만큼 자로의 질문을 받는 순간, 그 모든 인물이 뇌리를 스치고 지나갔다. 그는 관중도 숭배하였지만 포숙아를 더욱 숭배해 왔다. 따라서 이들의 이름을 들었을 때, 공구는 이미 숙연한 자세를 갖추고 있었다.

"관중은 제환공을 보필하여 열국 제후들의 분쟁을 해결해 주었고, 외부 민족의 침입을 막아 주어 전란을 종식시켰다. 뿐만 아니라 산업을 크게 발전시켜 서민 백성들이 모두 안락한 거처에서 생업을 즐길 수 있게 만들어 주었다. 중유야, 그것이 바로 관중의 인덕이다!"

그는 잠시 격한 심사를 가다듬고 나서 거듭 탄성을 질렀다.

"그것이 바로 관중의 인덕이다.!"

자공은 스승의 말씀에 동의할 수 없는지 혼자 말하듯 이렇게 반박했다.

"이상하군요. 관중이 인덕을 갖춘 사람이라 보기 어려운 점은 제환공이 공자 규를 죽였을 때, 그는 동료인 소홀을 본받아 순절(殉節)하지도 않았고, 오히려 제자의 원수인 제환공 쪽에 붙어 도와주었다는 것입니다."

이쯤 되어서, 공구의 얼굴 표정은 비상하리만큼 엄숙해졌다.

"관중은 제환공을 보필하여 제후들의 패자로 군림하게 하였고, 온천하 일체를 바로 잡았다. 오늘날에 이르기까지 서민 백성들은 아직도 그의 덕을 입고 있다. 만약 관중이 없었더라면, 우리는 모두 머리를 흐트러뜨리고 낡아빠진 누더기를 걸친 낙후된 야만족으로 전락했을 것이다. 단목사야, 네가 설마 일반 서민을 보는 안목으로 관중을 대하려는 것은 아니냐? 단목사야, 그분더러 작은 절개, 사소한 의리에 얽매여 천하의 다스림과 주례 회복이라는 큰 절개, 큰 의리를 내던지게 해야만 옳겠느냐!"

스승은 엄한 질책을 내렸다. 한참만에 자공은 다시 여쭈었다.

"사부님, 그렇다면 어떤 사람이 서민 백성들에게 널리 덕을 입히고, 온갖 수단 방법으로 백성들이 윤택하게 살도록 도와줄 수 있다면, 그 사람은 인덕을 갖추었다고 말할 수 있습니까?"

공구는 방금 보였던 그 엄한 기색과 달리 흐뭇한 미소를 띠었다.

"만약에 말이다. 진실로 그 정도의 일을 해낼 수 있는 사람이라면 어찌 인덕에만 그치겠느냐? 그 사람은 성덕(聖德)을 갖추었다고 해야 옳을 것이다! 하지만 말처럼 그리 쉬운 일은 아니다. 그 점에 있어서는 아마도 요순(堯舜) 임금조차 모두 해내지 못할 것이다. 인(仁)이란 무엇인가? 자신을 올바로 세울 뿐만 아니라, 동시에 다른 사람도 올바르게 세워 주는 것이다. 자신이 하는 일에 두루 통할 뿐만 아니라, 동시에 다른 사람이 하는 일도 두루 통할 수 있게 해주는 것이다. 목전의 사실을 일일이 사례(事例)를 가려뽑아 한 걸음 한 걸음씩 처리해 나아갈 수 있다면 바로 인덕을 실천하는 방법이라 말해도 좋을 것이다."

"사부님, 또 한 가지 여쭙겠습니다. 인덕으로 나라를 다스린다는 것은 어떤 것을 말합니까?"

"인덕으로 나라를 다스린다는 것은 그 다스리는 사람이 천체의 북두칠성처럼 일정한 위치에 자리를 굳히고, 그 밖의 뭇별들이 북두칠성을 에워싸고 돌아가듯 모든 통치가 그 사람 하나만을 중심으로 이루어지는 현상으로 비유할 수 있을 것이다."

자공은 사뭇 흥미를 느끼고 스승에게 내처 물었다.

"현명한 제왕이 세상을 다스린다면, 얼마나 시간이 걸려야 어진 정치를 베풀 수 있겠습니까?"

공구는 벌떡 일어나더니 어려운 문제의 해답이라도 찾아내려는 듯 그 자리에서 두어 바퀴 맴을 돌고 나서 도로 의자에 앉았다.

"현명한 제왕이 세상을 다스린다면 줄잡아도 30년은 걸려야 어진 정치를 크게 베풀 수 있을 것이다."

"30년……! 현명한 제왕임에도 말씀입니까?"

제자들은 너나 할 것 없이 충격을 받았다. 공구는 덧붙여 설명했다.

"나라를 다스린다는 것은 아이들 장난이 아니다. 여기에는 반드시 조목별로 규정된 법률, 굳세고 강력한 군대, 어질고 유능한 신하들이 있어서 국내에는 반란이 없고 외부의 침입이 없도록 보장되어야 하는 것이다. 여기에는 장구한 시일이 소요된다. 이리하여 나라가 평안해지면 백성들이 점차로 화목하게 되고, 인화(人和)가 이룩되면 정치가 달통(達通)하게 될 것이며, 정치가 두루 통하면 백성들이 부유해지고, 백성들의 살림이 가멸지면 그 나라도 강성해지는 법이다. 이 모든 조건을 버린다면, 그것은 바로 근본을 외면하고 말단적인 것을 추구하는 짓이나 다를 바 없다."

제자들 사이에 웅성웅성 찬탄의 소리가 나왔다.

자공이 다시 여쭈었다.

"어떻게 하면 백성의 신임을 얻고 나라를 잘 다스려 나갈 수 있습니까?"

스승은 더욱 마음이 흥겨워져서 대답하는 목소리도 낭랑하게 들떠 있었다.

"단목사야, 정말 좋은 질문을 했구나! 옛날의 제왕들은 천하를 다스리되 모두 인덕에 의존했다. 가령 어느 임금이 남보다 뛰어난 지혜와 재능을 갖추어 백성들의 마음을 얻었다 하더라도, 인덕으로 그들을 교육시키지 않고 민정을 잘 보살펴 위로해 주지 않는다면, 오랜 세월이 지나서 반드시 그 백성들을 잃어버리게 될 것이다. 또 그 임금이 뛰어난 지혜와 재능으로 백성들의 마음을 얻고, 인덕으로 그들을 교육시키고 민정을 보살펴 위로해 주었다 하더라도, 엄정한 태도로 그 백성들을 다스리지 못한다면, 백성들은 참되게 열심히 살아가지 않을 것이다. 그러므로 지혜와 재능으로 백성의 마음을 얻고 인덕으로 가르치며 민정을 두루 안무(按撫)하고 다시 엄정한 태도로 백성들을 대하고 아울러서 합리적으로 백성들을 국가 사업에 동원하고 부릴 수 있어야만 그 백성들을 영원히 잃어버리지 않을 것이다. 민심을 얻으면 백성들이 부유해지고 국력이 강해지며 따라서 왕실도 흥성하는 법이다."

자공은 너무나 기뻐서 얼굴이 환해지도록 웃어가며 다시 여쭈었다.

"사부님, 저도 인덕을 배우고 싶으나 지금껏 배우지 못했습니다. 제 언행에 평생 지침이 될 만한 것을 한 마디로 말씀해 주시지 않겠습니까?"

스승은 이맛살을 찌푸리고 한참 동안 생각에 잠기더니, 갑자기 두 눈을 반짝 빛내면서 한 마디씩 무겁게 끊어 대답했다.

"한마디로 말하라면 '충서(忠恕)'가 되어야겠지!"

자공은 그 뜻이 금방 마음에 와서 닿지 않는 듯 목마른 눈길로 스승을 바라보았다.

스승이 풀이를 해주었다.

"'충서'란, '자신이 하고 싶지 않은 일을 남에게 베풀지 말라(己所不欲, 勿施于人)'는 것이다."

"아, 알겠습니다!"

자공이 자기 과시라도 하듯 냉큼 반응을 보였다.

"사부님, 저는 남에게 모욕이나 속임수를 당하고 싶지도 않지만, 제 자신도 남을 모욕하거나 속일 생각이 없습니다."

"좋은 말이다! 그러나 지금 네가 그것을 못하는 것이 안타깝구나."

자공은 허영심을 찔리고 얼굴이 벌개졌다.

스승도 공연한 소리를 했구나 싶었는지, 얼굴에 자책하는 기색이 떠올랐다. 그는 어색해진 분위기를 되도록 빨리 풀어 줄 요량으로 자공에게 다시 물었다.

"단목사야, 너는 안회하고 비교할 때 어느 점이 강하다고 생각되느냐?"

자공은 잠시 생각에 잠기더니 겸손히 말씀드렸다.

"제가 어찌 안회와 견줄 수 있겠습니까! 안회는 한 가지를 들으면 그 중에서 열 가지를 미루어 알아냅니다. 저는 한 가지를 들으면 고작 두어 가지만 미루어 알 수 있을 따름입니다. 저하고 안회를 비교한다는 것은 마치 새끼 무당이 어미 무당과 맞닥뜨린 것처럼 그 수준 차이도 현저할 뿐만 아니라, 제 자신이 초라할 정도로 부족함을 느낍니다."

공구는 수염을 쓰다듬어 내리면서 고개를 끄덕였다.

"너는 안회와 비교가 못 된다. 나도 네 생각에 동감이다. 너는 안회에게 견줄 상대가 아니다."

이번에는 재여가 공손히 여쭈었다.

"사부님, 세상 사람들이 모두 요순(堯舜)을 위대하다고 평가하는데, 저는 그분들의 업적에 대해서 그리 깊게 이해하지 못하고 있습니다. 사부님께서 그분들의 공로와 업적을 자세히 말씀해 주시지 않겠습니까?"

공구는 하늘을 우러른 채 먼저 탄성을 터뜨렸다.

"재여의 물음이 너무 크고 무겁구나……! 잘 듣거라. 요(堯) 임금은 도당씨(陶唐氏), 이름은 방훈(放勳), 역사의 당요(唐堯)라고 일컫는 분이다. 그분은 관직을 처음으로 설치하고 농사철을 관장하셨으며, 역법(曆法)을 제정하셨다고 한다. 또 밝은 정치를 널리 베풀어 온 천하에 두루 미치게 하셨다. 그분은 늘그막에 임금의 자리를 자식들에게 전하지 않으시고 중원 천하 곳곳을 순방하여 어질고 착한 인재를 찾은 끝에 마지막으로 우순(虞舜)을 골라 잡으셨다. 그러고도 우순의 자질을 3년 동안 시험하고 나서야 섭정(攝政)의 자리를 맡기셨다. 그분이 세상을 떠나신 후 곧바로 우순이 즉위하였다. 너희들도 생각해 보려무나, 요 임금이 얼마나 대단하신 분이냐! 그분은 실로 위대한 어른이셨다. 우주에 하늘만이 가장 높고 크다 하나, 당요 한 분만이 그 하늘을 본받으셨다고 할 수 있다. 그분이 베푸신 은혜가 너무도 크고 너르기 때문에, 백성들은 그분을 어떻게 칭송해야 할지조차 모른다. 그분의 공로와 업적이 너무도 크기 때문에, 오늘날에 이르기까지 아무도 그분과 견줄 사람이 없다. 그분이 세우신 예의 제도가 너무도 아름답고 완벽하기 때문에, 이날 이때껏 아무도 논박할 틈을 찾아내지 못했다."

공구는 숨을 한 모금 돌렸다. 제자들은 온 신경을 귀에 쏟은 채 다음에 나올 말씀을 기다렸다.

"순 임금은 성이 요씨(姚氏), 또는 유우씨(有虞氏), 이름은 중화(重華), 역사에 우순(虞舜)이라고 일컫는 분이다. 그분은 요 임금의 지위를 계승한 후 천하 사방을 순행하면서, 곤, 공공(共公), 환도(驩兜), 그리고 삼묘족(三苗族)의 세력을 쳐서 없애고 현명한 제왕이라는 이름을 떨친 분이시다. 이분 역시 요 임금의 방법을 본떠 천하를 두루 다니면서 어진 인재를 고른 끝에 황하의 홍수를 다스린 대우(大禹)를 후계자로 뽑아 세우셨다."

재여가 다시 여쭈었다.

"사부님, 기왕이면 대우의 공적도 말씀해 주시면 어떨까요?"

"오냐, 그러마! 대우는 성이 사씨, 이름은 하우(夏禹), 융우(戎禹), 또 어떤 이는 문명(文命)이라고도 부르는 분이다. 전설에 따르자면, 그분은 곤의 아드님인데, 순 임금의 명을 받들어 홍수를 다스렸다고 한다. 그분은 중원 천하를 아홉개 주(州)로 나누고 백성들과 함께 수리 사업(水利事業)을 크게 일으켜 하천을 개통하고 홍수를 예방하여 농경지를 안정시켰다. 치수 13년 동안, 당신 집 대문 앞을 세 차례나 지나가면서도 문턱에 발을 들여놓지 않았다고 하니, 너희들도 생각해 보아라. 이 얼마나 훌륭한 태도냐? 순 임금이 세상을 떠난 후 천자(天子)가 되셨음에도, 그분은 서민들과 똑같은 음식을 드셨으되, 천지 신령께 제사를 올릴 때 입는 제복(祭服)만큼은 극히 화려한 옷감을 쓰셨다. 흙벽으로 쌓은 궁궐에 거처하시면서도, 모든 재력과 정력을 오로지 수리 사업에만 쏟으셨다."

강의는 채색 그림이라도 그리듯 감정이 철철 넘쳐 흘렀다.

"요, 순, 우, 이들 세 임금은 정말 너무도 숭고한 분들이다. 천자의 존귀한 신분과 사해 천하의 부를 지니고서도, 그분들은 안일 향락을 꾀하지 않고 해와 달을 거듭하면서 백성들을 위해 수고를 아끼지 않으셨으니, 이 얼마나 숭고한 정신이냐!"

스승과 제자들은 이처럼 종일토록 고금 담론(古今談論)을 주고받았다.

어느 날, 진민공은 공구를 초빙하여 마차를 함께 타고 교외로 나들이를 나갔다. 두 사람은 끝없이 펼쳐진 논밭 들판 머리에 서서, 이제 누릇누릇하게 여물어가는 벼이삭과 붉은 수수들이 묵직한 고개를 버거운듯 늘어뜨린 채 산들바람에 흔들리는 광경을 바라보았다. 그 정경은 실로 사람의 마음을 도취시키고도 남을 만큼 흡족한 것이었다.

공구도 탄성을 금치 못했다.

"진나라는 올해 수확이 너무나도 좋군요!"

진민공은 칭찬이라도 받은 아이처럼 눈썹 초리가 기쁨에 들떠 꿈틀거렸다.

남의 나라 대풍년을 부러워하면서, 공구는 서글픈 마음을 어찌지 못했다. 이 작은 나라가 태평 세월을 구가하고 있는 반면 노나라는 그 해 4월, 강력한 지진이 일어났다. 지진은 백성들에게 참담한 재난을 안겨다 주었다. 또한 여름철이 되자 이번에는 대한발이 찾아 들어, 전국 각처에서 파종한 보리, 벼이삭과 묘목들이 말라죽고 여름 푸성귀는 물론이요 가을걷이 곡식도 낟알 한 통 제대로 건지지 못했다.

그 소식을 처음 들었을 때 공구는 극도의 우울증에 빠지고 말았다. 노나라 들판에 황금빛 물결이 출렁거리는 대신 굶어 죽은 시체가 온통 널려 있을 참상이 선히 떠올랐다. 그는 진민공을 곁에 둔 채 갑자기 망향심(望鄕心)에 깊이 빠져들었다.

이 한해 동안, 공구의 마음에 유일하게 위로가 된 사람이 있다면, 그것은 공씨 가문에 대를 이을 손자가 태어났다는 희소식뿐이었다. 공리(孔鯉)가 드디어 아들을 낳아, 이름을 급(伋)이라 짓고 자는 자사(子思)로 지었다는 서찰을 보내 온 것이다.

또 한 가지 소식은 그의 심사를 착잡하게 만들어 주었다. 그것은 노환공(魯桓公)과 노희공(魯僖公)의 사당에 대화재가 나서 깨끗이 불타 무너진 사건이었다. 역대 군주의 사당이 불타 버렸다는 것은 황공스럽고도 불행한 일이지만, 이 두 사당은 애초부터 주례의 규정에 어긋나는 것으로, 세워서는 안 될 건물이었다. 제후들의 사당은 4대조까지만 보존되어야 했다. 노환공은 당시 9대조요, 노희공은 6대조에 해당되었다. 그러나 노환공은 계손씨, 맹손씨, 숙손씨 세 가문의 직계 선조였고, 노희공은 계손씨의 세력을 확장시키는 빌미를 만들어 준 장본인이었다. 그렇기 때문에 노나라의 대권을 송두리째 장악한 '삼환'은 노환공의 사당을 허물지 못하게 막았고, 특히 계손의여와 계손사는 노희공의 사당마저 뜯어내지 못하게 했던 것이다. 그런데 이제 큰불이 나서 그 골치 아픈 사당을 모조리 태워 없앴다니, 공구로서는 이보다 더 반가운 일이 없을 것이었다. 이야말로 죄는 지은대로 가는 법, 하늘이 주례를 지키지 않는 사람들에게 천벌을 내렸다고나 할 사건이었다.

풍년을 약속하는 황금 벌판에 서서, 공구는 천재지변으로 피폐된 고국 땅을 떠올리고 서글퍼하는 한편, 대를 이을 손자가 태어나 조상님들께 면목이 섰다는 기쁨이 엇갈려 착잡한 심사를 이기지 못했다.

이 무렵, 노나라에서는 상국 계손사가 병으로 쓰러졌다. 그는 심장 박동이 약해지면서 폐 기능에 울혈을 일으켜 호흡이 곤란해지고 전신에 부종이 생기는 중질환에 걸렸다. 계손사의 신체는 날로 허약해지고 얼굴빛이 초췌해졌다. 심장 박동이 이따금씩 빨라졌다가 느리게 뛸 때마다, 그 고통은 도저히 견디기 어려웠고, 통증과 함께 엄습하는 초조감, 불안감이 계손사의 심신을 완전히 초주검으로 만들어 놓았다. 이제 그가 할 일이라곤 하루 진종일 병상에 누워 천정과 대들보나 멀뚱멀뚱 바라보는 것이 전부였다. 음식도 고량 진미가 아니라 멀건 미음을 마시는데도 뱃속에선 시큼털털한 위액이 목구멍을 타고 입으로 치밀어 오르곤 했다.

"이게 모두 내가 심은 죄과(罪果)로구나!"

애처롭게 탄식하고 자책하면서, 그는 날이 갈수록 나빠져가는 현실을 떠올리고 몸서리를 쳤다. 지진과 가뭄, 대화재 등 한 해 동안 꼬리를 물고 연속적으로 들이닥친 이 모든 재난이 지금은 홍종(洪鐘)을 두드리는 쇠뭉치로 변해 그의 두개골을 후려치고, 뜨거운 불길로 변해 그의 심장을 활활 불태웠다.

계손사는 이마에 진땀이 부쩍 돋아나고, 두 다리에 싸늘한 기운이 서려오는 것을 느꼈다. 살가죽 한 겹으로 뼈다귀를 감싼 듯, 근육이라곤 한 점도 없이 말라붙은 두 손을 바라보면서, 얼마 안 있으면 이대로 인간 세상을 영영 떠날 것이라는 생각이 들자, 그는 갑자기 두려워졌다. 무서운 죽음이 눈앞에 닥쳤다고 생각되자 그는 자신의 일생을 돌이켜 보았다. 수치스러움, 한스러움, 고뇌와 번민이 한꺼번에 가슴을 덮쳐 왔다. 밤낮없이 주지 육림(酒池肉林)에 흠뻑 빠져 허우적거리던 그 화려하고도 행복한 나날이 지금 와서는 그저 허망하고 우습기만 했다. 평생토록 맛 좋은 술과 고기에 찌들대로 찌들었을 텐데, 지금 입에는 아무 맛도 남아 있지 않고 밤이나 낮이나 손끝에서 떨어지지 않던 그 보드라운 계집의 살결도 이제 느껴지지 않으니, 참말 이상야릇한 노릇이었다. 어떻게 그런 맛도 없고 감촉도 없는 한평생을 살아왔는지 꼭 귀신에게 홀린 기분이었다.

마침내 그의 뇌리에는 두 사람의 얼굴 모습이 선하게 떠올랐다. 노정공의 흐리멍텅한 눈빛, 공부자의 초롱초롱 빛나던 눈매…… 한쪽은 혼암한 용군(庸君)이요, 또 한쪽은 지혜와 재기가 철철 흘러 넘치는 선비다.

'공부자……!'

그는 새삼스레 공구가 그리워졌다. 하지만 모든 것이 다 늦은 것이다. 공구는 노나라를 멀리 떠났고 노정공 역시 자신의 치욕스런 일생을 지닌 채 무덤 속으로 들어가 버렸다. 그는 두 손으로 뼈가죽만 남은 머리통을 감싸안았다. 왠지 가슴이 텅 비어 버린 느낌이 들었다.

"아버님, 소자 문안 드리러 왔습니다!"

"오냐…… 들어오려무나……."

계손사의 아들 계손비(李孫肥)가 들어섰다.

계손비는 할아버지, 아버지와 달리 몸집이 우람하고 헌걸찬 데다 기개도 호방하고 소탈한 맛을 풍기는 30대 중년이었다.

"아버님, 기분은 좀 어떠십니까?"

"모르겠다. 하루가 다르게 기력이 쇠해지는구나……."

"의원을 불러 진맥을 다시 해 볼까요?"

"그만 두어라! 공연히 법석만 떨고 차도는 없는 걸……. 애야, 이렇게 병상에만 누워 있자니, 지레 죽겠다. 성 밖 교외에 나가서 들바람이나 쐬면 기분이 좋아질 듯싶은데, 마차를 준비시켜 다오."

"그렇게 하지요. 소자가 모시고 가겠습니다."

"오냐, 고맙다."

계손사는 아들에게 내색은 하지 않았으나, 죽기 전에 마지막으로 노나라 산천을 꼭 한번 보고 싶은 것이었다.

얼마 후, 계손사 부자를 태운 수레가 남문 밖을 벗어났다. 들판에는 수수와 밀 보리밭, 논벼가 여기저기 자라고 있었다. 그러나 오곡은 가지런히 자라지 못하고 들쭉날쭉, 하나같이 시들고 말라붙어 한심할 정도로 산만하기만 했다. 메마른 잎새만 축 늘어뜨린 수숫대, 쭉정이가 잔뜩 붙은 벼포기, 가라지들이 어수선하게 뒤덮여, 겨우 익은 곡식 포기마저 보이지 않았다.

황량한 들판을 보면 볼수록 계손사는 가슴이 떨리고 고개를 쳐들 수가 없었다. 상국이라는 막중한 자리에 앉아서 나라와 백성들에게 아무것도 해준 것이 없다는 사실을 이제 두 눈으로 거듭 확인하면서, 새삼부끄러워 고개를 쳐들지 못했다.

"애야, 마차를 돌려라. 도성 외곽을 한 바퀴 돌아보기로 하자꾸나."

그는 맥없이 아들에게 분부를 내렸다. 수레는 천천히 도성 쪽으로 길을 바꾸었다. 수레 바퀴 소리가 '덜커덕, 덜커덕!' 울릴 때마다, 그의 심장 박동도 함께 흔들려 짜증이 났다.

심기를 겨우 좀 가라앉히고 좌우를 두리번거리자니, 까마득히 치솟은 성벽이 또 생각하고 싶지도 않은 기억을 끄집어 냈다. 자기를 배반한 가신 양호의 행패, 그리고 이 도성으로 호호탕탕 쳐들어오던 공산불유의 추억이 불쑥 떠오르면서, 그는 심사가 뒤틀리고 전신에 오싹오싹 소름이 돋았다.

'하마터면 이 노나라가 그놈들 손에 결딴이 날 뻔하지 않았던가 ……?'

그는 속으로 이게 모두 노정공의 탓이려니 생각했다. 임금의 무능이 국력을 더욱 쇠약하게 만든 것이다. 이 스산하고도 냉막한 정경을 대하면서, 그는 그 숱한 책임을 자기 어깨에 혼자 지고 싶지 않았다.

돌연 잿빛 까치 한 마리가 머리 위를 스칠 듯 낮게 날아갔다. 가느다란 나뭇가지는 날짐승의 몸무게 하나 버티지 못하고 좌우로 물결치듯 흔들렸다. 까치란 놈은 떨어지지 않으려고 몸부림을 치다가 겨우 중심을 잡고 양 날개를 접었다.

"병든 놈이로구나 ……!"

계손사는 혼잣말로 중얼거렸다. 모가지를 외로 꼬고 날개를 축 늘어뜨린 채 애달픈 소리로 우짖는 까치의 모습을 보자니, 그는 처량한 생각이 들었다. 속담 한 구절이 그의 뇌리에 떠올랐다. '새가 죽게 되면, 울음소리도 구슬퍼진다(鳥之將死, 其鳴亦哀)' ……이제 두 눈으로 그 정경을 보게 되니, 계손사는 속담의 내용을 더욱 실감할 수 있었다. 그는 병든 까치가 불쌍해졌다. 그리고 병들어 죽어가는 자신도 불쌍했다. 속담의 뒷구절이 또 이어서 떠올랐다.

'사람이 죽음을 앞두면, 그 하는 말도 착해진다(人之將死, 其言也善).'

병들어 죽어가는 새를 같은 처지의 자신과 견주어 보는 동안, 그는 아픈 가슴을 못내 이겨 자신도 모르는 사이에 눈자위가 축축하게 젖어들었다.

무심한 짐승은 수레를 이끌고 덜커덕 덜커덕, 노나라 도성 외곽을 거의 한 바퀴 다 돌아가고 있었다. 까마득히 솟구친 성벽과 문루(門樓)를 올려다보면서 계손사는 또다시 공구의 모습이 선하게 떠올랐다. 반란을 일으킨 세 고을을 단숨에 쳐서 함락시킨 대사구 대감의 지략, 공산불유의 반란군이 곡부성 턱 밑에까지 밀어 닥쳤을 때, 그는 공구와 더불어 성벽 위에 올라 관군의 역습 광경을 지켜보고 있었다. 자신은 두손에 진땀을 잔뜩 움켜 쥐고 조마조마하게 가슴을 쥐면서 서 있었는데, 공구는 입술에 여유만만한 미소까지 띠어가며 하늘에서 내려온 천신(天神)과도 같은 요지부동의 자세로 우뚝 서 있지 않았던가? 그는 그때 공구에게서 위풍당당함과 풍운을 질타하는 기백으로 누구든 맞설 자가 없을 것 같은 막강한 힘을 느꼈다. 그런 것이 반란군을 힘차게 섬멸하고 있던 대장 신구수와 낙기에게서는 보이지 않고 왜 공구의 나약한 모습에서 느껴졌는지 지금도 도대체 알 수가 없었다.

마차는 이제 출발점인 남문 앞에 다시 돌아왔다. 계손사는 성문 밖 너른 공터를 바라보았다. 다음 순간, 그의 눈앞에는 화려한 장막 아래 풍악에 맞추어 너울너울 춤추는 절색 무희 80명의 자태가 떠올랐다. 노정공과 함께 구경꾼들의 인파에 몸을 숨기고 체통을 잃고 무희들의 어지러운 춤사위를 훔쳐보던 자신의 모습도 보였다. 통나무 울타리 안에서 투레질하는 준마떼의 우렁찬 목소리, 성문이 쿵! 닫히는 소리, 발을 동동 구르면서 당황하던 임금, 적교가 다시 내려지고 성 안으로 헐레벌떡 뛰어들었을 때 마주친 대사구 대감의 감서리 맺힌 얼굴 표정

......

"공부자……! 대사구 대감……!"

그는 속으로 가만히 불러보았다. 임금과 상국에게 혓바닥이 닳도록 설득하는 공부자의 안타까운 얼굴, 면박을 당하고 절망한 기색으로 돌아서는 뒷모습을 그리면서, 이제 그는 새삼스럽게 부끄러움과 회한이 북받쳤다. 애당초 그의 주장을 받아들여 제나라에서 보낸 뇌물을 딱 거절하고 군신이 한마음 한뜻으로 힘을 합쳐 다스렸던들, 이 나라는 진작에 강대국으로 바뀌었을 것이다. 아니, 어쩌면 열국 제후들 사이에 군계 일학으로 우뚝 서서, 지금쯤은 패업을 이룩했을런지도 모르는 일 아닌가?

'이젠 아무 것도 없구나……!'

앙상하게 뼈만 남은 빈 손바닥을 굽어보면서, 그는 후회감에 몸이 떨리고 허탈과 무기력감에 휩싸였다. 눈이 침침해지면서 정면에 우뚝 솟은 성루가 여러 개로 바뀌더니 오락가락 흔들리기 시작했다. 현기증이 느껴졌다. 그는 손바닥으로 두 눈을 가리고 애써 자신을 진정시켰다. 곁에서 아들이 줄곧 불안한 기색으로 지켜보고 있었다.

"애야, 이 나라는 주공(周公) 어르신의 영지다."

그는 아들에게 말을 붙였다.

"소자도 알고 있습니다."

"주군과 맹손씨, 숙손씨, 우리 계손씨 가문은 모두 그분의 후예란다."

"예, 알고 있습니다."

"우리 나라에는 벌써 여러 차례 유능한 인재가 나타났었다. 특이 이 애비의 세대에도 공구가 그러하다. 그는 세상 만사 모르는 것도 없고 못하는 일이 없는 인재이다. 또한 선지자요 선각자다. 지혜가 남보다 월등하기 때문에 세상 사람들이 모두 그를 시기하고 질투하게 되었다.

하다못해 일국의 재상이라는 막중한 지위를 차지한 이 애비조차도 그 사람을……. 지금 돌이켜 생각하면 가슴이 쓰라리고 후회가 되는 걸 어쩔 수 없구나. 그 당시 그를 중용하고 그의 주장을 받아들였더라면 이 나라도 진작에 흥성했을 것을……."

"아버님, 고정하십쇼! 모두가 지나간 일 아닙니까?"

"얘야, 옛사람 말씀에 '과거지사를 잊지 말고 훗날의 거울로 삼으라' 하지 않았더냐? 내가 죽거든, 무슨 방법을 써서라도 공부자님을 다시 모셔 오도록 해라. 그 사람이 마음껏 기량을 발휘하게 만들어 주고 너와 함께 주군을 보필한다면, 이 나라는 다시 강성해질 수 있을 것이다!"

말투가 굳세고 단호할수록, 목소리는 가늘어지고 약해졌다. 계손비는 일일이 고개를 끄덕여 응답해 가면서 마차를 급히 몰아 성 안으로 치달려 들어갔다.

상국 부중에 도착했을 때, 계손사는 이미 숨을 들이마시기만 할 뿐 내쉬지 못하고 있었다. 이제 목숨이 곧 끊어질 시각이 된 것이다.

계손비는 그를 업어다가 침상에 눕혔다. 눈꺼풀이 한참 동안이나 파르르 떨리더니, 그는 겨우 반눈을 뜨고 아들의 얼굴을 올려다보면서 들릴락말락하게 두어 마디를 건넸다.

"절대로 잊지 말아라……! 공부자님을 모셔다가…… 주군을 보필하여……."

계손비는 상체를 굽히고 아버지의 머리통을 감싸안은 채 비통하게 외쳤다.

"아버지! 다른 말씀은 없습니까? 이 아들에게 무엇이든지 분부만 내려 주십쇼……! 아버지, 어서 말씀하세요!"

그는 아비의 입술에 귀를 갖다 붙이고 미친듯이 부르짖었다. 아비의 입술이 몇 번 달싹거리다가, 이내 떨림조차 멎었다. 아들은 가슴을 두

드려가며 대성 통곡했다.

창황중에 장례식을 마친 후 계손비는 아비의 지위를 이어받아 노나라 상국의 대권을 장악했다.

신임 상국이 조회에 참석하던 첫날부터, 노애공은 양미간을 잔뜩 찌푸린 채 하릴없이 서글픈 탄식을 터뜨렸다.

"경들은 들으시오! 우리 나라는 올해 큰 가뭄과 대지진으로 엄청난 재난을 당했소. 지금 백성들은 굶주린 배를 채우지 못하고, 따뜻하게 입을 옷가지조차 변변히 없는 실정이오. 말씀해 보시오. 이 노릇을 어쩌면 좋겠소?"

문무 백관들에게도 무슨 뾰족한 수가 없는 터라 고개만 툭 떨군 채 한숨만 쉴 뿐이었다.

계손비는 처음으로 조정 반열에 참석한 터라, 이 엄숙하고도 장중한 분위기에 눌려 상국 대감의 위엄을 내세우지 못하고 몸가짐이 다소 조심스러워졌다. 그는 좌우 눈치를 살펴보다가 마음을 다잡고 천천히 반열 앞에 나와 이렇게 아뢰었다.

"주군, 백성들은 지금 수중에 쌀 한 톨 변변히 없고 베 한 조각도 없는 실정입니다. 이제 백성들을 살리려면 나라의 식량 창고를 열어 이 재민을 구휼하는 수밖에 딴 길이 없는 듯하오이다!"

"그건 군량미인데 …… 좀 ……."

노애공은 안절부절, 사뭇 자신 없게 입을 열었다.

"국고에 비축된 식량이 얼마나 되겠소? 그 정도로 숱한 입을 어떻게 먹여 살린단 말이오? 다 소용없는 일이지 ……."

"사세가 이 지경에 이르러서는 그것만이 유일한 방책이겠습니다."

"경들이 영지에 보유한 식량도 내어놓으시겠소?"

"당연한 일이옵니다! 경대부들도 보유미를 풀도록 하오리다."

"그럼 좋소, 각 지방에 긴급명령을 내려 창고를 개방하라 이르시오!"

"주군의 밝으신 처사, 온 백성들이 기뻐하오리다!"

문무 관원들이 이구동성으로 하례를 올렸다.

계손비가 다시 아뢰었다.

"주군, 저희 가친께서 임종시에 공부자님의 재능과 덕망을 거듭 칭찬하시고 아울러 주군께 아뢰어 그를 조속히 모셔다가 이 나라를 흥성시킬 대업을 함께 도모하라 당부하셨습니다."

노애공은 오래 전 태자 시절에 보았던 공구의 모습을 기억해 내려는 듯, 손바닥으로 턱을 떠받치고 잠시 생각에 잠겼다.

"공부자는 당년에 벼슬이 대사구에 이르지 않았던가? 선군이 제나라의 과중한 선물을 받으셨기 때문에, 그것을 핑계로 사직하고 이 나라를 떠났다고 들었소. 한데 지금 형편은 어떤지 모르겠구료."

"타국 땅을 떠돌아다니다가, 지금은 진(陳)나라에 머물고 있다 하옵니다. 아무 데서도 끝내 뜻을 펴지 못했으니 주군의 말씀 한 마디만 내리시면 틀림없이 돌아오리라 생각되옵니다."

"그래, 그것도 좋겠군! 경들의 의견은 어떻소?"

말끝이 갓 떨어졌을 때, 문관 반열에서 한 사람이 선뜻 앞으로 나섰다. 후리후리한 키에 어깨가 떡 벌어진 중년의 대부 공지어(公之魚)였다.

"주군께 아뢰오! 공부자는 노나라를 떠난 이래 아직껏 돌아오지 않았으니, 지금 그가 무슨 생각을 하고 있는지 모르옵니다. 소신의 견해로는, 우선 그 제자 염구부터 데려오는 것이 타당할 듯하옵니다. 염구는 소신도 잘 아옵는데 정치 재능을 갖춘 훌륭한 인재이옵니다."

노애공이 상국을 돌아보고 물었다.

"계손 경은 어떻게 생각하시오?"

"염구를 먼저 데려오는 것도 좋겠습니다. 공부자는 나중에 그를 시켜서 모셔 올 수 있지 않겠습니까?"

"경들 가운데 누가 진나라에 가서 염구를 데려오시겠소?"

"소신이 직접 가오리다!"

공지어가 자청하고 나섰다. 노애공은 빙그레하니 미소를 띠었다.

"그렇게 해주신다니, 정말 잘되었소! 그럼 어서 떠날 차비를 차리시오."

"예에!"

공지어는 퇴궐하는 즉시 소관 업무를 대충 처리한 다음 행장을 갖추고 여로에 올랐다.

열흘 후, 칙명 사신 일행은 진나라 도성에 다다랐다.

공구는 고국에서 칙사가 왔다는 연통을 받고 펄쩍 뛸듯이 기뻐하면서 부리나케 정복으로 갈아입고 영접을 나왔다.

"어서들 오시오! 머나먼 길에 고생 많으셨소이다."

"대사구 대감, 평안하셨습니까? 열국을 두루 순방하신 지도 벌써 여러 해가 되었는데, 그 동안에 풍진 고초(風塵苦楚)도 심하셨겠습니다."

공구는 인사치레 따위는 더 나눌 겨를이 없이 물었다.

"공 선생, 무슨 일로 천 리 길을 마다않고 오셨소이까?"

"주군께서 공부자님의 제자 염구를 귀국시키라 명하셨길래, 제가 분부를 받들고 왔습니다."

"호오, 그래요?"

공구는 흥분에 들떠 얼굴빛마저 벌겋게 익었다.

16
은둔하는 선비들

　"노나라는 내 부모의 나라요! 내가 제자들을 교육시킨 목적은 바로 모국의 진흥을 위해서였소. 이제 주군과 상국 대감이 염구를 받아들이시겠다니, 이야말로 내 제자가 나라를 위해 헌신할 절호의 기회라고 생각되는구료. 잠시만 기다려 주시오. 내 곧장 들어가서 염구에게 알려야겠소."

　"편하신 대로 하시지요!"

　공지어는 존경스런 태도로 허리를 굽혔다. 고국에서 쫓겨나다시피 떠나와 망명 생활을 하면서도, 공구가 모국에 대한 애착심을 저버리지 않고 이처럼 큰 의리를 깊이 밝히는 것을 보고 무척이나 감동을 받았다.

　공구는 즉시 염구를 불러들였다.

　"염구야, 고국에서 사신이 왔다. 주군과 상국 대감이 너를 중용하실 모양이다."

"아니, 사부님이 아니고 저 말씀입니까?"

"그래, 내가 보기에도 너는 정치에 관심이 많고 장기를 지닌 줄 안다. 고국에 돌아가거든 아무쪼록 매사에 알뜰하고, 마음과 힘을 다하여 상국 대감과 주군께서 노나라를 훌륭하게 다스리도록 도와드리기를 바란다."

그는 몸에 배인 버릇대로 일어나 동쪽 하늘을 한참 바라보더니, 다시 자리잡고 앉아서 훈계를 계속했다.

"노나라가 약소국이기는 하나 그 땅은 주공 어르신의 영지다. 그렇기 때문에 예악 제도가 거의 완벽하게 갖추어져서, 누구나 이 제도에 알맞게 다스리기만 한다면 아주 빠른 시일 안에 강대국으로 떨쳐 일어날 것이고, 국태 민안을 이룩할 수 있을 것이다. 그때 가서는 사방 제후들이 다투어 본받으려 할 것이고, 주나라 천하가 크게 다스려질 가능성이 있게 된다."

귀에 못이 박히도록 들어온 말씀이기는 했으나, 염구는 너무 뜻밖의 일이라 오히려 막연한 느낌이 들었다. 그는 노나라의 현실정이 어떻게 돌아가는지 전혀 모르고 있었다. 스승의 말이 자신 만만할수록 그는 자꾸 마음이 움츠러들기만 했다. 염구는 조심스럽게 여쭈었다.

"사부님, 고국에서 상국 대감이 정말 저를 등용한다면 제일 먼저 해야 할 일이 어떤 것입니까?"

그 말을 듣는 순간, 공구의 얼굴에는 무엇을 연상했는지 수심의 먹구름장이 가득 덮였다.

"노나라에는 금년에 큰 가뭄으로 흉작이 들었다고 한다. 그러니 백성들이 얼마나 곤궁에 빠져 있는지 짐작이 갈 것이다. 모름지기 백성들이란 '먹는 것을 하늘로 삼는다(以食爲天)' 했으니, 식량이 없으면 그 나라도 안정을 잃게 되는 법이다. 고국에 돌아가서 제일 먼저 할 일은, 온갖 수단 방법을 아끼지 말고 상국 대감이 백성들을 따뜻하게 입히고 배불리 먹일 수 있도록 도와 드리는 것이 무엇보다 급선무다. 알겠느냐?"

염구는 부담을 느낀 나머지 잠시 머뭇거리고 나서야 응답했다.

"제자 불초하나마 사부님께서 당부하신 말씀을 힘껏 행하오리다!"

공구도 망향의 정을 억누르지 못한 듯 목소리가 모래알처럼 갈라져 나왔다.

"돌아가서 중책을 맡게 되거든 잊지 말고 하루 속히 이 스승을 고국 땅에 데려가다오!"

"안심하십시오, 사부님!……"

염구의 눈이 뜨거워지는 것을 느꼈다. 그는 왈칵 쏟아져 나오는 눈물을 억제할 길이 없었다.

"돌아가서 반드시 상국 대감과 주군을 설득하여 될 수 있는 한 빨리 사부님을 모셔 가겠습니다."

사랑하는 제자를 고국 땅에 먼저 떠나보낸 후 공구는 또다시 깊은 상념에 빠져들었다.

이날은 때마침 8월 보름, 하루 해가 저물고 밤의 장막이 드리워지기가 무섭게 밝디밝은 보름달이 동쪽 하늘가에 덩그러니 떠오르면서 텅 빈 하늘은 씻은 듯이 맑고, 깊은 연못 물처럼 온통 쪽빛으로 물들었다.

그는 앞마당에 내려서서 낙읍이 있는 서쪽 하늘을 바라보다가 이내 동편으로 눈길을 돌렸다. 그 하늘 밑에는 고국 땅이 자리잡고 있을 터였다. 상념은 밤새도록 낙읍과 고국의 도성 하늘 위를 오락가락 헤매였다. 그는 온몸이 마구 쑤셔대고 두 다리로 서 있지 못할 지경이 되어서야 방으로 들어가 옷을 입은 채 잠자리에 누웠다. 침상에 누워서도 이리 뒤척 저리 뒤척 도무지 눈을 붙일 수가 없었다.

날이 밝은 후, 앞뜰에 나가보니 온통 은행 잎새가 노랗게 덮여 있었다. 공구는 손길 닿는 대로 묘하게 생긴 황금빛 낙엽을 한 잎 주워들었다. 그것은 슬픈 가을의 처량한 느낌을 자아내고 있었다. 안마당 한가운데 수백 년 묵은 은행나무 가지 밑을 서성대면서 또 서편 하늘, 동편 하늘을 번갈아 우러러보았다. 이것도 요즈음 그의 습관이었다. 날마다 공부를 하거나 제자들에게 강의하는 일만 빼놓고는, 으레 은행나무 밑을 서성거리는 것이 그의 일과 중의 하나였다.

그는 무심결에 고개를 떨구다가 펄쩍 뛸듯이 놀라고 말았다. 앞가슴까지 길게 늘어뜨린 수염이 거의 하얗게 새어버린 사실을 이제야 발견한 것이었다.

"시름도 늙음을 재촉하는구나……!"

서글픈 탄식을 뱉어내다가, 그는 갑작스레 앞가슴을 불쑥 내밀었다. 그리고 눈 앞에 진민공을 맞대놓기라도 한 것처럼 이렇게 중얼거렸다.

"당신을 보필하게 해주시오! 내 반드시 3년 안에 이 진나라를 부강하게 만들어 드리리다!"

그러나 그는 자존심이 너무 강했다. 하늘이 두 쪽 나는 한이 있더라도, 남의 앞에 자신을 추천할 그런 용기는 지니고 있지 못했다.

공구를 자신의 스승이라고 말한 진민공은 착실하게 그를 떠받들고 존경했다. 여름철에는 홑옷을, 겨울철에는 솜옷을, 일국의 군주로서 그가 해줄 수 있는 물질적인 대우를 아낌없이 해주었다. 일년 사시 사철, 먹고 마실 것을 궁색하게 해준 적이 한번도 없었다. 그리고 틈만 나면 공구를 초청해다가 천문, 지리, 역사, 문화에 대해서 가르침을 받았다. 때로는 공구와 함께 도성 밖 교외로 순시를 나가기도 했다.

이 해 겨울철, 큰 눈이 연거푸 내린 덕분에 도성 밖 산과 들판은 온통 은빛 천지가 되었다. 어느 날, 진민공은 불현듯 혈기가 끓어올라 사냥을 나가고 싶은 생각이 들었다. 그는 즉시 사냥 준비를 시키는 한편 공구를 초청했다.

공구는 진민공과 함께 수레를 타고 북성 문 밖으로 나갔다. 대지는 온통 목화밭처럼 은백 일색이요, 나무 숲은 하나같이 흰 보자기를 뒤집어씌운 듯 화창한 양지볕 아래 보이는 것이라곤 모두가 은빛 천지였다.

진민공이 동승자를 돌아다보았다.

"공부자님, 어떻소? 날씨가 이리 추운데 견딜 만하시오?"

"군후께서 돌보아주신 덕분에 전혀 추위를 느끼지 않습니다. 일년 사계절 철기 따라 갈아입을 옷이며 이부자리를 내려주셔서, 마치 고향 집에 있는 것만큼이나 포근합니다."

공구는 소맷자락을 걷어 올렸다. 백설처럼 새하얗고 보드라운 새끼 양가죽 토시가 드러나 보였다.

"보십쇼, 군후께서 이렇게 귀한 것을 주셨는데 어떻게 추위를 느낄 수 있겠습니까?"

진민공의 얼굴에 흡족한 기색이 배어나왔다.

공구는 말을 이었다.

"진나라가 금년에도 비바람이 순조로우니, 식량도 물산도 넉넉하겠습니다. 백성들이 먹고 입을 것이 풍족하니, 이 모두 자연의 조화가 아니겠습니까?"

그 말을 듣자, 뜻밖에도 진민공은 시큰둥한 기색을 보였다. 그는 내심 공구가 한두 마디쯤 비위를 맞춰주고 칭송해 주기를 은근히 기대했는데, 상대방은 임금의 공덕 따위는 한 마디도 내비칠 생각을 않고 곧이곧대로 그저 천지조화만 들먹이니 진민공으로서는 자못 불쾌한 노릇이 아닐 수 없었던 것이다.

공구도 뒤미처 그것을 깨닫고 황급히 화제를 돌렸다. 그는 앞쪽 눈덮인 벌판에 사슴 한 떼가 치닫는 것을 가리키면서 이렇게 말했다.

"저것 좀 보십쇼! 사슴은 길하고 상서로운 짐승 아닙니까? 군후께서 오늘 사냥을 나오셨는데, 제일 먼저 사슴떼를 보시다니, 이것 참말 좋은 길조로군요. 보아하니 내년에도 진나라에 대풍이 들 모양입니다."

말 한 마디로 천 냥 빚을 갚는다더니, 공구의 부추김을 듣자 진민공은 삽시간에 마음이 활짝 개었다. 그는 좌우 측근을 돌아보면서 기세 좋게 호통쳤다.

"듣거라! 냉큼 사냥꾼들을 풀어 저 사슴떼를 몽땅 잡아오너라!"

"아니되옵니다."

공구가 다급하게 제지했다.

"사슴은 그저 풀만 뜯어먹고, 인명을 해치지 않는 짐승입니다. 세상 사람들이 모두 상서로운 짐승으로 여기는 것을 잡다니, 그런 짓을 절대로 하셔선 안 됩니다."

진민공의 얼굴에 웃음기가 싹 걷혔다.

상황이 이렇게 되니 공구도 더는 말을 못하고 심사만 울적해졌다.

사냥꾼들이야 공구 따위의 말을 들어먹을 리 있겠는가. 이들은 진민공의 호령 한 마디에 벌써 신바람 나게 눈밭으로 달려나가고 있었다. 그물을 잡은 패거리들은 벼릿줄을 풀어헤치고, 궁노수들은 시위에 화살을 먹여 당긴 채 사면 팔방으로 사슴떼를 에워싸기 시작했다. 잠깐 사이에 짐승들은 사냥꾼의 포위망에 갇혀서 겅정겅정 이리 뛰고 저리 뛰어가며 뚫고 나가려 필사적으로 발버둥쳤다. 그러나 포위망의 올가미는 점점 조여들고, 급기야는 사방에서 일제 사격이 개시되었다. 비정한 화살은 사슴들을 무더기로 거꾸러뜨렸다. 요행 화살을 피한 놈은 하늘 꼭대기로부터 뒤집어 씌워 내린 그물에 갇혀서 펄펄 뛰다가 날카로운 창끝에 찔리거나 인정 사정없이 찍어대는 칼부림에 얻어맞아 애처로운 비명을 지르며 한 마리 두 마리씩 죽어갔다. 백설 덮인 들판은 삽시간에 선지피로 시뻘겋게 물들고, 짐승들의 갈라진 상처에서 선혈과 함께 뜨거운 김이 무럭무럭 피어났다.

공구는 차마 눈뜨고 볼 수가 없어 고개를 돌리고 말았다. 마음 한 구석에는 차츰 진민공에 대한 증오심이 움터 나오기 시작했다.

'죄없는 생명을 무참하게 도살하다니, 이런 무지몽매한 군주가 어떻게 백성들의 목숨인들 잘 돌보아 줄 리 있겠으며 나라를 훌륭히 다스릴 수 있으랴……!'

바로 그때 진민공은 거의 공구의 존재를 잊어버렸다. 그저 눈밭에 질펀하게 쓰러진 사슴떼를 보고서 어깨춤까지 덩실덩실 추어가며 미치광이처럼 고래고래 악을 쓰고 있는 것이다.

"하하하! 이것 너무 좋구나……이크! 저놈 달아나겠다, 놓치지 마라!"

공구는 더 이상 침묵하고만 있을 수 없어 장탄식을 터뜨렸다. 그것만이 그가 보일 수 있는 무언의 저항이었다. 그는 두 눈을 질끈 감은 채, 보지도 듣지도, 말도 하지 않았다.

진민공도 끝내 자신의 거동이 도를 지나쳤다는 것을 의식했는지, 슬그머니 곁눈질로 공구를 훔쳐보았다. 공구는 여전히 두 눈감고 목석처럼 앉아 있었다.

진민공은 곧 소매를 떨치고 자리에 털썩 주저앉았다. 그리고는 공구와 마찬가지로 찍 소리 한 마디도 않은 채 먼 하늘가를 쳐다보면서 딴전을 부리기 시작했다.

이윽고 사냥감이 마차에 옮겨져 첩첩으로 쌓였다. 이제 벌판에는 군데군데 선지피 자국만 얼룩졌을 뿐, 힘차게 노니는 짐승이라곤 한 마리도 보이지 않았다. 진민공은 일을 끝낸 사냥꾼들의 환호 소리에 정신이 번쩍 들었다.

"궁으로 돌아간다!"

눈이 녹기 시작하면서 길바닥은 금세 진수렁으로 변했다. 멋없이 무겁기만 한 수레는 네 마리 준마가 이끄는 대로 진창 길을 삐거덕 삐거덕, 힘겨운 비명을 지르면서 천천히 굴러갔다. 성 안에 돌아왔을 때, 길거리 양편 민가 지붕 끝에는 녹아 내리다가 얼어붙은 고드름이 주렁주렁 열려, 한낮 오후의 태양 빛을 받으면서 수정처럼 반짝이고 있었다.

공구는 경치 구경 따위에 마음 쓸 겨를 없이 궁궐 문 앞에 다다르자, 진민공에게 총총히 작별 인사를 건네고 객점으로 돌아갔다.

이 일을 계기로 그는 진민공에 대한 인상이 차츰 바뀌기 시작했다. 진민공은 여느 때와 다름없이 공구를 존경하고 숭배했으며, 가려운 데라도 시원하게 긁어주듯, 손이 안 미치는 곳이 없을 만큼 알뜰살뜰 각별히 대우해 주었다.

공구 일행은 진나라에서 꼬박 3년을 지냈다.

이 무렵, 북방의 강국 진(晉)나라는 무서운 속도로 세력을 발전시켜 마침내는 남방의 대국 초(楚)나라와 패권을 다투기 시작했다. 진(陳)나라는 바로 이들 양대 세력 틈바구니에 끼여 있는 터라 적지 않게 몸살을 앓아야 했다.

노애공 6년 봄철 어느 날, 공구는 여느 때처럼 객관 뜨락 은행나무 아래를 서성거리다가 이제 갓 움터나오는 여린 떡잎을 보고, 벌써 또 한 해가 시작되는구나 싶어 저도 모르게 비탄에 잠겼다. 손꼽아 헤아려 보니, 자신도 벌써 60대의 노년기에 접어들고도 이태가 지난 것이다.

"벌써 이렇게 되었던가? '인생 칠십은 자고로 드물다(人生七十古來稀)'라더니……."

그는 혼자서 중얼거렸다.

"이제 내 생애도 얼마 안 남은 셈이로구나……."

그는 더이상 진나라에서 허송세월만 하고 싶은 마음이 없어졌다.

'이제는 떠나야 한다.'

막상 떠난다고 생각하니, 몇 년 전 위나라와 진(晉)나라, 송나라를 허위단심 떠돌아다니던 그 쓰라린 추억이 하나하나씩 뇌리를 스쳐 지나갔다.

'이제 또 유랑 길에 들어서야 한다. 그렇다면 어디로 가야 하는가
……?'

갑자기 거백옥이 그리워졌다. 위출공(衛出公) 자첩은 제 아버지 괴
외를 모셔다가 양위하기를 단호히 거부하고, 스스로 마음 편하게 임금
노릇을 즐기고 있었다. 공구가 보기에, 그것은 명분도 올바르지 않고
순리에도 맞지 않는 엉터리 처사였다. 그러므로 위나라에는 갈 수가 없
었다. 황하 건너 북방에 있는 진(晉)나라는 강대국이기는 하나, 여전히
포악한 조간자가 일국의 정권을 잡아 흔들고 있을 터였다. 그 자는 무
력만을 떠받들고 예의 제도를 헌신짝같이 내던졌을 뿐 아니라, 자신과
뜻이 맞지 않는 어진 선비들을 박해하고 있었다. 그러므로 진나라에도
갈 수는 없었다. 송나라는 영토도 작거니와 국력도 쇠약했다. 하물며
사마환퇴처럼 예의 범절도 모르는 야만인이 조정에 버티고 있기도 했
다. 그 다음으로 떠오른 것이 제나라였다. 이 무렵 제경공은 벌써 세상
을 떠나고, 지금은 그 아들 안유자(晏孺子)가 군주의 자리를 이어받았
다. 공구는 안유자의 인품이나 재능에 대해선 하나도 알지 못했다. 그
래서 무턱대고 동쪽 길에 오를 엄두가 나지 않았다. 송나라, 정나라 국
경에서 겪었던 그 쓰디쓴 경험만으로 이제 충분한 것이었다.

이리저리 골몰한 끝에, 그는 초나라가 퍼뜩 생각났다. 현재 초나라의
군주는 초소왕(楚昭王), 재위한 지도 벌써 27년, 나이는 비록 많으나
천하 패권을 차지하고야 말겠다는 웅심 하나만큼은 아직도 여전했다.
통치술도 만만해서 초나라를 제법 강성하게 만들어 놓았을 뿐 아니라,
이제는 공공연히 북방의 대국 진(晉)나라 세력과 정면으로 맞서고 있
는 실정이었다.

'그렇다. 초나라에 한 번 가보자꾸나……!'

공구는 초소왕에게 기대를 걸었다. 그 정도 임금 같으면 자기 재능을

높이 사주고 정치 주장을 받아들여 예의를 선양하고, 어질고 의로운 정치를 밀어붙일 만한 도량과 박력이 있을 것만 같았다.

공구는 결심이 서자 그 즉시 행장을 꾸렸다. 제자들도 이 나라 생활에 진절머리를 내고 있던 참이라, 스승이 떠난다는 말을 듣고 모두들 반색을 하며 짐을 챙기랴 여행에 필요한 일용품을 사들이랴, 한참 부산을 떨었다.

다음날 아침, 공구 일행은 궁궐로 진민공을 찾아뵙고 하직 인사를 올렸다.

그리고 도성문을 나서서 초나라로 가는 길에 접어들었다.

사흘이 지나서, 일행은 진(陳)나라와 채(蔡)나라 국경지대에 이르렀다.

일행이 갈랫길에서 잠시 쉬려는데, 갑자기 동남 대로상에서 한 떼의 인마가 지축을 뒤흔들면서 무서운 기세로 쇄도해 왔다. 선두부대의 깃발에는 '오(吳)'라는 글자가 큼지막하게 수놓여 있었다. 보지 않았으면 마음이라도 편하련만, 공구는 얼음물이라도 한 대접 들이켠 양, 숨이 턱 막히고 말았다.

'맙소사, 여기서도 또 전쟁이 벌어질 판이로구나……!'

짐작은 맞아 떨어졌다. 당시 오나라 군주는 부차(夫差)였다. 그는 초(楚)·진(晉) 양대 세력간에 패권 다툼이 벌어질 때마다 그 틈서리에 끼어 있는 진(陳)나라를 발판으로 삼는 것을 눈여겨보고, 자신도 이 '도약판'을 한 번 이용해 먹고 싶은 욕심이 들었다. 군사력으로 보자면 진나라쯤은 하루아침에 공격 점령할 수 있을 테고, 일단 성공해서 이 '도약판'을 자기네 부용국(附庸國)으로 만들어 놓기만 하는 날이면, 북쪽으로 진(晉)나라 세력을 견제할 수도 있으려니와 남쪽으로도 초나라 세력을 억제할 수 있는 것이다. 공구 일행은 바로 부차가 그럴 목적으로 출동시킨 기습 침공부대와 맞닥뜨렸다.

선두부대가 세 갈랫길 앞에 들이닥치는 동안, 그 뒤로는 전투용 수레와 기병대 보병대의 행군 대열이 꼬리를 물고 마치 흐르는 강물처럼 끝도 없이 나타나고 있었다.

이윽고 주장 깃발을 내세운 전차 한 대가 공구 앞으로 다가왔다. 수레 위에 갑옷 투구를 걸치고 오만한 자세로 버텨 서 있는 사람은 표범같이 사나워보이는 장수였다. 그는 공구 일행을 한 입에 삼켜버릴 듯 호랑이 눈망울을 부릅뜨고 난폭한 말투로 첫 질문을 던졌다.

"여어, 이 궁상맞은 골샌님들 좀 봐라! 웬놈들이냐? 무슨 까닭으로 이렇게 많은 패거리를 이끌고 길 한가운데 버텨 서 있는 거야? 혹시 진나라에서 우리 오와 맞싸우려고 내보낸 졸짜들 아닌가?"

공구는 그 앞으로 천천히 걸어 나가면서 되물었다.

"장군은 어디서 오셨소? 또 어디로 가시는 길이오?"

그러자 중년 장수는 투구를 홀떡 제치고 손가락으로 머리 위 깃발을 가리켜보이며 안하무인격으로 대꾸했다.

"이 깃발도 안 보이나! 엉? 나로 말할 것 같으면 오나라 왕의 명령을 받들고 너희 진나라를 토벌하러 가시는 어른이시다! 썩 길을 못 비킬까!"

무시무시한 위압에도 공구는 물러서기는커녕 오히려 엄한 기색으로 조리정연하게 따지고 들었다.

"장군, 내 말을 들으시오! 지금의 형세로 본다면, 오나라는 강국이요 진나라는 약소국이외다. 강한 오나라가 약한 진나라를 도와주어야 상리에 맞는 일이거늘, 오나라는 대국으로서 도리를 다하지 못하고 오히려 강한 힘만 믿고 약자를 능멸하다니, 이 어찌 어질고 의로운 처사라고 할 수 있겠소? 장군께 묻읍시다. 귀국이 진나라에 대해 무력을 쓰는 이유가 뭐요? 기왕에 군대를 출동시켰다면 뚜렷한 명분이 있을 게 아니오?"

"출동 명분…… 그건……."

오군 장수는 한두 마디 떠듬거리다가 말문이 막혀 벙어리가 되었다.

공구는 기회를 잡고 더욱 강개한 논조를 펼치기 시작했다.

"옛날 현자들도 전쟁을 전면적으로 반대하지는 않았소이다. 그러나 세상의 모든 전쟁은 다음 두 가지 경우에서 벗어나는 법이 없소. 그 하나는, 의롭지 못한 군대로 출병의 명분이 없는 경우요, 또 하나는 의로운 군대로서 출병에 뚜렷한 명분을 지닌 경우외다. 악을 징벌하고 선을 선양하며, 강포한 자를 토벌하고 약자를 붙들어 일으키는 정의로운 군대라면, 만민의 칭송과 지지를 받습니다. 폭군의 학정을 돕고 강한 힘만 믿고 약자를 능멸하는 불의의 군대는 뭇사람에게 지탄과 매도를 당할 뿐이오. 이제 장군은 정당한 이유없이 맹목적으로 군사를 휘몰아 진나라를 쳐들어가고 있으니, 진나라 군민(軍民)들도 결사적으로 저항할 뿐 아니라 주변 각국들도 필경 적개심을 일으켜 진나라를 도와 오나라에 저항할 것이오. 그때 가서 귀국은 뭇화살의 집중 표적이 될 뿐이외다. 장군은 일국의 대장이 된 몸으로서 공공연히 인의(仁義)를 버리고 사악한 길을 선택하셨으니, 비록 완전 승리를 거둔다 하더라도 역사의 죄인이라는 누명을 벗기 어려울 것이오. 또 싸움에 패하였을 때는 병력을 숱하게 희생시키게 될 터인즉, 침공을 당한 진나라에게만 재앙이 생길 뿐 아니라 오나라에게도 엄청난 재앙을 초래하게 될 것이 아니겠소? 그때 가서는 장군도 용서받지 못할 죄인이 된다는 사실을 어째서 모르시오!"

그야말로 한 바탕 소나기 퍼붓듯 청산 유수로 몰아대는 훈계에, 오군 장수는 숨 한 모금 내쉴 겨를도 없이 압도당하고 말았다. 상대방이 입을 다물자, 그는 등 뒤에 늘어선 행군 대열을 흘끗 돌아보고 사뭇 난처한 기색으로 떠듬거리기 시작했다.

"그건…… 그건……."

"망설이실 것 없소이다. 제가 보건대, 장군께선 속히 깃발을 내리고 부하 군사들을 되돌려 귀국하셔야 마땅하오. 그렇게만 해 주신다면 두 가지 공로를 세우는 셈이 되오."

"두 가지 …… 공로라니 ……?"

"그렇소. 하나는 진나라의 재앙을 면해 주는 것이고, 둘째는 저기 저 군사들의 재난을 면해 주시는 공로요!"

공구는 길게 늘어선 오군 대열을 가리키면서 말을 이었다.

"옳은 길을 택할 것이냐 아니면 그른 길을 택할 것이냐, 공로를 세울 것이냐 아니면 과오를 저지를 것이냐, 그것은 여기 이 갈랫길이나 다를 바 없소. 길을 제대로 찾아들면 예정된 목적지에 다다를 수 있을 것이나, 길을 잘못 선택할 경우에는 가면 갈수록 목적지에서 멀어져, 목표에 도달할 수도 없거니와 오히려 자기 자신의 지조와 명성을 송두리째 매장시키게 될 것이오. 자, 어느 쪽을 택할 것인지 장군께서 결단을 내리시오!"

오군 장수가 고개를 번쩍 들고 물었다.

"선생의 존함을 알고 싶습니다."

이 때 자로가 냉큼 나섰다.

"이분은……."

"중유야!"

스승이 손을 내저어 자로의 말을 끊더니 새삼 허리 굽혀 오군 장수에게 인사를 건넸다.

"저는 노나라 출신 공구올시다."

그 말을 듣자, 오군 장수는 손으로 두 눈을 비비고 다시 공구의 얼굴을 자세히 들여다 보았다. 그것도 잠시뿐, 그는 전차 위에서 훌쩍 뛰어 내리기가 무섭게 공구 앞에 무릎 꿇고 대례 참배(大禮參拜)를 올렸다.

"아이구 맙소사! 소인 무마성(巫馬成), 눈이 달렸어도 어르신을 알아뵙지 못했습니다. 공부자님, 부디 용서하십시오!"

공구는 헤엄치듯 허둥지둥 앞으로 나아가 두 손으로 그를 부축해 일으켰다.

"장군, 이러시면 제가 곤란합니다!"

"아니올시다. 공부자님은 당세의 성인이신데 제가 이렇듯 한 번 우러러 뵐 인연을 가졌다니, 실로 삼생의 다행이라 하겠습니다!"

무마성은 침방울을 튀겨가며 감격스러워했다.

공구에게 있어서 지금 제일 걱정스러운 문제는 진나라 백성들의 운명이라 그는 다급하게 물었다.

"무마 장군, 방금 제가 드린 말씀을 어떻게……?"

무마성은 고개를 한 번 끄덕이더니 딱 부러지게 대답했다.

"공부자님의 말씀 한 마디 한 마디가 모두 금옥 양언(金玉良言)올시다! 소장은 이 자리에서 편지 한 통을 쓰겠습니다. 우리가 진나라를 왜 쳐선 안 되는지, 그 이유를 소상히 밝혀 저희 임금에게 보내도록 하겠습니다. 그리고 여기서 기다렸다가 임금의 칙명이 오는 대로 즉시 군사를 돌려 귀국하겠습니다!"

정말 오뉴월 염천에 냉수 한 사발 들이켠 듯이 속 시원한 대답이었다. 공구는 무마성의 고지식한 성격이 자로와 아주 닮았다는 것을 느끼고 저도 모르게 웃음이 나왔다.

"무마 장군께서 이토록 대의를 깊이 밝히시다니, 불초 공구는 그 충심에 감복해 마지 않소이다!"

무마성은 공구의 말을 듣는 둥 마는 둥하고 후딱 돌아서더니 삼군 장병들에게 명령을 내렸다.

"이 자리에 그대로 영채를 세운다! 현지 주민들의 재산을 약탈하거나 괴롭히는 일을 일체 금한다! 명을 어기는 자는 용서없이 참한다!"

그리고 다시 공구를 향해 돌아섰다.

"공부자님, 당신은 이 무마성이 평생토록 제일 숭배하는 어른 중의 한 분이십니다. 이것도 인연이라 하겠으니, 제가 며칠이나마 임금의 회답을 기다리는 동안 공부자님을 모시도록 허락해 주십시오!"

사뭇 진정어리고 절박한 간청이었다. 공구는 차마 거절할 수 없어 고개를 끄덕였다. 그리고 제자들을 일일이 소개시켜 준 다음. 무마성을 따라 길 한곁으로 걸어나갔다.

장병들은 야전 생활에 익숙한 터라, 장군의 명령 한 마디가 떨어지자 마자 치중대[輜重隊] 수레에서 천막을 끌어내어 재빨리 영채를 세우기 시작했다.

이윽고 장막이 설치되었다. 무마성은 공구의 팔목을 부여안고 지휘용 천막 안으로 모셔 들였다. 점심을 끝낸 후, 공구는 모처럼 한가로운 시간을 얻어 제자들에게 강의를 시작했다. 하지만 그 내용은 인(仁), 의(義), 예(禮), 지(智), 신(信) 다섯 과목을 통틀은 것이라, 제자들의 입장으로서는 귀에 못이 박히도록 배운 것을 복습한 셈이었다. 그러나 제자들은 아무 말도 하지 않았다. 스승의 이런 의도가 곁에서 다소곳이 귀를 기울이고 있는 무마성에게 들려주기 위한 것임을 눈치챘기 때문이었다. 저녁 무렵이 되었을 때, 과연 무마성은 공구에게 오체 투지(五體投地)를 할 정도로 감복하고 있었다.

그날 밤, 무마성은 편지 한 통을 써서 긴급 전령에게 주어 고국으로 보냈다. 이제는 오왕 부차의 답신이 오기만을 기다리면 되는 것이었다.

무마성이 벌판 숙영지에서 공구를 모시고 날마다 가르침을 받는 동안 주변 여러 나라의 상황도 급격하게 돌아갔다.

초소왕은 오군이 진나라를 침공한다는 소식을 듣고 조정 회의를 열어 대책을 상의한 결과, 구원병을 긴급 출동시키기로 의견을 모으는 동시에, 진 · 채 국경 지대로 사자를 달려보내 공구를 초나라로 모셔들이기로 결정했다.

한편, 오왕 부차는 무마성의 편지를 받아 읽고 천둥 벼락치듯 진노했다.

"당당한 일국의 대장군이 한낱 딸깍발이 샌님의 말 한 마디에 귀가 솔깃해져서 행군을 멈추다니, 이게 무슨 체통머리 없는 짓이란 말인가!"

임금이 벼락을 때리는 자리에서도 조정 대신들의 여론은 둘로 갈라졌다.

무마성이 올린 상소 내용이 옳다고 주장하는 패도 나오고, 그르다는 패도 나왔다. 한 바탕 옥신각신 격론이 벌어진 후, 마지막 결단을 내릴 입장이 되자 부차의 두뇌는 그래도 냉정을 되찾기 시작했다.

"허어, 그것 참 고약하구나! 전쟁을 하러 떠난 녀석이 중도에서 싸우면 안 된다고 주저앉다니, 무마성은 항명죄가 어떤 벌을 받는지 모른단 말인가?"

"그렇사옵니다, 대왕! 무마성을 극형에 처해야 마땅합니다."

대신 몇몇이 맞장구를 치고 나섰다.

"그러나 가만 음미해 보니, 공구의 말도 자못 일리가 있었다."

"거듭 생각하소서, 대왕!"

반대편에서 몇몇이 아뢰었다. 오왕 부차는 그쪽을 바라보면서 중얼거렸다.

"좋은 말이다. '출병에 명분이 있어야만 정의로운 군대'라 했으렷다 ……? 진나라는 약소국이요, 우리 영토를 침범한 적도 없거니와 위협을 가한 적도 없다. 이런 나라에 대해서 무력을 쓴다면 과인은 세상 사람들에게 비웃음거리를 남기게 될까 두렵구나 ……!"

"명철하신 판단이옵니다. 대왕 마마!"

부차는 두 번 세 번 거듭 생각하고나서 마침내 결단을 내렸다.

"회군시키겠다! 무마성에게 군사를 이끌고 즉시 귀국하라 일러라!"

오왕 부차의 긴급 명령은 불과 사흘만에 무마성의 야영지에 도착했다. 황색 비단폭에 적힌 내용은 이러했다.

"경은 공부자의 좋은 말씀을 들었고, 과인은 경의 좋은 충고를 들었소. 한바탕 재난을 큰 인의(仁義)와 바꾸다니, 경이나 과인 모두 의로운 일을 한 셈이오. 경은 속히 군사를 거두어 귀국하기 바라오!"

무마성은 격한 감동에 못이겨 눈물을 철철 흘리면서 그 비단폭을 두 손으로 떠받들어 공구에게 넘겨주었다.

공구도 오왕 부차의 명령서를 읽고 사뭇 감동을 받았다.

"무마 장군, 왕명이 내렸으니 안심하고 어서 군대를 거두어 귀국하시지요. 나는 장군을 배웅한 다음에 채나라를 거쳐서 초나라로 떠나겠소이다."

"공부자님, 고맙습니다! 이렇듯 깨우쳐 주시지 않으셨던들, 저와 저희 임금은 모두 역사에 의롭지 못한 사람이 되고 말았을 것입니다."

"하하! 두 분이 모두 받아들이신 것만 해도 내가 고마워해야겠소."

"가만 계십쇼, 제가 축하 잔치를 열어야 하겠습니다!"

무마성은 즉석에서 명령을 내려 돼지와 양을 잡고 술자리를 푸짐하게 벌였다. 이날 저녁, 삼군 장병들은 공구 일행을 앉혀놓고 싸움없이 철수하게 된 기쁨을 한껏 즐겼다.

다음 날 이른 새벽, 오군은 발길을 되돌려 귀국했다. 무마성은 작별을 아쉬워하면서 이렇게 말했다.

"제가 공부자님을 뵈온 시간은 비록 짧았사오나 유익함은 적지 않게 얻었습니다. 공부자님의 고상하신 품격은 저를 새사람으로 만드는 본보기가 되고, 공부자님의 호탕하신 흉금은 저를 심복하게 만드셨으며, 공부자님의 그 폐부에서 우러나온 충고 말씀은 제 평생토록 지켜나갈 좌우명이 되었습니다!"

"장군, 과찬이시오!"

무마성이 전차 위에 훌쩍 올라타더니 다시 한번 고개를 돌리고 두 손 모아 작별 인사를 건넸다.

"공부자님, 부디 평안하십시오! 다시 만나뵙기를 기약하오리다!"

"장군도 안녕히 가시오! 재회할 때가 있기를 빌겠소."

며칠 동안 북적대던 들판이 갑자기 정적에 싸이고 쓸쓸해졌다. 그러나 공구는 허전한 느낌 대신에 마음 뿌듯한 감이 들었다. 이번 일을 통해 자신의 주장이 옳았다는 것을 굳게 믿을 수 있었고, 또 실제로 그 위력을 똑똑히 보았기 때문이었다. 그는 흐뭇한 미소를 띤 채 오군 전차대의 뒷모습이 아득하게 사라질 때까지 마냥 서서 지켜보았다. 그리고 뿌옇게 치솟은 흙먼지가 눈앞에서 가라앉고 나서야 제자들을 돌아보고 소리쳤다.

"얘들아, 떠나자!"

공구 일행은 느긋이 서남쪽을 바라고 행군해 나아갔다. 짙푸른 나무 숲, 연초록빛 풀밭이 갈수록 무성해졌다. 공구는 몇 년 이래 이렇듯 마음 편한 느낌을 받아본 적이 없었다. 산과 들판에 생기가 펄펄 넘치는 경관을 바라보면서, 그는 정말 목청껏 노래라도 부르고 싶어졌다.

이윽고 어느 비탈길을 오르고 보니, 눈앞에 구릉지대가 활짝 트여 나타났다. 끝없이 펼쳐진 언덕과 언덕, 그것은 노나라 사수(泗水) 강변을 연상시켰다. 고향의 그것과 다른 점이 있다면, 그쪽은 민둥산이요, 여기는 취록색 융단을 깔아 놓은 듯 푸르기만 했다. 고국의 산천, 고국의 백성들, 고국의 궁정 모습이 하나하나씩 그의 뇌리에 바다처럼 떠오를 때마다, 그는 가슴 속 깊숙이 파묻어 두었던 괴로움이 한꺼번에 꿈틀거리곤 했다.

이들은 마침내 어느 커다란 강변에 당도했다. 수레에서 내려 주변을 둘러보니, 잔잔하게 흐르는 강물에 벽옥 빛깔의 파도가 곱게 남실대고 있었다. 강둑에는 초록빛 갈대숲이 우거지고, 강심(江心) 모래톱 근처에는 물총새 왜가리떼가 한가롭게 자맥질을 즐기고 있었다. 나루터는 어디 있는지, 수면에는 낚싯줄을 드리운 조각배 한 척만 외롭게 떠서 물결 흐르는 대로 맡겨 둔 채, 낚시꾼의 눈길은 그저 물 위에 둥실둥실 뜬 낚시 뽕에만 신경을 쏟고 있었다.

강변에 서서 공구는 아무리 좌우를 두리번거려도 나루터가 보이지 않았다.

"이걸 어떻게 건너갈꼬? 중유야, 너 가서 나루터가 어디 있는지 알아보고 오려무나."

스승의 말에, 자로가 냉큼 응답하고 둔덕 쪽으로 달려갔다. 강뚝을 넘어서고 보니, 그리 멀지 않은 논두렁에 늙수그레한 영감 둘이 물소에 쟁기를 메워 가지고 논바닥을 갈아엎고 있는데, 그야말로 시정(詩情)이 담뿍 담긴 한 폭의 풍경화를 연상시켰다.

자로는 그 앞으로 다가가서 꾸벅 인사를 올렸다.

"영감님, 하나 여쭙겠습니다. 저 앞쪽 강에 나루터가 어디 있습니까?"

"자넨 뉘신가?"

두 영감 중에 키가 훤칠한 사람이 되물었다.

"저는 노나라 출신으로, 중유라고 합니다. 자는 자로구요. 한데, 어르신네 함자는 어찌 되시는지요?"

이번에는 키가 작달막한 영감이 대답했다.

"나는 장저(長沮)이고, 이 친구는 걸익(桀溺)일세. 그럼 저 강변에서 물구경을 하는 분은 누구신가?"

자로는 자랑스런 기색으로 얼른 대꾸했다.

"제 사부님이십니다!"

"자네 사부라니, 누구 말인가?"

장저가 또 물었다.

"공구올시다."

"어디 공구야?"

"노나라 공구입니다."

그 말을 듣고 장저는 사뭇 경멸스레 코웃음을 쳤다.

"하면, 저 사람이 세상 천지에 모르는 것도 없고 못하는 일도 없다는 성인이시란 말인가?"

자로는 대꾸를 못한 채 멍하니 바라보기만 했다.

장저가 톡 쏘아붙였다.

"성인이라면, 나루터가 어디 있는지쯤은 벌써 알았을 게 아닌가!"

자로가 듣고 보니 매우 불쾌했다. 자로의 굳어진 얼굴 표정을 보고 걸익은 훈계를 시작했다.

"온 천하에 선량한 사람의 자식은 눈을 씻고 찾아봐도 별로 없고, 흉악하고 잔인한 놈들의 종자는 수두룩하게 많네. 공구는 날이면 날마다 자네들을 데리고 못된 놈들을 피해 다니며 착한 사람을 찾는 모양이네만, 그래 어디서 진정으로 선량한 사람을 찾아냈단 말인가? 가는 곳마다 벽에 부닥치는 것보다는 차라리 우리네처럼 궁벽진 시골 땅에 처박혀서 땅을 침대삼고, 하늘을 이불삼으며, 낮에는 태양과 벗하고 밤에는 달님과 짝하면서 유유자적, 한가롭게 살아 간다면야 그 낙이 무궁 무진할 걸세. 이런 삶을 마다하고 하필이면 고생을 사서 하고 번민을 자초한단 말인가? 세상에 하릴없이 신산 고초를 사러 다니는 작자는 내 처음 보았네그려!"

말을 마친 두 영감은 계속 밭갈기만 할 뿐, 자로를 거들떠보지도 않았다.

자로는 아무 소득도 없이 강변으로 돌아왔다. 그리고 스승에게 장저와 걸익이 늘어놓은 얘기를 숨김없이 말했다.

사연을 다 듣고 나자 공구는 크게 실망한 듯 장탄식이 흘러나왔다.

"기왕에 사람이 날짐승 들짐승떼와 어울려 살지 못하는 바에야, 사람끼리 서로 교제하며 무리를 지어 살아야 마땅하지 않겠는가! 그렇지 못하다면 이 세상의 삶에 무슨 의미가 있단 말이냐? 천하가 태평 무사하여 모두들 근심 걱정없이 살아가고 세상이 크게 다스림을 얻었다면, 내 어찌 고향을 등지고 사방 천지 구석구석을 분주 다사하게 뛰어다닐 필요가 있겠느냐! 지금 바야흐로 천하가 태평치 못하고 뭇사람들이 호전적으로 무력 수단에만 의존하여 천하를 정복하려고만 들고 있으니 서민 백성들에게는 막대한 재앙을 안겨 주고 있지 않는가! 그렇기 때문에 나도 갖은 방법을 다 써가며 예치(禮治)를 이 세상에 밀어붙이려고 하는 것이다. 만약 이 세상 사람들이 모두 장저, 걸익 같다면, 예의와 인덕을 누구한데 가서 추진한단 말이냐!"

이 때쯤 되어서 낚시를 하던 조각배가 기슭으로 떠내려 왔다. 자로는 냉큼 그리로 달려가 나루터의 소재를 알아냈다. 그리고 일행은 무사히 나루터를 찾아 강을 건널 수 있었다.

한참 동안 묵묵히 길을 걷노라니, 자로는 아까 두 영감한테 면박을 당한 것이 하도 분해 차츰 발걸음을 늦춘다는 것이 일행 뒤로 까마득히 처지고 말았다. 일행을 놓쳤다는 사실을 깨달았을 때, 스승과 동료 제자들은 벌써 어디로 갔는지 행방 불명이었다. 그는 할 수 없이 길을 물어가며 어림잡아 일행을 뒤쫓기 시작했다.

얼마쯤 갔을까, 길 맞은편에서 노인 한 사람이 지팡이 끝에 삼태기를 덜렁덜렁 매달고 휘적휘적 걸어오고 있었다.

자로는 기다려 섰다가 꾸벅 인사를 건넸다.

"영감님, 혹시 우리 사부님을 못 보셨습니까?"

"자네 스승이라니, 누구 말인가?"

노인장은 고개도 돌리지 않고 쳐다보지도 않은 채 되물었다.

"노나라 공부자님입지요!"

"공부자? 누가 선생이란 말이야? 멀쩡한 사지를 부지런히 놀리지도 않고 오곡이 무엇인지 분간도 못하는 사람한테 어떻게 '선생[夫子]'이란 존칭을 붙일 수 있단 말인가?"

자로는 또 괴상한 사람과 맞닥뜨렸구나 싶어 조심스레 물었다.

"어르신의 존함은 어찌 되시는지요?"

"초야에 묻혀 사는 늙은이라, 이름 같은 것도 없네. 남들이 그저 하조라고 부르더군!"

자로는 하도 어이가 없어 영감의 얼굴과 지팡이 끝만 멀뚱멀뚱 번갈아 쳐다보고만 있었다. 그도 그럴 것이, '하조'란 '대나무 삼태기를 걸머졌다'는 뜻이기 때문이다.

영감은 저 갈 데로 바삐 떠났다. 자로 역시 더 물어보았자 소용없는 일이라, 두 다리에 힘을 바짝 주고 냅다 뛰기 시작했다. 두 번씩이나 속상한 일을 당한 것이 약이 되었던지 그는 마침내 일행의 뒤를 따라잡을 수가 있었다.

자로는 스승에게 방금 마주쳤던 하조 영감의 얘기를 말씀드렸다.

공구는 또 한번 깜짝 놀랐다.

"그 노인장도 은둔하는 선비로구나! 우리 빨리 가서 그분을 찾아보자꾸나. 그분하고 대화 좀 나누어야겠다."

일행은 급히 말머리를 돌려 오던 길을 되밟아가며 찾았으나, 하조란 노인의 모습은 어디에서도 볼 수가 없었다.

공구는 서운한 감을 금치 못하고 다시 발길을 돌렸다.

"보아하니, 장저, 걸익이나 하조 같은 분들은 모두 학문을 익힌 사람이 틀림없다. 다만 애석한 것은, 그들이 예의 제도와 어진 정치를 널리 펼 생각은 않고 인간 사회를 멀리 피해 숨은 채, 그저 명철 보신(明哲保身)이나 하고 자기네 자신만이 세속에 물들지 않게 순결을 지키려 하는 것이 안타깝구나. 사람이 한평생을 어찌 인간 세상을 떠나서 살 수 있단 말인가……!"

스승과 제자들이 추연한 기색으로 한탄하며 길재촉을 하고 있을 때였다. 어디선가 세찬 함성이 바람결에 실려오더니 잠시후에는 한 떼의 군사들이 무시무시한 기세로 달려왔다.

공구 일행은 어리둥절, 한곁으로 물러나 길을 비켜주었다. 하지만 이들 정체불명의 군사들은 길을 지나쳐 가는 것이 아니라, 공구 일행에게 다가오기 무섭게 철통같이 에워싸 버렸다.

이래서 공구 일행은 앗! 소리 한 마디도 지르지 못한 채 꼼짝없이 포위당하는 신세가 되고 말았다.

17
바람결에 타는 현금

　그야말로 물 한 방울 샐 틈도 없는 포위망에 갇혀서, 공구 일행은 영문을 모른 채 땅이 꺼지도록 한숨만 푹푹 내쉬었다.

　'고국을 떠난 이래 이게 도대체 몇 번째 날벼락이란 말인가……?'

　발 없는 말이 천 리를 간다고, 초소왕이 공구 일행을 초빙했다는 소식은 곧바로 진(陳)나라와 채(蔡)나라에도 알려졌다.

　진나라 조정 관원들은 진민공에게 저마다 한 마디씩 의견을 내었다.

　"주군, 공부자를 왜 보내셨습니까? 어서 데려오도록 하십시오! 그 사람은 저희들 가운데 누구보다 지혜롭고 능력이 있는 인재올시다. 그가 제창한 것은 모두 옛날 명군 성황의 주장 그대로요, 그가 비판한 것은 열국 제후들의 폐단 중에서도 가장 핵심을 찌르는 요해였습니다. 또 그가 반대한 내용은 하나같이 예의 범절에 저촉되는 것들이었습니다."

　"옳습니다. 초나라와 같은 강대국에서 공공연히 그 사람을 초빙한 사실만 보더라도 알 수 있지 않습니까. 공부자가 일단 초빙에 응하여

가서 중책을 맡게 되는 날이면, 우리 같은 약소국은 하루아침에 초나라의 속국이 되어서 주군은 초소왕 앞에 칭신(稱臣)을 해야 하고, 나라의 창고를 털어 공물을 바치는 신세로 전락하고 말 것입니다."

진민공도 뻔히 눈뜨고 앉아서 봉을 놓쳤다는 것을 깨닫고 후회스러웠다. 그는 자신이 정치에 능숙하지 못하고, 일국의 군주로서 재목감이 못 된다는 사실을 똑똑히 인식하게 되었다.

진민공은 습관처럼 손등으로 턱을 고이고 한참 동안 깊이 생각하더니, 슬금슬금 입을 열었다.

"지금은 딴 도리가 없구료. 속히 사람을 뒤쫓아 보내 공부자 일행을 도로 데려올 밖에……!"

그 말을 듣고 대부들이 또 한 바탕 소란을 부렸다.

"주군, 그 방법은 타당치 못합니다! 공부자는 우리 나라에 3년씩이나 머물고 있었는데, 이제 갓 떠난 사람을 부랴부랴 뒤쫓아가서 데려온다면 주군의 체통이 뭐가 되겠습니까?"

"그렇습니다. 이제 와서 급하게 매달리면, 우리 진나라엔 인물도 없다고 세상 사람들에게 비웃음이나 사기 십상입니다."

이래도 안 되고 저래도 안 된다니 진민공은 속수 무책이었다.

"도대체 과인더러 어쩌라는 거요?"

회의 석상은 당장 침묵에 잠겼다.

조금 있더니, 무관 반열에서 한 사람이 나섰다.

"주군, 소신의 견해로는 이렇게 함이 좋을 듯하옵니다. 우선 일부 군대를 시켜 뒤쫓게 하시되, 깃발을 내세우지 말고 국명도 밝히지 않은 채, 그저 공부자 일행의 발목을 붙잡아 놓고 단단히 포위해 놓습니다."

"그래서 어쩌자는 거요? 잡아 죽일 작정이오?"

"아니올시다. 포위만 해놓고 털끝 하나 다치지 않은 채 내버려 두기만 하면 됩니다. 그래서 이들이 굶주림과 기갈을 참지 못할 때까지 두고 보았다가, 더 이상 견디지 못할 지경에 다다르면 슬그머니 포위망의 한 귀퉁이를 열어 주는 것입니다. 물론 우리 진나라 쪽으로 터 준 다음, 뒤에서 돼지 몰이하듯 압박을 가하면 저들도 별수없이 이리로 돌아오지 않겠습니까?"

진민공이 손뼉을 탁 쳤다.

"그 계략 한 번 좋구료! 당장 군사를 내보냅시다. 그 사람이 돌아올 때까지 과인도 어떤 중책을 맡길 것인지 미리 생각해 두겠소!"

진나라 추격부대가 마침내 출동하게 되었다.

한데, 채나라 측에서도 봉을 잡겠다고 엉뚱한 계략을 꾸미고 있었다. 당시 채나라의 군주는 채성후(蔡成侯), 즉위한 지는 겨우 2년밖에 안 되기 때문에 경륜도 없거니와 재능도 없는 위인이었다. 그는 조정 대신들의 여론이 공부자를 모셔와야 한다고 주장하니, 덩달아 수선을 떨고 나섰다. 또 이 어수룩한 채성공도 진민공과 마음이라도 통했는지 역시 군대를 출동시켰다.

양국 추격부대는 약속이라도 한 듯 중도에서 딱 마주쳤다. 피차간에 정체를 밝히지 않고 맞닥뜨렸으니 싸움이 벌어질 수밖에 없었다. 한두 차례 접전을 끝냈을 때는 쌍방이 세불양립(勢不兩立)의 상황이었다. 그러나 주장끼리 맞붙기 전에 몇 마디 수작을 걸다보니, 제각기 의도가 밝혀지고 말았다. 이래서 싸움은 싱겁게 끝나고, 양군이 우선은 사이좋게 병력을 합쳐 너른 들판에서 공구 일행을 단단히 에워싸 버렸던 것이다.

공구는 깃발조차 없는 정체 불명의 군대를 바라보고 사뭇 기괴한 느낌이 들었다. 과거 공손수처럼 오해를 한다든지 공숙씨처럼 터무니 없는 조건을 내민다면 어떻게 응대라도 해보련만, 이 자들은 그저 물샐 틈없이 포위해 놓기만 하고 수작을 걸어오지도 않으려니와 해를 끼칠

기미도 보이지 않았다. 그렇다고 선뜻 놓아보낼 생각도 없는 걸 보니, 도대체 무슨 의도로 이러는지 생각할수록 머리통만 복잡해졌다.

그는 처음 말솜씨 좋은 자공을 시켜 상대방에게 이것저것 의사 타진을 해보았다. 그러나 모두들 입을 꼭 봉하고 대꾸하는 녀석 하나없이 그저 귀머거리, 벙어리 흉내를 내니 이것 참말 벙어리들 천국에 들어온 것처럼 답답해 미칠 지경이었다.

공구는 할 수 없이 제자들에게 분부를 내려 갈대잎을 뜯어다가 마차에 이엉을 얹게 하고 수레를 집삼아 들어앉은 채 장기전으로 들어갔다. 천만 다행히도 길 곁에 다 허물어져가는 오두막 한 채가 있어서, 공구는 몇몇 몸이 허약한 제자들을 그 안에 거처하도록 안배했다.

계절은 때이른 봄철, 아침 저녁으로 날씨가 춥고 한낮에는 무더웠다. 공구 일행은 굶주림과 추위를 견뎌가며 지구전(持久戰)의 사흘째를 보냈으나, 그 때쯤 되어서는 하나같이 얼굴빛이 초췌하고 두 눈에 정기가 내비치지 않았다.

공구는 여느 때나 다름없이 제자들에게 《시경》, 《예기》, 《역경》을 강의했다. 때로는 정신력을 분발시키기 위해 스승이 현금을 탄주하기도 하고 노래를 불러주기까지 했다.

나흘째 되던 날 아침, 그는 제자들이 고통에 못 이겨 울상을 지은 채 쓰러지기만 하면 다시 일어나지 못하는 몰골을 보고, 자신도 메마르다 못해 갈라터진 입술을 혓바닥으로 축이면서 땅바닥에 주저앉았다. 그러나 잠시 후, 그의 무릎에는 현금이 얹혀 있었다.

길바닥에 이슬이 축축하니,
이르나 늦으나 길에 오르지 않을 수 없네.
저 길바닥에 이슬이 더 많이 깔리면 어쩌랴?

《시경》은 흥을 돋우는데 가장 좋은 수단이었다. 공구는 목청이 쉬고 갈라져 나왔으나, 싯구를 읊조리는 감정만큼은 철철 흘러넘쳤다.

누가 저 참새더러 뿔이 없다더냐?
무엇으로 내 집에 구멍을 뚫었는데,
누가 널더러 장가 들지 말랬더냐?
무얼 믿고 나를 감옥에 보냈을꼬?
그대 마음대로 날 감옥에 넣으려무나,
내게 장가 들려 해도 당신 예물이 모자란 걸!

노래를 읊조리면서, 공구는 강포한 자에게 굴복하지 않는 이 싯구절의 여주인공처럼 자신도 목전의 액운에 직면하여 똑같은 마음을 가슴속 깊이 체득하고 있었다.

누가 저 쥐더러 이빨이 없다더냐?
무엇으로 내 집 담장에 구멍을 뚫었는데,
누가 널더러 장가를 들지 말랬더냐?
무얼 믿고 나를 송사(訟事)에 걸었을꼬?
그대 마음대로 송사를 걸려무나,
내게 장가 들려 해도 나는 결코 따르지 않을 걸!

격양된 목소리, 비분 강개한 지탄이 연주포(連珠砲) 터뜨리듯 쏟아져 나갔으나, 안타깝게도 포위군 장병들은 거기에 담긴 비유의 뜻을 알지 못하는 터라 성을 내기는커녕 입술만 비죽거리고 바보처럼 웃기만 할 따름이었다.
공구의 손길이 현금 줄에서 막 내려졌을 때 자로가 씨근벌떡 쫓아왔다.

"사부님, 우리는 여기서 꼬박 사흘이나 발목 잡혀 있습니다. 사제들은 배가 고파 더이상 버티지 못할 지경인데, 사부님은 무슨 흥이 그리도 많으셔서 현금을 타고 노래나 부르고 계시는 겁니까? 어서 이곳을 빠져나갈 궁리나 좀 해주십쇼!"

공구는 주변의 군사들을 둘러보면서 이렇게 말했다.

"너도 보려무나. 저자들이 철통같이 에워싸고 있는데 날더러 어떻게 뚫고 나가란 말이냐?"

자로는 막무가내였다. 그는 양 팔뚝을 부르르 떨어가며 스승에게 고함을 질러댔다.

"절 보내주십쇼! 내 저놈들하고 죽기 살기로 한바탕 맞붙어 볼랍니다."

"중유야, 그게 바로 네 고질병이다. 물론 네 몸이 튼튼하고 힘도 세고 무예도 뛰어나다는 걸 안다만, 역시 중과부적(衆寡不敵)이 아니겠느냐? 저자들은 모두 군인이다. 더구나 수중에 흉기를 들고 있다. 설령 무기를 지니지 않았다 하더라도, 저토록 많은 병력이면 맨손으로 인간 장벽을 쌓고도 남을 텐데, 그걸 무슨 수로 넘어간단 말이냐?"

자로는 그래도 성이 안 풀려 입술을 비죽 내밀었다.

"그럼 우리더러 이렇게 앉아서 죽기만을 기다리란 말씀은 아니겠습죠?"

"중유야, 그만 하려무나. 하늘은 사람의 길을 끊어 버리는 법이 없다. 어쩌면 우리 운명에 이런 어려움이 정해져 있는지도 모른다."

자로는 운명론 따위에 승복할 수 없다는 듯 투덜대면서 그 자리를 떠났다.

닷새째가 되어서, 공구도 마치 반신불수라도 된 듯 온몸에 무기력감을 느꼈다. 저녁 때까지 겨우 버틴 그는 오두막 짚더미에 허물어지듯 주저앉아서 흙담벽에 등을 기대었다. 쪽빛 하늘에 초승달을 바라보노라니, 갑작스레 적막감과 고독감이 엄습했다. 그는 두려운 나머지 바깥을 향해 고함을 질렀다.

"중유야!"

"예에!"

자로가 응답 한 마디를 앞세우고 어슬렁어슬렁 걸어 들어왔다.

"너도 기억하고 있겠다만, 《시경》 중에 '저 사나운 범이여, 들소여, 광야에 떼를 지어 치닫는구나' 라는 구절이 있지 않느냐?"

"예······ 저도 생각납니다."

"나는 항상 내 주장이 옳은 것으로 생각해 왔다. 그렇기 때문에 벌판을 거침없이 치닫는 맹호처럼 내 주장을 떳떳하게 밀어붙였던 것이다. 그런데 지금 어째서 이런 지경에 떨어졌는지 모르겠다. 중유야, 네가 설명해 주겠느냐?"

자로는 성을 버럭 냈다.

"이치대로 따진다면 우리는 여태껏 나쁜 짓을 하지 않았으니까, 의당 착한 일에 내려질 좋은 업보를 받아야 합니다. 한데 지금 형편은 이게 뭡니까? 못된 놈들에게 에워싸여 죽도록 곤경에 처한 것도 벌써 이번까지 서너 차례나 됩니다. 스승님은 선한 일을 하고서도 정반대로 악보(惡報)를 받고 있지 않습니까? 어쩌면 사부님의 인덕이 모자라서 세상 사람들이 사부님을 믿어주지 않기 때문인지도 모릅니다! 또 어쩌면 사부님의 지혜가 적기 때문에, 세상 사람들이 사부님의 주장대로 안 따르는지도 모르고요!"

"닥쳐라, 어떻게 그런 말을 한단 말이냐!"

공구는 다분히 질책 섞인 말투로 항변했다.

"그래, 너는 인덕을 갖춘 사람이라면 모두가 좋은 결말을 얻을 수 있다고 여기느냐? 그렇다면 백이(伯夷), 숙제(叔齊)가 인덕이 없는 분이란 말이냐?"

"그분들이야 물론 인덕이 있는 사람입지요."

"인덕이 있는 그분들도 수양산(首陽山)에서 굶어 죽었다!"

자로는 대꾸할 말이 없었다.

스승이 내처 물었다.

"네 생각에 재능 있는 사람이라면 모두 중용될 수 있다고 여기느냐? 그렇다면 비간(比干)은 재능이 없단 말이냐?"

"아니, 있습지요."

"그 사람은 폭군 손에 심장이 뽑혀 살해되었다!"

자로는 자신의 논리가 조목조목 반박을 당하고 뒤끝이 켕기자, 슬그머니 부아가 들끓어 성난 황소처럼 씨근벌떡 거친 숨만 내쉴 뿐, 찍소리도 하지 않았다.

스승의 말씀이 매섭게 이어졌다.

"너는 옳게 권유만 하면 모든 사람들이 다 들어준다고 생각하느냐? 정말 그렇다면 오자서(伍子胥)는 죽음을 당하지 않았어야 했다. 백이, 숙제, 비간, 오자서, 이런 사람들은 살아 생전에 때를 만나지 못했기 때문에 그런 비참한 말로를 걸었던 것이다. 옛날부터 지금까지 현자(賢者)로서 비명에 죽은 사람, 지혜로운 자로서 중용되지 못한 사람이 숱하게 많은데, 어찌 이 공구 하나만 예외가 되겠느냐? 그러나 너는 이 점을 알아야 한다. 향그러운 난초는 깊은 산 울창한 숲 속에 자라면서 그윽한 향기를 맡아주는 사람이 없다 하더라도, 그 풀은 여전히 향기를 뿜어내고 있다. 수양 있고 인덕을 갖춘 사람이라면 결코 한 때의 곤경이나 좌절 때문에 기개와 지조를 바꾸지 않는 법이다."

자로는 벙어리가 되어 아무 말없이 물러나갔다.

공구는 다시 자공을 불러들여, 방금 자로에게 한 것과 똑같은 얘기를 들려주고 반응을 떠보았다.

자공은 탄성을 지르면서 대답했다.

"그야 사부님의 주장이 너무나 높고 크고 좋기 때문이 아니겠습니까? 그것은 타협이란 것이 없는 만큼, 세상 사람들에게도 잘 용납이 안 되지요."

스승은 자공의 대답이 불만스러웠던지 얼굴 표정을 엄하게 굳혔다.

"단목사야! 좋은 농사꾼은 밭 갈고 씨 뿌리는 일에 능숙하지만, 그렇다고 해서 반드시 농작물 수확에도 능숙하라는 법은 없다. 솜씨가 뛰어난 장인(匠人)이 교탈 천공(巧奪天工)의 걸작품을 만들어낼 수는 있지만, 그렇다고 해서 무슨 바느질이나 뜨개질 같은 일까지 모두 할 줄 안다고는 할 수 없다. 수양을 갖추고 인덕 있는 사람은 끊임없이 자신을 배양하고 자신의 인덕 수준을 높여 윤리 강상(倫理綱常)에 부합시켜야 하지만, 그렇다고 해서 남의 이해와 지지를 꼭 얻게 된다고는 할 수 없다. 지금의 너는 자신의 인덕 수준을 높이고 훌륭한 주장을 궁리해 낼 방도는 생각지 않고 그저 세상 사람들의 이해와 지지만을 구하려 하고 있다. 단목사야, 내가 보건대 네 지향(志向)은 그리 크지 못하고 생각하는 바도 원대하지 못하여, 유리한 정세에 처하려는 기백이 결핍되어 있는 듯싶구나!"

자공은 묵묵히 그 자리를 물러나갔다.

공구는 또다시 안회를 불러들여 방금 자로와 자공에게 한 얘기를 들려주고 반응을 떠보았다.

안회는 곰곰이 생각해 본 다음 이렇게 말씀드렸다.

"그것은 사부님의 사상이 너무 완벽하고 아름다우셔서, 더 이상 오를 수 없는 지극히 높은 수준에 이르셨기 때문일 것입니다. 따라서 세상 사람들에게도 용납되지 않는 것입니다. 비록 세상 사람들에게 용납되지 않는다 하더라도 사부님은 온갖 수단 방법으로 그 사상을 추천하실 수 있었고, 그렇기 때문에 중도읍의 번영, 노나라의 강성이 있었던

게 아닙니까? 만약 주군이 사부님을 중용하지 않는다면, 그것은 바로 노나라에게 어떤 방법으로도 만회할 수 없고 메꾸지 못할 치욕일 뿐인데, 사부님이 근심 걱정하실 필요가 어디 있습니까? 주군이 사부님을 중용하지 않는다는 것은, 스승님의 사상이 높디높은 경지에 오르고 뜻이 원대하다는 사실을 증명해 줄 따름입니다. 뿐만 아니라 스승님께서 덕망이 높고 두터우신 군자임을 증명하는 것이기도 합니다."

그 대답을 듣고 스승은 흥분에 들떠 이렇게 찬탄했다.

"안회야, 너는 정말 영리하고 심계(心計)가 깊은 사람이로구나! 너는 이미 상당한 인덕을 갖추었다. 네가 만약 어느 권세 있는 대부라면, 나도 기꺼운 마음으로 네 수하에 들어가서 일을 하겠다."

안회가 그 자리에 털썩 소리가 나도록 엎드려 황공스럽게 말했다.

"아이구, 사부님! 그런 농담 마십쇼. 제자, 몸둘 바를 모르겠습니다!"

"허허! 그만 됐다. 어서 일어나거라. 나하고 얘기나 더 하자."

공구는 사랑스러운 듯 푸석푸석한 얼굴에 미소를 띠었다.

이윽고 스승과 애제자 두 사람의 대화는 그칠 줄 모르고 이어졌다. 이들은 굶주림과 목마름, 피로조차 깡그리 잊은 채 화제 속에 깊이 끌려 들어갔다.

날이 밝았을 때, 자공이 생각지도 않게 쌀 한 짐을 떠메고 진땀을 뻘뻘 흘려가며 돌아왔다.

공구는 푸른 아침 하늘을 잠시 우러르다가 눈을 감았다. 마치 '하늘도 보는 눈이 있구나!' 하는 몸짓이었다. 그는 제자 앞으로 달음박질하듯 다가가면서 놀랍고 반가운 목소리로 물었다.

"단목사야, 그 양식 어디서 얻어왔느냐?"

"어젯밤, 저놈들이 꾸벅꾸벅 졸고 있길래 그 틈을 타서 살그머니 포위망을 빠져 나갔습니다. 인근 농가를 찾아 쌀을 사왔습니다."

스승의 입가에 미소가 번져나왔다.

자로와 안회가 큼지막한 바윗돌 셋을 날라다가 처마 밑에 놓고 오두막집 부엌에 나뒹굴던 가마솥을 옮겨다 올려놓았다. 나머지 동료들도 손이 바빠지기 시작했다. 거의 말라붙은 옹달샘을 파서 물을 길어다 쌀을 씻는 사람, 여기저기 돌아다니면서 땔감을 주워오는 사람, 불쏘시개를 만드는 사람, 부싯돌을 두드리는 사람, 하나같이 굶주린 배를 채우기 위해 손발을 맞췄다.

안회는 어려서부터 가난한 집에서 자란 덕택으로 부엌 일에 능숙했다. 사형 사제들이 물 길어오고 땔감을 날라오자, 그는 임시 아궁이에 불을 지피고 솥에 밥물을 앉혔다.

뜸이 다 들자 안회가 형제들을 소리쳐 불러들였다. 이윽고 사형 사제들이 허겁지겁 아궁이 곁으로 몰려들었다. 하지만 스승의 분부가 떨어지지 않으니, 아무도 손을 내밀 수가 없었다. 사실 며칠 좋이 굶은 사람들에게 밥이 한솥 그득 놓인 것을 보기만 하고 먹지 못한다는 것은 정말 참기 어려운 혹독한 고문이었다.

구수한 밥 냄새가 코를 찔러 제자들은 창자가 비비 꼬이고 위장이 훌러덩 뒤집힐 지경이었으나, 그저 군침만 꿀떡꿀떡 삼킬 도리밖에 없었다.

얼마쯤 지났을까, 학수 고대하던 스승님의 목소리가 드디어 귓전에 울려왔다.

"애들아, 우리는 벌써 여러 날 식사를 하지 못했다. 지나치게 굶주린 사람이 갑자기 포식을 하면 체하기 쉽다. 그러니 모두들 작은 그릇으로 한 사발씩만 떠먹기로 하자꾸나."

스승의 분부가 떨어지자마자, 이들은 제각기 한 그릇씩 퍼가지고 입에다 우겨넣기 시작했다. 그야말로 마파람에 게 눈 감추듯, 밥 한 사발이 눈 깜짝할 사이에 바닥을 드러냈다. 분량이야 많으나 적으나, 뱃속에 밥이 들어 앉으니 뭇사람들은 다소나마 정신을 차릴 수가 있었다. 끼니를 때운 후 공구는 처마 끝에 제자들을 모아놓고 헛기침으로 목청을 가다듬었다. 오늘 첫 강의를 시작하실 판이었다.

"자아, 정신도 들었을 테니, 오늘은 《주역》을 배워 보기로 할까?"

"사부님……!"

자로가 짜증스러운 투로 스승을 불렀다. 어떻게 해야만 이 곤경을 빠져나갈지 막막한 판국에, 한가롭게 모여 앉아서 강의나 듣고 있을 여유가 있을 리 없었다.

"왜 그러느냐?"

스승이 고개를 들고 물어왔다. 자로는 그만 말문이 꽉 막혀버렸다. 방금 부른 것은 이 절박한 분위기를 스승과 동료 형제들에게 환기시켜 주기 위해서였다. 그런데 막상 어디서부터 얘기를 시작해야 좋을지 생각이 나지 않았다.

"사부님, 군자…… 군자도 근심 걱정을 합니까?"

"어엉?"

뚱딴지 같은 질문에 《주역》을 강의하려던 스승이 흠칫 놀랐다. 그러나 공구는 이내 생각을 가다듬고 딱 부러지게 대답해 주었다.

"참된 군자라면 근심 걱정이 없어야겠지."

그는 잠시 고개를 떨구고 생각에 잠기더니 다시 말을 이었다.

"진정한 군자가 인(仁)을 얻지 못했을 때는 배우고 익히고 힘써 그것을 얻기까지 노력한다. 인을 얻은 후에는 다시 온갖 방법으로 그것을 널리 크게 선양한다. 군자는 부귀 영화 따위는 한낱 뜬구름으로 본다. 또 그런 것을 구해봐야 얻지도 못할 것인데, 잃는다고 근심할 필요가 어디 있겠느냐? 그렇기 때문에 군자의 흉금(胸襟)은 영원히 떳떳할 것이며, 평생토록 기쁨과 즐거움은 있을지언정 하루라도 근심 걱정하는 날이 없는 것이다."

"하오면, 소인배는 어떻습니까?"

자로가 또 물었다.

"소인배는 군자와 정반대여서, 의로움을 추구하지 않고 오로지 이익만을 도모한다. 이익을 얻지 못할 때는, 하루 온종일 이익을 얻지 못한 까닭으로 번민하고 근심 걱정으로 지새운다. 일단 이익을 얻었을 때는 또 그것을 잃을까 근심하고 두려워한다. 따라서 소인배는 언제나 우수에 잠기고 목숨이 끝날 때까지 근심 걱정하며, 단 하루도 기쁘고 즐거운 날이 없는 것이다."

자로가 곱씹어보니 사뭇 일리 있는 말이었다. 그러나 주변을 에워싼 군사들에게 눈길이 돌아가면서, 잔뜩 찌푸려진 이맛살은 여전히 펴질 줄 몰랐다.

이레째 되는 날 정오 무렵, 드디어 안회, 민손, 고시를 비롯하여 대여섯 명이 병으로 쓰러졌다. 공구는 이들을 오두막에 눕혀 놓게 하고 손등으로 하나하나씩 이마를 짚어보다가 깜짝 놀라고 말았다.

"맙소사, 열이 심하구나!"

집 바깥으로 걸어나간 그는 초조감을 어쩌지 못하고 오락가락 서성거리면서 그저 애간장만 태울 뿐, 아무런 방도가 떠오르지 않았다.

성한 제자들도 온몸에 가시가 돋힌 듯 앉으나 서나 불안에 떨었다.

한낮 해가 머리 위에 솟았을 때였다. 느닷없는 함성이 바람결에 들려오더니 공구 일행을 포위하고 있던 군사들의 진영이 급작스레 동요를 일으키기 시작했다. 그것도 잠시뿐, 포위망이 한꺼번에 와르르 무너지면서 군사들이 머리통을 감싸쥐고 사면 팔방으로 뿔뿔이 흩어지는 것이 아닌가!

이레씩이나 꿈쩍 달싹도 않고 철통같이 포위망을 굳히고 있던 무장병들이, 그것도 1천 명에 가까운 대병력이 싸움 한번 해보지도 못하고 달아나고 있는 것이었다. 일행은 자기네가 꼭 대낮에 꿈을 꾸고 있는 것이 아닌가 싶었다.

공구 일행이 영문을 모른 채 답답해 하고 있을 무렵, 전투용 수레 한 대가 패잔병들을 헤쳐가며 곧바로 일행이 있는 쪽으로 달려왔다. 수레 위에는 큼지막한 깃발이 한 폭 거세게 펄럭이고 있었다.

"앗, 초군(楚軍)이다!"

일행 가운데 누군가 기폭에 쓰인 글자를 보고 소리쳤다.

뜻하지 않은 돌변 상황에, 제자들은 내막을 알 도리가 없어 멍청하게 서 있거나 공포에 질려 덜덜 떨다가 본능적으로 스승 곁에 와르르 몰려 들었다.

칼을 뽑아 잡은 채 스승 앞을 지키고 있던 자로와 공량유는 초군 부대 깃발을 단 전차가 가까이 접근해 오자, 성큼성큼 마주 달려나갔다.

공구는 이것 큰일 나겠다 싶어 황급히 그들 뒤를 쫓아 가면서 고함을 질렀다.

"중유야……! 공량유야! 함부로 싸우지 마라! 경거 망동하면 안 된 다!"

두 제자가 흠칫하는 사이에 전투용 수레는 바로 눈앞까지 들이닥쳤 다. 수레 위에서 훌쩍 뛰어내린 무사는 위무도 당당한 중년 장군으로 전투복 곁에는 미늘 갑옷, 머리에는 황금빛 투구, 허리춤에는 보검 한 자루, 청동으로 만든 무릎 가리개에 붉은 수실이 힘찬 걸음걸이에 따라 앞뒤로 나부꼈다.

이윽고 장군이 공구 일행 앞에 멈춰서서 두 주먹을 맞잡고 물었다.

"어느 분이 노나라 공부자님이시오?"

자로는 여전히 경계심을 늦추지 않고 선뜻 되물었다.

"무슨 일로 공부자 어른을 찾으시오, 장군?"

"소장은 초나라 소왕의 명을 받들고 공부자님을 모시러 왔소이다."

우락부락한 외모와는 전혀 달리, 사뭇 점잖고 차분한 말씨였다. 공구가 격한 마음을 이기지 못하고 앞으로 선뜻 나섰다.

"내가 바로 노나라 공구이외다!"

초군 장수는 다시 한 차례 깊숙이 절을 올렸다.

"공부자님, 저희 군왕께서 어른의 인품과 재능을 흠모하시어, 소장에게 특명을 내려 저희 나라로 모시라 하였습니다. 저희 군왕은 공부자님과 더불어 나라를 다스리고자 하십니다. 하온데 저희가 한 발 늦어, 뜻밖에도 공부자님과 여러 제자분들을 적병의 손에 큰 곤욕을 치르게 해 드렸습니다. 송구스럽습니다. 그 동안 고초가 많으셨겠지요!"

단지 몇 마디뿐이었으나, 그것만으로도 공구의 가슴에 뜨거운 피가 돌아 전신을 후끈 달아오르게 만들었다. 그는 기쁜 미소를 띠고 물었다.

"장군의 존함은 어찌 되시오?"

"저는 신공(申功)이라 합니다. 자는 자공(子功)올시다."

"불초 공구가 귀국에 아무런 공적도 세운 것이 없는데, 초소왕께서 과분한 대우를 베풀어 주셔서 신 장군의 영접까지 받게 되었소이다. 공구도 두 분의 은덕을 결코 잊지 않으리다!"

"무슨 그런 말씀을……! 자, 어서 행장을 꾸리시고 떠날 채비를 하시지요."

"그렇게 하지요. 중유야, 공량유야, 어서 준비들 해라!"

"알겠습니다. 곧 준비를 합지요!"

자로와 공량유는 몸 성한 동료들을 시켜 안회와 민손, 고시 등 환자들을 부축해서 마차에 올려 태웠다. 침구와 보따리를 다 싣고 나자, 일곱 대의 수레 바퀴가 여러 날만에 모처럼 요란한 소리를 내며 움직이기 시작했다.

일행이 짐을 꾸리는 동안, 초나라 장수 신공은 한발 앞서 본대로 달려가서 행군 준비를 마치고 기다렸다.

이윽고 4백여 기병과 1백 승에 가까운 전차대가 둘로 나뉘어 공구 일행을 앞뒤로 호위한 채 위풍 당당하게 본국으로 출발했다. 공구와 그 제자들은 7일 동안 겪었던 그 숱한 고생을 바람결에 모두 날려보내고, 이제는 한갓진 마음으로 수레를 휘몰아 달렸다.

땅거미가 질 무렵, 호송대는 어느 집진(集鎭)에 도착했다. 집진이란 도시보다 규모는 작으나, 생산업과 상업을 하는 인구가 많이 모여 성곽을 갖춘 그 지방의 중심지에 해당하는 소도시였다.

"날이 금방 어두워지겠습니다. 공부자님, 오늘 여기서 하룻밤 묵으시면 어떻겠습니까?"

신공이 찾아와서 의견을 물었다.

"좋을 대로 하시지요!"

공구의 허락이 떨어지자, 그는 마을로 들어가 투숙할 객점을 잡아놓고 저녁 준비를 시켜놓았다. 그리고 자신은 호송부대와 함께 성 밖에 장막을 쳐놓고 야영에 들어갔다.

저녁을 마친 후, 공구는 자로에게 시골 의원을 찾아 모셔오게 했다. 안회, 민손을 비롯한 병자들은 모두 체질이 허약하고 감기 몸살이 들었다는 진단이 나왔다.

약방문을 일일이 써 약재를 사다가 달여 먹이랴 한바탕 부산을 떨다보니, 공구는 자정을 넘겨서야 겨우 침상에 몸을 눕힐 수 있었다.

시골뜨기 의원 덕분에 다음 날 아침이 되자 환자들은 거뜬하게 몸을 털고 일어났다. 조반을 마치자, 신공 장군의 성화로 공구는 수레에 올랐다.

호송대가 한창 전진하고 있으려니, 앞길에서 웬 사람이 수레 한 대를 치달려 마주오고 있었다. 지나치는 결에 흘끗 보니 사뭇 낯이 익어 공구는 저도 모르게 고함쳐 불러 세웠다.

"양진 선생!"

양진도 공구의 목소리가 귀에 익었는지 깜짝 놀라 맞고함을 질렀다.

"공부자님!"

두 사람은 거의 동시에 마차를 세우고 뛰어내려 빠른 걸음걸이로 마주 다가섰다.

양진은 얼굴 가득 춘풍을 나부끼면서 공구의 손을 맞잡았다.

"어이구! 여기서 공부자님을 뵙게 되다니, 정말 하늘이 도우셔서 제가 이런 행운을 만났습니다그려!"

"양 선생, 별고 없으셨지요?"

공구는 주름살투성이가 다 된 양진의 얼굴을 찬찬히 들여다보면서 관심있게 물었다.

"하하, 공부자님 덕택에 괜찮았습니다."

양진도 상쾌하게 웃어가며 대꾸했다.

"헤어진 지 수삼 년이 지났는데, 그 동안 어딜 다니셨소?"

공구의 물음에 양진은 이맛살을 찌푸리고 감개 무량한 목소리로 대답했다.

"말씀드리자면 길지요! 그해 여름철 황하 기슭에서 공부자님과 작별한 후, 저는 우선 제나라로 갔다가 노나라를 거쳐서 다시 오나라, 월나라를 지나 마지막으로 초나라엘 왔습니다."

돌연 그는 여기서 말을 끊고 숨을 한 모금 거칠게 내쉬더니 한탄을 했다.

"온 천하가 무력만을 떠받들고, 예의 범절을 헌신짝같이 내던져 버렸습니다."

초소왕의 초빙을 받고 한창 기대에 부풀어 있던 공구는 삽시간에 얼굴이 굳어졌다. 그 속을 아는 듯 모르는 듯 양진이 물어왔다.

"공부자님은 요 몇 해 동안 어떻게 지내셨습니까?"

공구는 쓰디쓰게 웃어보였다.

"나도 한 마디로 다 말씀드리기가 어렵구료! 위나라, 송나라, 정나라, 진(陳)나라……안 가본 데가 없소이다. 하지만 알아주는 이를 찾기는커녕, 오히려 못된 사람들에게 두 차례씩이나 발목 잡혀서 큰 곤욕만 치렀지 뭡니까. 보아하니, 아무래도……."

양진이 그 말끝을 받아 쉰 목소리로 중얼거렸다.

"보아하니, 아무래도 우리 주장은 한낱 꿈 속에서나 그려 볼 망상인 듯싶습니다그려. 이제 모든 것이 다 물거품으로……."

이번에는 공구가 말끝을 가로챘다. 그는 주먹으로 가슴을 두드려가며 딱부러지게 부인했다.

"아니오, 나는 굳게 믿소! 선현께서 말씀하신 '천하 위공' 의 큰 도리는 이르나 늦으나 반드시 실현될 것이오."

양진의 눈이 번쩍 빛났다.

"저도 그 점에 의심을 품은 것은 절대로 아닙니다. 다만 어느 세월까지 기다려야 하는지 그걸 모를 따름입니다."

"큰 도리의 행함은 마치 황하의 물과 같소. 비록 우여 곡절이 숱하게 가로막고, 때로는 오던 길을 되돌아가야 하는 경우까지 있으나, 그 물은 최종적으로 바다에 흘러들게 마련이 아닌가요?"

양진은 초나라 군사들을 바라보면서 물었다.

"공부자님은 어딜 가시는 길이길래, 저토록 으리으리한 경호를 받고 계시는 겁니까?"

"초소왕이 신 장군을 보내 나를 초빙했소이다. 어떻습니까, 양 선생도 나와 함께 초나라로 다시 갈 의향은 없으신지?"

공구의 권유에 양진은 무덤덤하니 대꾸했다.

"저는 고국으로 돌아갑니다. 공부자님, 양해를 해주십시오."

공구는 맥이 풀리는 느낌을 받으면서 자못 실망스런 눈빛으로 한참 동안이나 그를 바라보았다. 그리고 서글프게 작별 인사를 건넸다.

"선생, 보중하시기를……!"
"공부자님도……!"
양진은 눈물이 글썽글썽해져서 말도 다 끝내지 못했다.

18
등용되는 제자들

　초나라 도성에 당도하고 보니, 성 안팎이 온통 붉은 장미꽃과 푸른 옥란(玉蘭)으로 뒤덮여 있었다. 한 줄기 강물이 도성 중심부를 꿰뚫고 흐르는데, 노젓는 소리, 물보라 치는 소리가 별유천지(別有天地)에 들어선 느낌을 주었다. 공구는 수레에서 훌쩍 뛰어내려 이 색다른 타향의 경관을 마음껏 구경하고 싶은 충동이 들었다. 그러나 일이 더 급한지라 욕심을 꾹꾹 누른 채 부지런히 신공을 뒤쫓아서 초나라 궁정으로 들어갔다.

　초소왕은 나이도 연로한데다 오랜 세월 병마까지 겹쳐서, 부황에 누렇게 들뜬 것만 보더라도 이미 산 사람의 몰골이 아니었다.

　공구의 대례를 받으면서 그는 격한 감동을 이기지 못하고 떨리는 목소리로 환영 인사를 건넸다.

　"공부자님, 과인이 살아 생전에 그대를 볼 수 있다니 실로 다시 없는 크나큰 행운이라 하겠소이다!"

"불초 공구, 과분하신 군왕의 사랑을 받자오니 지극한 영예를 이기지 못하겠나이다!"

"과인이 왕위에 오른 지 벌써 27년이나 되었소. 비록 작은 성취를 이루었다고는 하나, 뜻대로 다하지 못한 것이 참으로 유감스럽기만 하오. 게다가 이제는 중병이 몸에 얽혀 그저 숨만 붙어 있는 시체나 다를 바 없구료."

"황공하옵신 말씀입니다."

"과인은 초나라를 이 지경으로 내버려 둔 채 세상을 떠나게 된다면, 죽어서도 눈을 감지 못할 거요. 이제라도 필생의 대업을 다시 한 번 떨치고 싶으나 힘이 마음을 따르지 않으니, 이를 어찌하면 좋겠소?"

공구가 차분히 아뢰었다.

"정치란 곧 올바름입니다. 군왕께서 정령을 밝히시고 법규를 제정하셔서, 문무 백관들이 솔선 수범으로 받들어 실행하게 하실 수만 있다면, 곧 민심을 깊이 얻게 되실 것입니다. 민심을 얻으면 인화(人和)가 이루어지고 인화가 조성되면 나라 전체가 부강해집니다."

초소왕의 움푹 꺼진 눈망울이 번쩍 빛났다.

"공부자님, 그대에게 중책을 맡긴다면 과인을 보필해 주시겠소?"

공구는 담담하게 응답했다.

"군왕께서 이렇듯 불초한 공구를 신임하시고 큰 기대를 보이시는데, 어찌 명을 따르지 않으오리까!"

"좋소! 우선 객관에 돌아가 쉬도록 하시오. 과인이 모든 절차를 다 밟은 다음에 사람을 보내 정식으로 초빙하리다."

"우악하옵신 말씀, 감사하나이다!"

공구가 물러나간 후 초소왕은 즉시 조정의 문무 백관을 소집했다.

"경들은 들으시오. 우리 초나라는 역대로 장강 기슭에 자리잡아, 땅도 기름지고 좋은 물도 넉넉하게 가졌소. 인구도 많을 뿐 아니라 물산도 풍부하여, 천시(天時)와 지리(地理)의 혜택을 한껏 누리고 있다 해도 지나친 말이 아니오. 이런 상황에서 적절한 방책으로 요령있게 다스리기만 한다면, 우리 초나라는 열국 제후들의 패자로 군림할 만큼 강성해질 것이 분명하오. 이제 말이지만, 과인은 오래 전부터 유능한 모사(謨士)를 한 사람 얻었으면 하고 줄곧 생각해 왔소. 그런데 공부자가 스스로 우리 나라에 왔으니, 이야말로 하늘이 내리신 좋은 기회라 하겠소. 경들도 소문을 들어 알고 있겠으나, 그 사람은 실로 재능이 철철 넘치는 인걸이오. 당년에 노나라 중도읍을 다스릴 때 불과 1년만에 그 지방을 새롭게 일변시켰고, 대사구에 임명되자, 노나라 전역을 조리 정연하게 다스려 이른바 '도불습유, 야불폐호(道不拾遺, 夜不閉戶)'의 아름다운 경지로 이끌어 올렸소. 뿐만 아니라, 노정공 재위시에 제나라 경공과 협곡 맹약을 체결할 때, 그는 강대국의 위협을 보기 좋게 꺾고 중대한 외교상의 승리를 거두지 않았소?"

그는 자기 말에 들뜬 나머지 자신이 병중에 있다는 사실조차 잊은 듯했다.

"그렇기 때문에, 과인은 공부자에게 서사(書社) 일대 7백 리 땅을 식읍(食邑)으로 주고, 과인의 정사를 돕도록 할까 하오."

초소왕의 말이 끝나자, 조정 회의 분위기가 술렁대기 시작했다.

이윽고 영윤(令尹) 자서(子西)가 반열 앞으로 나섰다. 영윤이라면 노나라의 상국(相國)에 해당하는 최고의 직위였다.

"소신의 견해를 아뢰오리다. 공부자는 확실히 인재라고 할 만합니다. 그러나 그 사람이 주장하는 것은 대부분 과거의 케케묵은 정치 논리입니다. 모든 사람들이 무력에 의존하는 오늘날 이 시점에서도, 그는 외곬으로 예치(禮治)만을 제창하고 있습니다. 그 결과, 그 사람의 주장은 열국 제후들에게 받아들여지지 못하고, 장본인 역시 중책에 발탁되지 못했습니다."

"그러나 공부자의 업적은 모두 아는 사실이 아니오?"

"소신도 물론 그 사람의 업적을 부인하는 것은 아니옵니다. 소신이 알기로는, 공구 본인뿐만 아니라 그 문하에도 인재가 숱하게 많다고 들었습니다. 우리 초나라 조정의 문무 백관 가운데 외교면에서 그 제자인 단목사(端木賜)와 견줄 만한 사람이 없고, 군왕을 보필하는 면에서 안회(顔回)를 따를 만한 인재가 없으며, 군대를 이끌고 전쟁하는 데 중유(仲由)보다 나은 장수가 없고, 지방을 다스리는 데 재여(宰予)의 재능을 능가할 대부(大夫)가 없는 실정입니다. 그들이 만약 성심 성의껏 군왕을 보필한다면, 우리 초나라는 반드시 크게 흥성할 것입니다."

"그럼 되었지 않소? 무엇을 꺼린단 말이오?"

"하오나, 그들은 거의 모두 노나라 사람입니다. 또 공부자가 도대체 무슨 속셈으로 이런 걸출한 제자들을 이끌고 천하 열국을 떠돌아 다니는지, 그 의도가 사뭇 의심스럽습니다. 만약 그들이 하루아침에 딴 마음을 먹는 날이면, 우리 초나라 강산은 바로 그들 손에 결딴나고 말 것이 아니겠습니까?"

초소왕의 누렇게 들뜬 얼굴에 먹구름이 배어나왔다. 원로 대신이 정면으로 반대하고 나서자, 군왕은 망설여졌다. 궁전 안은 무거운 침묵과 정적에 휩싸여 숨소리조차 들리지 않았다. 초소왕은 더욱 많은 의견이 나오기를 애타게 바라면서 대신들의 얼굴을 하나하나씩 둘러보았다. 그러나 아무리 기다려도 시종 입을 여는 사람이 없었다. 그는 참다 못해 소맷자락을 휘저으면서 벌떡 자리를 박차고 일어섰다.

"됐소! 이만 물러들 가시오!"

그 이후로 공구 일행은 객관에서 반 년 남짓을 머물렀다. 하지만 초나라 궁정에서는 끝내 아무런 희소식이 날아들지 않았다. 공구의 가슴에 또 한 가닥 상처가 깊게 그어지기 시작했다. 어느 날 드디어 궁중에서 급사가 달려왔다. 그러나 가져온 내용은 뜻밖에도 초소왕이 세상을 떠났다는 부고였다. 공구는 침통한 마음으로 제자들과 함께 궁궐에 들어가 조문을 했다. 그리고 조용히 초나라 도성문을 벗어나 북상길에 올랐다.

이틀째 되는 날, 공구 일행의 앞길에는 막막한 구릉지대가 펼쳐졌다. 누렇게 익은 벼이삭, 붉은 과일이 주렁주렁 열린 과수원, 초나라는 올해 대풍작을 맞았다. 풍성한 들판을 바라보는 동안, 공구도 울적한 심사가 조금 풀어졌는지, 입술 언저리에 보일 듯 말 듯 미소가 맺혔다.

어디선가 한바탕 노랫가락이 바람결에 실려왔다. 눈을 들어 바라보니, 중년의 사내가 몸에는 누더기 한 자락, 두 발에는 짚신 켤레를 걸치고 술 취한 사람처럼 이리 비틀 저리 비틀, 목청 돋우어 노래를 부르면서 다가오고 있었다.

봉황새야, 봉황새야!
어쩌자고 그리도 몰락했느냐?
지난 날의 아픔일랑 그냥 흘려 버리려마.
미래의 꿈을 쫓기도 버거울 텐데,
절망하려무나, 희망도 버리려무나!
정권 잡은 사람치고 더럽지 않은 이가 어디 있던고?

미치광이의 노랫소리 마디마디가 날카로운 칼끝으로 변해 공구의 심장부를 곧바로 찔렀다.

"아차, 범상한 인물이 아니로구나······!"

공구는 황급히 수레에서 뛰어내렸다. 무슨 얘기라도 나누어야만 직성이 풀릴 것 같았기 때문이었다.

그러나 허사였다. 뜻밖에도 미치광이는 공구가 말을 건네기도 전에 속력을 내어 쏜살같이 오솔길을 접어들자마자 언덕 너머로 사라져 버린 것이다.

공구는 안타까움을 못내 이겨 한숨이 저절로 나왔다.

"저 사람은 내 심사를 속속들이 꿰뚫어 보고 있구나! 보아하니, 은둔한 선비가 틀림없는데……."

"사부님, 제가 냉큼 뒤쫓아가서 모셔 오겠습니다."

자로가 당장 내뛸듯이 설쳐대자 스승은 고개를 가로저었다.

"아니다, 그냥 내버려 두어라. 저 사람은 내게 할 말을 다 했다. 우리를 만나고 싶어하지 않는데, 붙잡아서 무엇하겠느냐?"

자로는 그래도 직성이 안 풀리는지, 길 가로 뛰어내려 가서 밭 갈던 농사꾼을 붙잡고 미치광이의 이름을 물어보았다.

"사부님, 접여란 사람이더군요. 하지만 거처를 모른다는데……."

"되었다, 그만 두자. 사람은 제각기 뜻이 있을 터, 근심 걱정 않고 사방 천하를 뜬구름처럼 훨훨 떠돌아 다니도록 내버려 두자꾸나!"

눈앞에 도도히 흘러 내리는 강물은 공구의 가슴 속에 거센 파란을 일으키고 그가 평생 걸어온 고난의 역정을 새삼 떠올리게 만들었다.

'자, 이제는 어디로 가야 하나……?'

나룻배에서 내렸을 때 그는 의연하게 결단을 내렸다.

"얘들아, 떠나자!"

"어디로 가실 겁니까?"

자로가 물었다.

"다시 위나라로 돌아간다!"

그 무렵 위나라의 군주는 여전히 위출공 자첩이었다. 그 아비 괴외는 첫번째 좌절을 겪고 난 뒤, 한동안 도성을 공략할 힘이 없어 계속 척지 땅에 눌러 앉아 병력을 모집하여 정예병을 길러내는 일에만 골몰하고 있었다.

공구는 위출공에 대한 선입감이 나쁜 터라, 궁궐에 들어가 인사를 올리기에 앞서 입국하는 길로 다시 옛친구 거백옥의 집을 찾아갔다.

오랜만에 재상봉한 그들은 모두 반가운 마음을 금치 못했다. 거백옥은 그 동안 공구 일행이 겪었던 사연을 다 듣고 나서 장탄식을 터뜨렸다.

"공부자님, 그게 모두 시운(時運)이구료! 하늘이 그런 운명을 정하셨으니, 승복하지 않을래야 않을 도리가 없는 모양이외다."

"하지만, 제 생각은⋯⋯."

공구가 막 입을 열려는데 바깥에서 문지기의 목소리가 그것을 막았다.

"손님이 오셨습니다!"

"뉘시더냐?"

주인이 물었다.

"공손 대감이 공부자님을 뵈오러 오셨답니다."

그 말을 듣는 순간, 공구의 이맛살이 절로 찌푸려졌다. 공손여가(公孫餘假)에 대해서는 눈꼽만큼의 호감도 없었기 때문이었다. 하지만 회피할 시간적 여유도 숨을 데도 마땅치 않은 처지여서 할 수 없이 내키지 않는 몸을 어거지로 일으켜 영접을 했다.

"하하하! 이렇게 다시 저희 나라를 방문해 주셔서 고맙습니다. 공부자님, 정말 축하드립니다!"

공손여가는 억지 웃음을 띠어가며 한바탕 너스레를 떨었다. 공구도 마지못해 답례를 건네고 얼음장 같은 목소리로 싸늘하게 응수했다.

"뭐가 기쁘다고 축하를 받겠소?"

"아무렴, 축하할 일이 많습죠! 공부자님이 돌아오셨단 소식을 주군께서 들으시고 얼마나 기뻐하셨는지 모를 겁니다. 짐작하건대, 아마도 공부자님을 큼지막한 자리에 앉히시려나 봅니다."

공구는 일순 마음의 갈등을 느꼈다. 관원이 되어서 정치를 하고 나라의 기강을 바로잡는 것은 그가 몽매(夢寐)에도 그리는 숙원이었다. 그런데 이제 그 소망이 쉽사리 이루어진다니, 그로서는 매우 반가운 일이었다. 하지만 공구는 위출공을 명분이 올바르지 못한 군주라고 생각해 왔다.

'그런 사람 밑에서 벼슬을 하다니, 평생 지켜온 명분을 어지럽히는 처사가 아니고 무엇이란 말인가……?'

그는 한참 동안 거듭 생각해 보았으나, 이렇게도 저렇게도 결단을 내리기가 어려웠다. 절호의 기회를 내버리자니 아깝고, 명분없는 군주 밑에 머리를 숙이자니 자신의 이름이 더럽혀지는 일이라 양심이 허락치 않았다.

"어떻습니까, 공부자님? 앙축할 만한 경사가 아니오이까?"

공손여가의 능글맞은 음성이 귓전을 간지럽혔다.

공구는 사뭇 내키지 않는 말씨로 우물쭈물 댓거리를 했다.

"공구 나이 벌써 환갑을 넘긴 터라, 벼슬길과는 인연이 없소이다."

공손여가가 탐색쪼로 물었다.

"그러시다면 할 수 없군요……. 그 대신에 말입니다. 공부자님의 문하 제자는 어떨까요?"

그 말에 공구의 귀가 솔깃해졌다. 가만 생각해보니 쌍방간에 다 좋은 방책인 듯싶었다. 이래서 그는 흔연히 고개를 끄덕였다.

"제자들이라면 괜찮겠지요."

"그럼 제가 이 길로 입궐해서 주군께 아뢰겠습니다."

공손여가를 보낸 후, 공구는 즉시 제자들을 불러들여 놓고 사뭇 기쁜 기색으로 이렇게 말했다.

"위나라 군주가 너희들을 발탁할 모양이다. 그러니 막중한 책임을 감당하지 못하는 일이 없도록 지금부터 모두들 정치에 관해 더 많이 궁리해 두어라."

닷새 후, 공손여가 다시 찾아왔다. 그는 공구와 맞대면하기가 무섭게 용건부터 끄집어냈다.

"저희 공 대부(孔大夫)의 영지 포읍(蒲邑) 땅에 읍재 자리가 하나 비었습니다. 제자들 가운데 적합한 분을 하나 물색해 주실 수 있겠습니까?"

공구는 수염을 쓰다듬어가며 느긋이 대답했다.

"중유(仲由)를 천거하고 싶소. 그는 정치적 재능이 많아, 노나라에 있을 적에도 상국 계손씨의 가신을 지낸 적이 있소이다. 그런 인물이라면 포읍 지방을 다스리기에 능력이 충분할 듯싶구료."

공손여가는 두 손바닥을 모으고 활짝 웃었다.

"아주 좋습니다! 제가 공 대부에게 가서 복명을 합지요."

그가 말한 공 대부란, 이름은 공리, 앞서 태자로 있던 괴외에게 조카뻘 되는 사람이었다. 괴외가 망명한 후, 그는 외사촌 자첩을 보필하여 위나라의 대권을 실질적으로 장악하고 있었다. 그는 또 자기 세력을 확장시키고 명망을 드높일 의도로 기회만 있으면 사회 각계 각층의 명사들과 교분을 맺어 왔는데, 이제 공구가 자신의 아끼는 제자를 내어놓겠다는 소식을 전해 듣고 몹시 반가워서, 이틀 후 그에게 포읍 읍재의 임명장을 띄워보냈다.

한편, 공구는 자로를 불러다 앉혀놓고 이 사실을 알려 주었다.

자로는 심통이 나서 스승 앞에 입술을 비죽 내밀고 투덜거렸다.

"사부님, 전 그것 안 할랍니다! 사부님도 벼슬을 못하시는데 절더러 어떻게 벼슬아치 노릇을 하란 말씀입니까?"

공구는 차근차근 타일렀다.

"나는 나이가 너무 많아서 안 되겠다. 이제 수고롭게 정치 일에 뛰어들어 보았자 힘겨워서 마음대로 되는 일이 없을 것이다. 하지만 너는 다르다. 몸도 튼튼하고 힘도 장사인데다 정신력이 넘쳐나지 않느냐?

옳은 일에 사양 않고 의로운 일에는 적극적으로 나서야 하는 법, 너도 그만한 재능이 있으니 큰 일을 한번 멋있게 해보아야 하지 않겠느냐?"

"사부님 뜻이 정 그러시다니, 할 수 없군요. 한번 해보겠습니다."

자로는 마지못해 분부를 받아들였다.

포읍 지방으로 부임하던 날 그는 스승에게 작별 인사를 드리러 건너왔다.

공구가 물었다.

"오늘 떠날 모양이로구나. 중유야, 내가 선물을 하나 주어야겠는데, 내가 타던 수레를 주랴, 아니면 몇 마디 말을 선사하랴?"

자로는 성심 어린 눈빛으로 스승을 우러러보았다.

"좋은 말씀을 해주십시오! 저는 사부님의 훈계 말씀을 세상 어느 것보다 더 좋아합니다."

"오냐, 그럼 듣거라. '윗사람이 예의를 좋아하면 백성들을 쉽게 부릴 수 있다(上好禮則民易使)'. 목민관으로서 제일 먼저 해야 할 것은 자신이 백성들의 본보기가 되는 일이다."

"좀 더 자세히 풀이해 주시겠습니까?"

"근면 성실하고 노력하며 겸손하고 삼가되, 다스리는 일에 게으르지 말라는 것이다."

그래도 자로는 여전히 갈망하는 눈빛으로 스승의 입을 바라보았다.

"읍재의 자리에 앉으면 서민 백성들과 직접 접촉하게 된다. 백성을 잘 다스리면 그 고을 사람들이 모두 너를 어버이처럼 대할 것이다. 따라서, 너는 모름지기 백성들의 질고(疾苦)에 관심을 가지고, 홍수나 가뭄의 재난이 일어나지 않도록 예방할 것이며, 백성들을 인의(仁義)로써 깨우치고 염치(廉恥)가 무엇인지 알게 할 것이요, 남자는 밭에 나가 농사짓고, 여자는 집에서 옷감을 짜며 제각기 분수를 지켜 편안히 살게 해주어야 할 것이다."

"예에, 그리 하겠습니다!"

"어느 고을에든 생업이 없이 떠돌아 다니는 백성이 한 사람도 없게 만든다면, 그것으로 네 치적이 두드러졌다고 할 수 있다. 소송 사건에 부닥치거든 세심하게 탐문하고 조사하여 사건을 공평하게 심리할 것이며, 함부로 속단을 내리거나 남의 의견을 듣지 않고 네 고집만 내세워서도 안된다. 그리고 무엇보다 형벌을 남용해서는 절대로 안 된다."

자로는 무릎 꿇고 큰절을 올렸다.

"사부님의 말씀, 불초 중유는 가슴에 깊이 새겨 두고 벼슬하는 표준으로 삼으오리다! 바라건대, 사부님께서도 틈이 나시거든 포읍에 오셔서 불초한 저를 순수 독려해 주십시오."

"오냐, 마음 놓고 떠나거라. 나도 틈이 나는 대로 네가 어떻게 다스리는지 업적을 보러 꼭 가마."

자로가 재배를 올렸다.

"사부님, 부디 평안히 계십시오! 제자 이만 떠나겠습니다."

그로부터 얼마 후, 대부 공리가 친히 공구를 만나러 거씨댁으로 찾아왔다. 인사치레가 오고간 후 그는 대뜸 칭찬부터 늘어놓기 시작했다.

"공부자님, 정말 대단한 제자분을 두셨습니다그려! 중유는 포읍에 부임한 이래 선행을 크게 떨치고 못된 습속을 뿌리 뽑았을 뿐 아니라, 하천 배수로를 대폭 정비하여 농사에 큰 도움을 주고 있답니다. 이제 포읍 땅은 인근 고을에서 모두 부러워할 정도로 활기를 띠고 대성황을 이루는 중이랍니다."

제자가 칭찬을 받으니 듣는 스승도 마음이 마냥 흐뭇했다.

공리가 조심스럽게 또 물었다.

"위나라에 지금 형옥관(刑獄官) 자리가 하나 비었는데, 공부자님이 제자분 가운데 또 한 사람 추천해 주실 수 없을까요?"

공구의 머리 속에 제자들의 얼굴 모습이 하나하나 스치고 지나갔다.

그는 한 마디씩 무겁게 끊어가며 대답했다.

"형옥의 일을 맡는 관원은 일반 직분과 같이 볼 수는 없습니다. 반드시 형률에 밝고 법의 기강을 떨칠 수 있으며, 공평하게 법을 집행할 줄 알고 사사로운 정리에 얽매이지 않는 사람이라야 그 임무를 맡을 수 있다고 봅니다."

"공부자님의 문하에 영재가 그득할 터인데, 천거할 사람이 없다고 걱정하실 일이 어디 있습니까?"

공구는 빙그레 미소를 띠었다.

"적합한 사람이 딱 하나 있기는 합니다만, 그 사람의 체구가 워낙 왜소하고 생김새도 누추한 것이 흠입니다."

그 말을 듣자 대부 공리는 대수롭지 않게 받아넘겼다.

"뭘 그런 걸 가지고 꺼리십니까! 옛 말씀에도 '사람의 능력은 얼굴 생김새로 가늠하지 않고, 바닷물은 됫박질로 헤아릴 수 없다(人不可貌相, 海水不可斗量)' 했습니다. 재능만 있다면야, 좀 못생겼기로서니 안 될 것이 어디 있습니까? 그래, 어떤 제자분을 찍어 두셨는지요?"

"성은 고(高), 이름은 시(柴), 자는 자고(子羔), 제나라 출신입니다."

말을 마치자 그는 소리쳐 고시를 불러들였다.

대부 공리가 들어오는 사람을 보니 온몸이 섬뜩할 지경이었다. 키는 스승의 어깨에도 미치지 못하고, 코는 들창코, 두 눈은 먹물 한 점 붓끝으로 축여서 꼭꼭 찍어놓은 것처럼 옹색하기 짝이 없었다. 공리는 속으로 낙담하고 말았다. 형옥관이라면 으레 훤칠한 체구로 죄인의 기를 꺾어놓고 부리부리한 왕방울 눈을 부릅떠서 죄인을 압도해야 하는데, 이 사람은 애당초 형옥관 노릇을 하기에는 글러먹어 보였다. 공리는 기분이 싹 잡쳐서 얼굴빛마저 바뀌었다.

공구도 이런 공 대감의 속마음을 훤히 꿰뚫어보고 있었다. 그래도 내색을 하지 않고 천연덕스런 말투로 제자를 불렀다.

"고시야, 지금 위나라에 형옥관 자리가 하나 비었다는구나. 내가 그 자리에 너를 추천하고 싶은데, 네 의향은 어떠냐?"

고시는 공리의 얼굴에 먹구름이 잔뜩 낀 것을 보면서, 가슴을 불쑥 내밀고 낭랑한 목청으로 대답했다.

"사부님의 뜻에 맡기겠습니다!"

그리고는 다시 손님 쪽으로 돌아서서 허리 굽혀 사례했다.

"아무쪼록 대감 어른께서 많은 지도와 편달이 있으시기를……!"

너무나 큰 목소리에 공 대감은 궁둥이가 들썩하도록 놀라고 말았다. 공 대감은 자세를 바로잡고 다시 찬찬히 상대방을 요모조모 뜯어보기 시작했다. 작달막하면서도 다부진 체구, 볼품없게 생겼으면서도 총기가 또렷또렷 빛나는 얼굴 모습, 그리고 방금 들은 목소리는 아직도 귓전에 윙윙 울리도록 맑고 깨끗한 여운이 남아 있었다.

'그렇다, 내가 겉모양새로만 사람을 판단할 것이 아니로구나! 간결한 말씨, 우렁찬 목소리만 들어 보더라도, 이 인물은 매사에 빈틈 없고 강단있게 일을 처리할 인재가 분명하다……!'

"고 선생, 언제 부임하시겠소?"

고시는 짧게 대답했다.

"대감님의 안배에 따르겠습니다."

"좋소!"

공리의 태도가 완전히 바뀌었다.

"내일이라도 괜찮겠소?"

"괜찮습니다."

공 대부를 배웅하고 돌아와서 공구는 제자들을 다 불러모았다.

"얘들아, 이제 위나라가 너희들을 등용하기 시작했다. 너희들도 좀더 열심히 배우고 익히고, 자신들의 인덕을 배양하도록 힘쓰거라. 그래

363

야만 주례의 위력이 빛을 볼 날이 다가올 것이다."

"예에, 스승님!"

제자들이 한 목소리로 응답했다.

한편 형옥관으로 부임한 고시는 우선 며칠 동안 소송 사건 처리 문서를 점검해 본 다음, 죄수들의 형편을 직접 살펴보기 위해서 감방 순시에 나섰다. 이 날도 감방을 한 바퀴 둘러보고 나가려는데, 갑자기 누군가 창살을 두드리면서 바깥에다 대고 고함을 질렀다.

"형관 나으리, 굽어살펴 줍소서! 소인은 억울합니다!"

고시가 다가가서 들여다보니, 죄수의 나이는 20여 세쯤 되어 보였다. 머리터럭은 까마귀 둥지처럼 헝클어지고 얼굴에 땟국이 줄줄 흐르고 있으나, 짙은 눈썹에 서글서글한 눈망울을 보건대, 지난 날의 준수한 용모와 선량한 기색은 여전히 잃지 않았다. 그는 청년의 몰골을 한번 훑어보고 나서 물었다.

"네 이름이 뭐냐? 뭐가 억울하다는 것인지, 바른대로 말해라!"

청년은 콧날이 매운 듯 찡그리면서 부리부리한 두 눈망울로 눈물을 왈칵 쏟아내더니 울먹이는 소리로 대답을 했다.

"소인은 성신(成新)이라 하옵는데, 어려서부터 이웃 마을 조뢰(趙賴)의 따님과 정혼을 했습니다. 그러나 불행하게도 부모님이 일찍 돌아가시고 가산이 기울어져서, 논밭 몇 뙈기만 겨우 붙여먹고 살게 되었습니다. 장인이 될 조영감은 가난뱅이 사위를 싫어하여 약혼을 깨뜨리고, 따님을 어느 돈 많은 늙은이에게 첩으로 보냈습니다. 그녀는 아버지의 뜻을 따르지 않고 도망쳐나와 저희 집에 숨었습니다. 조 영감은 그 기미를 알아채고 소인이 제 딸을 유괴했다고 무고하여, 끝내 이 감방에 처넣고 말았습니다! 나으리, 이 원통한 사연 좀 풀어 줍시오!"

고시는 날카롭게 노려보면서 다짐을 두었다.

"성신! 방금 그 말이 모두 사실이렷다?"

"구구 절절이 사실이옵니다!"

"내가 조사해 볼 테니까, 기다려라."

말을 마치고 아문으로 돌아오자, 그는 즉시 아전들을 풀어 보내 조뢰 영감을 붙잡아다 동헌 댓돌 아래 꿇어 앉혔다.

"조뢰, 네 죄를 알렷다!"

조 영감이 당상을 우러러 보니, 형옥관의 키는 탁자 위에 겨우 모가지만 내밀 정도로 작달막하고, 부릅뜬 눈망울도 보일까말까, 정말로 체통 없게 생겨 보였다.

"소인이 무슨 죄를 졌다고 이러십니까?"

말끝이 떨어지자마자 형옥관의 목소리가 매섭게 귀청을 때렸다.

"성신을 어째서 감옥에 처넣었느냐?"

귀청이 얼얼할 정도로 큰 호통 소리에 조뢰는 저도 모르게 몸서리를 쳤다. 그러나 이내 여유를 되찾아 뻗대기 시작했다.

"원, 나으리도 다 아시는 일 가지고……그야 여염집 규수를 유괴한 죄 아닙니까?"

"닥쳐라 이놈!"

고시는 목소리를 바짝 몰아붙였다.

"네 딸을 당초 누구한테 시집보내기로 했지?"

"성신……아닙니다! 아니올시다……!"

조 영감은 가슴이 철렁 내려앉아 얼떨결에 사윗감 이름을 댔으나 급히 도리질을 해가며 부인했다.

"이놈! 뉘 앞에서 거짓말을 하느냐? 바른대로 대지 못할까!"

머리통이 띵! 하니 울리도록 엄청난 고함 소리에 조 영감은 정신이 아찔해졌다.

"시집은……딸년 시집은……성신이란 총각한테……."

중얼중얼 두서없이 자백을 하는데, 조 영감은 저도 모르게 두 눈 질 끈 감고 자라목을 움츠렸다. 불호령이 숨조차 돌릴 틈도 없이 뒤따라 터졌다.

"이 몹쓸 놈! 딸의 혼인 대사가 아이들 장난질이라도 된단 말이냐? 여봐라, 저놈을 끌어다가 치도곤 40대만 매우 쳐라!"

"예이 ——!"

호랑이보다 더 무서운 형리 두 사람이 득달같이 달려들어 양팔 두 다리를 붙잡아 엎어놓더니, 양편에서 곤장을 번쩍 치켜 올렸다.

"아이구구……!"

조 영감은 절구찧듯 땅바닥에 이마를 연신 처박아가며 애걸복걸 빌었다.

"소인이 죽을 죄를 졌습니다요! 나으리, 목숨만 살려 주십쇼!"

"바른대로 불 테냐, 곤장을 맞고 죽을 테냐?"

"말하겠습니다. 소인 말하고 말굽쇼."

정수리 꼭대기에서 금방이라도 내리칠 듯 춤을 추는 곤장 끄트머리를 흘끗흘끗 쳐다보아가며, 조 영감은 성씨 총각과 파혼하게 된 사연과 무고했던 경위를 낱낱이 털어놓고야 말았다.

곁에서 이방 아전이 흰 비단폭에 자백 내용을 빠짐없이 기록하여 고시 앞에 갖다 놓았다. 고시는 조 영감에게 자필로 서명을 시키고 다시 분부를 내렸다.

"조뢰를 하옥시켜라!"

조 영감은 손발이 닳도록 싹싹 빌어댔다.

"아이구구……! 나으리! 제 딸년을 성 총각에게 시집 보낼 테니 제발 소인을 용서해 줍시오!"

"그 말 진정이렷다?"

"소인이 다짐장을 쓰겠습니다!"

아전이 조 영감의 다짐을 받아 적고 또 자필 서명을 쓰게 했다.

"여봐라, 감방에서 성신을 데려오고 조씨댁 따님을 데려오너라!"

얼마 후 동헌 댓돌 아래에는 두 젊은 남녀가 나란히 무릎을 꿇었다.

"성신, 듣거라. 조 영감이 딸을 너한테 시집 보내기로 동의했는데, 네 의향은 어떠한고?"

청년은 감격에 못 이겨 눈물을 섞어 아뢰었다.

"소인이 어렸을 때 부모님께서 정해 주신 혼사이오나, 저희 두 사람도 정분이 꼭 맞사옵니다. 조씨댁 규수의 결혼은 진정 소인의 소원이요, 조씨댁 규수도 그렇게 원하고 있는 줄 아옵니다."

고시가 처녀에게 물었다.

"네 뜻도 같으냐?"

처녀는 부끄러워 말을 못하고 그저 고개만 끄덕였다.

형옥관의 매서운 눈길이 조 영감에게 떨어졌다.

"조뢰, 듣거라! 너는 아무 까닭없이 막중한 인륜대사를 깨뜨리고 사윗감을 무함(誣陷)하였으니 그 죄 마땅히 감옥에 처넣어야 하거늘, 이제 네가 죄를 쉽사리 자백하고 또 혼사에 동의한 점을 감안하여, 본관은 특별히 죄를 사하고 석방하겠다."

조 영감은 연신 이마를 조아려 가며 사례했다.

"속히 돌아가서 경사 치를 준비를 하거라!"

세 사람은 고두 백배하면서 아문을 물러나갔다.

이를 계기로, 고시는 사건 조서를 재조사하여 원통한 죄인과 잘못 판결된 사안을 모두 바로잡아 위나라 백성들을 크게 감동시켰다. 공 대부도 고시의 재능을 각별히 알아주었고, 그런 소식을 전해 들은 스승의 마음은 뿌듯해졌다.

세월은 물같이 흘러 어느덧 겨울이 가고 봄이 찾아왔다.

노애공 7년 어느 봄날 공구는 안회를 불러들였다.

"안회야, 금년 봄이 크게 가물었구나. 벌써 청명(淸明)도 지났는데, 중유가 포읍 농민들을 잘 이끌어 파종이나 끝냈는지 모르겠다. 네가 이 스승 대신 그리로 가서 살펴보고 오지 않으련? 그래야 나도 마음이 놓이겠다."

"예, 곧 다녀오겠습니다."

안회는 수레에 올라 그 길로 포읍을 향해 떠났다. 포읍까지 가는 동안 길에 보이는 것은 하나같이 거북이 잔등처럼 갈라진 논밭, 하늘빛까지 부옇게 흐릴 정도로 치솟는 누런 흙먼지뿐이었다. 시름 속에 하염없이 가다 보니, 어느 새 포읍 경내에 들어섰다. 그런데 이게 웬일인가. 눈앞에 활짝 펼쳐진 들판이 이제까지 보아온 것과 전혀 달랐다. 논밭에는 물이 찰랑찰랑 남실대고, 밭작물도 축축한 습기로 흥건히 젖은 것이 어디를 바라보나 완연히 생기가 넘치고 있었다. 그는 채찍을 휘둘러 짐승의 걸음걸이를 재촉했다. 좀 더 빨리 가까이 가서 사연을 알아볼 욕심에서였다. 큰 강변에 다다르니 이건 또 웬 난리인가. 질척질척한 하상(河床)에 득실득실한 인파가 구덩이를 파서 물을 끌어대랴, 흙더미를 져다가 둑을 쌓으랴, 하나같이 바쁘게 움직이고 있었다. 안회는 너무나도 기쁘고 놀라워 강변 기슭에 수레를 멈추고 서서 한참 동안이나 구경을 했다.

이때, 강둑 위에 한 사람이 우뚝 올라섰다. 키가 훤칠하게 크고 어깨가 떡 벌어진 사내가 힘찬 걸음걸이로 다가오는데, 온몸에는 누런 흙먼지투성이요, 얼굴도 온통 땟국으로 더럽혀져 있었다.

"아하! 웬 바람이 불어 우리 사제를 여기까지 모셔 왔을꼬? 이봐, 뭘 멍청하게 바라보는 거야? 나하고 아문으로 가서 얘기 좀 하자구!"

사내가 10여 보 앞에 왔을 때야 안회는 겨우 자로를 알아볼 수 있었다.

"아이구, 맙소사! 아니 사형 어쩌다 그런 꼴락서니가 되셨소?"

"말도 말게. 올해 봄 가뭄에 씨나 뿌릴 수 있어야 말이지! 그래서 지금 주민들을 데려다가 도랑 파고 물을 끌어다 대는 길일세."

자로는 늘 하던 버릇대로 천진스런 웃음을 지었다.

"날이 가물면 물을 끌어다 논밭에 대고, 홍수가 지면 배수로를 파서 물을 빼는 거야 자고로 당연한 일이 아니오? 한데 형님이 몸소 저 어려운 일을 마다 않고 또 저렇게 많은 인력을 공사판에 동원하시다니, 도대체 무슨 묘방을 쓰신 거요?"

안회의 물음에 자로는 사뭇 느긋한 기색으로 대답했다.

"자네도 아다시피, 이 포읍 땅은 위나라의 곡창지대일세. 여기서 만약 제때에 파종을 하지 못하면 전국에 큰 흉년이 든다네. 나는 생각다 못해 내 봉급을 다 털어가지고 공사판에 동원되는 주민들에게 날마다 한 사람당 밥 한 끼, 죽 한 그릇씩 배급해 주고 있네. 그래서 주민들도 모두 열심히 나와 도랑을 내고 물을 끌어대고 있는 걸세."

자로의 말이 끝났을 때 안회의 얼굴빛은 심각하게 굳어져 있었다. 그러나 옳다 그르다 비평을 가하지는 않았다. 도성에 돌아가서 그는 스승에게 보고 들은대로 낱낱이 말씀드렸다.

안회의 보고를 듣고 나서 공구도 몹시 걱정스러운 듯 안색이 바뀌었다.

"중유가 하나만 알고 둘은 모르는구나!"

그는 갑자기 무슨 생각이 났는지 자공을 소리쳐 불렀다.

"단목사야, 너 속히 포읍엘 다녀오너라. 가서 중유더러 제 봉급을 털어 주민들에게 식사를 배급하지 말라고 단단히 일러라!"

자공은 이해할 수 없어, 스승의 얼굴을 뻔히 바라보았다.

"사부님, 왜 그러시는 겁니까? 형님이 잘 하고 계신데……."

공구는 한탄을 했다.

"단목사야! 너처럼 똑똑하고 머리가 잘 돌아가는 사람이 그 이치도 따질 줄 모른단 말이냐? 포읍 땅은 위나라 영토요, 또 위나라는 주 천자님의 속국이다. 중유가 포읍의 원님 노릇을 하는 이상, 위나라 군주의 공덕을 언제 어디서나 널리 선양해야 마땅하고, 그 다음에는 주나라 천자님의 공덕을 찬양해야 마땅하다. 그래야만 상하에 질서가 있을 것이 아니냐!"

꾸짖는 말씀인지 아니면 타이르는 말인지, 자공은 이거야말로 알쏭달쏭하기 짝이 없었다. 자공은 알 듯 모를 듯 사뭇 어정쩡한 기분으로 수레에 올라 포읍 땅으로 떠났다.

아우들이 연 이틀째 찾아오자 자로는 마냥 신바람이 나서 떠벌여댔다.

"이보라구, 우리 포읍에 봄 가뭄이 크게 들었는데 말씀이야, 내가 주민들을 총동원해서 도랑 파고 물길을 내고 논밭에다……."

"잠깐만, 형님……!"

자공이 사형의 말을 중도에서 딱 끊어놓더니 엄숙한 기색으로 자기가 온 용건을 끄집어냈다.

"나는 오늘 사부님의 명을 받고 형님 하시는 일을 말리러 왔소."

자로는 일순 어리둥절하다가 이내 두 눈을 부릅뜨고 화를 버럭 냈다.

"난 도대체 알 수가 없네! 이 중유가 청렴 결백하게 포읍 땅을 다스리는 것은 백성들을 생각해서요, 친히 강바닥 진수렁에 빠져가며 도랑을 파고 물을 끌어대는 것도 다 서민 백성들을 위해서란 말일세. 그런데 사부님은 왜 이걸 못하게 말리시느냔 말일세!"

"아마 형님의 방법이 타당치 못하다고 생각 되셔서 그런지도 모르겠소. 정 이해가 안 되거든 도성으로 가서 사부님께 직접 여쭈어 보시구료."

자로가 의자를 박차고 벌떡 일어났다.

"그래, 가자구! 잠깐 여기서 기다려 주게. 내 준비 좀 하고 나올 테니, 같이 가서 사부님께 분명히 따져 보기로 하세!"

"날도 저물었는데, 어떻게 가시려우? 하룻밤 재워 주시고 내일 아침 일찍이 떠납시다."

"안 되네, 안 돼! 그 문제를 해결하지 않고서는 오늘 밤 안에 몸살이 나서 죽을 거야. 보라구, 논밭이 다 타들어가고 있잖나? 이렇게 급한 일을 내버려 두라니, 날더러 애간장 태워 말라 죽으라는 거나 마찬가질세!"

"지금 꼭 가셔야 되겠수?"

"아무렴! 정 고단하거든, 자네 여기 남아 있게. 잠잘 데도 있고 밥도 먹여 줄 테니까. 누가 뭐래도 나는 당장 떠나야겠네!"

"모처럼 온 손님한테 푸대접이 너무 심한 것 아니우?"

자공이 농담을 건넸다. 자로는 미안스러운 듯 입을 쩍 벌리고 웃어 보였다.

"여보게, 지금 나는 물을 대야 할 일이 무엇보다 더 급하네. 오곡 파종이 다 끝나면, 내 자넬 찾아가서 단단히 사과를 함세! 어떤가?"

자공은 짐짓 내색을 하지 않고 천연덕스레 항의했다.

"먼저 손님한테 실례를 범하기로 작심하고 나중에 사과를 하겠다는 사람이 어디 있소?"

"하긴 그렇구먼. 사과할 각오까지 하면서 실례를 범한다면, 이치에 안 맞는 노릇이지……아무러나 좋네. 날 원망하든 미워하든, 자네 마음대로 하게. 나는 오늘 중으로 꼭 사부님을 찾아가서 따지고야 말 테니까!"

자공이 '피식!' 웃음보를 터뜨렸다.

"됐소, 됐다구! 나도 형님 따라서 돌아갈 테니까."

저녁 바람이 휘리릭 불면서 황토 흙이 치솟아 올랐다. 하늘에도 구름이 낮게 깔렸다. 자로는 아우와 수레를 같이 타고 떠났다. 하늘 가득 덮인 먹구름장을 우러러 보면서, 그는 마음 속으로 축원을 올렸다. 하느님, 어서 빨리 비 좀 내려주십쇼! 이 백성들을 불쌍히 여기셔서 복을 내려주십쇼……!

날이 저물고 어둠과 함께 먹구름이 더욱 두터워졌다. 시골 마을에 등잔불이 하나둘씩 밝혀지면서 여느 때의 별빛을 대신했다.

웃고 떠들고 농담을 주고받다 보니 수레는 어느 새 도성 안에 들어섰다. 거씨 댁 대문 앞에 당도하자. 그는 수레에서 훌쩍 뛰어내리기가 무섭게 곧바로 스승의 방을 찾아가 따졌다.

"사부님, 포읍에는 지금 큰 가뭄이 들었습니다. 제가 봉급을 다 털어서 굶주린 백성을 먹이고 수리 공사판에 동원했는데, 그것이 어째서 잘못됐단 말씀입니까? 사부님, 어째서 그걸 못하게 막으십니까?"

스승의 얼굴빛이 굳어졌다.

"중유야, 네가 백성들을 위해 수리 사업을 생각해 내고, 또 네 봉급까지 다 내놓아 굶주린 백성을 구휼한 것을 비난하자는 게 아니다."

자로의 얼굴에 의기양양한 기색이 비쳤다.

"그러나 말이다……."

공구는 이 두 마디에 무게를 두었다.

"너는 포읍 땅 원님이 된 몸으로서 언제 어디서, 무슨 일을 하든지 항상 임금과 천자를 생각해야 한다. 오늘날 포읍 땅에 굶주린 백성이 있다면 우선 임금께 아뢰고, 임금이 측은지심을 크게 발동하여 나라의 식량 창고를 열고 굶주린 백성들에게 구휼미를 내리도록 요청해야 옳은 일이다. 그렇게 하면 백성들은 임금과 천자님의 은덕에 감동하여 반드시 그분들의 뜻에 따라 일을 하게 되는 것이다. 이제 네가 개인적으로 봉급을 뿌려 굶주린 백성을 구제한다면, 그것은 사소한 은혜로 민심을 농락하는 짓이나 다를 바 없다. 서민 백성들이 너한테만 감사하고 임금과 천자에게 감사하지 않는다면 어찌 되겠느냐? 너도 마음을 가라 앉히고 자신에게 물어 보려무나. 그런 상황이 오래 계속되면 장차 무슨 일이 벌어질까 상상을 해보았느냐?"

자로가 고개를 툭 떨어뜨려 후회했다.

스승은 더욱 무겁게 타일렀다.

"오랜 시일이 흐르고 나서, 백성들은 임금과 천자의 은혜를 잊고 기억하지 않게 될 것이다. 그때 가서 너는 공을 세운 것도 없거니와 오히려 죄를 지은 셈이 될 것이다. 그렇기 때문에 네가 하는 일을 말리러 단목사를 보냈던 것이다. 중유야, 이제 알아듣겠느냐?"

자로는 황연히 큰 깨우침을 얻었다. 깨달았다고 생각하니 자신의 짧은 생각이 부끄러워 고개를 쳐들 수가 없었다.

"제자, 분명히 깨달았습니다. 세상 천하에 왕토(王土) 아닌 곳이 없다는 사실을 잊고 있었습니다. 크건 작건, 벼슬아치가 되어 정치에 종사하는 사람이라면 이 명분을 절대로 소홀히 해선 안 된다는 진리를 깨우쳤습니다!"

스승도 마음이 격동되어 목소리가 떨려 나왔다.

"세상 만물 가운데 오직 이 상지(上智)와 하우(下愚)만큼은 자리가 뒤바뀌는 법이 없다. 사람들을 제각기 처할 자리에 있게 하고, 이 세상에 질서 정연한 생활을 정착시키려면, 모름지기 명분부터 올바르게 잡아야 하는 것이다. 마치 밑바닥이 너르고 정상이 뾰죽한 첨탑(尖塔)처럼, 주천자가 제일 꼭대기 층에 앉아 멀리 너르게 내다보면서 천하 대사를 통틀어 다스리게 하고, 그 다음 계층에는 열국 제후들이 자리잡아, 위로는 천자를 공경하고 아래로는 경대부를 통솔하게 한다. 그 아래 순차에 따라서 경(卿)과 대부(大夫)들이 사서민(士庶民) 백성들을 다스리는 세상, 이것이 바로 질서 정연한 세상 아니겠느냐?"

자로는 자책을 했다.

"제 경솔한 행동이 큰 잘못을 저질렀습니다! 이를 어쩌면 좋으리이까?"

"허물을 짓고 고치지 않는 것이 곧 허물이다. 지금 너는 명분을 바로잡는 일이 무엇인지 깨닫고 또 자신의 잘못을 알았으니, 여기서 그 잘못을 올바로 고칠 수만 있다면 아무런 허물도 없는 셈이다."

스승의 이 말씀은 양심의 가책에 괴로워하던 자로에게 조금씩이나마 위안이 되었다.

"내일 아침 제자가 입궐하여 군후께 아뢰고, 곡창(穀倉)을 열어 이 재민들을 구휼하시도록 요청하겠습니다."

마침내 스승의 얼굴에도 흡족한 미소가 배어나오기 시작했다.

자로가 다시 여쭈었다.

"사부님, 가령 위나라 군후께서 사부님더러 나라를 다스리는데 도와달라고 요구한다면, 무슨 일부터 준비하시겠습니까?"

"그것은 명분상 타당치 못한 언사(言辭)를 바로잡는 일일 것이다."

자로는 거리낌없이 직설적으로 다시 여쭈었다.

"아니, 사부님! 여기 또 바로잡을 게 무엇이 있다고 그러십니까? 어쩌다가 그 지경으로 세상 물정에 어두워지셨습니까?"

스승이 벌컥 역정을 냈다.

"중유야, 너는 어째서 그 모양으로 덤벙대기만 하는 게냐! 군자 노릇을 하는 사람이 모르는 것이 있으면 태도를 유보하는 것이 마땅하거늘, 어째서 그런 망령된 언사를 함부로 쓴단 말이냐? 네가 부당한 언사라는 것을 얕잡아 보아서는 안 된다. 쓰는 용어가 타당치 못하면 언어는 곧 조리 정연해질 수 없으며, 무슨 일이든 제대로 해낼 수 없게 된다. 일을 제대로 해내지 못하면, 나라의 예악 제도(禮樂制度) 역시 흥성해질 수가 없다. 예악이 흥성하지 못하면 형벌도 필연적으로 타당성을 잃게 된다. 형벌이 타당성을 잃으면, 백성들이 당황하고 불안해져서 어찌

해야 좋을지 모르게 된다. 따라서 군자가 되었으면 무슨 말을 입 밖에 낼 때마다 반드시 그 나름대로 근거가 있어야 하며, 결코 되는대로 허튼 소리를 지껄이는 법이 없어야 한다."

자로는 기꺼운 마음으로 심복했다. 그가 다시 정치에 대해 더 여쭈어 보려고 막 입을 열었을 때, 자공의 기쁨에 찬 목소리가 뜨락을 가로질러 들어왔다.

"사부님! 옵니다, 와요!"

스승이 어리둥절, 바깥쪽을 쳐다보았다.

자공이 얼굴에 함박웃음을 머금고 싱글벙글 뛰어 들어오고 있었다.

〈제2권 끝〉

소설 공자　제2권(전3권)

초판 인쇄　2001년 1월 20일
초판 발행　2001년 1월 25일
2판　발행　2008년 9월 20일
3판　발행　2015년 4월　5일
4판　발행　2019년 7월 10일

지은이 / 취 춘 리
옮긴이 / 임 홍 빈
펴낸이 / 김 용 성
펴낸곳 / 지성문화사
등　록 / 제5-14호(1976.10.21.)
주　소 / 서울시 동대문구 신설동 117-8 예일빌딩
전　화 / 02) 2236-0654
팩　스 / 02) 2236-0655, 0952